Julie Cameron

Der finstere See

Thriller

Aus dem Englischen
von Rainer Schmidt

GOLDMANN

Die amerikanische Originalausgabe erschien 2022
unter dem Titel »Nameless Acts of Cruelty« bei Scarlet,
an Imprint of Penzler Publishers, New York.

FSC
www.fsc.org
MIX
Papier | Fördert
gute Waldnutzung
FSC® C014496

Penguin Random House Verlagsgruppe FSC® N001967

1. Auflage
Deutsche Erstveröffentlichung Juni 2023

Umschlaggestaltung: UNO Werbeagentur, München
Umschlagmotive: Trevillion Images/Yolande de Kort
Redaktion: Ann-Catherine Geuder
LS · Herstellung: ik
Satz: Mediengestaltung Vornehm GmbH, München
Druck und Bindung: GGP Media GmbH, Pößneck
Printed in Germany
ISBN: 978-3-442-49387-6

www.goldmann-verlag.de

PROLOG

Mummy und Daddy sagten immer, was für ein cleveres kleines Mädchen sie doch sei, und heute war sie sehr clever gewesen. Wölfe waren nicht clever, das wusste sie. Der große böse Wolf lief vielleicht schneller als sie über die Felder, aber hier würde er sie nicht finden.

Bei dem Gedanken an Mummy fing ihre Unterlippe an zu zittern. Sie dachte an das Kuscheln mit Mummy, an ihre flauschigen Pullover und ihren wunderbaren Duft. An ihre sanften, lieben Hände mit den hübschen roten Nägeln und an ihre Gutenachtgeschichten.

Mummy hatte ihr das neue rote Kleid gekauft, und jetzt war es ganz schmutzig. Und sie hatte einen ihrer Turnschuhe verloren, ihrer Lieblingsschuhe mit den Blinklichtern an den Absätzen.

Hoffentlich würde Mummy nicht böse werden. Sie hatte gesehen, wie sie manchmal mit Jay-Jay böse war, und das war schlimm, aber mit ihr war Mummy zum Glück nie böse.

Sie durfte nicht weinen. Wenn sie ein Geräusch machte, würde er sie hören mit seinen riesengroßen Ohren – »damit ich dich besser hören kann«. Sie erschauderte bei dem Gedanken und wühlte sich tiefer in das Laub und Farnkraut, das den Boden ihres Verstecks bedeckte. Es gab hier so viel Zeug. Sie hörte, wie es um sie herum raschelte. Kriechendes Zeug, wieselndes Zeug – sie bemühte sich, nicht allzu sehr darüber nachzudenken, für den Fall, dass auch beißendes Zeug dabei war.

Sie wusste nicht, wozu das alte Häuschen diente, durch dessen schmales Fenster sie über den See blicken konnte, aber es bot zumindest ein sicheres Versteck. Die Wände waren aus dünnen Zweigen, und sie musste wieder an den großen bösen Wolf denken. Sie stellte sich seine borstige Schnauze vor, wie sie durch den Fensterschlitz schnupperte und schnüffelte und der Atem durch seine feuchten roten Nüstern pfiff. Der große böse Wolf würde husten und prusten und das Haus zusammenpusten. Ihr kleines Haus aus Holzzweigen. Ein bisschen Pipi sickerte in ihren Schlüpfer, und jetzt fing sie wirklich an zu weinen. Sie wollte, dass Daddy kam und sie rettete. Oder Jay-Jay.

Sie wurde böse, wenn sie an Jay-Jay dachte. Er hatte auf sie aufpassen sollen, als sie zum Spielen nach draußen gingen. Das hatte Mummy gesagt, aber er war stattdessen gemein zu ihr gewesen. Dann hatte er die anderen Jungs getroffen, und er hatte sie alleingelassen, hilflos und verängstigt. Inzwischen war es ihr egal, dass er gemein gewesen war. Er sollte nur zurückkommen.

Jäh hörte sie auf zu weinen und hielt den Atem an. Sie war sicher, draußen hatte etwas geraschelt. Das Herz klopfte ihr bis zum Hals. Jetzt hörte sie eine Stimme, die flüsterte und kicherte. Es klang wie eine kräftige Stimme oder eine knurrende Stimme, wie Jay-Jay sie machte, wenn er sie erschrecken wollte. Noch nie hatte sie so viel Angst gehabt. Sie versuchte, still zu sein, aber ein kleines ängstliches Wimmern fand den Weg zwischen ihren Zähnen hindurch.

Jetzt hörte sie nichts mehr. Sie spitzte die Ohren, lauschte und lauschte, und noch immer hielt sie den Atem an, sodass ihre Lunge zu platzen drohte. Vielleicht, ja, vielleicht hatte er sie nicht gehört. Langsam wagte sie wieder zu atmen.

Zweige knackten und knirschten. Das Geräusch kam immer näher. Eine Hand griff durch den Fensterschlitz herein, und die Stimme war leise und betörend.

»Kleines Schwein, kleines Schwein, lass mich rein!«

Sie schrie, so schrill und durchdringend, dass die Vögel in den Bäumen aufflatterten, aber da war niemand, der sie hörte. Niemand, der sie retten konnte vor dem großen bösen Wolf.

1

»Cabin Crew, bitte Platz nehmen zur Landung.«

Das Flugzeug ging in den Sinkflug über. Die Landschaft unter ihnen war ein Flickenteppich aus Feldern, zerteilt durch Hecken, gewundene Straßen und träge fließende Flüsse. Miniaturdörfer aus Pendlerhäusern mit samtenen Rasenflächen und azurblauen Swimmingpools zogen unter den Tragflächen vorbei. Englands grünes, mildes Land – eine Illusion vielleicht, aber eine, an die sich die Menschen immer noch klammerten.

Jeremy legte die Stirn an die kühle Scheibe und sah auf die Szenerie hinunter, die sich draußen entfaltete. Diesen Teil des Fliegens hatte er immer gerngehabt, wenn die Landschaft sich ausbreitete wie Kinderspielzeug, mit Bauernhoffiguren und Matchbox-Autos, winzige Punkte unter ihm, die langsam erkennbar wurden, mit Wolkenschatten, die über die Felder jagten, graue Flecke auf grünem Grund. Es sah so sicher und so sauber aus, eine adrette kleine Welt, in der nichts Grausames je geschehen konnte. Er warf einen verstohlenen Blick auf Sarah, seine Frau, die immer noch in ihr Buch vertieft war, und seinen besten Absichten zum Trotz bemerkte er, wie der Gurt sich straff über ihren weichen Bauch spannte. Leicht angewidert von seiner offenkundigen Oberflächlichkeit, drehte er sich zu den Kindern um.

Jack schirmte sich mit seinen Kopfhörern von der Welt

ab, und Jeremy spürte, wie die vertraute Gereiztheit in ihm aufstieg, die sein Sohn seit einiger Zeit in ihm weckte.

»Jack, dein Gurt«, sagte er, und er hörte selbst die Ungeduld in seiner Stimme. »Ist es eigentlich zu viel verlangt, dass du ihn auch anlegst, wenn ich es dir sage?«

»Hä?« kam als einzige Antwort, gefolgt von einem unbefangenen Gähnen, das aller Welt einen Blick auf Jacks Mandeln bot, ob sie es nun wollte oder nicht.

»Jack, du wirst dir noch wünschen, du hättest auf mich gehört, wenn …«

Sarah drückte sanft seinen Arm.

»Nicht, Jez«, sagte sie mit einem warnenden Unterton in der Stimme. »Du machst ihnen nur Angst. Wie oft habe ich dir schon gesagt, du musst lernen, welche Kämpfe du führen kannst und welche nicht.« Sie wandte sich an das schlecht gelaunte Bündel, das einmal ihr geliebter Sohn gewesen war. »Schnall dich bitte an. Sei so nett.«

Der Gurtverschluss klickte, und Jeremy hatte Mühe, den verschlagenen Triumph in Jacks Blick zu ignorieren, den sein Sohn ihm zuwarf.

Sarahs Arme waren leicht gebräunt und mit goldenen Sommersprossen gesprenkelt, und ihre »Urlaubsnägel« leuchteten in kräftigem Pink. Sie hatte auf der Reise ein bisschen abgenommen, und auch wenn Jeremy sich dafür schämte, dass er es überhaupt bemerkte, gestattete er sich doch ein gewisses Maß an Befriedigung. Eigentlich war seine Mutter daran schuld, dass er so dachte, sagte er sich. Als er Sarah das allererste Mal mit nach Hause gebracht hatte, um sie ihr vorzustellen, hatte sie lächelnd mit ihren kühlen grauen Augen über den Tisch geblickt, und er hatte gewusst, was kommen würde, so oder so.

»Was für ein hübsches Kleid, Sarah. So schmeichelhaft.

Du kleidest dich wunderschön für jemanden von deiner Größe.«

Er hatte eher gespürt als gesehen, wie Sarah den Kopf einzog. Er hatte ihre heiße Verlegenheit gefühlt, aber dennoch nicht seine Hand tröstend zu ihr ausgestreckt, ja, sie nicht einmal merken lassen, dass er die Spitze mitbekommen hatte. Niemals. Niemals hätte er seiner Mutter diese Befriedigung gegönnt, denn in Wirklichkeit war nicht Sarah die Zielscheibe, das wusste er, sondern er. Der Subtext war laut und deutlich: Die Einzige, die ihn haben wollte, die Einzige, die er kriegen konnte, war eine dicke junge Frau, eine pummelige, dankbare Frau. Auch wenn das damals nicht wahr gewesen war, genauso wenig wie heute. Sarah war nicht dick, sie war kurvenreich und wunderschön. Ihre weiche Haut und ihr Duft in der Dunkelheit machten etwas mit ihm. Etwas Gutes.

Dennoch, die Saat war aufgegangen, der Schaden angerichtet, und jetzt nahm er illoyal Notiz von der weichen Wölbung ihres Bauches und der Fülle ihrer Brüste und verspürte eine seltsame Ambivalenz, für die er sich schämte. Sie war der freundlichste, liebevollste Mensch der Welt, und er betete jedes Atom ihres Wesens an, aber manchmal wünschte er sich, sie wäre schlanker. Manchmal genierte er sich irgendwie – natürlich nicht direkt ihretwegen, Gott behüte, aber er genierte sich, und dann hasste er sich dafür, dass er so ein Arschloch war, dass er seiner Mutter ihren Wunsch erfüllte. Denn das war es, was sie gewollt hatte: ihm eine Klette unter den Sattel schieben und den Zauber der Liebe verunreinigen. Ja, sie mochte ihn hassen, aber sie kannte ihn auch, sie kannte ihn nur zu gut. Sie wusste, auf welche Knöpfe sie sanft drücken musste und wie sie ihn verletzen konnte, ohne dass es blutete.

Er spürte den Blick seiner Tochter auf sich, und als er sich umdrehte, hob sie stolz die Arme, um ihm ihren vorschriftsmäßig geschlossenen Sicherheitsgurt zu zeigen.

»Guck, Daddy«, sagte sie, »meiner ist richtig zu.«

Sie fixierte ihn mit ihren runden blauen Augen, und sofort spürte er es. Dieses Flackern, diese Kakerlake, die über seine Seele huschte, und er hatte Mühe, ihren Blick zu erwidern. Die Jalousie senkte sich herab, die Glasscheibe, die ihn von ihr fernhielt und verhinderte, dass er ihr je zu nah kam. Auch das war ein heimlicher Grund für seine Scham, dieses Fragezeichen bezüglich der Liebe zu seiner Tochter. Er hatte schon oft versucht zu analysieren, welche Gefühle sie in ihm weckte, aber er fand doch nie den richtigen Namen dafür. Es war ein Schauder tief in seinem Innern, fast so etwas wie Angst oder Grauen.

Es war vom Augenblick ihrer Geburt an da gewesen. Als Sarah ihm die Arme entgegenstreckte und in ihren Augen Tränen glänzten.

»Jeremy, es ist ein kleines Mädchen. Wir haben eine Tochter.«

In jenem Moment war er zurückgezuckt. Er hatte gespürt, wie seine Seele zurückwich und einen sicheren Abstand zwischen sie brachte, und er hatte Angst gehabt. Vor ihr oder um sie, das war die Frage, die ihn immer noch verfolgte.

Er betete, Lucy möge zu jung sein, um seine Zurückhaltung zu fühlen, und er möge seine Gefühle für sie eines Tages entwirren, und alles wäre in Ordnung mit ihnen, denn sie zu beschädigen, wie seine Mutter ihn beschädigt hatte, das war undenkbar. Vorläufig überkompensierte er. So sehr, dass Jack auf die Frage nach Daddys Lieblingskind ohne zu zögern Lucys Namen nennen würde, Daddys kleines Mädchen, obwohl in Wahrheit ihm das Herz seines Vaters gehörte. Ihm, diesem dummen Jammerkloß, der es kaum noch über sich brachte, die Existenz seines Vaters auch nur zur Kenntnis zu nehmen. Sarah versuchte ihn zu beruhigen, das sei »nur eine Phase«, sagte sie zu Jeremy, und er staunte über diesen Luxus. Solche Kindheitsprivilegien hatte er nie genossen.

Ein hartnäckiges Stimmchen zerriss seine Gedanken – »Daddy!« –, und er lächelte seine Tochter an.

»Das ist wunderbar, Schatz. Du bist so ein cleveres Mädchen.«

Jack gab ein Geräusch von sich, das sehr wie ein Schnauben klang. Jeremy starrte ihn misstrauisch an, wartete darauf, dass sein Sohn ihm in die Augen schaute.

»Schatz, es hilft nichts, wenn du immer so ein Gewese um alles machst.« Sarah klang leicht gereizt. »Lass sie einfach. Die kommen schon zurecht.«

Also wandte er sich wieder dem Fenster und der sauber geordneten Welt zu, die sich vor ihm ausbreitete.

Der Urlaub war eine gute Idee gewesen, denn so hatten sie alle mal wieder ein bisschen Zeit miteinander verbracht, aber letztlich hatte er viel zu lange gedauert. Die goldenen Strahlen waren nach und nach matt geworden, und Jeremy hatte festgestellt, dass die Freude über seine Familie sich bedrohlich in Langeweile verwandelte. Nicht, dass er sie nicht liebte (das tat er, und zwar von ganzem Herzen), aber manchmal musste er allein sein – oder nicht unbedingt allein, aber doch in der Lage zu tun, was er wollte und wann er es wollte. Ohne Druck. In den letzten Tagen hatte er sich nach etwas mehr Raum für sich gesehnt. Nach seinem Alltag mit Büro, Fitnessstudio und dem ein oder anderen Feierabendbier mit Freunden. Zeit und Raum, um noch etwas anderes zu sein als Ehemann und Vater, Zeit für eine kurze Erholung von der samtweichen Häuslichkeit, der unerbittlichen Nettigkeit des Ganzen. So war er, seit er sich erinnern konnte: ein Mann, der ein bisschen Raum für sich brauchte, um einen klaren Kopf zu behalten. Um seine Dämonen in Schach zu halten.

Der Boden war inzwischen näher gekommen, und er konnte Autos und Lastwagen erkennen, die sich auf hübschen kleinen Straßen voranschlängelten. Liliputanische Tiere weideten gemächlich auf Wiesen, gesäumt von Bäumen, so groß wie Brokkoliröschen. Ein Golfplatz driftete unter ihm vorbei – ja, das war eine gute Idee für morgen –, Sandbunker und sanfte Greens im Miniaturformat mit Menschen wie Ameisen.

Das Flugzeug legte sich auf die Seite, und für einen Augenblick verschwand die Welt, bevor sie ihm wieder entgegenrauschte und plötzlich näher war. Er sah eine winzige Gestalt, die quer über eine Wiese rannte, auf ein paar Bäume zu. Er konnte sie nur eine Sekunde lang sehen, aber unerklärlicherweise war er sicher, dass zwei andere hinterherliefen, sie verfolgten.

Sein Herz taumelte mit der Bewegung des Flugzeugs, und das »Nein!« brach über seine Lippen, bevor das Entsetzen ihn packte. Er stemmte sich gegen den Sicherheitsgurt und presste verzweifelt sein Gesicht gegen die ovale Scheibe, um das Schicksal der fliehenden Gestalt noch zu sehen. Wie rasend zerrte er am Gurtschloss und kam taumelnd auf die Beine. Er stieß hart mit dem Kopf gegen das Gepäckfach über ihm, aber der Schmerz drang kaum in sein Bewusstsein. Er wollte einen Warnruf ausstoßen, aber ihm stockte der Atem, und kein Laut kam aus seiner Kehle.

Sarah zog an seinem Arm, ihr Gesicht blass vor Schrecken.

»Jeremy! Jeremy, was ist denn, was hast du? Um Gottes willen, setz dich hin.« Suchend schaute sie ihm ins Gesicht und sah die flackernde Angst. »Jez, sprich mit mir! Was ist passiert?«

Die Panik kribbelte in seinen Fingern, übertrug sich auf sie und ließ ihre Fingerspitzen gefrieren.

»Jeremy, bitte, du musst dich wieder setzen!«

Dann hatte auch die Stewardess ihren Platz verlassen.

»Sir, zu Ihrer eigenen Sicherheit müssen Sie sich hinsetzen. Bitte nehmen Sie Ihren Platz wieder ein.« Ihre Stimme klang gleichermaßen drängend und missbilligend, als sie sich durch den Gang herankämpfte, den Bewegungen des Flugzeugs zum Trotz. »Sir, bitte!«

Sarah drehte sich mit wachsender Panik zu ihr um. »So benimmt er sich sonst nie, da stimmt etwas nicht! Wie lange dauert es noch bis zur Landung?«

Einen schrecklichen Moment lang fürchtete er, es wäre sein Herz und er könne hier vor seinen Kindern sterben, wild um sich schlagend und nach Luft schnappend, während seine Seele entfloh. Er stieß Sarah weg und ließ sich auf seinen Sitz fallen. Sein Herz hämmerte wie rasend in der Brust, ein gefangener Vogel im Käfig seiner Rippen.

Langsam drang Jacks Stimme durch Lucys angstvolles Gezwitscher. Er hatte die Attitüde der gelangweilten Gleichgültigkeit abgelegt, und in seiner Stimme lag ein Unterton der Angst.

»Mum, was ist denn los? Dad, ist alles okay?«

Sarahs Hand legte sich auf seine Wange, kalt vor Schreck, und das holte ihn zurück in die Realität. Seine Frau sprach mit ihm und mit den Kindern, leise und beruhigend, als wäre auch er ein Kind, und nach und nach ergaben ihre Worte Sinn.

»Dad fehlt nichts ... Es ist alles okay, Jez ... Halte durch, wir landen gleich ... Du musst atmen, Schatz, so ist es richtig ... Es geht gleich wieder ... Daddy geht es gut ...«

Ihr Gesicht nahm wieder Konturen an, und in ihren blauen Augen leuchtete die Angst. Ihre Hand griff nach seiner und umklammerte sie, und wieder durchströmte ihn Scham – weil er sie und die Kinder so sehr erschreckt hatte.

Langsam beruhigte sich sein Puls, und er begriff, dass er nicht sterben würde. Sein Herz funktionierte noch und schlug regelmäßig und in einem beruhigenden Rhythmus. Nach und nach wurden ihm die anderen Passagiere bewusst, die gereckten Hälse und das aufgeregte Gemurmel angesichts der Aussicht auf einen Todesfall im Flugzeug, ein Festmahl für die Geier, jedenfalls ein kurzes.

Heiße Verlegenheit vertrieb die letzten Reste der Angst. Jetzt wollte er nur noch, dass das verdammte Ding landete, damit er von hier verschwinden konnte. Das hatte er noch nie getan – in Panik zu geraten und eine Szene zu machen. Er war schon unzählige Male geflogen, aber noch nie hatte er auch nur einen Hauch von Angst verspürt. Tatsächlich hatte er so etwas überhaupt noch nie erlebt. Aber noch während dieser Gedanke Gestalt annahm, stieg eine Erinnerung flirrend an die Oberfläche: wie er nachts schweißgebadet und zitternd aus einem Albtraum erwachte, ohne sich an dessen Inhalt zu erinnern. Seine Kehle war ausgedörrt vor Angst, die Nacht ein Ort des namenlosen Grauens.

Seine Zunge löste sich aus ihrem Versteck am Gaumen. »Alles okay«, krächzte er, und sein Ton strafte die Worte Lügen. »Ehrlich, alles okay.«

Er drückte Sarahs Hand und bemühte sich, das Zittern seiner eigenen zu beherrschen.

»Ich weiß nicht, was das war. Ich hab einfach für einen Moment die Kontrolle verloren, das ist alles. Aber es geht mir wieder gut, wirklich, schau nicht so besorgt. Es ist alles okay. Ich hoffe nur, die Kindern sind in Ordnung. Mein Gott, ich muss ihnen ja einen Schrecken eingejagt haben. Es tut mir leid, Schatz – es tut mir so leid.«

Das Flugzeug setzte auf der Landebahn auf, und die Schubumkehr setzte ein und zog ihn auf dem Sitz nach vorn. Er war zittrig nach dem Schock und versuchte verzweifelt, es als Stressreaktion abzutun, die mit der Rückkehr in die reale Welt zu tun hatte. Er beruhigte sich mit dieser Erklärung, so fadenscheinig sie auch sein mochte, und ignorierte das Bild der laufenden Gestalten, das auf seine Netzhaut eingebrannt zu sein schien. Sie hatten schließlich nichts mit ihm zu tun.

2

Sarah hatte darauf bestanden, zu fahren, und jetzt hockte Jeremy neben ihr auf dem Beifahrersitz. Angesichts der schlichten Tatsache, dass sie ihn für fahruntüchtig hielt, fühlte er sich entmannt, hinfällig wie eine jüngferliche Tante. Das alles wurde noch schlimmer, weil sie ihm immer wieder besorgte Blicke zuwarf, als rechnete sie damit, er werde neben ihr still entschlafen und als schlaffer Leichnam an ihrer Seite sitzen. Jeder dieser Blicke ärgerte ihn noch mehr, und er hatte Mühe, seine wachsende Gereiztheit zu unterdrücken. Er wusste, sie konnte nichts dazu, aber nach diesem Zwischenfall war er verstimmt und wütend. Solange er zurückdenken konnte, war es ihm zuwider gewesen, irgendeine Art von Szene zu machen, und obwohl er wusste, dass sein Zorn sich gegen ihn selbst richtete, konnte er nicht verhindern, dass er ihn stattdessen auf sie projizierte.

Wieder blickte sie zu ihm herüber, und diesmal platzte ihm der Kragen.

»Herrgott noch mal, Sarah, sieh mich nicht dauernd so an! Dieses Theater macht mich noch wahnsinnig. Ich war ein bisschen wacklig auf den Beinen, das ist alles. Da war nichts weiter. Man könnte ja glauben, du wärst meine Mutter oder so. Du meine Güte!«

Obwohl, wenn er darüber nachdachte, vielleicht doch nicht gerade *seine* Mutter. Vielleicht eine normale Mutter, die sich um ihr Kind sorgte.

Er sah die Kränkung in ihrem Gesicht und wünschte, er hätte den Mund gehalten. Sie regte sich nur selten auf. Anders als er war sie nur schwer aus der Fassung zu bringen, und auch jetzt blickte sie fest auf die Straße und tat seinen selbstsüchtigen Wutausbruch mit einer winzigen Kopfbewegung ab, einer kaum merklichen Bewegung wie dem Zucken eines Katzenohrs, das eine Fliege verscheuchte. Er wusste, dass seine Spitzen oft ins Zentrum trafen, aber als sie sprach, klang ihre Stimme ruhig und freundlich wie immer. Es war nie ihre Absicht, aber ihr Gleichmut beschämte ihn manchmal nur umso mehr.

»Ich weiß, du findest, ich übertreibe, aber ich werde es nicht einfach ignorieren. Du warst weiß wie ein Laken, Jez, und es schien fast so, als wüsstest du nicht, wo du bist. Ich sage nicht, dass es das war, aber es könnte ein Anfall oder so etwas gewesen sein, vielleicht sogar das Herz. Da kannst du nicht einfach so tun, als wäre nichts passiert.«

Er erinnerte sich an den Druck in seiner Brust, an die Atemnot, an die Angst, die ihn durchströmt hatte. Er war fast in dem entsprechenden Alter, und so traute er sich nicht, ihr zu widersprechen, so gern er es auch getan hätte.

»Und ich weiß, was du sagen willst, also kannst du dir die Mühe sparen. Ich fahre jetzt, und wir fahren ins Krankenhaus.«

Sie erstickte mit einer Handbewegung jeden möglichen Protest im Keim.

»Ich möchte, dass du in die Notaufnahme gehst, um dich untersuchen zu lassen. Das ist alles. Ich will sicher sein, dass wir keinen Grund zur Sorge haben. Es hat also keinen Sinn, wenn du darüber diskutierst, denn wir werden hinfahren, ob es dir gefällt oder nicht.«

Jeremy öffnete den Mund, um zu antworten, aber dann

dachte er an die Kinder auf dem Rücksitz, denen er schon genügend Angst eingejagt hatte. Teils ihretwegen schluckte er seine Worte herunter, teils aber auch, weil er wusste, dass Sarah recht hatte.

Die Kinder waren unnatürlich still; von dem Gezappel und Gezänk, das ihre Autofahrten normalerweise begleitete, war nichts zu hören. Jack konzentrierte sich wieder auf sein Handy – die Sorge um den Vater schien vergessen –, aber Lucy klammerte sich an die Sitzlehne ihrer Mutter, sichtlich verschreckt.

Tränen standen ihr in den Augen. »Mummeee«, heulte sie, »ich will nicht, dass Daddy ins Krankenhaus muss.«

Ich auch nicht, hätte er gern gesagt, aber dann hörte er seine Stimme, grundlos schroff.

»Hör auf, Lucy. Ich habe dir schon mal gesagt, niemand mag eine Heulsuse.«

Das brachte sie nur noch mehr zum Weinen.

Die Erinnerung rollte heran, ein Geist aus der Vergangenheit. Jeremys erster Schultag. Alle anderen Mütter wischten Tränen ab, beruhigend, tröstend, nur seine war ein unbeweglicher Klotz und bog seine Finger auf, die sich verängstigt in ihren Rock gekrallt hatten. *Du machst eine schreckliche Szene, Jeremy. Du musst lernen, dass niemand ein Muttersöhnchen leiden mag, also sei bitte nicht so ein Jammerlappen.* Und das war davor gewesen. Wie hätte er danach auch nur eine Chance haben können?

Mit einem Achselzucken schüttelte er die Erinnerung ab. Er dachte nicht gern an seine Mutter und ihre kleinen Grausamkeiten, und es ärgerte ihn, wie sie immer wieder in seine Gedanken eindrang. Jeder, der ihm in den Kopf schaute, könnte irrtümlich auf die Idee kommen, es machte ihm immer noch etwas aus.

»Es tut mir leid, Schatz, Daddy wollte dich nicht anfauchen. Mir geht es gut, du hast keinen Grund, dir Sorgen zu machen. Mummy ist nur vorsichtig, weil sie mich liebhat.«

Er legte Sarah eine Hand aufs Knie und drückte es beruhigend. Er liebte seine Familie. Warum also gelang es ihm so oft nicht, der Mann zu sein, der er sein wollte?

Jeremy setzte die letzten Koffer in der Diele ab und schloss erleichtert die Haustür. Es war spät. Sarah ging geradewegs nach oben, und die Kinder folgten ihr trödelnd. Der Ausflug zum Krankenhaus hatte sehr viel länger gedauert als erwartet, und es war längst Schlafenszeit für sie. Auf der Heimfahrt waren sie übermüdet und quengelig gewesen, und nur mit Mühe hatte er sie unter Kontrolle halten können.

In der Küche machte er sich ein Bier auf. Er war todmüde, aber an Schlafen war noch nicht zu denken. Das kam vom Krankenhaus. Alles dort hatte ihn nervös gemacht: die endlose Warterei, die Geräusche, die durch die Vorhänge ringsum gedrungen waren, das Rattern der Transportwagen, das Stimmengemurmel, die eiligen Schritte auf dem Vinylboden, das Stöhnen, die spröden Schreie. Und der Geruch. Der Geruch war das Schlimmste gewesen. Feuchte menschliche Dünste, überlagert von beißend scharfen Desinfektionsmitteln. Er hatte daran denken müssen, wie die Zeit verging, und dass auch er selbst unausweichlich älter wurde.

Und dann der Arzt. Sein jugendliches, lässiges Aussehen und seine selbstbewusst-arrogante Art hatten erst recht dazu geführt, dass Jeremy sich jedes einzelnen seiner zweiundvierzig Jahre schmerzlich bewusst war. Aber zumindest war er gründlich gewesen, der Herr Doktor.

Er hatte Jeremy sein Stethoskop an die Brust gedrückt, wo die Muskeln passenderweise zu Altmännertitten hingewelkt waren, und sie hatten das komplette Programm absolviert – EKG, CT, umfassende medizinische und soziale Anamnese –, bevor Jeremy endlich entlassen war. Während der Scanner brummte und kreiste, hatte er sich gefragt, was er tun würde, wenn sich in seinem Kopf ein blinder Passagier versteckte, ein bösartiges Zellenbündel, das sich in die Falten und Ritzen seines Gehirns verkrochen hatte. Würde er sein wie sein Vater, tapfer und stoisch bis zum Ende, oder würde er zu einer schlimmeren Version seiner selbst werden, die noch nicht offenbar geworden war? Am Ende fand er es nicht heraus, denn das Urteil hatte »Panikattacke« gelautet. *Du Waschlappen* – das hatte der Arzt zwar nicht hinzugefügt, aber gedacht hatte er es bestimmt.

Bei der Erinnerung daran schnappte Jeremy sich ein zweites Bier aus dem Kühlschrank und suchte für Sarah eine Flasche Wein aus. Wahrscheinlich brauchte sie nach diesem Tag auch etwas zur Entspannung. Im Wohnzimmer zog er die Vorhänge zu und schaltete den Fernseher ein. Er wusste nicht, warum, aber er konnte sich auf nichts konzentrieren. Vielleicht war es nur die Müdigkeit, aber was immer es war, es gab ihm das Gefühl, losgelöst zu sein, als erlebe er alles aus der Distanz. Es war beunruhigend, und er schüttelte den Kopf, als könnte er es so vertreiben.

Ausgerechnet in diesem Augenblick kam Sarah zu ihm und beäugte ihn besorgt, weil er den Kopf so hin und her drehte. Sie ließ sich neben ihm auf das Sofa fallen, schmiegte den Kopf in seine Halsbeuge und blickte mit ernsten Augen zu ihm auf.

»Bist du sicher, dass dir nichts fehlt?«, fragte sie. »Es

passt einfach nicht zu dir, so in Panik zu geraten. Du hast so … ich weiß nicht, so verzweifelt ausgesehen, glaube ich. Es hat mir Angst gemacht. Hast du eine Ahnung, was es ausgelöst haben könnte?«

Die laufenden Gestalten huschten ungebeten vor seinem geistigen Auge vorbei, und unwillkürlich schauderte ihn, was seine Unruhe noch verstärkte.

»Ich weiß es nicht.« Er blinzelte ein paar Mal schnell hintereinander, als würde er etwas Unangenehmes aus seinem Auge schwemmen wollen. »Ich habe wie immer aus dem Fenster geschaut, und im nächsten Augenblick ist es einfach passiert. Ich hab an nichts Spezielles gedacht, und ich war ganz sicher nicht angespannt. Ich weiß wirklich nicht, woher es kam.«

Er legte seinen Arm um sie und zog sie näher zu sich heran.

»Hey, lass uns nicht mehr darüber reden. Um ehrlich zu sein, ich kam mir ziemlich albern vor, und ich würde es am liebsten so schnell wie möglich vergessen.«

Er senkte den Kopf und fand ihre Lippen, warm und weich und nach Minze schmeckend. Sie hatte sich die Zähne geputzt, als sie oben war, hatte die schale Flugzeugluft weggebürstet, den sauren Geschmack der Angst, und Jeremy wünschte, er hätte ihr die gleiche Rücksicht gezollt. Irgendwie gelang es ihm immer, hinter den Erwartungen zurückzubleiben. Er wich zurück und schaute fest in den blauen Hafen ihrer Augen.

»Sarah, es tut mir leid, dass ich dich angefaucht habe – und Lucy. Das wollte ich nicht. Das Ganze hat mich beunruhigt, aber ich hätte es nicht an euch beiden auslassen dürfen. Das war nicht fair.«

Plötzlich packte ihn die Angst, er könnte etwas tun, was

sie vertreiben würde, er könnte es schaffen, alles zu verpfuschen und sie auch noch zu verlieren. Die Vorstellung, noch jemanden zu verlieren, den er liebte, war mehr, als er ertrug.

»Du weißt, dass ich dich liebe, oder? Sehr viel mehr, als ich dir wahrscheinlich zeige. Ihr bedeutet mir alles, du und die Kinder.«

»Natürlich weiß ich das, und ich liebe dich noch mehr – auch wenn du das nicht immer verdienst.«

Sie drehte sich herum und setzte sich auf seinen Schoß, und er spürte den festen Druck ihrer Brüste an seiner Brust. Langsam schob er die Hände unter ihr T-Shirt, öffnete ihren BH und fühlte ihre weiche Haut unter seinen Fingern. Ihr Blick verdunkelte sich, und er spürte, wie seine eigene Distanz sich auflöste. Er war ganz hier in diesem Augenblick, mit der Frau, die er liebte, und seine Kinder lagen wohlbehalten oben im Bett. Die Welt war in Ordnung, ganz sicher.

Seine Augen öffneten sich in Blindheit. Samtschwarz und bodenlos. Einen Moment lang hatte er keine Ahnung, wo oder wer er war. Was er wahrnahm, war ein Strudel des Grauens, der blindlings in der Finsternis wirbelte. Nur allmählich wich der Schlaf zurück, und Jeremy kam zur Besinnung. Allmählich erkannte er die matten Umrisse des Fensters hinter dem Vorhang und die vertraute Luft des Schlafzimmers, und durch den Donner in seinem Kopf drang Sarah neben ihm in sein Bewusstsein. Sie schlief tief, und der beruhigende Rhythmus ihres Atems war ein Anker, der ihn zurück zur Erde zog.

Der Traum hing immer noch wie etwas Dunkles an den Rändern seines Bewusstseins. Das Flugzeug darin legte sich auf die Seite und schoss hinab, die Erde stieg ihm rauschend entgegen, und er sah, wie die rennende Gestalt aufblickte. Sie hob das Gesicht zum Himmel und sah ihn an.

Emily.

3

Der Tag hatte einen Beigeschmack von Dysphorie. Nach dem Albtraum hatte Jeremy unruhig geschlafen und war bei jedem Geräusch aufgewacht, ein scheues Mäuschen von einem Mann. Hier bei der Arbeit, im kalten Tageslicht, wusste er, wie lächerlich sie war, die Angst, die ihn erfüllt hatte. Es war nur Emilys Gesicht, das sich mit der Gegenwart mischte, von den Gedanken an seine Mutter aus der Vergangenheit heraufgezogen. Dennoch hatte es ein Summen hinterlassen ... kein Summen der Angst eigentlich, eher das Gefühl, den Rhythmus der Welt verloren zu haben. Er kannte das von den seltenen Momenten, in denen er mit Sarah stritt: ein unterschwelliger Ärger über alles und jeden. Sie hatten so gut wie nie Streit miteinander, aber wenn, war es meistens seine Schuld, irgendein unbedeutendes Problem, an dem er sich festbiss wie ein scharfzahniger kleiner Terrier, der einen Knochen zu Tode schüttelte, so lange, bis sogar Sarah der Kragen platzte. Dann zeigte sie sich von einer anderen Seite. Sie wurde nicht laut, aber, oh, sie war clever, so viel cleverer als er mit seinen stumpfen Tiraden gegen die Welt. Sie maß ihre Worte genau ab, kalkulierte sie, legte den Finger in die Wunde. Genau wie seine Mutter wusste sie, wie sie ihn am besten treffen konnte. Manchmal fragte er sich, was für verborgene Abgründe sich in ihr verbargen, welcher berechnende Verstand hinter ihrem sanften Äußeren lauerte und wozu sie fähig wäre, wenn er ihr einmal wirklich wehtun sollte.

Er wandte sich wieder den Entwürfen und den Tabellen mit den geschätzten Kosten zu. Für morgen war ein Meeting mit dem Kunden geplant, bei dem die Zahlen durchgegangen werden sollten, aber er war nicht mit dem Herzen dabei. Manchmal sehnte er sich danach, sich von den Shopping Malls und den Büroblocks abzuwenden und etwas Eigenes auf die Beine zu stellen. Etwas Echtes zu entwerfen, etwas, das eine Seele hatte. Weniger städtisch, mehr *Grand Designs*. Er dachte an den Blick aus dem Flugzeugfenster. An all die kleinen Schachteln, die so viel mehr sein konnten, wenn Form und Funktionalität sich mit Kunst und Design verbündeten.

Wie aus dem Nichts kam ihm die fliehende Gestalt in den Sinn, und er fragte sich, was ihr passiert sein mochte und ob sie entkommen war. Er hatte bisher nicht bewusst an sie als ein Mädchen gedacht, aber jetzt war er sicher, absolut und kategorisch sicher. Logisch betrachtet wusste er schon, dass er zu weit weg gewesen war, um wirklich etwas erkennen zu können, und er hatte sie ja auch nur für einen kurzen Moment gesehen, aber irgendetwas hatte ihn überzeugt, etwas an der Art, wie sie sich bewegte. Als sei sie ein Mädchen auf der Flucht gewesen, ein Mädchen in Gefahr, und er fragte sich, ob er nicht etwas unternehmen sollte. Er wusste, der Gedanke war irrational, aber er ließ ihn nicht los, und unversehens fragte er sich, ob jemand als vermisst gemeldet oder, schlimmer noch, ob eine Leiche gefunden worden war.

Unruhe bemächtigte sich seiner. Die Hintergrundgeräusche des Büros kreischten wie Fingernägel auf einer Schiefertafel, und seine Haut begann zu kribbeln. Er konnte nicht länger stillsitzen, also ging er zum Wasserspender, wo er einen Augenblick stehen blieb und versuchte, seine wirren Gedanken zu sammeln. Er war erhitzt und zittrig und dermaßen außer sich, dass er sich einen Moment lang fragte, ob er gerade eine Art Zusammenbruch erlebte. Erst die Panik im Flugzeug und jetzt das.

Er stürzte einen Becher Wasser herunter und strich sich das Haar aus dem Gesicht. Seine Stirn war feucht, und das verstärkte seine Anspannung noch.

Mike erschien neben ihm und grinste hinterhältig. »Alles okay, Alter?«, fragte er. »Wirkst ein bisschen durch den Wind.«

Er stieß Jeremy seinen spitzen Ellenbogen hart in die Rippen. Der Rest Wasser schwappte auf Jeremys Hemd, und jähe Kälte brannte auf seiner heißen Haut.

»Oder hattest du eine harte Sitzung gestern Abend? Ist es das?«

Jeremy schaute hinunter auf den nassen Fleck und sah dann Mike an. In einem Augenwinkel saß ein verkrusteter gelber Überrest des Nachtschlafs, und an seinem Unterkiefer zeigte ein winziges Büschel unbotmäßiger Bartstoppeln, wo sein Rasierer nicht hingekommen war. Wenn jemand eine harte Sitzung hinter sich hatte, dann ja wohl eher Mike. Jeremy spürte immer noch den Stoß des Ellenbogens an seinen Rippen, und Wut flammte in ihm auf. Jungen wie Mike hatte er schon in der Schule gekannt, Pseudotyrannen, die anderen gern Schmerz zufügten, aber nur heimlich, und dabei grinsten, als wäre alles nur ein Witz. Sie fühlten sich groß dabei. Er sah ihn vor sich, den pickligen, präpubertären Mike, wie er jemanden vorn beim Hemd packte und ihm einen ach-so-lustigen »Nippeltwist« verpasste. Der perverse kleine Scheißer.

Aber heute hatte er einfach nicht die Energie für eine schlagfertige Reaktion.

»Mir geht's gut, Mike, danke. Ich muss nur meinen Kopf ein bisschen sortieren, das ist alles. Ich glaube, ich mache eine kurze Pause und gehe ein bisschen frische Luft schnappen.«

Plötzlich wollte er einfach nur noch raus, weg von Mike und dem beinahe übermächtigen Drang, ihm mit der Faust ins Gesicht zu schlagen – nicht, dass er so etwas jemals tun würde. Das war ihm nur einmal passiert, in der Schule, und er erinnerte sich immer noch an den animalischen Schock, den dieser Gewaltausbruch in ihm ausgelöst hatte.

Er fuhr mit dem Aufzug ins Foyer hinunter und trat hinaus auf die Londoner Straße. Einen Moment lang fühlte er sich desorientiert, überwältigt von Verkehr und Menschen, aber das Gefühl ging schnell vorbei, und sein Puls beruhigte sich wieder. Er beschloss, einen Kaffee trinken zu gehen und sich unterwegs eine Zeitung zu kaufen. Normalerweise las er die Nachrichten online oder sah sie im Fernsehen, aber heute hatte der Gedanke, sich mit Kaffee und Zeitung an einen Tisch zu setzen, etwas Beruhigendes.

Der Gehweg lag im wässrigen Sonnenlicht, und so suchte er sich einen Platz im Freien. Obwohl der Sommer streng genommen vorbei war, lag immer noch Wärme in der Luft. Wahrscheinlich kam das von dem Smog, der über der Stadt lag, aber das war ihm egal. Immer noch besser, als mit dem widerlichen Mike eingesperrt zu sein.

Er ließ sich an einem Einzeltisch nieder und fing an, durch die Zeitung zu blättern. Dabei überflog er die ersten Zeilen jedes Artikels und suchte nach Nachrichten über ein vermisstes Mädchen oder einen Leichenfund. Natürlich fand er nichts, und er verspürte ein Kribbeln der Enttäuschung. Nicht, dass er sich wünschte, ihr sei etwas zugestoßen. Nur verstärkte sich in ihm das Gefühl, dass etwas passiert war – und niemand schien davon zu wissen. Niemand außer ihm.

Ein Gedanke schoss ihm durch den Kopf. Vielleicht war die Sache noch nicht in den überregionalen Zeitungen angekommen, vielleicht war es dafür noch zu früh. Mit neuer Energie trank er seinen Kaffee aus und machte sich auf den Rückweg. Die Kostenermittlung konnte warten; das hier kam ihm plötzlich sehr viel dringender vor.

Im Büro suchte er mit Google nach Lokalzeitungen aus der Gegend von Gatwick und überflog als Erstes die neueste Ausgabe des *Crawley & Horley Observer*. Nichts. Das gleiche bei *Crawley News 24*. Mit wachsender Frustration rief er die BBC News auf und gab »Region Horley« ein, aber auch da fand er nichts außer einem Bericht über Drohnen am Flughafen und die Gefahr einer neuen Startbahn. Er seufzte unwillkürlich auf. Als er merkte, dass Mike herüberspähte und einen langen Hals machte, um zu sehen, was er auf dem Monitor hatte, gab er widerwillig die Suche auf, um zu AutoCad und den Plänen zurückzukehren. Doch die Linien, Quadrate und Kreise des Lageplans verwandelten sich in Straßen, Häuser und Bäume, wie vom Flugzeug aus gesehen.

Sie hatten früh zu Abend gegessen und die Kinder bereits ins Bett gebracht. Sarah war in ihren Pyjama geschlüpft und hatte sich neben ihm auf dem Sofa zusammengerollt. Sie war in eine Backsendung vertieft, die sich auf die Fahnen geschrieben hatte, besonders witzig zu sein, und einen Kalauer nach dem anderen raushaute. Normalerweise hätte Jeremy sich gemeinsam mit Sarah dabei amüsiert, aber heute Abend war es ihm viel zu schrill, und er konnte sich nicht darauf einlassen. Er empfand die gleiche Rastlosigkeit wie schon am Tag und rutschte nervös auf dem Sofa hin und her.

Sarah warf ihm einen vielsagenden Blick zu. »Jez, wenn du das nicht sehen willst, geh doch und tu was anderes. Es macht mir keinen Spaß, wenn du neben mir herumzappelst. Also geh schon.«

Er tat, als zögerte er.

»Bist du sicher? Um ehrlich zu sein, ich habe noch ein bisschen zu arbeiten.«

Das war nicht ehrlich. Kein bisschen. Er hatte nur das Bedürfnis, allein zu sein.

»Schaffst du es denn auch ohne mich, dir alle Rezepte zu merken?« Er gab ihr einen Stups, um zu zeigen, dass das als – lahmer – Scherz gemeint war.

Sarah lächelte nicht. Normalerweise tat sie so, als würde sie seine Witze lustig finden, aber diesmal blieb sie ernst. Eine Sorgenfalte erschien zwischen ihren Augenbrauen, die so schnell nicht wieder verschwinden würde.

»Bist du sicher, dass es dir gut geht, Jez? Du wirkst ein bisschen neben der Spur, seit wir aus dem Urlaub zurück sind, fast, als wärst du gar nicht richtig da.«

»Schatz, mir geht es gut, ehrlich. Ich habe nur einen Riesenhaufen Arbeit auf dem Schreibtisch, das ist alles. Du weißt doch, wie das ist. Du nimmst dir ein paar Tage frei, und am Ende musst du danach doppelt und dreifach so viel arbeiten, weil während deiner Abwesenheit alles liegen geblieben ist. Sobald ich den Stapel abgearbeitet habe, geht's mir wieder gut.«

Jeremy wusste nicht genau, warum er sie anlog. Es gab nichts, was nicht bis morgen hätte warten können. Ohnehin hatte Mike während seiner Abwesenheit mehr als bereitwillig seine Projekte übernommen. Wahrscheinlich hatte er sich an den Chef herangewanzt, kaum dass er zur Tür hinaus gewesen war, dieser Arschkriecher.

Er brauchte ein bisschen Zeit zum Nachdenken über das, was er vom Flugzeug aus gesehen hatte, und das wollte er Sarah nicht sagen. Sie sollte nicht glauben, dass er verrückt wurde, und er wusste, es würde sich so anhören. Doch es nagte an ihm und drängte sich in seine Gedanken wie ein schlechtes Gewissen, und er musste begreifen, warum.

Leise ging er aus dem Zimmer und hinauf in sein Arbeitszimmer. Es war noch nicht ganz dunkel, aber er zog trotzdem die Vorhänge zu und schaltete die Schreibtischlampe ein. Mit einem seltsamen Gefühl, als ob er etwas zu verheimlichen hätte, rief er Google Maps auf und zoomte auf Gatwick. Er schloss die Augen und versuchte, sich an die Landmarken zu erinnern, die er gesehen hatte, bevor das Flugzeug sich auf die Seite legte. Da waren Felder gewesen, Wiesen und Vieh und ein Golfplatz. Er erinnerte sich an den reizvollen Anblick von Bunkern und Greens *en miniature*.

In der Nähe von Gatwick gab es gleich mehrere Golfplätze. Das Flugzeug dürfte ursprünglich von der Küste im Süden heraufgekommen sein, aber er wusste nicht, wie viele Schleifen es geflogen oder aus welcher Richtung es zur Landung angesetzt hatte. Weil ihm nichts Besseres einfiel, fing er mit den Orten an, die im Süden lagen. Die nächsten waren Ifield, Cottesmore und Copthorne; Haywards Heath und Lindfield lagen weiter weg. Nacheinander konzentrierte er sich auf diese Dörfer und versuchte, sich an die Gegend zu erinnern, wie er sie vom Flugzeug aus gesehen hatte.

Cottesmore sah vielversprechend aus, aber er wusste nicht, ob es nicht zu weit vom Flughafen entfernt war. Er kannte auch die Fluggeschwindigkeit nicht, ebenso wenig wie die Flughöhe. Ifield lag näher beim Flughafen, und wieder kam ihm die Vogelperspektive auf Fairways und Sandbunker bekannt vor.

Je länger er die Gegend studierte, desto mehr Golfplätze schien es zu geben. Copthorne und Chartham Park, Effingham und Mannings Heath – jeder davon konnte der sein, den er suchte. Er schlug frustriert auf den Tisch und legte die Stirn auf die kühle Platte. Einerseits begriff er nicht, wieso es ihm so wichtig war oder was er eigentlich herauszufinden hoffte, andererseits fühlte er sich gezwungen, danach zu suchen.

Ein kaum spürbarer Hauch bewegte die Luft hinter ihm – Sarah stand in der Tür und beobachtete ihn. Er war so vertieft gewesen, dass er nicht bemerkt hatte, wie sie die Treppe heraufgekommen war, und deshalb wusste er auch nicht, wie lange sie schon da stand. Ihn überkam der Verdacht, sie habe sich absichtlich an ihn herangeschlichen – als habe sie sein Ausweichen vorhin gespürt und befürchtet, sie werde ihn hier im Dunkeln finden, wo er über irgendetwas brütete oder mit etwas irgendwie Ruchlosem beschäftigt war.

Als sie jetzt hinter ihn trat, hob Jeremy den Kopf von der Schreibtischplatte und versuchte hastig, den Bildschirm auszuschalten. Einen Sekundenbruchteil zu spät. Sarah sah die Luftaufnahme von West Sussex, das sich vor ihnen ausbreitete und in dessen Zentrum Gatwick wie ein Leuchtfeuer pulsierte.

»Schatz, ich wollte nur fragen, ob du Kaffee möchtest oder so was, wenn du noch arbeitest.«

Etwas in ihrem Ton konnte Jeremy nicht deuten. Sie beugte sich über ihn.

»Woran arbeitest du denn im Moment?«

»An nichts Besonderem«, sagte er. »An zwei neuen Projekten, die mir so durch den Kopf gehen.«

»Nichts Besonderes« war ein totaler Widerspruch zu dem »Riesenhaufen Arbeit«, den er vorhin erwähnt hatte. Ein neues Fädchen im Netz seiner Lügen.

»Ist das nicht Gatwick?« Sie drehte den Kopf und sah ihn an. Jetzt stand eine offene Frage in ihrem Blick, gepaart mit einem Hauch von Verwirrung.

»Jez, das ist doch der Flughafen. Wonach suchst du?« Langsam ging ihr ein Licht auf. »Hat es etwas mit der Sache im Flugzeug zu tun?«

Ihr Anwaltsverstand war zu scharfsinnig für Jeremy. Manchmal war ihre aufblitzende Intuition beunruhigend. Er dachte daran, zu lügen – warum, wusste er nicht genau –, aber dann entschied er sich für die Wahrheit.

»Okay, okay.« Resignierend hob er die Hände. »Mir war, als hätte ich vom Flugzeug aus etwas gesehen, und das beunruhigt mich aus irgendeinem Grund, das ist alles. Ich wollte nur mal sehen, ob ich die Gegend finden kann, um dann zu entscheiden, was ich tun soll. Ich wollte dir noch nichts davon erzählen, für den Fall …«

Während er redete, zog sie sich einen Stuhl heran und setzte sich. Sie war jetzt sichtlich besorgt.

»Wie meinst du das, du hast etwas gesehen? Was heißt ›etwas‹? Und warum wolltest du nicht mit mir darüber reden, wenn es dich doch so sehr beunruhigt hat, dass du eine Panikattacke bekommen hast?«

Anscheinend blieb ihm nichts anderes übrig, als ihr alles zu erzählen. Aber die ganze Zeit war ihm bewusst, wie dumm es sich anhörte, wenn er es jetzt in Worte fasste.

»Weißt du, es war, als das Flugzeug sich auf die Seite legte. Der Boden war für einen Augenblick ein bisschen näher, und ich sah ein Mädchen, okay? Sie lief auf einen Wald zu und wurde von drei Leuten verfolgt, und jetzt werde ich aus irgendeinem Grund die Befürchtung nicht los, dass sie in Gefahr gewesen ist. Ich dachte, wenn ich herausfinden kann, wo es war, kann ich vielleicht auch etwas unternehmen. Mich vergewissern, dass sie wohlauf ist, oder so. Ich weiß nicht genau, warum, aber ich hatte das Gefühl, als dürfte ich es nicht ignorieren. Und bevor du etwas sagst: Ich weiß, es klingt alles ein bisschen sonderbar. Deshalb habe ich dir nichts davon erzählt.«

Er hatte jetzt keinen Zweifel mehr. Anscheinend war das, was als Verdacht angefangen hatte, zu einer harten Tatsache geronnen. Etwas überrascht erkannte er, dass er soeben von drei Leuten gesprochen hatte. Er wusste, drei hatte er nicht gesehen – zwei vielleicht, aber auf keinen Fall drei –, aber jetzt war er überzeugt, es waren drei gewesen. Tatsächlich würde er sein Leben darauf verwetten, dass da dicht außerhalb seines Gesichtsfeldes noch jemand gewesen war, und die Irrationalität dieser Überzeugung erschreckte ihn.

Sarah las etwas in seinem Gesicht und griff nach seiner Hand.

»Jez, um ehrlich zu sein, ich bin ein bisschen besorgt. Wenn du deshalb eine Panikattacke bekommen hast, ergibt es keinen Sinn. Ich will nicht sagen, dass du da nichts gesehen hast, aber wie um alles in der Welt kannst du wissen, dass es ein Mädchen gewesen ist?«

Er wollte seine Hand wegziehen, aber sie hielt sie nur noch fester.

»Und selbst wenn – woher willst du wissen, wie alt sie war oder dass sie gejagt wurde? Vielleicht war es ein Kind beim Spielen oder jemand, der einfach rannte? Alles Mögliche. Und selbst wenn sie gejagt wurde, warum um alles in der Welt reagierst du darauf so?«

Unbewusst sprach sie in dem Ton, den sie bei den Kindern benutzte, und das wurmte ihn.

»Ich weiß es nicht. Es sah nur aus, als würde sie gejagt werden, und das hat mich beunruhigt.«

»Aber es leuchtet mir wirklich nicht ein. Wir müssen ungefähr zweitausend Fuß hoch gewesen sein, wenn nicht höher. Es ist unmöglich, dass du solche Details aus dieser Höhe gesehen haben sollst, oder in den paar Sekunden, die wir tatsächlich über dem Bereich waren.«

»Aber ich habe sie gesehen. Das erfinde ich nicht.«

»Du hast aus dieser Höhe vielleicht Menschen gesehen, aber du kannst nicht in der Lage gewesen sein zu erkennen, wer sie waren oder was sie taten. Schatz, das ist einfach nicht möglich.«

Ihr Tonfall war entschieden, aber auch leicht ungläubig.

»Und selbst wenn du glaubst, du hättest etwas gesehen, wäre es unmöglich, auf Google Earth zu identifizieren, wo genau das war. Und warum die Panik? Ich verstehe wirklich nicht, wie du überhaupt auf solche Gedanken kommst.«

Ihre Logik ging ihm auf die Nerven, obwohl er insgeheim wusste, dass sie recht hatte. Es war nicht das, was er hören wollte. Er wollte, dass sie ihm glaubte und dass sie ihm half herauszufinden, was passiert war.

»Ach, du bist jetzt also auch Luftfahrtexpertin, ja?« Er

sah ihr streitsüchtig ins Gesicht. »Ich sag dir was. Wenn du mir nicht glaubst, dann such dir noch irgendeine andere Kochsendung im Fernsehen. Los, geh, bestimmt gibt's da noch was Leckeres.«

Er hörte selbst, wie spöttisch und unwirsch er klang, und er schämte sich, kaum dass er zu Ende gesprochen hatte. Sarah zog die Hand weg, als hätte er sie geschlagen.

»Sarah, es tut mir leid. Ich weiß nicht, warum ich das gesagt habe. Ich habe nicht gemeint ...«

Er zwang sich, ihr in die Augen zu schauen, und erwartete einen gekränkten Blick. Was er stattdessen sah, war eher eine Art Enttäuschung, und das traf ihn noch mehr.

»Aber ich«, sagte sie. »Vielleicht ist es, weil du manchmal ein gemeines kleines Arschloch bist.« Damit wandte sie sich ab und ging.

Er hatte den ganzen Tag mit jemandem streiten wollen. Also warum nicht mit ihr?

»Was soll das heißen? Komm mir nicht mit einer solchen Bemerkung und mach dich dann einfach vom Acker, verdammt. Wenn du mir etwas zu sagen hast, nur zu! Sag es ruhig.«

Sie blieb in der Tür stehen, biss aber auf seinen Köder nicht an.

»Das ist verrückt, Jeremy, und ich glaube, tief im Inneren weißt du es. Sag mir Bescheid, wenn du bereit bist, dich wie ein Erwachsener mit mir zu unterhalten. Ich bin hier.«

Behutsam schloss sie die Tür hinter sich.

4

Die Atmosphäre beim Frühstück war angespannt. Sarah würde es niemals zulassen, dass die Kinder Unstimmigkeiten zwischen ihnen bemerkten, aber Jeremy spürte, dass sie ihm nicht verziehen hatte. Er merkte es an der flachen Präzision ihrer Stimme, wenn sie mit ihm sprach, und an einer gewissen Härte in ihrem Blick, die ihre Iris stahlgrau färbte. Er kannte sie gut genug, um zu wissen, dass sie innerlich zerrissen war: Halb war sie schlicht wütend wegen seiner billigen Spitze, halb machte sie sich Sorgen um ihn und wollte darüber reden. Deshalb liebte er sie umso mehr, und es schmerzte ihn in der Brust, wenn er an seine gemeinen Worte vom Vorabend dachte.

Er sah zu, wie sie Obst und Joghurt für sich und die Kinder bereitstellte und spielerisch die Himbeeren für Lucy abzählte, indem sie sie sich auf die Fingerspitzen legte.

»Hier ist eine richtig dicke, saftige«, sagte sie und schob Lucy die auserwählte Frucht in den erwartungsvoll aufgesperrten Mund. »So, meine Süße, auf der stand ganz eindeutig dein Name.«

Sein Name stand heute Morgen leider nirgendwo. Sie machte ihm keinen Kaffee – ja, schlimmer noch, sie stellte ihm nicht mal eine Tasse hin.

Jeremy hatte oft gesehen, wie sie den Kindern das größte, saftigste Stück Kuchen gab und sich selbst nur das zerbrochene oder kleinste Stück nahm. Das gehörte anscheinend zum Muttersein dazu: dieses Verlangen, Opfer zu bringen für die, die man liebte, selbst wenn es um solche Kleinigkeiten ging. Aber aus irgendeinem Grund bewegte es ihn diesmal nicht so, wie es sollte. Statt eines warmen Gefühls erzeugte es einen Stich von ganz anderer Art, der gefährliche Ähnlichkeit mit Eifersucht hatte.

Seine Gedanken kehrten unausweichlich zu seiner Mutter zurück. Es war nie ihre Art gewesen, ihm das größte Kuchenstück zu überlassen. Jeder kleine Leckerbissen war für ihren eigenen Mund bestimmt, nie für seinen. Er sah sie vor sich, wie sie ihn beobachtete, während ihre karmesinroten Lippen sich um die letzte Praline schlossen, und wie sie mit einem gehässigen Blick seine Enttäuschung genoss.

Jemand – wahrscheinlich Onkel Ian – hatte ihm einmal erzählt, Karmesin werde aus zerquetschten Käfern hergestellt, aus einer wächsern leuchtenden Substanz, die diese Käfer das Leben kostete. Als Kind hatte er sich mühelos vorstellen können, wie seine Mutter die kleinen Kadaver zerstampfte, bevor sie sich ihre roten Sekrete auf die Lippen schmierte.

Bei dem Gedanken daran überlief ihn ein Schauder. Als er sah, dass Sarah ihn beobachtete, zwang er sich zu einem hoffentlich gewinnenden Lächeln. Nur ging es leider als Verlierer durchs Ziel. Liebevoll, beruhigend, normal hatte es werden sollen, aber stattdessen wurde daraus ein starres Entblößen der Zähne, das ihre Besorgnis ganz sicher nicht zerstreuen würde. Es war das Grinsen eines Wolfs im Schafspelz.

Er kippte den letzten Rest seines (selbstgebrühten) Kaffees herunter und ging zur Tür. Unterwegs blieb er stehen, um Sarah zu umarmen und das Kinn in einer flehentlichen

Geste auf ihren Scheitel zu legen. Sie erstarrte in seinen Armen; noch war sie nicht bereit, ihm zu verzeihen.

»Es tut mir leid, Sarah«, flüsterte er in ihr Haar. »Ich bin manchmal ein solcher Idiot. Ich habe dich nicht verdient.«

Es erforderte mehr als eine Umarmung im Vorbeigehen. Sie blieb stumm und starr. Seufzend drückte er sie kurz an sich und verließ seine kleine Kernfamilie.

Im Büro war es stickig und öde, und sosehr er sich auch um Konzentration bemühte, fesselte ihn die Arbeit doch nicht mehr als am Tag zuvor. Obwohl er die Sache auch aus Sarahs Perspektive sehen konnte, wurde er das Gefühl nicht los, dass sie im Irrtum war. Er akzeptierte sogar, dass seine Ideen möglicherweise irrational waren, aber das änderte nichts an den Bildern, die in seinem Kopf aufblitzten, sobald seine Wachsamkeit nachließ. Es zerstreute die Überzeugung nicht, dass irgendwo zwischen diesen Bäumen ein Mädchen zu Schaden gekommen war, und es milderte nicht den Drang herauszufinden, wer sie war und was mit ihr passiert war.

Emily! Der Name schnitt wie eine Messerklinge durch seine Gedanken, und plötzlich wurden seine Handflächen feucht. Emily, kleine Em. Sein Herz schlug schneller. Damit durfte er nicht anfangen. Er durfte nicht an den fehlenden Teil seiner selbst denken. Warum fühlte es sich nach all den Jahren plötzlich an, als wäre sie mit ihm in diesem Raum? Als würde er, wenn er plötzlich den Kopf drehte, ihr strahlendes Lächeln sehen, das Sonnenlicht, das auf ihrem Haar spielte? Die Luft im Büro schien in Bewegung zu geraten, als würden die Moleküle sich verschieben und Platz machen, um den Geist eines toten Mädchens hereinzulassen, ohne dass einer seiner Kollegen es zu bemerken schien.

Niemand sah die plötzliche Wildheit in seinem Blick oder das Zittern seiner Hände.

Der Schmerz stirbt nie, das hatte er schon früh gelernt. Man bringt ihn einfach irgendwie unter. Er gräbt sich eine kleine Höhle in deiner Seele und verkriecht sich und wartet. Wartet auf die zufällige Bemerkung, die verirrte Erinnerung, den gewissen Duft, um sich wieder zum Leben erwecken zu lassen. So war es jetzt: Etwas hatte den Schmerz aufgeweckt, und er war so frisch wie eh und je. Als wäre das alles erst gestern passiert.

Das Klingeln seines Handys trieb seine Gedanken auseinander. Die drängenden Vibrationen ließen das Telefon in panischen Kreisen auf dem Tisch herumfahren. Es war Sarahs Nummer, und ihm stockte der Atem. Sie rief ihn so gut wie nie bei der Arbeit an. Sofort dachte er an die Kinder: Hatte sich eins von ihnen verletzt, oder war, Gott behüte, Schlimmeres passiert? Dicht auf den Fersen von Emilys Geist erschien dieser Anruf wie ein böses Omen, und seine Nerven vibrierten wie ein gespannter Draht.

»Hallo?« Die Angst war in seiner Stimme zu hören, als er darauf wartete, dass die Axt fiel.

»Jeremy, ich bin's. Ich habe eben einen Anruf vom Krankenhaus in Bristol bekommen. Deine Mutter wurde gestern Abend eingeliefert. Viel wollten sie mir nicht sagen, aber *was* sie gesagt haben, klang nicht gut.«

Er hörte den dringlichen Unterton in ihrer Stimme. Die schlechte Laune ihm gegenüber schien vergessen.

Er zögerte einen Herzschlag lang und bemühte sich, seine Gefühle zu ordnen. Da war Erleichterung – weil es nicht Sarah oder eins der Kinder war –, aber auch noch etwas anderes. Und dann wusste er es: Es war Bedauern. Eine mächtige Woge der Trauer um das, was hätte sein können, was hätte sein sollen. Um die Beziehung, die sie nie gehabt, die Liebe, die sie nie geteilt hatten. Reue wegen all der Kränkungen und Vorwürfe, wegen der Grausamkeiten, die er nie mehr ungeschehen machen konnte. Wegen all der Weihnachts- und Geburtstagsfeste, der großen und kleinen Feiertage, die Zeiten des Glücks hätten sein sollen. Das war nicht nur traurig für ihn, sondern auch für sie. Es überraschte ihn, dass er nach allem, was sie war, und allem, was sie getan hatte, immer noch Reue wegen der Dinge empfinden konnte, die ihr entgangen waren. Die Enkelkinder, die sie nie wirklich gekannt hatte. Die Schwiegertochter, die ihr Liebe geschenkt hätte, wenn sie sie je in ihre Nähe gelassen hätte. Ein riesiger Ozean von verpassten Gelegenheiten und Zeit, die sie nie zurückbekommen würden. Keine zweiten Chancen.

»Jeremy, bist du noch da? Alles okay?«

»Ja. Entschuldige, es ist … ich weiß nicht, ich bin überrascht, das ist alles. Was muss ich tun?«

Das war eine alberne Frage. Es war seine Mutter, nicht ihre, aber Sarah war diejenige, die pflichtbewusst Kontakt gehalten hatte. Sie hatte seine Mutter zweimal im Monat angerufen und ihr Fotos von Jack und Lucy geschickt. Sie hatte dafür gesorgt, dass seine Mutter Teil der Familie blieb, wenn auch auf Distanz. Aber ihre Beziehung hatte sie nie so recht verstanden, denn die zwischen ihr selbst und ihren Eltern hätte anders nicht sein können. Zu Anfang hatte sie sich sehr bemüht, zwischen ihnen alles in Ordnung zu bringen, bis sie begriffen hatte, dass manche Familien irreparabel verkorkst und verbogen und ihre Trümmer unter einem Berg von Geschichte vergraben waren.

»Jeremy, sie ist deine *Mutter*. Du musst sie besuchen. Du wirst dir niemals verzeihen, wenn du es nicht tust. Ganz gleich, wie du über sie denkst, sie hat sonst niemanden. Du bist ihr Sohn, ihr nächster Verwandter. Schatz, hör mir zu: Du kannst davor nicht weglaufen, auch wenn du es möchtest.«

Jeremy seufzte, voller Widerwillen und Überdruss, aber das war nur Effekthascherei, denn er wusste, sie hatte wieder einmal recht.

Die Fahrt von London nach Bristol verlief entspannt. Sie führte höchstens drei Stunden lang mehr oder weniger schnurgeradeaus über die Autobahn M4, und Jeremy empfand beinahe Gewissensbisse bei dem Gedanken daran, wie lange es her war, dass er diese Fahrt zuletzt unternommen hatte. Es war ein strahlender Septembertag, frisch und klar, mit einem wolkenlosen Himmel. Die Reise hätte beinahe Spaß machen können, wäre da nicht gewesen, was am Ende auf ihn wartete. Mit Krankenhäusern hatte er nie etwas anfangen können, und die Kombination von Krankenhaus und seiner Mutter würde niemals Spaß machen. Sarah hatte angeboten mitzukommen, aber obwohl die Versuchung groß gewesen war, wusste er, dass er dies allein tun musste. Wenn Frieden zu schließen war, musste er es versuchen – wenn nicht um seiner Mutter willen, dann doch wenigstens für sich.

Der Wagen fraß die Meilen sehr viel gieriger, als ihm lieb war. Hinter Reading führte die Autobahn durch eine offene Landschaft. Bäume und Hecken zu beiden Seiten zeigten die ersten Verfärbungen des Herbstes, einzelne goldene Flecken, verstreut in der grünen Weite. Wellige Felder reichten bis zum Horizont, und in der Ferne stand auf einer runden Hügelkuppe ein Zierturm, die törichte Laune eines vergangenen Grundbesitzers. Jeremy sah ihn im Vorüberfahren und dachte an seine eigene Torheit – wie konnte er bloß glauben, es könne mit seiner Mutter jemals eine Versöhnung geben? Er fühlte sich plötzlich versucht, die nächste Ausfahrt zu nehmen und sich in einer stillen Parkbucht zu verstecken, um mit seinen Gedanken allein zu sein.

Seine Mutter. Es war merkwürdig, wie oft sie gerade in letzter Zeit in seine Gedanken eindrang, fast als habe er auf irgendeiner Ebene gewusst, dass sie sich dem Ende ihres Lebens näherte. Verband der Hass sie, wie es eigentlich die Liebe täte? Oder waren sie verbunden durch eine Art morphische Resonanz, geboren aus Trauma und Verlust? Was immer der Grund sein mochte, er hatte ihre Anwesenheit in den letzten Tagen stärker gespürt als sonst.

Er betrat das stille Nebenzimmer, und da lag sie, Mrs Marian Horton. Gefiltertes Licht sickerte durch die Jalousien und berührte kühn ihr Gesicht. Es war sehr viel kühner als er. Er sah sie jetzt zum ersten Mal seit fast drei Jahren, und die Veränderung war bestürzend. Er wusste, ihr Herz hatte versagt, aber er hatte nicht damit gerechnet, dass sie so schwer gezeichnet sein würde. Ihre Füße ragten unter der Decke hervor, glatt gewölbt und von einem filigranen Netz aus blau-grauen Adern überzogen. Ihre Zehen sahen aus wie eine Reihe von dicken kleinen Würsten, deren Haut anfing zu reißen und zu platzen, als hätte jemand mit einer Gabel hineingestochen. Zehn kleine Schweinchen aus dem Abzählreim, die nie wieder auf den Markt gehen würden. Mit ihren wassergefüllten Fußgelenken war es genauso – sie waren elefantös, genau wie ihre Arme, und ihre geschwollenen Hände schienen ihm eine Parodie zu sein auf ihre schlanken beringten Finger, die er als Junge gekannt hatte, auf die butterweißen Handflächen und makellosen roten Nägel. Jetzt lagen sie bewegungslos auf dem Wabenmuster der Bettdecke und erinnerten Jeremy an aufgeblasene Gummihandschuhe. Eine bösartige innere Stimme flüsterte ihm zu: *Wer ist jetzt fett, Mummy?*

Ihr Gesicht war teigfarben, und ihr früher so feines Haar lag dünn und strähnig auf der Eierschale des Schädels. Jeder Atemzug hallte rau und blasig aus ihrer Lunge – ein Kampf gegen das Ödem, mit dem das Ende ihrer Reise sich ankündigte.

Solange ihre Augen geschlossen waren, nahm Jeremy sich einen Moment Zeit, ihr Gesicht zu betrachten. Er rief sich die Frau vor Augen, die sie einmal gewesen war, wunderschön und mit rubinroten Lippen, ihr Haar eine Kaskade aus gesponnenem Gold. Stets schlank und makellos gekleidet, sodass der Neid am Schultor fast mit Händen zu greifen gewesen war. Eine Mutter, wie ein Sohn sie hätte anbeten können – ja, angebetet hätte –, wenn sie es ihm erlaubt hätte. Ein wütender Strom von Schmerz und Mitleid rauschte über ihn hinweg. Trotz seiner Antipathie spürte er, wie die Tränen in seinen Augen brannten, und er wusste nicht, waren sie für seine Mutter oder für ihn selbst.

Er räusperte sich, und sie öffnete die Augen.

Sie war jetzt »mal da, mal weg«, wie die Krankenschwestern sagten, aber als diese grauen Kugeln sich in diesem Moment auf ihn richteten, von Enttäuschung erfüllt, begriff Jeremy, dass sie zumindest jetzt eindeutig zu Hause war. »Ach, du bist es«, sagte sie. Ihre Stimme klang heiser und nicht besonders warm. »Ich habe mich schon gefragt, ob du dir die Mühe machen wirst, aus deinem Körbchen zu kommen.«

Jeremy nahm sich einen Augenblick Zeit, um ihre Widerstandskraft zu bestaunen. Selbst jetzt in diesem geschwächten Zustand, selbst ganz am Ende, fand sie noch die Kraft, ihn zu reizen.

Sie hob eine aufgedunsene Hand und deutete mit ungeduldigem Wedeln auf einen Becher mit Trinkhalm auf dem Nachttisch.

In einem Pawlowschen Reflex folgte Jeremy ihrer Aufforderung. Der kleine Junge in ihm lechzte anscheinend immer noch nach ihrem Beifall. Herrgott, war er blöd oder was? Pflichtbewusst hielt er ihr den Becher an die verdorrten Lippen, und mühsam trank sie einen Schluck. Die ganze Zeit ließ sie ihn nicht aus den Augen und musterte sein Gesicht mit einer Intensität, unter der er sich winden wollte.

Sie wedelte den Becher beiseite und zeigte auf den Stuhl neben ihrem Bett.

»Setz dich ein Weilchen zu mir – es sei denn, du hast was Wichtigeres zu tun.«

Gehorsam ließ er sich auf das quietschende Vinylpolster sinken und bemühte sich, den Stich zu ignorieren, den ihre Worte hervorriefen.

Ihre Augen schlossen sich, und einen Moment lang fragte er sich, ob sie wieder weggedämmert war, aber etwas sagte ihm, dass sie noch wach war. Fast hörte er das Summen ihres Hirns, die Winkelzüge ihrer Gedanken. O ja, dachte er, im Augenblick war sie ganz eindeutig »da«.

Der Arzt hatte gesagt, es sei wahrscheinlich nur noch eine Frage von Tagen oder Wochen, aber sicher nicht Monaten, und Jeremy hatte unversehens nach den passenden Worten und dem angemessenen Gesichtsausdruck gesucht. Beides hatte sich seinem Suchen hartnäckig entzogen.

»Du liebe Güte.« Etwas Besseres hatte er nicht hervorgebracht und dabei vermutlich unangenehm gleichgültig dreingeschaut.

»Ich habe den Eindruck, Sie stehen einander nicht besonders nahe«, hatte der Arzt gesagt. Ein Meister des Understatements.

Jeremy sah sie an und fragte sich, was sie ihnen erzählt haben mochte. Schmeichelhaft würde es nicht gewesen sein. Wahrscheinlich die bösartige Beschreibung eines gefühllosen, gedankenlosen Sohnes oder eines ruchlosen Bruders auf dem Weg in die Hölle.

Das Geräusch der Uhr, das den Gang der Zeit markierte, drang ihm ins Bewusstsein. Sie tickte nicht, sie tackte nur, und ein nervöses Zittern der Zeiger begleitete jeden harten Schlag. Er wusste genau, wie es sich anfühlte. Er zupfte an einem Fingernagel und bereute, dass er keine Zeitung oder sein iPad mitgebracht hatte. Auf der Suche nach einer Ablenkung zog er sein Telefon aus der Tasche, aber dann fiel ihm das Schild *Keine Handys* ein, und seufzend steckte er es zurück. Schließlich überlegte er, ob sie es merken würde, wenn er sich kurz hinausschliche.

Ihre Augen klappten auf. Anscheinend würde sie es merken, und ihn packte das unbehagliche Gefühl, sie könne seine Gedanken lesen und habe die ganze Zeit dagelegen und in seinem Kopf nach Schwächen gebohrt. Sie winkte ihn näher heran, und er sah, dass ihr Blick verschleiert und distanziert geworden war.

Dann war es das vielleicht, die Liebeserklärung auf dem Sterbebett oder, wenn schon nicht das, wenigstens eine Erklärung, eine Bitte um Verzeihung für die Art, wie sie ihn ein Leben lang behandelt hatte. Ihre Stimme war schwächer als zuvor. Also beugte er sich weiter über sie, um ihre Worte mitzubekommen. Ihr fauler Atem ließ ihn zusammenzucken. Das Sprechen hatte seinen Preis, ihre Lunge keuchte vor Anstrengung, und ihre Lippen arbeiteten eine Weile, bevor die Worte über sie kamen. Und als sie kamen, wünschte er, sie wäre stumm geblieben.

»Ich kenne dich«, flüsterte sie, »und ich hatte immer das Gefühl, du weißt etwas. Etwas, das du uns nicht erzählen wolltest.« Ihre Stimme bebte vorwurfsvoll. »Was wolltest du uns nicht verraten, Jeremy? Warum verstellst du dich?«

Er fuhr zurück, als hätte sie ihn geschlagen, aber sie packte seinen Arm in einem überraschend starken Klammergriff, und die Knochen ihrer Hand gruben sich in sein Fleisch. Selbst jetzt, selbst als erwachsenen Mann überkam ihn die Angst wie eine Woge, so animalisch, dass seine Blase sich zu verflüssigen drohte. Eine Narbe aus der Kindheit riss auf. Ihr Blick hatte sich wieder geschärft, und er sah die Feindseligkeit, die nach all der Zeit noch immer glühte. Das Gift. Sie zog sich an seinem Arm vom Kissen hoch.

»*Du* hättest es sein sollen«, zischte sie, »nicht sie. *Du* solltest unter der Erde sein.«

Er spürte, wie die Luft aus seinem Körper entwich, als habe er einen Schlag in die Magengrube bekommen. Gewusst hatte er es die ganze Zeit, aber zu hören, wie sie es aussprach, war beinahe unerträglich. Der Schmerz war fast wie ein Lebewesen, und einen Moment lang glaubte er, er werde in Tränen ausbrechen und weinen wie ein Baby.

Stattdessen bog er ihre Finger von seinem Arm, wie sie es einst mit seinen getan hatte, und zwang sich, sie anzusehen. Fast hätte er es gesagt. Fast hätte er *Du kannst mich mal* gesagt, aber als seine Lippen die Worte schon formten, hielt etwas ihn zurück.

Er sah sie an und spürte ihren Schmerz, als wäre es ein wildes Tier. Emily zu verlieren hatte sie vernichtet, und irgendwo, tief in seinem Innern, fand er einen Quell – vielleicht nicht der Vergebung, aber der Resignation. Er war nie ihr Liebling gewesen, nicht einmal annähernd, und nach Emily hatte sie keine Liebe mehr gehabt, die sie ihm hätte geben können. Ihr Schmerz nahm sie ganz und hinterließ an ihrer Stelle nur Bitterkeit und Groll gegen den, der überlebt hatte. Er wollte nicht grausam sein. Stattdessen beugte er sich vor und drückte einen federleichten Kuss auf ihre Stirn, und der Schock brachte seine Lippen zum Schweigen, denn das hatten sie noch nie getan.

»Leb wohl, Mum.«

Er wandte sich ab und ging zur Tür, sah sich nicht um und blieb nicht stehen, bis er bei seinem Wagen angekommen war, nicht einmal, um noch mit einem der Mitarbeiter zu sprechen. Sie hatten seine Nummer, wenn es so weit wäre.

Manchmal beneidete Jeremy andere Leute, deren Leben so … so normal erschien. Sogar Sarah und ihre Eltern John und Barbara. Da war nichts als Zuneigung zwischen ihnen, ein entspanntes Auskommen miteinander. Ihre Liebe war bedingungslos und ehrlich, und er fragte sich, wie es wohl war, diese Sicherheit zu haben, diese unerschütterliche Gewissheit, geliebt zu werden, unter allen Umständen. Seine Beziehung zu seiner Mutter hätte verschiedener nicht sein können. Dysfunktional, dunkel, komplex, und jetzt hatte sie es endlich in Worte gefasst. Ihren Groll, weil er überlebt hatte und Emily nicht. So schwärte ihr Argwohn noch immer, nach all der Zeit.

Sein Verstand tat, was er immer tat, wenn er sich allzu nah an die Vergangenheit verirrte: Er wieselte davon, irgendwo anders hin. Statt also dabeizubleiben, versuchte Jeremy, sich eine Welt ohne seine Mutter vorzustellen. Er erlebte noch einmal, wie es gewesen war, als sein Vater gestorben war. Diese Dad-förmige Leere im Universum war ihm immer unbegreiflich gewesen, und er versuchte vorwegzunehmen, wie er sich fühlen würde, wenn seine Mutter dahingegangen wäre. Wie ein Pfadfinder – der er nie gewesen war – bemühte er sich, »allzeit bereit« zu sein. Aber das war unmöglich.

Die Sonne sank tief am Himmel, und ihre Strahlen fielen schräg durch die Windschutzscheibe zu ihm herein. Das war der Grund, weshalb seine Augen brannten und ihm die Tränen kamen, sonst nichts.

5

Das Haus war in Dunkelheit gehüllt. Die Fenster waren schwarz bis auf einen matten Lichtschimmer, der durch die Wohnzimmervorhänge sickerte wie ein Leuchtfeuer, das Jeremy nach Hause lenkte.

Leise schloss er die Haustür auf und schlich sich hinein. Er war müde bis auf die Knochen, ausgehöhlt, und er betete darum, dass Sarah ihm verziehen hatte, denn wahrscheinlich würde er heute keine weiteren Spannungen oder dünn verschleierten Gehässigkeiten verkraften. Im Haus war es still, kein Gemurmel aus dem Fernseher, keine Musik. Lautlos ging er durch die Diele ins Wohnzimmer, wo seine Frau mit Lucy in den Armen auf dem Sofa lag und schlief. Lampenlicht umfloss sie und entblößte ihre zarte Verletzlichkeit. Er blieb einen Moment lang in der Tür stehen und sah ihnen beim Schlafen zu, Frau und Tochter, dicht beieinander wie zwei Erbsen in der Schote. Lucy trug einen Schlafanzug, und ihr blondes Haar war feucht. Feine Strähnen klebten nass auf ihrer Stirn. Mit leiser Besorgnis sah er, wie rot ihr Gesicht war.

Er schob sich neben ihnen auf das Sofa, behutsam, um sie nicht zu wecken, aber Lucy rührte sich trotzdem im Schlaf und stemmte die Beine gegen den Druck seines Schenkels. Staunend betrachtete er ihre kleinen Füße; ihre rosafarbene Vollkommenheit bildete einen krassen Kontrast zu den plattgelaufenen Tretern seiner Mutter. Er nahm einen

Fuß in die Hand und strich mit dem Daumen über die samtweiche Haut. Lucy regte sich wieder, und die Andeutung eines Lächelns kräuselte ihre Mundwinkel. Jeremy sah sie an, und die Liebe zu seiner Tochter durchfuhr ihn wie ein Stich, ausnahmsweise rein und unvermischt und begleitet von der aufwallenden Erleichterung darüber, dass er immer noch fähig war, so zu empfinden. Er strich über ihr wirres aschblondes Haar, das dem ihrer Mutter so ähnlich war, und studierte das kleine schlafende Gesicht. Sie war jetzt fast fünf, so alt wie Emily bei ihrem Tod, und er war verblüfft über die unerwartete Ähnlichkeit. Vielleicht hatte er sich bisher nicht gestattet, es zu sehen, und vielleicht war es auch nicht so offenkundig, wenn sie wach war, ihr Gesicht erleuchtet von der eigenen Vitalität. Aber jetzt, im Schlaf, drängten die Horton-Gene in den Vordergrund und spielten im Ruhezustand unter der Oberfläche. Jeremy spürte das verstörende kleine Flackern von etwas Dunklem, das an seinem Herzen zerrte, und schaute rasch wieder weg.

Dort, in der stillen Dunkelheit, ließ er zu, dass Emily sich in seine Gedanken schlich – aber nur kurz, denn mehr konnte er nicht ertragen. Das langerwartete zweite Kind, die geliebte Tochter, das kostbare Geschenk, fünf lange Jahre nach ihm. Das Licht, das die Augen seiner Mutter leuchten ließ und alles andere verdunkelte, das Licht, das ihn und seinen Vater zur Bedeutungslosigkeit schwinden ließ, flackernd am Rand ihres Gesichtsfelds.

Die Zeit und die Art und Weise, wie seine Schwester dahingeschieden war, hatten seine Erinnerung an sie vielleicht gefärbt, aber jetzt spürte er eine Fremdheit, die er noch nie beachtet hatte, eine ätherische, unwirkliche Qualität, die sie irgendwie anders sein ließ. Sie hatte nur den Kopf schrägzulegen und zu lächeln brauchen, um ihn für sich zu gewinnen, auch wenn er niemals wirklich gewusst hatte, was sie dachte. Er fragte sich noch heute, als Erwachsener, ob sie tatsächlich anders gewesen war, aber das war kaum noch wichtig. Wichtig war nur noch, dass alle sie angebetet hatten, jeder auf seine Weise. Er mit einer Art wachsamer Ehrfurcht, als hätte man ihm eine Prinzessin anvertraut, die er behüten und beschützen musste. Erbärmlicher war er in seinem Leben nie gescheitert.

Sofort war er wieder dieser elfjährige Junge, und der Abgrund in ihm tat sich auf, ein tiefer Schacht von Schmerz und Verwirrung und Angst. Genau deshalb hielt er sich sonst davon fern. Das Entsetzen, die Stille, die beharrliche Stimme der Kinderpsychologin und ihr Echo durch die Jahre.

Er stand auf und flocht seine Tochter aus den Armen seiner Frau. Sie gehörte ins Bett, und so drückte er die warme kleine Gestalt an sich und ging zur Treppe. Ihre Stirn war glühend heiß, und in seiner Brust loderte Panik auf. Es war seine Aufgabe, dafür zu sorgen, dass ihr nichts geschah.

In ihrem Zimmer legte er sie in die Mulde ihres Betts und zog sanft das Federbett hoch. Im Zwielicht funkelten Häschenaugen unheilvoll aus dem Bettbezug, und Glasaugen glitzerten rachsüchtig aus der Reihe der Kuscheltiere, die auf dem Kopfende hockten. Einen Moment lang war sein Kopf erfüllt von einem Gewirr unzusammenhängender Geräusche und Bilder. Ein rennendes Mädchen; wirres, fliegendes Haar; stampfende Füße; ein bellender Hund; wildes Jauchzen und Geschrei. Er presste die Hände auf die Ohren, und plötzlich hatte er Angst.

Im Wohnzimmer war Sarah aufgewacht, weil Lucy nicht mehr neben ihr lag, und jetzt saß sie aufrecht auf dem Sofa, mit verschlafenen Augen und zerzaustem Haar. Als sie Jeremys Anwesenheit bemerkte, stand sie auf, breitete die Arme aus und drückte ihn an sich. Sie war nie nachtragend gewesen, und jetzt sah sie an seinem Blick, dass er sie brauchte.

»Geht's dir gut?«, flüsterte sie. »Es war hoffentlich nicht allzu schrecklich.«

»Es war nicht gut«, antwortete er, »überhaupt nicht gut. Aber ich erzähle es lieber morgen, wenn es dir recht ist. Es war ein langer, abscheulicher Tag, und im Moment kann ich nicht einmal daran denken, geschweige denn das alles noch einmal durchleben.«

»Jez, es tut mir so leid. Es wird alles wieder gut, ich versprech's dir.«

Er schüttelte den Kopf. »Nein, für mich nicht ...«

Wortlos umschlang sie ihn, und er klammerte sich an sie wie ein Ertrinkender. Ihr warmer Duft drang ihm in die Nase wie die Erinnerung an eine Sommerwiese. Er wusste, unter dem zarten Äußeren verbarg sich sein Fels, und manchmal stellte er sich angstvoll vor, was ohne sie aus ihm geworden wäre.

»Du zitterst«, sagte sie. »Komm, wir gehen ins Bett.«

»Nein, ich brauche noch ein bisschen Zeit ...«

»Was du brauchst, ist Schlaf, Jez. Morgen sieht alles viel besser aus, und dann reden wir miteinander.«

»Bitte, lass uns noch ein bisschen bleiben.« Er zog sie auf das Sofa, in die warme Mulde, die sie hinterlassen hatte. »Lass uns noch ein Weilchen hier liegen. Ich will noch nicht aufstehen. Ich brauche noch ein bisschen Zeit, um herunterzukommen und in meinem Kopf Ordnung zu machen.«

In Wahrheit hatte er Angst, ins Bett zu gehen. Er hatte Angst, im Dunkeln wach zu liegen und die Worte seiner Mutter immer wieder zu hören. Angst, er würde die Augen schließen und die Albträume würden kommen und ihn verschlingen. Emilys Duft würde aus der Nacht hereinwehen und ihn verfolgen.

So lagen sie zusammen auf dem Sofa. Langsam vertrieb der Rhythmus von Sarahs Atem und die sanfte Wärme ihres Körpers seine Angst, und er ließ zu, dass seine Gliedmaßen sich entspannten und seine Gedanken in den Schlaf hinüberglitten.

Der Morgen dämmerte kühl und grau und seelenlos. Regen trommelte unerbittlich ans Schlafzimmerfenster, und ein böser Wind heulte durch den Kamin und pfiff unter den Regenrinnen des Hauses entlang. Bald hatten die misstönenden Geräusche ihn aus dem Schlaf geweckt. Einen Moment lang war er verwirrt und desorientiert, bis ihm langsam wieder einfiel, dass Sarah ihn mitten in der Nacht geweckt hatte und sie beide hinauf und ins Bett gegangen waren. Er hatte tief und überraschend traumlos geschlafen. Einen Moment lang fühlte er sich gut, entspannt und mehr wie immer, aber dann schlug sein Puls schneller, und bange Unruhe beschleunigte seinen Atem. Er griff nach dem Wecker. Gott, es war schon nach halb neun, er sollte längst im Büro sein. Er warf die Decke zurück und sprang aus dem Bett, noch immer in der Unterwäsche und dem Hemd von gestern. Nur mit diesem hinreißenden Outfit bekleidet, polterte er die Treppe hinunter zu Sarah und den Kindern, die eben ihr Frühstück beendeten.

»Verdammt, Sarah, warum hast du mich nicht geweckt?« Seine Stimme klang schrill und wütend. »Es ist halb neun, Herrgott! Ich müsste längst im Büro sein.«

»Jez, die Kinder«, sagte Sarah mild, aber mit warnendem Stirnrunzeln.

Er hatte sich vergessen und eine Todsünde begangen:

Er hatte vor den Kindern geflucht. Aber darüber konnte und wollte er sich jetzt nicht den Kopf zerbrechen. Lucy interessierte es sowieso nicht. Sie saß leise summend vor ihrer Müslischale. Die ersten Tage in der Schule hatten ihre Unschuld noch nicht in Schutt und Asche gelegt. Jack dagegen starrte seinen Vater mit großen runden Augen an, entsetzt und begeistert zugleich.

»Oh, Dad hat *geflucht*«, sagte er für den Fall, dass es jemandem entgangen war.

Jeremy sah ihn mit spöttischem Grinsen an und spürte, wie seine Wut noch eine Stufe höher stieg. »Jack, mit dir habe ich überhaupt nicht geredet, also spar dir bitte deinen Kommentar. Iss dein Frühstück, sonst kommst du zu spät zur Schule.«

Er wandte sich wieder Sarah zu. Die unterschwelligen Vibrationen ihres Zorns entgingen ihm nicht. Er wusste nicht, woher sie kamen, aber er spürte sie dicht unter der Oberfläche.

»Wir haben letzte Nacht darüber gesprochen, Jez, vor dem Zubettgehen. Weißt du noch? Wir haben vereinbart, ich bringe die Kinder in die Schule und dann reden wir. Hör mal, die im Büro werden das schon verstehen, du musst sie nur anrufen und es erklären. Herrgott, deine Mutter liegt im *Sterben*. Da wird man dir doch sicher ein bisschen Zeit geben, um das zu verarbeiten.«

Sie war nur einen winzigen Moment lang unachtsam gewesen und hatte sich verplappert, doch Jack stürzte sich sofort darauf.

»Im *Sterben*? Wer liegt im Sterben?«, fragte er, und etwas in Jeremy rastete aus.

»Herrgott, Jack, weißt du nie, wann du den Mund halten musst?«

»Jez!«

»Was denn? Er gibt einfach zu allem seinen Senf dazu. Er muss lernen, auch mal den Mund zu halten.«

Jack machte ein trotzig-gekränktes Gesicht, und in seinen Augen glänzten Tränen.

Sarah stand vom Tisch auf, jetzt sichtlich wütend. »Hör mal, keiner von uns kann irgendetwas dafür. Wenn du nicht aufhören kannst, zu brüllen und zu meckern wie ein Wahnsinniger, dann solltest du einfach wieder nach oben und ins Bett gehen.«

In einer wilden Fantasie sah Jeremy vor sich, wie er Müslischalen und Gläser vom Tisch fegte und wütend zu Boden schmetterte, wie er sie zermahlte und zerstampfte wie der Wahnsinnige, für den Sarah ihn offensichtlich hielt. Aber das tat er nicht. Stattdessen stand er da und schaute seine Familie an, während eine deplatzierte, hilflose Wut in ihm anschwoll. Er wagte nicht, noch etwas zu sagen, sondern machte nur kehrt und flüchtete aus der Küche. Sarahs Blick brannte in seinem Nacken, und Jack war den Tränen nahe.

Er warf sich ins Bett und zog sich die Daunendecke über den Kopf. Er war so verdammt wütend! Wenn Sarah wollte, dass er im Bett blieb, würde er das eben tun. Solange er schlief, brauchte er sich wenigstens nicht anzuhören, dass sie sich Sorgen um ihn machte, oder über sonst etwas nachzudenken. Und wie aufs Stichwort hatte das fliehende Mädchen wieder seinen Auftritt und drängte sich in seine Gedanken. Verdammt! Er presste die Hände auf die Augen, um das Bild zu vertreiben, und sofort sah er stattdessen seine Mutter, eine noch viel schlimmere und hartnäckigere Erscheinung. Sosehr er sich bemühte, er wurde das Gefühl ihres Atems auf seinem Gesicht nicht los, und das Echo ihrer Worte war wie ein Ohrwurm. *Ich hatte immer das Gefühl, du weißt etwas.* Ungebeten schoss die Vergangenheit herauf, um ihn zu begrüßen, sie brach hervor aus dem Keller, in dem er sie sicher verwahrte.

Eine Erinnerung, frisch und unmittelbar. Das Gesicht seiner Mutter, angstverzerrt. Der heiße Schwall ihres Atems. Speicheltröpfchen, die seine Wangen sprenkelten, als sie ihn anschrie, ihn bei den Schultern packte und schüttelte. Beschämt erinnerte er sich auch an die warme Flut in seiner Hose.

Dann die Hand seines Vaters auf der seinen. Der Wald aus dunklen Haaren auf den Fingerknöcheln. Die Stimme ungewohnt schroff.

»Hör auf, Marian, du machst dem Jungen Angst! Es ist nicht seine Schuld.«

Sein Vater beugte sich über ihn, sanft und beruhigend, und selbst hier, in der Gegenwart, spürte Jeremy noch den Verlust. Den Schmerz – jäh und wund und neu.

»Achte nicht auf deine Mum, sie hat Angst und ist aufgebracht. Sag mir, mein Junge – ich will nur wissen, wo du mit den anderen Jungen gespielt hast und wann ihr deine Schwester das letzte Mal gesehen habt. Wir brauchen eure Hilfe, um sie zu finden.«

Und er tat, was von ihm verlangt wurde. Er fand sie. Aber an mehr erinnerte er sich nicht mehr. Er fand seine Schwester, besser gesagt, er entdeckte ihre Leiche, und dann fand man ihn. Er saß am Rand des Wassers, nass bis auf die Haut, zitternd und stumm. Emily, halb im Wasser. Zerbrochen, tot.

Oft hatte er die Augen geschlossen und ihr Bild heraufbeschworen. Blaue Augen, offen, hervorquellend, schauten ihn an mit ihrem starren Totenblick. Gelbes Haar, die

Zöpfe aufgelöst, breitete sich auf dem Wasser aus wie ein Fächer aus Schilf. Das Gesicht, weiß und falsch. Seine Schwester, aber doch nicht seine Schwester. Aber das war keine Erinnerung; es war eine Fiktion. Eine Fiktion, um ein Loch zu füllen, ein Ganzes zu erschaffen. Seine Dame aus dem See.

6

Seine Mutter war tot. Sie starb an einem nassen, windigen Oktobertag, still und friedlich, als niemand hinschaute – schon gar nicht Jeremy, denn er war nicht noch einmal gekommen. Sarah hatte sie einmal besucht, aber worüber sie da gesprochen hatten, danach fragte er nicht, und sie erzählte es nicht. Über nichts, vermutete er, oder zumindest über nichts, was er wissen wollte.

Er war nicht religiös – die Vergangenheit hatte ihm jede Möglichkeit dazu zerstört –, aber er konnte nicht umhin, sich zu fragen: War sie im Nebel des Vergessens versunken, oder hatte sich die Seele seiner Mutter irgendwo, irgendwie mit dem Kind vereinigt, das sie verloren hatte? Er wusste nicht genau, worauf er hoffte. Vielleicht auf nichts.

Ihre Bestattung war angemessen trostlos. Nur Sarah und ihre Eltern und eine Handvoll Nachbarn waren da gewesen, zerbrechliche alte Leutchen, wie sie bei jeder Beerdigung aufkreuzen, sei die Verbindung noch so dürftig. Jeremy hatte sie durch den Nieselregen beobachtet: Krächzend und pickend hatten sie das Grab umstanden, ein Schwarm eifriger Krähen. Er hatte gehört, wie eine murmelte: »Arme Marian …«, und er war froh, dass sie wenigstens ihren Namen kannten. Er fragte sich, wieso ihn das interessierte – vielleicht hatte der »Trauerurlaub« ihn trauriger gemacht. Jedenfalls hatte es ihn interessiert. Aus einem undefinierbaren Grund war es ihm wichtig gewesen zu wissen, dass seine Mutter so etwas wie ein Leben außerhalb des kleinen Kreises aus Bitterkeit und Hass gehabt hatte, den man Familie nannte. Danach waren sie zu ihrem Haus zurückgekehrt, zu der tristen Behausung, in der er aufgewachsen war, und hatten verlegen bei Tee und Sandwiches zusammengestanden, während er mannhaft das Bedürfnis unterdrückt hatte, laut zu schreien.

Auch darüber hatte er in den letzten Wochen nachgedacht, als die Vergangenheit an ihren Fesseln zerrte: Wenn er tief in irgendeinen Wald hineinginge und laut schrie, könnte er damit alles herauslassen? Wenn er brüllte und heulte und mit den Fäusten auf den Boden hämmerte, könnte er sich damit von all dem befreien, was in ihm eingeschlossen war?

Sarah trat hinter ihn, legte ihm die Hände auf die Schultern und zog ihn in die Gegenwart zurück. Die Kinder waren in der Schule, und sie nutzte die Gelegenheit, mit ihm zu sprechen, solange sie allein waren. Sie hatte seine Wutausbrüche tapfer ertragen, weil sie sah, dass er litt, aber sie konnte nicht dauerhaft auf Zehenspitzen um ihn herumschleichen.

»Jez, hast du noch einmal nachgedacht über das, was ich dir gesagt habe?«

Er antwortete nicht, also fuhr sie fort. »Wir können so nicht weitermachen. Es ist unfair gegen uns alle. Diese Stimmungsschwankungen, diese Wut, Jeremy, seit Wochen geht das jetzt so, und ich habe keine Lust mehr, ständig wie auf Eiern zu gehen.«

Er ignorierte sie weiter, und ein frustrierter Unterton schlich sich in ihre Stimme.

»Ich weiß, es ist schon früher mal ein bisschen … stressig geworden, aber so noch nie.«

Er schnaubte kaum hörbar über ihre Leisetreterei. Er wusste, er war manchmal ein Mistkerl, mit dem schwer auszukommen war. Also sollte sie doch einfach den Mund aufmachen und es sagen. Eigentlich war es kein Schnauben, sondern nur ein leises Luftablassen, aber sie hörte es trotzdem, und ihr Ton wurde härter.

»Jeremy, du könntest mich wenigstens ansehen.«

Er drehte sich mit seinem Stuhl zu ihr um und schaute sie an. Er sah, wie sie über seine Schulter hinweg auf seinen Laptop blickte. Sie konnte es sich nicht verkneifen, ihn ab und an zu kontrollieren, und sie wusste nicht mehr, wie oft ihr Gatwick Airport entgegengeblickt hatte. Aber heute war nur ein blauer Wirbel auf dem Display.

»Da gibt's nichts zu sehen«, sagte er leise.

»Nicht, Jeremy …«

»Nicht was? Ich war kurz davor, meinen Kopf frei zu bekommen, bis du mich gestört hast.«

»Hör zu, ich werde nicht einfach dastehen und zusehen, wie du in Stücke zerbrichst. Mit dir stimmt etwas nicht, seit dem Flug bist du besessen von dem, was du gesehen zu haben glaubst. Und jetzt noch der Verlust deiner Mutter … Ich mache mir Sorgen um dich.«

Sie sank vor seinem Stuhl auf die Knie, und beinahe hätte er gesagt: *Ach, wenn du schon mal da unten bist …*, nur um sie zu ärgern, aber er biss sich noch rechtzeitig auf die Zunge. Um die Wahrheit zu sagen, er wusste gar nicht, warum er sie reizen wollte oder warum er so wütend war. Er liebte sie. Also kämpfte er seine Gereiztheit nieder und zwang sich, sie anzusehen.

»Mir fehlt nichts, Sarah …« Aber noch während er das

sagte, wusste er, dass es nicht stimmte. Er fühlte sich wie ein Damm, der jeden Augenblick brechen konnte, und er begriff nicht, warum.

»Jez«, sagte sie sanft, »ich habe nachgedacht, und ich weiß, du sprichst nicht gern darüber, aber was da mit dir passiert ist …«

Sein »Nicht!« stieß auf taube Ohren.

»Ich weiß, du konntest es mir nie in allen Einzelheiten erzählen, aber ich habe genug gehört, um zu wissen, dass es schlimm war. Und ich weiß, es verfolgt dich immer noch, und manchmal träumst du davon.«

»Bitte, Sarah …«

»Ich weiß nicht, ob das, was jetzt mit dir los ist, überhaupt etwas zu tun hat mit dem, was da passiert ist, aber Jez, du siehst doch sicher auch, dass diese obsessive Beschäftigung mit einem Mädchen in Gefahr eine gewisse … Ähnlichkeit aufweist? Wie dem auch sei, ich glaube, du brauchst Hilfe.«

Sie sah seinen Blick. »Damit meine ich lediglich jemanden, mit dem du über alles reden kannst. Jemanden, der dir vielleicht dabei hilft, einen Sinn in die … Probleme zu bringen … auch, was deine Mutter betrifft.«

»Ach, ich habe jetzt also einen *Mamakomplex*, ja?«

»Jez, hör auf, du weißt, das habe ich nicht gemeint. Ich will doch nur, dass du einsiehst, wie unglücklich dich das macht, uns beide. Und dass du dir helfen lässt. Kannst du mir wenigstens versprechen, dass du es dir überlegst?« Dann kam der Gnadenstoß. »Denn wenn du es nicht kannst, weiß ich nicht, wie lange wir noch so weitermachen können.«

Damit stand sie auf und ging, und die verhüllte Drohung schwebte in der Luft.

Oh, er wusste, dass sie recht hatte – so viel Einsicht besaß er noch –, aber er wusste trotzdem nicht, was es helfen sollte, darüber zu reden. Emily war tot, sie alle waren tot, und Reden würde weder an der Vergangenheit etwas ändern noch die Dämonen austreiben, die vielleicht in den verborgenen Winkeln seiner Seele lauerten. Er brauchte nur Zeit, um allein mit alldem fertig zu werden, wie er es immer getan hatte, schon als Junge. Er ließ den Kopf auf die Tischplatte sinken – das wurde schon zur Gewohnheit – und schloss die Augen. Bis zu diesem gottverdammten Flug war alles unter Kontrolle gewesen.

Er atmete bewusst langsamer, um das zittrige, angespannte Gefühl zu mildern, das ihn unentwegt begleitete, und starrte in die Dunkelheit hinter seinen Lidern, eine Dunkelheit, die mit jedem Schlag seines schuldbewussten Herzens wirbelnd pulsierte. Nach und nach entfaltete sich ein Bild vor der brodelnden Finsternis. Es sah lebendig und real aus, und langsam, zögernd ließ er sich hineinsinken.

Ein heißer Tag, und er läuft über das sonnenverbrannte Gras auf den Feldern beim Haus seines Onkels Ian. Instinktiv weiß er, es ist der Tag, an dem Emily stirbt. Jemand ist bei ihm. Er hört die stampfenden Schritte …

Sie rannten. Das Mädchen rannte. Einer ihrer Zöpfe hatte sich gelöst, und ihr Haar wehte hinter ihr her wie ein schmaler Strang von Gold, der im Sonnenlicht schimmerte und glänzte. Er spürte ihre Angst, und das erregte ihn. Eine unverhoffte Freude lag darin – Freude, weil es ausnahmsweise nicht er war, der Angst hatte. Er jauchzte und lachte, in schierem Übermut. Begeistert vom Strom der Bosheit und Aggression, der die Luft um sie herum prickeln ließ. Sie rannten durch das Gras, hoch und wild. Er fühlte, wie es seine Waden streifte, und roch den sonnenverbrannten Duft, der seine Nasenlöcher versengte. Er blickte hinunter auf seine verschrammten, schmutzigen Knie und seine knochigen Füße, die in achtlos geschnürten Turnschuhen über die Wiese flogen, und er lachte in die brennende Luft. Er hörte die anderen hinter sich, hörte ihr atemloses Lachen, als sie auf den Wald zustürmten. Etwas, jemand, kläffte …

Erschrocken stieß er den Stuhl zurück und sprang mit klopfendem Herzen auf. Ein Teil seiner selbst nahm das Bild als real wahr, ein anderer schob es gewaltsam zur Seite und kämpfte gegen das Gefühl der Bedrohung. Wo war Sarah? Anscheinend durfte man ihn nicht mehr mit seinen Gedanken allein lassen.

Sie machte Jacks Bett, und Jeremy sah von der Tür aus zu, wie sie die Daunendecke glattstrich und sich bückte, um ein verirrtes Spielzeug vom Boden aufzuheben. Ihr blondes Haar fiel nach vorn und verbarg ihr Gesicht. Er bemühte sich, sein Herzklopfen zu ignorieren und sich stattdessen auf den Anblick der Frau zu konzentrieren, die er liebte. Eine zarte Stimme sagte ihm, er habe sie nicht verdient, und er wusste, das war die Wahrheit. Er wusste nicht, was er sagen sollte, die passenden Worte fehlten ihm, und so stand er einen Moment lang da und ließ sich von ihrem bloßen Anblick beruhigen. Er betrachtete die Rundung ihres Gesäßes und ihr Haar, das ihr Gesicht in zerzausten Wellen umrahmte. Er liebte sie. Er durfte nicht zulassen, dass irgendetwas sie auseinanderbrachte.

Er war ihr vom ersten Augenblick an verfallen gewesen, als sie in sein Büro gekommen war. Es war nicht nur körperlich, obwohl er nicht leugnen konnte, wie sinnlich sich ihre Kurven in dem strengen grauen Kostüm ausmachten. Aber es war mehr als das gewesen. Es war die Intelligenz in ihren klaren blauen Augen und die Art, wie sie die Vertragsverhandlungen führte und ihren streitsüchtigen Kunden sanft steuerte. Er hatte den Blick nicht von ihr wenden können, und sie hatte ihn über den Tisch hinweg angelächelt, sodass seine Wangen heiß geworden waren. An diesem Abend hatte er ihre Visitenkarte herausgesucht und sie angerufen; ausnahmsweise hatte er sein Zögern und seine fast pathologische Angst vor Zurückweisung überwunden. Er hatte sein Glück kaum fassen können, als sie seine Einladung zu einem Drink angenommen hatte – und der Rest, wie man so sagte, war Geschichte. Später hatte sie ihm erzählt, dass sein Erröten den Ausschlag gegeben hatte. Er war rot geworden wie ein Schuljunge, und da hatte sie gewusst, dass er doch kein Lüstling war, wie sie erst befürchtet hatte.

Die Erinnerung besänftigte ihn und ließ ihn lächeln.

Sein durchdringender Blick brachte Sarah dazu, sich umzudrehen und ihn anzusehen, und ihr Gesichtsausdruck in diesem unbedachten Augenblick zerriss ihm schier das Herz: Er war voller Wachsamkeit. Er, Jeremy, zerstörte hier alles und war anscheinend nicht einmal in der Lage, damit aufzuhören.

Er machte einen Schritt auf sie zu und wollte etwas sagen, aber es kam kein Wort über seine Lippen. Noch einmal durchzuckte ihn die Angst, er könnte wieder zu diesem stummen Jungen werden.

»Es tut mir leid«, brachte er schließlich hervor. Banale, unzureichende Worte. »Ich weiß nicht, was mit mir im Moment nicht stimmt, aber bitte glaub mir, ich will nicht so sein, wie ich bin. Ich liebe dich so sehr, und es macht mir Angst, dass ich dich mit meiner Art vertreibe.«

Er kam noch einen Schritt näher und legte ihr eine Hand an die Wange, strich ihr Haar zurück und umfasste ihr Gesicht mit beiden Händen. Sie sah zu ihm auf, und ihm wurde klar, dass er keine Ahnung mehr hatte, was sie eigentlich dachte, und das erschreckte ihn. Gott, sollte er sie verlieren, würde seine Welt aufhören, sich zu drehen.

»Bitte verzeih mir.«

Er suchte nach ihrer Zuverlässigkeit, ihrer Kraft.

»Bitte, Sarah. Ich werde mich noch mehr bemühen als sonst, das verspreche ich. Also gib uns noch nicht auf.«

Sie seufzte tief und lange. »Ich habe nicht vor aufzugeben«, sagte sie. »Das habe ich nie gesagt. Aber ich mache mir Sorgen um dich. Ich liebe dich, und ich finde es schlimm, dich so unglücklich zu sehen. Ich möchte nur, dass du … deinen Weg zu uns zurückfindest.«

Forschend sah sie ihm ins Gesicht, und er versuchte instinktiv zu lächeln, um seinen inneren Aufruhr zu maskieren.

»Ich bin nicht unglücklich, solange ich dich habe, und nur darauf kommt es an. Hör zu, Sarah. Wenn du willst, dass ich mit jemandem spreche, dann werde ich das tun. Ich werde alles tun, was du willst, nur … hör niemals auf, mich zu lieben.«

Er beugte sich zu ihr hinab und suchte ihre Lippen mit den seinen und schickte ein stummes Stoßgebet gen Himmel, als ihr Mund sich öffnete.

Sie legte eine Hand auf seine Brust, und für eine Sekunde blieb ihm das Herz stehen, weil er nicht wusste, ob sie ihn wegstoßen wollte. Dann spürte er, wie ihre Finger sein Hemd aufknöpften, und ihre warme Hand ließ seine Haut kribbeln. Nach all den Jahren, die sie zusammen verbracht hatten, gelang es ihr immer noch, seine Haut zum Singen zu bringen. Sie senkte den Kopf und berührte seine Brust mit federzarten Küssen, und dann lächelte sie, weil sie das Beben spürte, das ihn durchströmte.

Er wollte ihr T-Shirt hochschieben.

»Nicht hier, nicht in Jacks Zimmer.«

Er hörte nicht auf, sondern zog es ihr über den Kopf. »Warum nicht?«

»Das ist *Jacks* Bett, Jez, es fühlt sich nicht richtig an.«

»Sei nicht albern. Er liegt ja nicht *drin*, und er wird kaum kommen und uns erwischen.«

»Darum geht es nicht ...«

»Komm schon, lass uns mal was riskieren.«

Sie zögerte kurz, lehnte sich dann an ihn und lächelte. »Na gut, aber das ist nicht die Antwort, Jez. Es ändert nichts an dem, was ich gesagt habe.«

Es war keine Antwort, aber es würde helfen. Alles, was er in diesem Augenblick brauchte, war ihre Nähe und ein Gefühl, das anders war als dieses Hintergrundsummen der Angst. So war es immer zwischen ihnen gewesen, immer hatte das Verlangen unter der Oberfläche gesimmert. Es war ein Teil des Bandes zwischen ihnen, und jetzt brauchte er sie, damit sie seine Gedanken vertrieb und ihm erlaubte, wieder er selbst zu sein.

Nackt standen sie einander gegenüber, und die Luft knisterte erwartungsvoll. Jedes Mal war es für ihn wie das erste Mal, und er hoffte, für sie war es genauso, hoffte, sie nicht zu enttäuschen. Sarah schob ihn rückwärts auf das Bett und setzte sich rittlings auf ihn, und sie drückte seine Arme über dem Kopf herunter. Ihr Haar überschattete ihr Gesicht. Langsam senkte sie den Kopf, und ihre Zungenspitze strich von seinem Nabel zur Brust und hinterließ eine Spur von Gänsehaut auf ihrem Weg.

»Versprichst du es mir?«, fragte sie. »Versprichst du mir zu tun, worum ich dich gebeten habe?«

»Ich verspreche es dir«, sagte er, und in diesem Augenblick hätte er ihr alles versprochen. »Du kannst mitkommen, wenn du mir nicht glaubst.«

Zufrieden rollte sie sich von ihm herunter, und dann war da nichts mehr außer hungrigen Mündern und dem Rhythmus von Haut an Haut, unterlegt vom empörten Quietschen strapazierter Sprungfedern. Sarah beobachtete ihn die ganze Zeit mit einem dunklen, unbeirrbaren Blick. Früher hatte er das verstörend gefunden, aber jetzt erregte es ihn, und als sie in der Nachmittagsstille aufschrie, fühlte er, wie seine Bauchmuskeln sich anspannten und seine Gedanken sich endlich befreiten.

7

»... obwohl das Gehirn Erlebnisse automatisch als Erinnerungen speichert, kann es vorkommen, dass der Verstand eine Erinnerung zu seinem eigenen Besten einmauert.«

Dr. Carole Jessup schwieg kurz und schaute ihm in die Augen.

»Wenn eine Person, vor allem ein Kind, ein überwältigendes Trauma erlebt, kann es die Erinnerung daran komplett blockieren. Das ist ein Prozess, den man als Dissoziation bezeichnet, und in diesem Sinne handelt es sich um einen Schutzmechanismus. Wenn die Großhirnrinde außerstande ist, die Intensität der emotionalen Reaktion zu bewältigen, setzt ein neurobiologischer Überlebensmechanismus ein, der den emotionalen Schaltkreis unterbricht und die Produktion von Adrenalin und Kortisol blockiert. Dadurch stört er die normale Gedächtnisbildung und Erinnerung.«

Bla, bla, bla ... Sie war eine solide Mittfünfzigerin und eine strenge Erscheinung in einem Schottenrock und einem pflaumenblauen Pullover. An fleischigen Ohrläppchen hingen adrette Perlenohrringe. Eine dünne weiße Narbe führte von der Oberlippe bis zum Nasenflügel, und Jeremy fragte sich, woher sie sie wohl hatte. Vielleicht ein verwirrter Klient ... Sie warf einen Blick auf die Notizen, die sie vor sich hatte, und sah dann wieder Jeremy an. Gott, der

Blick war durchdringend, aber das gehörte vielleicht zum Handwerkszeug.

»Die familiäre Dynamik spielt eine große Rolle dabei, wie ein Kind ein Trauma verarbeitet. Ein Kind, das in einer liebevollen und förderlichen Umgebung aufwächst, wird wahrscheinlich resilienter sein und traumatische Erfahrungen besser verarbeiten können, während ein instabiler Hintergrund mit, sagen wir, Angst oder Misstrauen bewirken kann, dass ein Kind womöglich negativer reagiert und eine Dissoziation, wie Sie sie beschreiben, erlebt.«

Jeremy nickte. Das alles wusste er. Eine Vorlesung in Psychologie brauchte er nicht. Er wusste, warum er sich an diesen Tag nur bruchstückhaft erinnern konnte und nicht mehr wusste, wie er sie gefunden hatte. Er wusste, dass der damit verbundene Schock etwas in ihm zerbrochen hatte und auch gestohlen hatte, was von seiner Kindheit noch übrig geblieben war.

»Sie sagen, die Beziehung zu Ihrer Mutter war schwierig. Schwierig inwiefern?«

Es war ihm zuwider. Alles bloßzulegen, sich schwach zu zeigen. Das hatte er nicht nötig. Ihm fehlte nichts. Er lebte seit dreißig Jahren damit, und schließlich war er nur hier, weil er es Sarah versprochen hatte.

Sie wartete und überließ es der Stille, die Worte aus ihm herauszuziehen. Sie hatte ein Muttermal auf der Wange, und er starrte es absichtlich an und legte leisen Abscheu in seinen Blick. Verdammt hässlich, dieses Muttermal. Er wusste, sie konnte nichts dafür – das Muttermal übrigens auch nicht –, aber er war einfach verflucht wütend. Dann dachte er an Sarah und an die Auswirkungen, die diese Wut auf ihre Ehe und ihre Kinder hatte, und er gab nach.

»Ich glaube, ich habe sie irritiert – im besten Fall –, und

wenn ich die Wahrheit sagen soll, als Kind hatte ich Angst vor ihr. Sie konnte so …« Er zögerte und suchte nach den richtigen Worten. Nichts vermochte vollständig zu erklären, was er bei ihr empfunden hatte. Hass beschrieb es noch am besten. Widerwille und Abscheu taten es auch. »… so unberechenbar und rachsüchtig sein. Ich glaube, sie mochte kleine Jungen nicht besonders. Und nachdem dann meine Schwester … nach dem Tod meiner Schwester war es noch schlimmer. Ich glaube nicht, dass sie mir je verziehen hat.«

Die Frau lehnte sich auf ihrem Stuhl nach vorn. »Was hat sie Ihnen nicht verziehen?«

Wieder entspann sich Stille, während sie ihn beobachtete. Unverwandt. Abwartend.

»Dass nicht ich es war, der gestorben ist.«

Die Worte hingen in der Luft. Jetzt, da sie endlich ausgesprochen waren, vibrierten sie von einem eigenen Leben. Einen Moment lang sagte sie nichts, sondern nahm sich Zeit, ihre nächsten Worte zu formulieren.

»Ist das etwas, das sie Ihnen gesagt, oder ein Gefühl, das sie Ihnen gegeben hat?«

»Anfänglich Letzteres, letzthin Ersteres.«

Er begriff nicht, warum er so geschmeidig reagieren musste, aber er fühlte sich in die Defensive gedrängt und feindselig.

»Hören Sie, ich bin nicht hier, um über meine Mutter zu reden oder speziell über das, was da passiert ist. Das habe ich damals genug getan.«

Bei der Erinnerung daran lief es ihm kalt über den Rücken. Die Worte blieben ihm im Halse stecken. Die Stille. Die erstickende, lähmende Angst, er werde vielleicht nie wieder sprechen können.

»Ich will nur verstehen, warum ich mich jetzt so fühle, wie ich mich fühle. Warum ich die meiste Zeit wütend und angespannt bin. Warum ich mich in … Dinge verbeiße und das Gefühl habe, die Kontrolle zu verlieren. Es ist Jahre her, Jahrzehnte sogar, und es ging mir gut. Ich habe es verarbeitet. Deshalb weiß ich nicht, was jetzt auf einmal mit mir los ist. Ich kann das wirklich nicht gebrauchen. Ich habe ein Leben zu führen, und ich muss an meine Familie denken.«

Er war lauter geworden, und ein bedürftiges Winseln schlich sich in seine Stimme.

Sie nickte nur und kritzelte etwas auf ihren Block. »Sie müssen verstehen, Dissoziationen sind nicht immer vollständig oder dauerhaft«, sagte sie. »Manchmal taucht eine traumatische Erinnerung auf, an die der Betreffende sich vorher nicht erinnern konnte. Das kann zufällig passieren, nachdem genügend Zeit vergangen ist, oder es kann getriggert werden. Aktiviert durch einen bestimmten Ort, einen Geruch. Manchmal kann der Tod eines geliebten Menschen eine Emotion freisetzen, die ihrerseits Erinnerungen triggert …«

Jeremy unterbrach sie mit seinem gewohnten Schnauben. Wenn sie in diese Richtung weitergingen, befürchtete er, sie würden in einer Sackgasse landen. »Geliebter Mensch« war kaum ein Beiname, den er seiner Mutter geben würde.

Bevor er etwas sagen konnte, fuhr sie fort. »In Ihrem Fall vermute ich, dass das, was Sie vom Flugzeug aus gesehen haben, als Trigger gewirkt hat.«

Plötzlich hatte sie seine Aufmerksamkeit.

»Etwas in dem, was Sie gesehen haben oder zu sehen glaubten, hat möglicherweise eine Erinnerung aufgeschlossen, und die wiederum ist verantwortlich für die Emotionen, die Sie jetzt erleben.«

Er wollte sie unterbrechen. Er wollte ihr sagen, dass er sich an nichts erinnert hatte – dass das, was er gesehen hatte, dieses Mädchen, nichts mit *ihm* zu tun hatte.

»Aber ich habe mich an nichts erinnert. So war es nicht …«

»Es ist nicht unbedingt so einfach wie die exakte Erinnerung an ein Ereignis. Ein Trigger kann bewirken, dass die Erinnerung nach und nach an die Oberfläche kommt, manchmal in Form von kurzen Flashbacks oder unpassenden Gedanken. Das allein kann ein beunruhigender oder traumatischer Prozess sein.«

Er dachte an das, was ihm in seinem Arbeitszimmer widerfahren war. Das fliehende Mädchen, die Jungen, die es verfolgten. Man brauchte kein Genie zu sein, um die Verbindung zu dem, was er vom Flugzeug aus gesehen hatte, zu erkennen. Die Erkenntnis weckte etwas in ihm, Erregung, vielleicht auch Angst.

»Ich …«

Er wusste nicht, wie er es erklären sollte, und brach ab.

»Ich habe mich an nichts erinnert, aber ich nehme an, ich habe etwas Merkwürdiges erlebt. Ich hatte so etwas wie einen … einen Wachtraum. Besser kann ich es nicht beschreiben. Da war ein Junge – ich, glaube ich. Ich bin über ein Feld gerannt, mit ein paar anderen, und wir haben … ein Mädchen gejagt.«

Aber nicht Em. Es konnte nicht Em gewesen sein, nicht bei dieser Bösartigkeit, die er empfunden hatte.

»Die Empfindungen waren real, die Erregung, das Gras unter den Füßen, selbst sein heißer, trockener Geruch, wenn das irgendwie einleuchtet. Aber es fühlte sich nicht an wie eine Erinnerung. Es war nur … ein Bild.«

Er beobachtete ihren Gesichtsausdruck, und seine ganze Feindseligkeit war für einen Moment vergangen.

»Ich erkläre das nicht sehr gut. Ich kann die Unmittelbarkeit des Erlebens nicht wiedergeben. Es war, als wäre ich tatsächlich dort, aber es war keine Erinnerung. Eher ein total realistischer Traum oder ein Filmclip.«

Sie nickte. »Das ist nicht ungewöhnlich«, erklärte sie. »Solche wiedergewonnenen Erinnerungen sind oft unkontrollierte, zusammenhanglose Fragmente. Ganz wie Sie es beschreiben.«

»Aber wenn es eine fragmentarische Erinnerung war, warum fühlte es sich dann so unrecht an? Es war voller Bosheit, und das ergibt keinen Sinn. Ich habe Emily geliebt. Ich liebe sie immer noch. Wenn es also eine Erinnerung war, wenn *sie* das Mädchen war, warum fühlte es sich dann so an?«

»Das kann ich Ihnen leider nicht beantworten. Ich kann nur sagen, dass solche Erinnerungen die mit dem Trauma verbundenen Emotionen und Nöte ebenso stark triggern können wie das ursprüngliche Ereignis, und vielleicht brauchen Sie Hilfe, um das zu verarbeiten.«

Sein Ärger kam wieder hoch. Wenn sie es ihm nicht beantworten konnte, wofür zum Teufel bezahlte er sie dann?

»Wenn Sie mir keine Antwort geben können, wofür zum Teufel bezahle ich Sie dann? Ich brauche Antworten. Ich muss wissen, was mit mir passiert und wie ich es unter Kontrolle bringen kann. Wie ich es stoppen kann, bevor es meine Ehe zerstört. Und alles andere.«

Die Feindseligkeit zischte und knisterte zwischen ihnen, aber sie reagierte nicht. Sie saß ruhig und gelassen da, und ihr Gesicht war eine ausdruckslose Maske. Da war keine Missbilligung, nicht einmal Verärgerung. Das erwischte ihn auf dem falschen Fuß, und er kam sich irgendwie töricht vor, wie ein ungezogenes, quengelndes Kind. Vielleicht hatte Jack es ja daher.

Jetzt war Mitgefühl in ihrem Blick. »Ich verstehe Ihre Frustration, wirklich, aber leider sind die Dinge selten so einfach. Ich glaube, es liegt ein wenig Arbeit vor uns, wenn wir Ihnen helfen wollen zu verstehen, was gerade mit Ihnen passiert. Vielleicht können Sie diese Erinnerungen selbst zurückholen, aber vielleicht werden Sie den Emotionen nicht gewachsen sein, die sie begleiten. In den meisten Fällen triggern verdrängte Erinnerungen eine signifikante emotionale Reaktion, und in Ihrem Fall scheint sich diese vorwiegend als Angst und unterdrückte Wut zu manifestieren. Ich würde Ihnen – und übrigens auch sonst niemandem – nicht raten zu versuchen, damit allein fertigzuwerden. Speziell in Ihrem Fall, wo die Beziehung zu Ihrer Mutter und ihr Hinscheiden vor kurzer Zeit noch ein zusätzliches Element der Komplexität beisteuert. Ich glaube, die Dysfunktionalität der Beziehung hat Ihren Umgang mit dem Zwischenfall damals und möglicherweise auch Ihren Umgang damit seitdem beeinflusst.«

Alles, was er zur Kenntnis nahm, war ihre Verwendung des Wortes »wir«, und zynisch fragte er sich, wie weit ihre Motivation auf dem Einkommen beruhte, das er ihr brachte. Zum Glück hielt er diesmal den Mund, aber etwas musste über sein Gesicht gehuscht sein, denn sie lächelte, bevor sie etwas sagte.

»Ich verstehe Ihre Skepsis, aber ich möchte Sie bitten, sich ein bisschen Zeit zu nehmen und sich das Gesagte durch den Kopf gehen zu lassen. Es gibt ein ganzes Spektrum von psychotherapeutischen Wiederherstellungsmethoden, die wir einsetzen können, und alle können nachweislich eine positive Rolle bei verdrängten Erinnerungen und der Behandlung von PTSD spielen. Ich persönlich bevorzuge EMDR – das ist die Desensibilisierung und Aufarbeitung durch Augenbewegungen – und sensormotorische Psychotherapie.«

Offenbar funktionierte es bereits, denn Jeremy spürte, wie sich seine Augäpfel unwillkürlich himmelwärts rollten. Aber er ließ sie weiterreden.

»Beides, kombiniert mit der Gelegenheit, die Dinge in einer neutralen, vorurteilsfreien Umgebung zu besprechen, bietet echte Vorteile. Bitte, ich möchte nur, dass Sie sich ein bisschen Zeit nehmen, um es sich zu überlegen. Ich hätte wirklich gern die Gelegenheit, Sie wiederzusehen.«

Etwas in ihm sträubte sich gegen dieses Ansinnen. Er brauchte keine *Therapie*. Er war ein Kind, das vor Angst fast den Verstand verloren hatte, wie es jedes Kind getan hätte. Das war normal, und außerdem war es Jahre her. Er hatte es verkraftet. Es ging ihm gut. Wenn er anfangen sollte, sich an die Dinge zu erinnern, war auch das okay. Es war gut, und er würde damit fertigwerden. Das Letzte, was er brauchte, war eine Fremde, die sich in seinem Kopf zu schaffen machte. Er war für Sarah bereit gewesen herzukommen, aber diese Bereitschaft erstreckte sich nicht darauf, sich monatelang Psychogeschwätz anzuhören. Das ging einen Schritt zu weit.

»Ich weiß nicht. Es ist ein ziemlicher Schritt, und um ehrlich zu sein, ich bin nicht sicher, ob es das ist, was ich im Moment brauche. Ich werde darüber nachdenken, okay, und wenn ich noch einen Termin haben möchte, werde ich mich melden.«

Sein Ton war abweisend, und er stand auf, um zu gehen.

Sie waren fertig. Er war nervös geworden, und das gefiel ihm nicht. So hatte er sich als Junge gefühlt.

Sie machte ein enttäuschtes Gesicht – wahrscheinlich sah sie im Geiste, wie der Karibikurlaub ihren Händen entglitt – und stand ebenfalls auf.

»Bitte denken Sie darüber nach. Ich glaube wirklich, es würde Ihnen helfen. Und noch etwas, wie immer Sie sich entscheiden: Bitte ziehen Sie in Betracht, ein Tagebuch über Ihre Erlebnisse zu führen, über Flashbacks oder Erinnerungen und die damit verbundenen Emotionen. Sollten Sie sich in absehbarer Zeit dazu entschließen, ein paar Sitzungen zu nehmen, wird es hilfreich sein, diese Aufzeichnungen durchzuarbeiten.«

Sie streckte die Hand aus, und Jeremy wurde bewusst, wie verschwitzt und kalt seine war. Befangen wischte er sie am Oberschenkel ab, bevor er ihre warme Hand drückte. Irgendwo in den Tiefen seines Geistes spürte er, wie tröstlich ihr Händedruck war.

Als Kind hört und lernt man Dinge, und später als Erwachsener liest man Dinge, die einem als Kind niemand erzählt hat. Langsam fügt sich ein Bild zusammen, das als Erinnerung dienen kann, auch wenn man weiß, es ist keine.

Bis zum heutigen Tag wusste Jeremy nicht, ob er etwas oder jemanden gesehen hatte oder ob er im Grunde seines Herzens *wusste*, was mit Emily passiert war. Was er wusste, war nur, dass seine Schwester gestorben war. War es ein Unfalltod durch Ertrinken gewesen, eine unabwendbare, von niemandem verschuldete Tragödie – oder war es etwas Namenloses, Schlimmeres? Hatte jemand sie unter Wasser gedrückt, sie grausam ertränkt und die kleine Seele weggeschwemmt? Ohne genau zu wissen, warum, hatte er immer gespürt, dass auf diesem Wald an jenem Sommerabend der Schatten des Bösen lag.

Er sah das Mädchen an, die kleinen Wellen, die über ihr Gesicht leckten. Er fühlte sich wie tot, losgelöst, als wäre all dies die Geschichte eines anderen. Solche Dinge sollte es nicht geben, nicht außerhalb der Seiten eines Buches oder der flackernden Bilder auf einem Fernsehschirm. Er wünschte, es wäre nicht Wirklichkeit. Ein Teil seiner selbst wollte die Zeit zurückdrehen und verhindern, dass es überhaupt passierte, aber er wusste, das konnte er nicht. Sie war tot, und alles Wünschen der Welt würde sie nicht zurückbringen. Er wagte noch einen Blick auf die halb geschlossenen Augen mit den Halbmonden von blicklosem Weiß, auf die verfilzten Knoten von nassem Haar. Die Wirklichkeit des Anblicks drehte ihm den Magen um, und einen Moment lang hatte er Angst, er könnte die Kontrolle über seinen Darm verlieren, was das Grauen noch verstärkte. Er spürte, wie er auf das Wasser am Rand des Sees zufloss. Es wäre so leicht, ihr in die Dunkelheit zu folgen, zu vergessen, was passiert war, die Bilder vor seinen Augen. Stattdessen kauerte er da und wartete. Da kam noch jemand, und vielleicht wäre bald alles vorbei.

Den Vorwürfen seiner Mutter zum Trotz war es nicht so, dass er es ihnen nicht erzählen wollte. Er *konnte* es nicht. Was immer er an diesem Tag gesehen haben mochte, er hatte es verloren, zusammen mit seiner Stimme. Jetzt, im Gespräch mit der Therapeutin, war alles plötzlich zurückgekommen. Das Gefühl der Lähmung, der Panik, die ihm die Kehle zuschnürte. Damals hatte er sprechen wollen, aber es war körperlich unmöglich gewesen. Nichts, kein

Willensakt, hätte die Worte über seine Lippen zwingen können. Sein Mund war aus eigenem Antrieb verschlossen und sperrte ihn ein, und bei dem Gedanken daran sammelte sich noch jetzt der Speichel unter seiner Zunge, und die Nachwehen des panischen Schocks strichen über seine Wirbelsäule.

Sie hatte alles versucht, die Polizeipsychologin, hatte ihm sogar Puppen in die Hand gedrückt, mit denen er versuchen sollte, es nachzuspielen, wenn er es nicht aussprechen konnte. Mit Puppen, verdammt, wie ein missbrauchtes Kleinkind, und dabei war er doch ein Junge von elf Jahren. Er hatte sie nur dumpf angestarrt und die Puppen auf den Boden geworfen.

Seitdem hatte er gelernt, wie atypisch es gewesen war, völlig zu verstummen – und für so lange Zeit. Es kann passieren, dass ein Kind nach einem traumatischen Ereignis stumm bleibt, aber die meisten vermeiden nur, über das Trauma selbst zu sprechen, statt komplett zu schweigen. Er nicht. Er sprach mit niemandem. Er schaltete ab, während die Welt um ihn herum weiterlief wie ein Film, in dem er keine Sprechrolle spielte. Zwei lange Monate dauerte es, bevor die ersten Worte krächzend ihren Weg durch seine Stimmbänder fanden. »Es tut mir leid« war alles, was er sagte, und er wusste immer noch nicht genau, was er meinte.

Seine Kindheit war an jenem Tag im Wald zu Ende gegangen, und an ihre Stelle war eine Art unerbittliche Hölle getreten. Seine Mutter war zerbrochen, und Stücke von ihr fanden sich im ganzen Haus verstreut, gefährliche Splitter, die einen Jungen, der nicht aufpasste, verletzen konnten. Sie hatten in dunklen Ecken gelegen, qualmend und zischend wie Lava. Die meiste Zeit war sie in ihrem Zimmer geblieben, aber wenn die Wirkung der Beruhigungsmittel nachließ, hatte er sie schreien und heulen gehört, und er hatte sich die Hände an die Ohren gepresst und sich versteckt, während sie durch das Haus stürmte und die Welt verfluchte. Wenn er früher Angst vor ihr gehabt hatte, so war er jetzt erfüllt von Entsetzen, und bald gehörte sie zum Gewebe seiner Albträume, war ein Teil des Grauens.

Sein Vater und Onkel Ian waren Schattenmänner. Sie redeten mit gedämpfter Stimme und verhandelten mit der Polizei. Auch seinem Vater ging er aus dem Weg. Die Trauer in dessen Gesicht griff seinen Magen an, er verknotete und verdrehte sich, sodass ihm schlecht wurde. Sein Dad hatte vor Jahren aufgehört zu rauchen, aber der Stress hatte dafür gesorgt, dass er wieder anfing und sich und Onkel Ian in ein Sargtuch aus blauem Rauch hüllte wie in einen Trauerschleier. Der Geruch eines bestimmten Tabaks weckte noch heute ein Echo alter Übelkeit.

Er hatte nach Hause gewollt. Er sehnte sich verzweifelt danach, sein eigenes Haus um sich zu haben, seine gewohnten Sachen, aber sie konnten nicht weg. Onkel Ians Haus, ein Ort, den er immer geliebt hatte, wurde zu den neun Kreisen der Hölle.

Jeden Sommer hatten sie während der langen Schulferien bei Onkel Ian gewohnt. Er war der Bruder seiner Mutter, und sein weitläufiges Haus vor der ländlichen Kulisse war ein Paradies für Kinder. Jedes Jahr traf Jeremy sich dort mit den anderen, mit Ben und Josh, Andrew und Nathan. Obwohl er sie im Laufe des Jahres nicht sah und sie auf verschiedene Schulen gingen, warteten sie doch immer auf ihn. Es dauerte nur ungefähr einen Tag, und sie waren wieder »die Truppe«.

In jenem Sommer war er das letzte Mal dort gewesen, und er hatte sie nie wiedergesehen.

8

Es war wieder eine scheußliche Nacht. Der Regen prasselte gegen die Hauswand, und der Wind peitschte und kreischte unter den Dachrinnen. Jeremy spürte die Beklommenheit in den Ecken lauern, aber er bemühte sich, sie wie ein Hintergrundgeräusch zu ignorieren, und konzentrierte sich darauf, Sarah mit dem Geschirr zu helfen.

In letzter Zeit ging es ihm besser. Nicht super-fantastisch-toll, aber gut genug, dass er funktionierte. Er ging zur Arbeit, ohne seine Kollegen zu attackieren, er vertrieb weder seine Frau, noch ängstigte er seine Kinder – zumindest nicht sehr. Er hatte nachgedacht über das, was die Psychotherapeutin gesagt hatte, und versucht, die Dinge rational zu betrachten. Immer wenn er spürte, dass gewisse Gedanken sich hervordrängten, hatte er sie fließen lassen und sich bemüht, sie nicht obsessiv zu verfolgen. Wenn die Wut hochkochte, hatte er sich davor zurückgezogen, bis sie verweht war. Es war nicht fabelhaft, aber es war okay. Er »kam zurecht«, um einen Ausdruck zu benutzen, bei dem er schon wieder alles zertrümmern wollte.

Es überfielen ihn auch keine Erinnerungen oder Flashbacks mehr, und er hatte sich selbst überzeugt, dass alles wieder normal werden würde, sobald das Vermächtnis seiner Mutter geregelt wäre. Sie warteten auf den Erbschein, der jederzeit ausgestellt werden würde, und bis dahin konnten sie nicht viel tun. Aber das wollte er auch nicht. Erst wollte er Weihnachten überstehen.

»Wenn die Kinder im Bett sind, könntest du auf den Dachboden hinaufgehen und den Weihnachtsschmuck herunterholen, wenn du möchtest«, sagte Sarah. »Dann können wir heute Abend bei einem Glas Wein den Baum schmücken. Das wäre eine tolle Überraschung für sie morgen früh.«

Er zwang sich, nicht zu seufzen. Er zeigte sich jetzt nur noch von seiner besten Seite. Das Letzte, was er wollte, war, dass sie noch eine Sitzung bei Dr. Carole Jessup vorschlug. Die eine hatte ihm hundertprozentig genügt. Sarah zu überzeugen war ein gutes Stück Arbeit gewesen, aber sie hatte widerstrebend zugestimmt, erst einmal »zu sehen, wie es läuft«. Das »es« in diesem Satz war er.

»Ja, klar, wenn du möchtest.«

Es war nicht so, dass er Weihnachten nicht leiden konnte. Er war kein Grinch. Er liebte diese Zeit mit ihr und den Kindern, aber der erste Dezember war ihm viel zu früh. Sein Vater hatte den Baum immer erst in der letzten Woche vor dem Fest aufgestellt, und das hätte er auch getan, wenn es nach ihm gegangen wäre. Stattdessen hatte er jetzt drei Wochen exzessives Gießen und obsessives Überwachen des Nadelverlustes vor sich – denn schließlich war es seine Aufgabe, den Baum am Leben zu erhalten.

Der glückliche Gewinner dieses Jahres wartete in der Garage, klein, aber perfekt gewachsen. Er hatte einen größeren haben wollen, aber das war anscheinend ein »Männerding«. Dads sind besessen von Größe, Mums haben ästhetische Maßstäbe. Irgendwo gab es da eine Parallele.

»Wenn du Lucy badest«, fuhr Sarah fort, »helfe ich Jack bei seinen Hausaufgaben. Dann sind wir schneller fertig. Ach, und sie braucht einen frischen Schlafanzug. Es liegen welche oben auf dem Wäschekorb, davon kannst du einen nehmen.«

Lucy hatte sich im Wohnzimmer auf dem Sofa zusammengerollt und versuchte angestrengt, einen Film im Fernsehen zu verfolgen, aber Jeremy sah, wie ihre Lider schwer wurden.

»Komm, Luce. Heute bin ich zuständig.« Er nahm sie auf den Arm und ging zur Treppe. »So, kleine Schlafmütze, Zeit für dein Bad.«

» … und Becca sagt, der Weihnachtsmann bringt ihr eine Blume-Puppe. Daddy, ich hätte mir auch eine Blume-Puppe wünschen sollen, glaubst du, der Weihnachtsmann weiß, dass ich eine haben möchte? Daddy …«

Er hörte Lucys Geschnatter nur mit halbem Ohr zu und ließ es über sich hinwegplätschern, während er das Shampoo aus ihrem Haar spülte. Seine Gedanken wanderten immer wieder zurück zum Erbe seiner Mutter und all den Dingen, die zu regeln waren. Eins davon war Onkel Ians Haus. Er konnte immer noch nicht recht fassen, dass sie es nach dem Tod ihres Bruders nicht verkauft, sondern all die Jahre als Ferienhaus vermietet hatte und nie auf den Gedanken gekommen war, es ihm zu erzählen. Vielleicht hatte sie es nicht über sich gebracht, es ganz aus der Hand zu geben, den letzten Ort auf Erden, an dem Emily gelebt hatte. Jeremy war klar, er würde selbst irgendwann hinfahren müssen, und er wusste nicht genau, wie er das finden sollte.

»Daddy!«

Lucy heulte plötzlich laut auf.

»Au! Daddy, du machst mir Shampoo in die Augen!«

»Entschuldige, Schatz, das wollte ich nicht. Machen wir es lieber so: Du lehnst dich zurück und tauchst dein Haar ins Wasser, und ich spüle nur vorn ein bisschen mit der Dusche aus. Ich bin ganz vorsichtig, versprochen.«

Sie rutschte in der Wanne herunter und legte den Kopf in den Nacken, während Jeremy ihr eine Hand stützend in den Nacken legte. Er griff nach dem Duschkopf und spülte sanft den Schaum von ihrer Stirn. Dabei achtete er sorgfältig darauf, dass nichts in ihre Augen floss.

Sie drückte beide Augen fest zu, und ihr Haar breitete sich wie ein Fächer auf dem Wasser aus und kräuselte sich unter der Oberfläche wie goldenes Seegras, wie eine Erinnerung. Unwillkürlich kam ein Laut aus Jeremys Kehle, ein halb ersticktes Luftschnappen, bei dem Lucy die Augen aufklappte. Sie starrte ihn an, und das Blau ihrer Augen funkelte ihm plötzlich im hellen Licht der Deckenbeleuchtung entgegen.

Dann ging die Welt den Bach hinunter.

Jeremy sah seine Finger an ihrem Hals, und das Grauen verschlang ihn. Er würde sie ertränken, er *wollte* sie ertränken, er würde ihr Gesicht unter Wasser drücken und sein Kind ermorden! Mit einem Aufschrei puren Entsetzens riss er die Hand zurück und ließ ihren Kopf untergehen. Sie geriet für einen kurzen Augenblick in Panik und schlug mit den kleinen Armen um sich. Dann kam ihr Kopf wieder hoch, und sie fing an zu weinen. Machtvolles Schreckensschluchzen hallte in dem kleinen Raum wider.

Er stieß sich vom Badewannenrand zurück, von Panik geblendet. Er fiel mit der Schulter gegen den Wandschrank und stieß eine Reihe von Fläschchen herunter. Der Lärm war ohrenbetäubend, Lucys Kreischen und das Klirren von Glas. Badeöl breitete sich in einer glitschigen Pfütze auf dem Boden aus, und er rutschte rückwärts hindurch und drückte sich an die Toilettenschüssel. Nur weg von ihr.

Sarah kam mit weit aufgerissenen Augen hereingestürzt.

»Was zum Teufel … Jeremy! Was ist jetzt wieder los?«

»Bring sie weg von mir!«, schrie er. »Bring sie weg …«

Lucys Weinen bekam eine hysterische Note, und Sarah hob sie aus der Badewanne.

»Schatz, Liebes, es ist okay. Sschh, beruhig dich, es ist alles okay, Mummy hat dich.«

Sie drehte sich zu Jeremy um, der in einem Schlachtfeld aus Öl und Glas auf dem Boden saß.

»Jez …«

Ihr fehlten die Worte, und er sah etwas wie Angst in ihrem Blick. Und noch etwas – ein flackerndes Misstrauen.

»Jez, was zum Teufel ist hier los? Was hast du getan?«

Er antwortete nicht. Er konnte es nicht erklären. Nie im Leben konnte er sagen, dass er einen Moment lang befürchtet hatte, er werde Lucy ertränken. Er wusste nur, es war nötig, dass Sarah sie wegbrachte.

»Bitte bring sie weg. Ich kann das nicht.«

Sie öffnete den Mund, als wollte sie etwas sagen, aber stattdessen wandte sie ihre Aufmerksamkeit wieder dem schluchzenden Kind auf ihrem Arm zu. Auf irgendeiner Ebene war ihr klar, dass hier etwas ganz und gar nicht in Ordnung war. Lucys Weinen war schrill geworden. Sarah griff nach dem nächsten Handtuch und wickelte das Kind ein wie ein Baby, gurrte beruhigend und bemühte sich, sie zu besänftigen.

»Sschh, mein Schatz. Jetzt ist alles in Ordnung. Wir lassen deinen dummen Daddy hier sitzen und bringen dich in dein Bett.«

Sie trug das weinende Kind hinaus, und Erleichterung flutete über ihn hinweg, ließ ihn schwach und matt zurück. Zum dritten Mal in ebenso vielen Monaten spürte er das ungewohnte Brennen von Tränen hinter seinen Lidern. Er drehte sich um und beugte sich über die Toilette, keuchte und würgte, bis das ganze Abendessen klatschend in der Schüssel landete.

Dann legte er den Kopf auf die Unterarme und weinte.

»Jeremy, sprich mit mir. Ich muss verstehen, was hier los ist.«

Sarah hatte Lucy endlich so weit beruhigt, dass sie einschlafen konnte. Dann hatte sie Jack ins Bett gebracht und das Chaos im Badezimmer behoben, und jetzt saß sie Jeremy gegenüber, der immer noch mit den Ausläufern der Panik zu kämpfen hatte, die durch seine Adern strömten. Er hatte sie ertränken wollen.

»Du hast Lucy halb zu Tode geängstigt, und wenn ich ehrlich bin, mir hast du auch Angst eingejagt. Du hast ausgesehen wie ... wie ein Wahnsinniger. Anders kann man es nicht beschreiben.«

Sie beugte sich vor und zwang ihn, sie anzusehen.

»Hör zu, wenn du krank bist, muss ich das wissen. Wenn ich dir nicht mal mehr die Kinder zum Baden anvertrauen kann ...«

Er sagte es nicht, aber sie konnte ihm nicht mehr vertrauen, überhaupt nicht mehr.

Sie starrte ihn bestürzt an, und Jeremy begriff, wie sehr er sie erschreckt hatte und wie weit außerhalb ihrer Komfortzone das alles lag.

»Sarah, ich …«

Was konnte er sagen, ohne alles noch schlimmer zu machen?

»Wenn du krank bist, werde ich dir helfen, das weißt du. Ich werde dich unterstützen, und wir kommen da zusammen durch, aber das kann ich nicht, wenn du nicht mit mir sprichst. Wenn du darauf bestehst, so zu tun, als wäre alles in Ordnung.«

Der Gedanke an seine Tochter zerriss ihm das Herz.

»O Gott, Sarah, was hast du Lucy gesagt? Was hast du ihr erzählt?«

»Nichts, eigentlich nichts. Ich habe ihr nur gesagt, dass es dir nicht so gut geht, und dann habe ich sie im Arm gehalten, bis sie einschlief. Jack wollte wissen, woher der Lärm kam, und ich habe gesagt, du wärst aus Versehen gegen den Badezimmerschrank gestoßen und hättest Lucy erschreckt. Das hat ihm genügt. Du weißt ja, wie er ist. Lebt ständig in seiner Traumwelt.«

Bei dem Gedanken an ihren Sohn lächelte sie kurz, aber dann holte der Kummer sie wieder ein.

»Den beiden geht es gut, aber um *dich* mache ich mir Sorgen. Ich verstehe nicht, was los ist, Jez, aber das muss ich, und zwar genau jetzt.«

Jeremy schaute in ihr liebes Gesicht. Er musste sich bemühen, alles in Ordnung zu bringen, musste ihr klarmachen, wie viel Angst er selbst hatte.

Er hatte ihr nicht in allen Einzelheiten von seiner Sitzung mit Carole Jessup erzählt. Dafür gab es viele Gründe: Er hatte sie nicht beunruhigen wollen, er hatte nicht schwach erscheinen wollen, aber vor allem, weil er ihr nie alle Details jenes Tages anvertraut hatte. Sie wusste, dass seine Schwester ertrunken war, und sie wusste, dass nicht alles restlos aufgeklärt worden war, mehr aber nicht. Jeremy hatte ihr nie erzählt, wie er Emilys Leiche gefunden hatte. Er hatte nie über das Loch in seiner Erinnerung gesprochen, nie über den stummen Jungen. Sarah liebte ihn, und so hatte sie im Laufe der Jahre akzeptiert, dass es eine Tragödie war, über die zu sprechen ihm schwerfiel. Einer unausgesprochenen Vereinbarung gemäß waren sie niemals dorthin vorgedrungen. Aber das musste sich jetzt ändern.

Auch über seine Mutter hatte er ihr nie die Wahrheit gesagt. Sie wusste, dass es Gegensätze gegeben hatte – ihr Ausdruck, nicht seiner –, aber in welchem Ausmaß, das wusste sie nicht. Er hatte Sarahs Liebe gewollt, nicht ihr Mitleid, und er hatte Angst, wenn sie den beschädigten kleinen Jungen gesehen hätte, hätte sich alles zwischen ihnen geändert. Sie hätte ihn bedauert, und sie hätte ihn bemuttern wollen, und das war nicht das, was er von ihr haben wollte. Es war nicht ihre Aufgabe, auch nur ansatzweise seine Vergangenheit zu reparieren.

Jetzt hoffte er, dass es noch nicht zu spät war und sie noch immer ihren Weg durch die Mauer der Geheimnisse finden konnten, die er errichtet hatte.

Er nahm ihre Hand.

»Ich war nicht restlos ehrlich zu dir, was Em angeht«, fing er an, aber »ehrlich« war nicht das richtige Wort. »Offen« wäre besser gewesen. Er sah den Funken der Angst in ihren Augen, und er fragte sich, was sie jetzt wohl erwartete. »Restlos offen, meine ich. Ich habe dir sozusagen das Gerippe beschrieben …«

Das Gerippe. Das war Em jetzt – ein Gerippe. Winzige Knochen, wie von einem Vögelchen. Er schob den Gedanken beiseite.

»… aber nicht das, was mich betrifft. Nicht, wie es für mich war und was später mit mir passiert ist.«

Mit einem Mal sprudelten die Worte aus seinem Mund, hinaus ins Freie. Er beobachtete ihr Gesicht, während er redete, sah dort Liebe und dann Mitleid, und als er fertig war, glänzten ihre Augen von unvergossenen Tränen.

»Carole Jessup glaubt also, etwas habe unterdrückte Erinnerungen getriggert, etwas, das mit dem zu tun hat, was ich von diesem Flugzeug aus gesehen habe, und wenn sie recht hat, könnte das bedeuten, dass ich mich jetzt, nach all den Jahren, möglicherweise endlich erinnern werde. Ich kann dir gar nicht sagen, wie es mir dabei geht – zu denken, ich könnte vielleicht endlich sämtliche Mosaiksteinchen zusammenbekommen.«

Was er nicht zu sagen wagte, nicht zu hoffen, nicht mal zu fürchten wagte, war, dass er vielleicht gesehen hatte, was ihr passiert war. Vielleicht wusste er, wie sie gestorben war.

»Sie hat gesagt, ich könnte Flashbacks haben, und ich glaube, genau das ist bei Lucy passiert. Etwas an ihrem Haar im Wasser hat bei mir eine Panik ausgelöst …«

»O Jeremy …« Ihre Stimme war kaum ein Flüstern.

Er spürte, wie seine Kehle sich den Worten verschloss. Den Rest konnte er ihr nicht erzählen – wie er den Drang verspürt hatte, Lucy unter Wasser zu drücken. Er wollte nicht daran denken, was das bedeuten könnte.

»Ich hätte ihr niemals etwas angetan.«

Die Worte brachten eine Woge des Schuldbewusstseins mit sich, und plötzlich fühlte er sich falsch und hohl. Halb rechnete er damit, dass Sarah in ihn hinein, in den dunklen Abgrund seiner Seele sehen konnte. Stattdessen breitete sie die Arme aus und zog ihn an sich.

»Schatz, warum um alles in der Welt hast du mir das alles nicht längst erzählt? Warum hast du es nicht mit mir geteilt? Unvorstellbar, wie schrecklich das für dich gewesen sein muss.«

»Ich konnte es einfach nicht. Ich wollte nicht, dass du Mitleid mit mir hast.«

Ihr Blick verfinsterte sich. »Was deine Mutter angeht – so gehässig zu dir zu sein, als du doch nur ein verängstigter kleiner Junge warst. Gott, das macht mich so wütend.« Unwillkürlich stampfte sie leicht mit dem Fuß auf, um ihre Empörung zu betonen. »Bis jetzt habe ich deine Beziehung zu ihr nie wirklich verstehen können. Ich wusste, sie war ein bisschen kalt und schwierig, aber ein unschuldiges Kind für etwas zu bestrafen, das nicht seine Schuld war – ich verstehe nicht, wie eine Mutter so etwas tun kann. Kein Wunder, dass du dich verschlossen hast.«

»Sie hat mir ein schrecklich schlechtes Gewissen gemacht – als wäre alles nur meine Schuld.«

Sie hob um seinetwillen entrüstet die Stimme. »Aber dein Dad, was hat er damals getan? Ich weiß, ich habe ihn nie kennengelernt, aber wenn er ein so reizender Mann war, wie du ihn beschreibst, warum hat er nicht eingegriffen?«

Sie schwieg und schaute ihn an, als erwarte sie eine Antwort, aber er hatte keine. Er hatte seinen Vater geliebt, und diese Liebe war tausendfach erwidert worden. Nur hatte dieser Mann auch seine Mutter geliebt, und allzu oft hatte er ein Auge zugedrückt oder den Weg des geringsten Widerstands genommen. Vielleicht hätte Jeremy ihn für dieses Versagen hassen müssen, aber das brachte er nicht übers Herz. Wer sie nicht kannte und nicht wusste, wie es damals war, der konnte es auch niemals verstehen. Sein Vater hatte seinen eigenen Schmerz zu tragen gehabt und zugleich versucht, den Schmerz seiner Frau zu bewältigen, und dann war er krank und dann weg gewesen, und nur noch sie war übrig geblieben. Langsam und unerbittlich hatte ihr Hass sich in Jeremys Seele gefressen und den Mann geformt, zu dem er geworden war.

9

Am nächsten Tag war Lucy auf der Hut vor ihrem Vater und er vor ihr. Sarah warnte ihn davor, eine große Sache daraus zu machen oder sich allzu sehr zu bemühen, aber er sprach doch mit ihr darüber. Sie fixierte ihn mit ihren runden blauen Augen, während er durch eine Erklärung stolperte, die sie hoffentlich akzeptieren würde.

»Daddy tut es leid, dass er dich erschreckt hat«, sagte er. »Das wollte ich nicht. Ich habe dich aus Versehen unter Wasser rutschen lassen, und da bin ich erschrocken. Dann bin ich gegen den Schrank gestoßen und bin noch mehr erschrocken. Da waren wir beide erschrocken, und da ist Mummy gekommen und hat alles wieder besser gemacht. Glaubst du, du kannst mir verzeihen?«

Sie schaute ihn mit ihrem ernsten kleinen Gesicht an. »Natürlich, Daddy. Jeder ist mal erschrocken.« Sie schlang ihm die Arme um den Hals und drückte ihn fest an sich.

Er atmete den sanften, sauberen Duft ihrer Haare ein, und sie flüsterte: »Ich hab dich lieb, Daddy.« Er dankte dem Gott, an den er nicht glaubte, dafür, dass er es ihm so leicht gemacht hatte.

»Ich hab dich auch lieb«, sagte er, »so lieb, wie es nur geht.« Er ignorierte die dünne Stimme in seinem Kopf, die zischte: *Lügner. Betrüger*.

Und das war's – für sie jedenfalls. Leider war es mit Sarah nicht so einfach. Sie beobachtete ihn. Fürsorglich, zärtlich, ohne Argwohn – bis jetzt jedenfalls. Es betrübte ihn, dass er die Ursache dafür war. Dass wegen ihm diese *Sache* in ihre Ehe hineinkroch.

Weihnachten kam, und Weihnachten ging. Der Weihnachtsmann vergaß Lucys Blume-Puppe nicht; in Anbetracht der Umstände, dachte Jeremy, war es das Mindeste, was er tun konnte. Die Kerzen gingen aus, der Baum wurde abgeräumt, der Januar kam hereingeschlittert, trist und kalt, und mit ihm die Papiere zu Mrs Hortons Vermächtnis.

Jetzt war es Februar. *Kommt der Regen im Februar, beginnt der See ein neues Jahr*. Das alte Kinderlied kam Jeremy aus dem Nirgendwo in den Sinn, und er erschrak. Seine Mutter hatte Emily diesen Vers immer vorgesungen, und bei der Erinnerung an die Wärme in ihrer Stimme bekam er Gänsehaut. Sein Fuß zuckte reflexhaft und trat das Gaspedal herunter, sodass der Wagen einen Satz vorwärts machte.

»Ups, Entschuldigung, mein Fuß ist abgerutscht.«

Er drehte sich zur Seite und lächelt Sarah an. Sie lächelte zurück, und ihr Gesicht war frei von jeglicher Wachsamkeit.

»Alles okay, oder soll ich ein Stück fahren?«, fragte sie. »Wenn du müde bist, können wir jederzeit tauschen.«

»Nein, schon gut, ich melde mich, wenn ich eine Pause brauche. Wenn ich mich richtig erinnere, sind es nur noch ein paar Meilen bis zum Dorf.«

Er versuchte, die Vorfreude heraufzubeschwören, die ihn auf der Fahrt zu Onkel Ians Haus immer erfüllt hatte, aber alles, was er empfand, war eine lauernde Furcht – und Sodbrennen von dem Sandwich, das er zum Lunch so hastig heruntergeschlungen hatte.

Onkel Ian. Jeremy hatte ihn nach Emilys Tod nur noch einmal gesehen. Da musste er ungefähr siebzehn Jahre alt gewesen und in den Sommerferien von der Schule nach Hause gekommen sein. Er hatte gehört, wie seine Mutter telefonierte, und mitbekommen, dass Ian im Krankenhaus war. Sein Onkel hatte einen leichten Herzinfarkt gehabt, den ersten in einer Serie von schnell aufeinanderfolgenden Infarkten, die ihn schließlich umbringen sollten. Als Jeremy erfahren hatte, dass sein Onkel krank war, hatte ihn der Drang gepackt, ihn wiederzusehen. Die Zeit hatte die Erinnerung an die Tage unmittelbar nach Emilys Tod gemildert, und er hatte angefangen, sich an das zu erinnern, was gut gewesen war, und daran, wie Onkel Ian immer bereitwillig Zeit für ihn gehabt hatte. Das allein war schon ein Grund, ihn wiederzusehen: um dieses seltene Gefühl, erwünscht zu sein, nur noch einmal zu erleben.

Jeden Sommer kam die Familie für ein paar Wochen zu Onkel Ian, und wenn Jeremy Glück hatte, durfte er immer noch dableiben, wenn die anderen wieder nach Hause fuhren. Onkel Ian war Dozent am Polytechnikum gewesen, deshalb war er in den Ferien immer zu Hause und konnte Jeremys Mutter Gelegenheit geben, ihren Sohn für eine Weile »vom Hals« zu haben. Jeremy winkte pflichtschuldig, wenn der Wagen abfuhr, und dann gab es nur noch ihn, Onkel Ian – und die Truppe. Oft kam Ians Freund George zum Essen, und am Abend spielten sie Monopoly oder bauten Modelle. Das waren seine Enid-Blyton-Sommer, ein rares Raunen des Glücks.

Der Gedanke an George berührte etwas in seinem Hinterkopf, und die Erinnerung an jenen letzten Nachmittag überkam ihn wie ein kalter Wind im Nacken.

Er war mit dem Zug hinauf und dann mit dem Bus zum

Krankenhaus gefahren, denn er hatte gewusst, seine Mutter würde ihn niemals hinbringen, selbst wenn er darum bettelte. Tatsächlich hatte er angenommen, dass sie nie wieder einen Fuß in diesen Teil des Landes setzen würde, aber offensichtlich hatte sie es doch getan, denn sie hatte Ians Haus behalten. Klammheimlich.

Jeremy war auf die kardiologische Station gekommen und hatte seinen Onkel im Bett liegen sehen. George war bei ihm gewesen. Ian hatte älter und schmächtiger ausgesehen in seinem hellen gestreiften Pyjama. Ein bläulicher Schatten lag auf seinen Lippen, bei dessen Anblick Jeremys Herz kurz aussetzte. Ians Augen hatten vor Freude – und Liebe – gestrahlt, und Jeremy schämte sich noch jetzt für sein Benehmen.

»Jeremy! Mein Junge«, hatte Ian gerufen. »Was für eine Überraschung. Komm her und lass dich ansehen. Meine Güte, wie groß du geworden bist!«

Er streckte beide Arme aus, aber einen Sekundenbruchteil zu spät. Jeremy hatte Georges Hand schon gesehen, die auf der seinen lag und die fleckige Haut liebkoste. Sein Blick war von einem zum anderen gegangen, und er hatte das Liebesleuchten in Georges Augen gesehen. Heute wusste er nicht mehr, ob es ihn geärgert oder angewidert hatte. Er wusste nur noch, dass er siebzehn und dumm gewesen war. Ein wütender, ungeliebter, nicht liebenswerter Junge, verbogen von seinem eigenen Elend. Er kannte kein Mitgefühl. Er hatte nicht gelernt, Dinge zu akzeptieren. Er kam geradewegs aus einer Schule, in der sie die »Schwuchteln« verhöhnten, und von einer Mutter, die weder Toleranz noch Liebe zu geben hatte. Er war alt genug, um zu sehen, aber zu jung, um zu verstehen, und statt zu seinem Onkel zu gehen, wie er es hätte tun sollen, war er ein paar Schritte vor dem Fußende stehen geblieben und hatte ihn angestarrt, und zwei heiße Flecken der Verlegenheit – und der Kränkung – hatten auf seinen Wangen gebrannt.

»Ich glaube, ich stehe gut hier, vielen Dank«, hatte er gesagt, und seine Stimme hatte kalt und kompromisslos geklungen. »Ich wollte nur mal nach dir sehen, aber es scheint dir ja gut zu gehen. Euch beiden«, hatte er hinzugefügt und den Mund in höhnischem Abscheu verzogen.

Noch immer sah er das gekränkte Gesicht seines Onkels vor sich. Sofort hatte er seine Worte zurücknehmen wollen, aber wie das gehen sollte, wusste er nicht, und so hatte er George vielsagend angefunkelt, bis der schließlich den Blick gesenkt hatte. Was danach noch gesagt wurde, wusste er nicht mehr. Er erinnerte sich nur noch, dass es eine Quälerei gewesen war und dass er die Flucht ergriffen hatte, sobald er konnte, und er hatte Ian nie wiedergesehen. Achtzehn Monaten später war Ian tot gewesen.

Jeremy wünschte, er könnte das alles ungeschehen machen. Er wollte in der Zeit zurückgehen und Onkel Ian sagen, das damals sei nicht sein wahres Ich gewesen. Er sei ein dummer, oberflächlicher Junge gewesen, und wenn er ehrlich sei, ein eifersüchtiger noch dazu. Er hatte gelitten, und er hatte sein Leiden hinter einem gehässigen, bösartigen Zorn verborgen. Das sah er jetzt, aber schon wieder war es zu wenig und zu spät.

Jemand hatte ihm einmal gesagt, er trage eine Menge Scham mit sich herum. Das stimmte, aber Scham war okay, wenn man sie brauchte, um sie wie ein Sandkorn unter der Schale zu tragen, damit sie einen daran erinnerte, wer man wirklich war.

»Daddy, ist es noch weit?«

Lucys Stimme riss ihn zurück in die Gegenwart, und er

sah, dass sie fast da waren. Die letzten paar Meilen hatte er wie auf Autopilot zurückgelegt, verloren in seiner Vergangenheit. Er warf einen Blick hinüber zu Sarah, aber sie schien nicht bemerkt zu haben, dass er mit seinen Gedanken nicht bei der Sache gewesen war.

»Wir sind fast da«, sagte er. »Nicht mehr lange, dann wirst du sehen, wo ich als kleiner Junge die Sommerferien verbracht habe. Wo ich überall gespielt habe.«

Sie fuhren an einem Bauernhof vorbei und bogen in die High Street ein, vorbei an den beiden Pubs und der Grundschule, bis sie zu dem Abzweig kamen, der zur Kirche führte. Onkel Ians Haus war das letzte in der Church Road gewesen, es hatte ganz am Ende der Straße gestanden. Dahinter endete der Asphalt, und nur noch ein Schotterweg führte weiter zu einem alten Gehöft, zu Feldern und Wäldern. An trägen Sommertagen waren die Jungen mit ihren Rädern an dem Bauernhof vorbei zu dem Fußweg gefahren, der durch die Felder in den dunklen Schatten der Bäume führte. Einen Moment lang fühlte Jeremy sich von Nostalgie überwältigt, bis ihm wieder einfiel, was dort passiert war, und es lief ihm eiskalt über den Rücken.

Die Schotterstraße und der Bauernhof waren längst nicht mehr da, und die Straße ging hinter dem Haus seines Onkels weiter, gesäumt von neuen Wohnhäusern.

Verblüfft dachte Jeremy, wie klein Ians Haus ihm erschien. Seine Kindheitserinnerungen spielten in langen Korridoren und getäfelten Zimmern, auf Wendeltreppen und in geheimen Winkeln. Das Haus vor ihm sah viel bescheidener aus als die Bilder seiner Erinnerung. Im Arts-and-Crafts-Stil gebaut, eine Lutyens-Imitation, hatte es ein Reetdach mit zwei Balkengiebeln, das tief über die Muster der Backsteinmauern herabreichte, und Koppelfenster flankierten eine Schmuckveranda und eine solide Eichenholztür.

Der Garten bezeugte den Status als Airbnb. Verschwunden waren die bunten Rabatten und Blumenbeete. Alles, was von der alten Pracht noch übrig war, war die uralte Magnolie, deren knorrige Äste ein Schattendach aus ovalen Blättern trugen. Das Gras darunter war wie sein Onkel schon lange tot.

Der Schlüssel lag kalt in seiner Tasche. Er hatte Angst einzutreten.

Sarah flocht ihre Finger zwischen seine und drückte sie aufmunternd. »Alles okay?«

Er nickte, und der Lärm der Kinder, die in endlosen Kreisen um den Baum herumrannten, war ihm glasklar bewusst. Gern hätte er ihnen befohlen aufzuhören. Ihr Kreischen ging ihm auf die Nerven, aber sie waren so lange im Wagen eingesperrt gewesen, dass er es nicht übers Herz brachte.

»Es ist so hübsch, Jez – kein Wunder, dass deine Mutter sich nicht davon trennen konnte.« Sie hob den Kopf und sah ihm ins Gesicht. »Bist du sicher, dass es dir damit gut geht? Wir haben die ganze Woche Zeit. Wir müssen also nicht sofort hineingehen, wenn du lieber bis morgen warten möchtest.«

Tatsächlich war er ganz und gar nicht sicher, aber er sagte sich, es sei nur ein Haus. Es konnte ihm nichts anhaben, was für Erinnerungen auch immer drinnen lauern mochten.

Der Schlüssel glitt mühelos ins Schloss, und die Tür öffnete sich gähnend. Einen Augenblick lang stand die Zeit still, und die holzgetäfelten Wände und die schwarz-weißen Schachbrettfliesen hallten wider von Phantomstimmen. Aber dieses Gefühl ging gleich vorbei, als Jeremy mit einer Mischung aus Bedauern und Erleichterung erkannte, dass alles verändert war. Verschwunden war die dunkle Holzgarderobe mit ihrem Durcheinander von Mützen und Mänteln, verschwunden der geschliffene Spiegel mit dem funkelnden, altersfleckigen Glas. Die alte Eichenholztreppe führte immer noch im Bogen hinauf zu dem Treppenabsatz mit dem Buntglasfenster, aber die Gemälde seines Onkels hingegen nicht mehr an den Wänden. Es roch auch anders; es roch nach Leere.

Er trat über die Schwelle, und sein Puls schlug langsamer. Nirgends glühte die Asche seiner Mutter, nirgends lauerten Schatten des Grauens und des Schmerzes. Es war nur ein Haus.

Die Familie drängte hinter ihm herein. Seltsamerweise waren sie alle verstummt, auch die Kinder, was ihrem Eintritt ein Gewicht verlieh, das ihm nicht zukam. Sie folgten ihm ins Wohnzimmer. Dort brannten die Erinnerungen an seinen Onkel so heiß, dass er halb damit rechnete, ihn in seinem Ohrensessel vor dem Kamin sitzen zu sehen, wo er einen Aufsatz korrigierte oder ein Buch las. Aber in dem Zimmer hing kein Hauch von ihm. Der Kamin war noch da, genau wie die hölzernen Halbpaneele an den Wänden, aber das war alles. Die William-Morris-Tapete war überstrichen worden, in einem harten Weiß, das in Kontrast zu dem dunklen Holz und den bleiverglasten Fenstern stand. Der krasse Gegensatz akzentuierte das matte Licht, das durch die kleinen Scheiben in den Fensternischen hereinfiel und den Raum grau und trostlos erscheinen ließ. Ians Einrichtung war gegen funktionale IKEA-Möbel ausgetauscht worden, die unglücklich in dieser Umgebung kauerten wie gesellschaftliche Außenseiter.

»Oh, es ist …«, fing Sarah an.

»… verdorben«, beendete er ihren Satz. »Ich glaube, das ist das Wort, das du suchst. Es war ein wunderschönes Zimmer, und es ist verdorben.«

Er stapfte weiter in die Küche, wo ebenfalls alles verändert worden war, und er spürte, wie er immer mutloser wurde. Als ihm klar geworden war, dass das Haus noch da war, hatte er sich verzweifelt gewünscht, es möge noch so sein wie früher, ein Fragment von etwas Gutem, in Bernstein konserviert.

Er hatte sie bei der Frau, die sich um das Haus kümmerte, angekündigt, und so waren die Zimmer gelüftet worden, und auf den Betten lagen saubere Handtücher und Laken. Sarah und Jeremy würden Ians altes Schlafzimmer beziehen, und die Kinder würden sich das Zimmer teilen, in dem seine Eltern geschlafen hatten. Er hatte sich gefragt, ob er hier würde schlafen können oder ob die Erinnerungen allzu übermächtig sein würden, aber es war nichts mehr da, was ihn hätte beunruhigen können.

Die Tür zu seinem alten Zimmer war fest verschlossen, und er vermied es sorgfältig, sie anzusehen, als er die Koffer nach oben trug.

10

Sarah war in der Küche und öffnete und schloss Schranktüren und Schubladen. Die Kinder erforschten den Garten, solange es noch hell war, und Jeremy verspürte den überwältigenden Drang, sie hereinzurufen, damit sie in Sicherheit waren. Er wusste, das war lächerlich; also schlang er die Arme um Sarahs Taille und vergrub das Gesicht in ihrem Haar.

»Was suchst du? Es gibt da nichts zu essen.« Kaum hatte er das gesagt, zuckte er zusammen, aus Angst, sie könnte ihn missverstanden haben und denken, er sei schnippisch. »Ich meinte, nichts für *uns*. Ich dachte, wir lassen die Kinder ein bisschen Dampf ablassen und sehen dann, ob wir in einem der Pubs etwas zu essen bekommen.«

Sie lehnte sich rückwärts an ihn. »Ich hatte das Gleiche gedacht, aber um ehrlich zu sehen, jetzt, da wir hier sind, habe ich eigentlich keine Lust mehr. Die Kinder kommen dann so spät ins Bett, und ich befürchte, sie werden uns wahnsinnig auf die Nerven gehen, wenn wir noch mit ihnen ausgehen. Gibt es hier nichts, wo du vielleicht zwei Pizzen holen könntest oder so? Das würde für heute Abend genügen, und morgen können wir richtig einkaufen.« Sie sah sich in der geräumigen Küche um. »Was schätzt du, was werden wir dafür bekommen? Ich glaube, das Interesse wird groß sein, trotz der vielen Arbeit, die nötig ist.«

Er löste seine Umarmung, ging zum Fenster und schaute

in den Garten hinaus. »Keine Ahnung. Mindestens acht fünfzig, vielleicht neun. Könnte auch mehr werden. Ich weiß nicht genau, wie die Preise hier liegen. Wir müssen hören, was die Makler sagen.« Er grinste. »Aber was ist eigentlich los mit dir? Du interessierst dich doch sonst nicht so fürs Geld.«

Sie kam zu ihm ans Fenster und blickte hinaus in die Abenddämmerung. »Ich habe kein Problem mit Geld, Jeremy. Ich bin nur nicht so besessen davon wie manch andere.«

Er gab ihr einen spielerischen Schubs, verzweifelt bemüht, die Entspanntheit wiederzufinden, die es zwischen ihnen gegeben hatte. »Ich bin nicht besessen, Schatz, nur ein bisschen weniger idealistisch als du.«

Sie würdigte ihn keiner Antwort, und so standen sie schweigend da und schauten in den Garten hinaus. Wen immer seine Mutter da bezahlt haben mochte, er hatte anscheinend nur das Minimum erledigt, denn der Rasen war zu Büscheln ausgewachsen, und die Blumenbeete waren von Unkraut überwuchert. Sie sahen, wie Lucy im Gebüsch verschwand, und sein Herz machte einen kleinen Satz. Er öffnete die Tür und trat hinaus in die Dämmerung, wo er sehen konnte, dass hinter dem kaputten Gartenzaun ein Streifen Buschland bis zu den fernen Feldern reichte. Jeder konnte dort hin und sich auf die Lauer legen.

»Ich gehe noch mal ins Dorf und sehe, was ich finde. Lucy! Luce! Gehst du mit mir einkaufen?«

Er hörte den angespannten Unterton in seiner Stimme und spürte, dass Sarah ihn beobachtete. Er musste aufpassen.

Lucy kam aus dem Gebüsch und hüpfte ihnen durch den Garten entgegen, und das Gefühl der Erleichterung war unverhältnismäßig stark. »Na los, Süße, hol deine Jacke. Wir gehen auf eine Abenteuerexpedition und besorgen etwas zu essen.«

Sie lief davon, um die Jacke zu holen, und er drehte sich zu Sarah um. »Bitte lass Jack nicht allein da draußen. Wir wissen noch nicht, ob der Garten sicher ist, und der Zaun am Ende sieht nicht besonders vertrauenswürdig aus.«

»Es geht ihm gut, Jez, es passiert schon nichts. Hör auf, dir Sorgen zu machen. Du besorgst uns Abendessen, und ich behalte ihn im Auge.«

Er nahm Lucys heiße kleine Hand, und sie gingen hinaus in das Zwielicht des Februarabends.

Die Straßenlaternen in der High Street flackerten und summten, als sie vorbeigingen. Jede erwachte langsam zum Leben und schickte einen bebenden Kegel aus goldenem Licht auf den Asphalt hinunter. Dadurch erschien die Umgebung dunkler, und die Ladenfassaden lagen im tiefen Schatten. Erinnerungen regten sich und weckten den Eindruck, als krümme die Zeit sich auf sich selbst zurück, sodass die Vergangenheit die Gegenwart berührte. Es beunruhigte ihn.

Lucy hüpfte neben ihm her und ließ seinen Arm sanft vor und zurück schwingen.

»Daddy«, sagte sie, »wo ist dein Onkel jetzt?« Sie klang nachdenklich; offenbar dachte sie schon eine ganze Weile darüber nach.

»Er ist vor langer Zeit gestorben. Damals, als ich noch zur Schule ging.«

»Warst du sehr traurig, Daddy?«

Ernste Augen blickten zu ihm auf, und er bereute, dass er es nicht wenigstens abgemildert und zum Beispiel gesagt hatte, Ian sei in den Himmel gekommen. Sie war noch zu klein für ein Gespräch über den Tod, also wechselte er rasch das Thema.

»Was hättest du denn gern zum Abendessen? Mummy hat gesagt, wir sollen Pizza holen, aber wenn du was anderes möchtest, können wir ja sehen, was es sonst noch gibt. Chicken Nuggets haben sie bestimmt, wenn dir die lieber sind.«

Zum Glück ließ sie sich noch leicht auf diese Weise ablenken, und so war Ians trauriges Hinscheiden sofort vergessen, verdrängt durch ein knusprig paniertes Stückchen Huhn.

»Hm, ich möchte gern Pizza, und können wir auch fragen, ob sie geriffelte Pommes haben? In der Schule machen sie geriffelte Pommes, und die mag ich gern, die schmecken anders als die, die Mummy macht. Die sind lecker. Die Baked Beans nicht, die sind ganz braun und eklig.«

Sie kamen am Fußgängerüberweg an, und er blieb mit der vielversprechenden Gastronomin am Randstein stehen.

»Wer weiß, vielleicht haben sie so was, wir müssen fragen. Na los, drück auf den Knopf.«

Sie streckte die Hand aus, und zusammen standen sie da und warteten auf das grüne Männchen. Lucys Füße hielten eine Handbreit Sicherheitsabstand zur Straße, wie sie es gelernt hatte.

Ein Lastwagen donnerte vorbei, und Jeremy legte ihr schützend eine Hand auf die Schulter, aber dann ging ihm ein Gedanke durch den Kopf, schrecklich und ungebeten. Ihr Leben lag in seinen Händen. Nur er beschützte sie, nur er verhinderte, dass er sie auf die Straße stieß. Seine Hand sah plötzlich behaart und massig aus, eine mörderische Pranke. Er war gefährlich, und bei dieser Erkenntnis kribbelte seine Kopfhaut. Nur ein winziger Stoß ... und vor seinem geistigen Auge blitzte es auf. Er hörte Bremsenkreischen, das Übelkeit erregende Knirschen von Stahl und Fleisch und Knochen, den Schrei, der seiner Kehle entwich …

Und während ihm dieser Gedanke kam, während er kribbelte wie ein unwiderstehlicher Drang, durchströmte ihn das Grauen. Sie war bei ihm nicht sicher, sie sollte nicht mit ihm allein sein. Er wäre am liebsten umgekehrt. Er hätte sie wohlbehalten bei Sarah lassen sollen.

Verzweifelt verwarf er diese Gedanken und sagte sich, es sei nur seine Angst, die zurückkam, weil er wieder hier im Dorf war. Er zog das Kind vom Randstein zurück, und sein Herz pochte.

»Vorsicht, Luce, nicht zu dicht am Bordstein stehen. Es gibt viele große Lastwagen, und sie kommen ein bisschen zu nah.«

Das rote Männchen wurde grün, und Jeremy verwandelte sich mit ihm. Sein Herz schlug langsamer, und Erleichterung durchströmte ihn. Es ging ihnen gut, ihm und Lucy. Alles in Ordnung mit ihnen.

Er nahm sie wieder bei der Hand, und sie überquerten die Straße zusammen. Nach der Angstattacke waren seine Knie zittrig und schwach, aber er drängte weiter. Er wollte nicht nachgeben und zum Haus zurückkehren. Als sie beim Supermarkt waren, hatte seine Panik nachgelassen, und er war fast imstande, darüber zu lachen – was für eine lächerliche Vorstellung, er könnte seiner Tochter auch nur ein Haar krümmen.

Der Supermarkt war ein gedrungener grauer Würfel von bemerkenswerter Hässlichkeit, aber er war trotzdem ein willkommener Anblick – selbst die einsame Kolonne der Einkaufswagen und der verstreute Müll, der sich in wütenden Haufen an der Wand sammelte, denn das alles bedeutete, dass er nicht noch zu dem Laden an der Ecke gehen musste, wo sie als Kinder eingekauft hatten. Nach dem Erlebnis an der Ampel würde er das wahrscheinlich nicht mehr schaffen.

Die Türen öffneten sich mit einem müden Zischen. »Acht bis Nacht« war anscheinend fast zu viel für sie, und mit erschöpftem Seufzen gewährten sie ihnen Einlass. Er nahm einen Korb und suchte die Regale nach den Dingen ab, die sie brauchten. Im Vorbeigehen nahm er Salat im Plastikbeutel und Frühstücksartikel herunter, und er war unverhältnismäßig froh, als er sah, dass sie geriffelte Pommes hatten, und einen Beutel aus der Tiefkühltruhe nahm.

»Sind das die, die du wolltest, Luce?«, fragte er und sah, wie das kleine Gesicht aufstrahlte.

»Das sind sie, Daddy. Danke.«

Jeremy wünschte sich inbrünstig, er könnte in etwas so einfachem wie geriffelten Pommes immer noch sein Glück finden.

In einem der Gänge gab es Schreibwaren. Er zögerte einen Moment, bevor er verstohlen ein Notizbuch in den Einkaufskorb legte. Vielleicht hatte Carole Jessup recht, und er sollte diese Dinge notieren. Für alle Fälle.

Sie kamen zur Kasse, wo eine braunhaarige Frau vor dem Zigarettenregal stand. Die Packungen duckten sich kokett hinter graue Blenden, als genügte ein kurzer Blick auf sie, um die Kunden im Laufschritt zur Beatmungsstation flüchten zu lassen. Die Kassiererin hatte ein ausdrucksloses, offenes Gesicht, das keinerlei Neugier oder Interesse zeigte, aber sie kam ihm bekannt vor, ohne dass er sagen konnte, woher. Er versuchte, nicht allzu angestrengt darüber nachzudenken, denn er war nicht bereit, irgendjemandem über den Weg zu laufen, den er kannte. Sie hatte angefangen, die Einkäufe zu scannen, als ihm einfiel, dass sie Toilettenpapier brauchten.

»Warte einen Augenblick, Schatz«, sagte er zu Lucy, »ich muss noch schnell Klopapier holen.«

Die Kassiererin lächelte das kleine Mädchen an, und Jeremy sah, wie sie überrascht die Augen aufriss und von Lucy zu ihm und wieder zurück sah, ihn forschend musterte. Während er sie noch beobachtete, kehrte die Verschlossenheit in ihren Gesichtsausdruck zurück.

Als er mit dem Toilettenpapier zurückkam, waren die Einkäufe bereits in einer Papiertüte verstaut, und als er der Kassiererin das Toilettenpapier zum Scannen reichte, vermied sie es geflissentlich, ihn anzusehen, was ihm ganz recht war. Er war noch nicht bereit, erkannt zu werden – und wenn doch, dann vielleicht nicht unbedingt von ihr. Sie wirkte nicht gerade feindselig, eher wachsam, aber auf jeden Fall nicht freundlich. Er bezahlte hastig, und als sie gingen, fühlte er ihren Blick wie ein Prickeln in seinem Nacken, und ihm sträubten sich die Härchen dort.

Als sie wieder zum Haus kamen, war es dunkel geworden. Sarah hatte die Vorhänge zugezogen und das Licht eingeschaltet. Das Wohnzimmer leuchtete einladend, und Jeremy verspürte plötzlich Zuneigung zu diesem Haus. Himmel, ja, er hatte schöne Zeiten hier erlebt. Vorher.

Sarah und Jack saßen im Wohnzimmer. Sie las ein Buch, er war mit seinem Handy beschäftigt. Sarah hob den Kopf und lächelte, als sie hereinkamen.

»Hey, das ging aber schnell, ihr beide. Habt ihr etwas gefunden? Jack ist nämlich kurz vorm Verhungern. Seht ihn euch an, wie er leidet.«

Jack presste die Hände auf den Magen und machte ein tragisches Gesicht.

»Ja, haben wir. Wir haben Pizza und Salat und auf Lucys besonderen Wunsch ein paar spezielle Pommes.«

Lucy stürmte zu Sarah und sprang ihr auf den Schoß.

»Die geriffelten, Mummy. Die haben wir in der Schule, und sie sind viel besser als deine.«

Sarah fing an, sie zu kitzeln, dass sie quietschte, und Jeremy gab sich Mühe, das schrille Geräusch, das an seinen Nerven zerrte, zu ignorieren.

»Ist das wahr? Na, vielen Dank auch, du Frechdachs. Von jetzt an kannst du ja das Abendessen machen, wenn meine Pommes so schrecklich sind. Ich glaube, das ist eine super Idee. Meinst du nicht auch, Daddy?«

Sie kitzelte sie noch mehr, und Lucys Schreie hallten von den getäfelten Wänden wider, lauter und immer lauter. Plötzlich empfand er eine scharfkantige Abneigung, die an Eifersucht grenzte. Die Empfindung war deplatziert und falsch, und sie ließ die Beklommenheit zurückkehren.

»Hört auf, ihr zwei, das ist zu laut. Komm, Sarah, dreh sie nicht weiter auf. Lass uns sehen, dass wir das Essen auf den Tisch bringen. Es wird spät.«

Jack blickte von seinem Telefon auf und zog die Brauen hoch. Eine Sekunde lang sah er viel älter aus, als er war. Er grinste seinen Vater an. Es war ein unerwarteter gemeinsamer Augenblick, der Jeremys Anspannung zum Glück auflöste.

Mitternacht war gekommen und gegangen, aber er konnte nicht schlafen. Es war zu seltsam, in Ians Zimmer zu liegen und zu hören, wie das alte Haus seine Gebeine zur Ruhe brachte. Sarah hatte damit anscheinend keine Probleme.

Ihr sanftes Ausatmen bewegte die Nachtluft und füllte Jeremys Vergangenheit mit ihrer Gegenwart. Sie hatte die Hand nach ihm ausgestreckt, als sie ins Bett gegangen waren, aber ausnahmsweise konnte er es nicht. Es fühlte sich falsch an, und so schob er sie behutsam von sich und ignorierte ihren verwunderten Gesichtsausdruck.

Der Mond schien jetzt, und die Äste der Magnolie spielten einen Schattentanz an den Wänden. Sein altes Zimmer zog ihn an, lockte ihn durch den dunklen Flur. Er schwenkte die Beine aus dem Bett, tappte zur Tür und aus dem Zimmer bis zur Tür seines Kindheitszimmers. Auf eine Berührung hin öffnete sie sich, als hätte sie all die Jahre hindurch auf ihn gewartet. Er trat ein.

Mondlicht lag in Streifen auf dem Boden und tauchte das Zimmer in ein kühles Grau. Die alte Einrichtung war verschwunden, aber noch immer stand ein einzelnes Bett auf dem alten Platz, dicht an der Wand, wo die Decke sich schräg zur Dachtraufe herabsenkte. Das Bett war ungemacht; eine Steppdecke und Kissen ohne Bezug stapelten sich säuberlich gefaltet am Fußende. Ohne nachzudenken, schüttelte Jeremy die Steppdecke aus und warf die Kissen ans Kopfende des Bettes. Dann legte er sich hin und zog die Decke über sich. Es fühlte sich so vertraut an, als wäre er nie weg gewesen. Fast spürte er seine Eltern, die im Nebenzimmer schliefen, Emily, warm und wohlbehalten zugedeckt gegenüber, seine Freunde, sicher und behaglich in ihren eigenen Betten, wo sie von kommenden Abenteuern träumten. Nathan und Andrew, Josh und Ben. Dankbar schloss er die Augen, und die Nacht trug ihn in den Schlaf.

In der Nacht hielt er den Atem an. Die Fingerknöchel seiner Hände, die die Steppdecke umklammerten, waren weiß vor Anstrengung – hätte er sie im Dunkeln sehen können. Die Stimmen waren jetzt leiser, ein leises Murmeln nur, unterbrochen von ominösem Schweigen und dünnem Wimmern, bei dem sich seine Knie zusammenpressten. Er wollte schlafen, wollte der Welt und allem, was darin war, entrinnen. Aber er musste pinkeln, und er wagte nicht aufzustehen. Wenn er es täte, würde er Aufmerksamkeit auf sich lenken, und er wusste, die Vergeltung würde schnell und brutal sein. Klein musste er sein und leise, unbemerkt und namenlos.

II

Sarah hatte Jeremys nächtliche Wanderung bemerkt, aber sie kommentierte seinen Entschluss zur Verlegung seines Nachtlagers in sein Kinderzimmer nicht und fragte auch nicht nach einer Erklärung. Stattdessen brachte sie ihm Tee und ließ ihn weiterschlafen. Inzwischen musste sein Benehmen anscheinend deutlich bizarrer sein, um ihr noch eine Reaktion zu entlocken, und so schüttelte sie nur den Kopf und schloss leise die Tür.

Jetzt war er hellwach. Er lag in dem schmalen kleinen Bett und starrte zur Decke, die nur ein paar spärliche Handbreit von seinem Gesicht entfernt war. So zu liegen fühlte sich bedrückend an und weckte leicht klaustrophobische Regungen, aber er rührte sich nicht. Sein Blick verfolgte die feinen Risse im Putz, und er ließ seine Gedanken zu jenem schicksalhaften Morgen zurückwandern, als er das letzte Mal glücklich in diesem Zimmer aufgewacht war. Er musste damals geplant haben, sich nach dem Frühstück mit den anderen zu treffen, aber jetzt war er nicht mehr sicher. In den Jahren seitdem hatte er nur flüchtig an die Jungen gedacht, denn sie gehörten zu einer Zeit, in die er nur selten zurückkehrte – bis jetzt jedenfalls. Jetzt fragte er sich unversehens, wo sie wohl sein mochten und was sie aus ihrem Leben gemacht hatten. Ob sie jemals an ihn dachten.

Es war eine Zufallsbegegnung, die das Uhrwerk ihrer

Freundschaft in Gang gesetzt hatte. Jeremy war schon seit frühester Kindheit hierhergekommen, doch dies war der erste Sommer, in dem man ihn für alt genug erachtet hatte, um allein draußen unterwegs zu sein. Emily war noch ein Baby und hing für alle Zeit an der Brust ihrer Mutter wie ein Liebe saugender Parasit. Er musste ungefähr sechs Jahre alt gewesen sein, und die Aufmerksamkeit seiner Eltern war – zumindest im Fall seines Vaters – von ihm weg zu diesem Neuzugang gewandert, und so war er so frei wie nie zuvor. Die Erinnerung war nicht vollständig ausgebildet – dazu war er zu klein gewesen –, aber er konnte sich noch vage an Onkel Ian erinnern, der in seinem Garten herumwerkelte, während er selbst lustlos einen Ball um den Magnolienbaum herumkickte. Nach einer Weile war ihm ein kleiner Junge aufgefallen, etwa in seinem Alter, der ihn vom Gartentor aus beobachtete. Er hatte einen kleinen schwarzen Hund an der Leine, und bei ihm war ein älterer Junge mit scharfen, wachsamen Augen. Der kleinere Junge war spindeldürr wie Jeremy selbst, und aufgeschürfte, knochige Knie stachen unter seinen Shorts hervor. Er hatte einen braunen Wuschelkopf und ein sonnengebräuntes Gesicht, mit einer Wolke von Sommersprossen gesprenkelt und von zwei hellbraunen Augen beleuchtet. Wachsam musterten sie einander, bis sein Hund keck das Bein an Onkel Ians Zaun hob. Der Junge grinste, und Jeremy sah Zahnlücken – genau wie bei ihm –, und sofort war aus Scottys gelber Pisse eine Freundschaft erblüht.

Durch ihn – er hieß Ben – hatte Jeremy die anderen kennengelernt, Nathan, Josh und Andrew. Jeden Sommer hatten sie seine Ankunft erwartet, und sie waren alle felsenfest davon überzeugt, für immer beste Freunde zu bleiben.

Der Gedanke an Ben und Scotty weckte eine unerwartete Traurigkeit in ihm. Der Junge und sein kleiner Hund waren unzertrennlich gewesen, und er konnte sich noch immer an den Sommer erinnern, in dem Scotty gestorben war. Es war derselbe Sommer gewesen, vielleicht zwei Wochen vor Emily, und jetzt, in der Rückschau, war es fast wie ein Omen. Schon zeichneten sich am Horizont Veränderungen ab, die Oberschule warf ihre Schatten voraus, aber noch gehörten die Ferien ihnen. An diesem Nachmittag hatten sie sich mit Ben bei dem Laden an der Ecke verabredet, und als er nicht erschien, machten sich die Jungen auf den Weg zum Hof, um ihn zu holen. Seiner Familie hatte der Bauernhof in der Nähe gehört, und Ben wohnte da mit seiner Schwester und seinem älteren Bruder. Er hatte keine Mutter – Jeremy wusste nicht mehr, ob sie weggegangen oder gestorben war. Er hatte wohl geglaubt, es sei Letzteres gewesen, aber sie hatten nie darüber gesprochen, und er hatte auch nicht danach zu fragen gewagt. Der Hof war seit vielen Jahren in Bens Familie gewesen, und Bens Tante wohnte auch dort, als unbezahlte Hilfe für seinen Vater und als Ersatzmutter für die Kinder. Eine kühle, distanzierte Frau, wenn er sich recht erinnerte, mit ausweichendem, unstetem Blick. Aber Bens Vater hatten alle gemocht. Er war ein freundlicher Mann gewesen, der einem das Haar zerzauste und Späße machte. Er hatte sie immer mit einladendem Grinsen empfangen, wenn die Jungen kamen, um Ben abzuholen, und an heißen Sommertagen hatte oft ein Glas Limonade oder ein Eis am Stiel auf sie gewartet. Der Unterschied zwischen ihm und Jeremys reserviertem, schweigsamem Vater war so groß gewesen, dass Jeremy oft den illoyalen Wunsch verspürt hatte, sein eigener Vater könne mehr sein wie er und mehr Spaß machen.

Aber an diesem Nachmittag war er anders gewesen. Er hatte die Tür geöffnet, sein Gesicht eine Maske. »Ich fürchte, Ben kommt heute nicht raus, Jungs.« Das war alles, was er sagte, und sofort hatten sie gespürt, dass etwas nicht in Ordnung war. Noch zwei Tage waren vergangen, bis Ben wieder auftauchte, und da war er allein.

»Wo ist Scotty?«, hatte jemand gefragt, und dann war es, als habe man einen Schalter umgelegt. Noch immer sah er Bens Gesicht vor sich, wutverzerrt, wie sie zunächst glaubten.

»Er ist tot, okay?«, hatte er geschrien. Dann war sein Gesicht mit einem Mal fleckig zerknittert gewesen, und seine Schultern hatten angefangen zu zucken. »Er ist tot, verdammt, also lasst es gut sein.«

Die anderen hatten dagestanden, hilflos im Angesicht solcher Trauer. Sie hatten zugesehen, wie ein Strom von Tränen sich mit Rotz vermischte und ein Schluchzen die schmächtige Gestalt schüttelte. Jemand – Jeremy wusste nicht mehr, wer – hatte eine Hand ausgestreckt, sie aber dann in der Luft hängen lassen. Sie waren zu klein, um Trost zu spenden, und nicht geübt im Umgang mit Schmerz. In der nächsten Woche hatte sich all das für Jeremy natürlich geändert.

Sarah kam wieder herein, vertrieb die Erinnerungen und holte ihn zurück in die Gegenwart. Sie schob seine Beine zur Seite, setzte sich ans Fußende und zog ihre nackten Füße unter sich. Sie musste sich ein bisschen vorbeugen, um nicht mit dem Kopf an die Dachschräge zu stoßen. Also rutschte er noch ein wenig zur Seite und klopfte mit der flachen Hand auf die Fläche, die er frei gemacht hatte. Sie legte sich neben ihn und verschränkte die Hände hinter dem Kopf. Ihr T-Shirt rutschte hoch und entblößte die zarte Haut an ihrem Bauch. Jeremy schlang träge einen Arm um sie und strich mit der Hand über ihr weiches Fleisch. Plötzlich bereute er sein ablehnendes Verhalten der vergangenen Nacht.

»Was möchtest du heute tun?«, fragte sie. »Wir müssen ein bisschen einkaufen, aber dann haben wir den Rest des Vormittags frei. Der erste Makler kommt nicht vor zwei. Wir könnten schon mal anfangen, Sachen auszuräumen. Das dürfte nicht lange dauern, weil ja niemand mehr hier gewohnt hat.« Sie drehte den Kopf zur Seite und sah ihn an. »Während du dich hier versteckt hast, habe ich mich ein bisschen im Internet umgesehen und eine Entrümpelungsfirma gefunden. Wenn wir sie buchen, könnten sie noch diese Woche kommen und alles abholen, solange wir hier sind. Dann sparen wir uns eine Extrafahrt.«

»Klingt nach einem Plan.« Er gähnte und streckte sich, spürte die Wärme ihres Körpers an seiner Seite und auch die ersten Regungen des Verlangens. Er vergrub sein Gesicht an ihrem Hals, schob seine Finger unter den Bund ihrer Jogginghose. »Wo sind die Kinder?«

Er wollte sie an sich ziehen, aber sie wehrte ihn ab. »Sie sitzen unten vor dem Fernseher, und du stehst jetzt auf, also lass das. Du hattest deine Chance gestern Abend. Wir sind hier nicht in Urlaub, Jez. Es gibt eine Menge zu tun, und wir haben eigentlich nur diese Woche. Geh duschen und zieh dich an, ich mache uns Frühstück.« Sie rutschte vom Bett und stand auf. »Du kannst es nicht aufschieben, Jez. Je schneller wir alles erledigen, desto eher kannst du all das hinter dir lassen.«

Er bewunderte ihren Optimismus.

Sie zogen die Kinder zum Einkaufen an, und bange Erwartung schnürte Jeremy die Kehle zu, obwohl er sich bemühte, rational zu bleiben.

Als er sah, wie Sarah Lucy das Haar bürstete, musste er unwillkürlich an die eigene Mutter und an Emily denken, was bei seinem derzeitigen Gemütszustand nicht hilfreich war. Seine Mutter hatte es genauso gemacht wie Sarah: Sie hatte dem Mädchen eine Hand auf den Kopf gelegt und darauf geachtet, dass sie nicht an den Wurzeln riss, während sie die Knoten an den Enden ausbürstete. Sanfte Hände – aber niemals für ihn. Sein Haar kämmte sie rau, sie riss an den Knoten und zerrte an den Wurzeln, bis ihm die Augen tränten. Wenn er jetzt darüber nachdachte, war es bei allem so gewesen. Sie hatte an seinen Füßen gezerrt, um ihm die Schnürsenkel zu binden. Sie hatte seine Krawatte so strammgezogen, dass er fast keine Luft bekam. Wenn sie ihm seine Jacke angezogen hatte, hatte sie jedes Mal riskiert, ihm die Schulter auszukugeln. Es war nie mit so viel Bedacht verbunden gewesen, dass man es als absichtlich hätte bezeichnen könne, sondern eher gedankenlose Brutalität, genährt von Ungeduld – meistens jedenfalls. War es falsch gewesen, Ben um sein mutterloses Dasein zu beneiden und sich einen jovialen, rotgesichtigen Vater zu wünschen?

Der Badezimmerspiegel funkelte ihn an und zeigte ihm den Abdruck auf seiner Wange. Es war ein guter: vier Finger, so klar definiert, dass die Haut zwischen ihnen weiß war. Wie mit einer Schablone war seine Haut davon gezeichnet. Aus den blassen Andeutungen seiner Sommersprossen waren leuchtend rote Punkte geworden, wie Leberflecken, die den Handabdruck älter aussehen ließen. Trotzdem, es war nur ein »Klaps« gewesen. Er lehnte sich seinem Spiegelbild entgegen, und seine feuchten Augen verhöhnten ihn. In seiner Brust wand und drehte sich eine Mischung aus Angst und Wut, und das siedende Etwas in ihm schwoll an und wurde immer größer. Er hielt die gewölbten Hände unter das kalte Wasser und spritzte sich das kühle Nass auf seine glühende Haut. Hinausgehen konnte er so nicht; er musste noch eine Weile warten, damit die anderen nichts merkten, denn diese Scham hätte er nicht ertragen.

Jeremy kam sich durchtrieben vor, ohne genau zu wissen, warum – es sei denn wegen des Gedankens daran, wieder an dem Fußgängerüberweg zu stehen und das wissende Zwinker-Zwinker des grünen Männchens zu sehen. Der Himmel draußen war grau und schlichtweg bedrohlich und trug nicht gerade dazu bei, seine Stimmung zu bessern. Der Supermarkt ebenfalls nicht. Er war nicht einladender als am Tag zuvor, eher noch weniger, denn heute versperrte ein Empfangskomitee aus streitsüchtigen Jugendlichen den Eingang mit ihren klobigen Körpern und hingeworfenen Fahrrädern. Jack sah sie mit einem Blick an, der beinahe wehmütig genannt werden konnte, und sein Vater schob ihn in den Laden. Träum weiter, Herzchen.

Wenn Jeremy gehofft hatte, dass heute jemand anders an der Kasse sitzen würde, so wurde er bitter enttäuscht. Es war dieselbe Frau wie am Tag zuvor, vertieft in ein eingehendes Gespräch mit vier Frauen unterschiedlichen Alters. Eine davon war in Begleitung eines schlaffen Teenagers, der mit leerem Blick neben ihr stand. Er war mager und besorgniserregend bleich bis auf einen leuchtend roten Akne-Herd in den Mulden unter seinen Wangenknochen. Er sah aus wie jemand, der bis ins Teenageralter gestillt worden war, und sollten er und die Prachtexemplare draußen repräsentativ sein für Jugendliche vom Dorf, dann hatte die Landluft keinen so positiven Einfluss, wie man gemeinhin annahm. Der Junge warf Jeremy unter schuppigen Lidern einen unheilvollen Blick zu, als spürte er seinen Abscheu.

Die Frauen verstummten, als Jeremy mit seiner Familie hereinkam, und eine plötzliche Paranoia ergriff ihn: Bestimmt hatten sie über ihn gesprochen. Ihre Blicke folgten ihm, als er einen Einkaufswagen nahm, und er spürte seine Gesichtszüge einen kämpferischen, defensiven Ausdruck annehmen. Sarah dagegen lächelte, als sie vorbeiging, anscheinend ohne zu merken, wie eine unruhige Welle durch die Gruppe ging und die Frauen die Köpfe zusammensteckten. Eine Frau lächelte beinahe wider Willen zurück, und Jeremy staunte einmal mehr darüber, wie es Sarah immer wieder gelang, Leute für sich einzunehmen. Nicht, weil sie irgendwie naiv war, das zeigte ihr Beruf. Eher besaß sie eine entspannte Haltung gegenüber Fremden, die ihm fehlte. Vielmehr litt er an einer Befangenheit und Angst vor Zurückweisung, die erst recht ablehnend wirkte – wie eine angeborene selbsterfüllende Prophezeiung.

Sie packten ihren Einkaufswagen voll und kehrten zurück zur Kasse, wo die Frauen immer noch versammelt standen. Nach einem trotzigen Blick auf ihre Freundinnen löste sich eine aus der Gruppe und kam lächelnd auf Jeremy zu.

»Dann sag eben nicht hallo«, sagte sie.

Sie war jünger als er, schlank und sehr attraktiv mit ihren hellbraunen Locken und den Sommersprossen auf ihrer Stupsnase. Irgendein urzeitlicher Teil seiner selbst lächelte gewinnend zurück und wedelte buchstäblich mit dem Schwanz. Irgendetwas in ihren bernsteinfarbenen Augen weckte eine schwache Erinnerung, aber ehe er sie einordnen konnte, sprach die Frau bereits weiter.

»Ich bin Laura, Bens Schwester. Kennst du mich nicht mehr?«

Ihr Gesicht fügte sich an seinen Platz als ältere Version des zerzausten kleinen Mädchens. Jetzt erkannte er sie. Sie war jünger als die anderen gewesen, aber nicht so sehr, dass sie aus der Gruppe ausgeschlossen werden musste. Sie war ein frenetisches Energiebündel gewesen, war auf Bäume geklettert und über Bäche gesprungen und hatte verzweifelt versucht, mit den Jungen Schritt zu halten. Jeremy zögerte einen Moment lang und wusste nicht, ob er ihr die Hand oder einen Luftkuss geben sollte – mwahmwah rechts und links neben die Wangen, zum Zeichen ihrer früheren Vertrautheit. Die Verlegenheit dauerte eine Sekunde, und dann nahm sie ihm die Entscheidung ab und begrüßte ihn mit einer Umarmung. Kurz war ihm ihr harter Körper an seinem bewusst, der Druck der kleinen festen Brüste an seiner Brust, die geschmeidigen Arme, die seinen Nacken umschlangen. Hastig unterdrückte er die unerwartet verlockende Anziehung.

Sie lösten sich voneinander, und ihm wurde bewusst, dass die anderen Frauen – Sarah eingeschlossen – ihn beobachteten. Eine von ihnen hatte ein kleines Kind bei sich, und er hätte schwören können, sie zog das Mädchen in einer schützenden Geste näher zu sich heran. Er unterdrückte das Bedürfnis, die Zähne zu fletschen und sie anzuknurren.

»Sal hat sich schon gedacht, dass du es bist«, fuhr Laura fort, und er warf einen Blick hinüber zu der Frau an der

Kasse. Also *hatte* sie ihn erkannt, und jetzt schaute sie ihn mit dünn verschleierter Feindseligkeit an. »Sie hat erzählt, wie viel Ähnlichkeit deine kleine Tochter mit …« Sie zögerte kurz und atmete dann tief durch. »… mit deiner Schwester hat.« Sie starrte ihn weiterhin an, Verwunderung in ihrem Blick. »Gott, es ist Jahre her, Jay. Was machst du hier?«

Dass sie seinen Kindernamen benutzte, gab ihm einen Stich. Ein unerwartetes Reißen, das sich anfühlte wie ein Schmerz. »Meine Mutter ist vor ein paar Monaten gestorben. Deshalb sind wir noch mal im alten Haus, um ein paar Dinge zu regeln. Das ist alles.« Er hielt seine Antwort knapp, er hatte keine Lust, mehr Einzelheiten als nötig preiszugeben. Ihm gefiel nicht, wie die Frauen ihn musterten, und ihr Unbehagen war ihm nur zu deutlich bewusst.

Laura umfasste seine Hand. »Oh, es tut mir leid, das zu hören. Gott, ich erinnere mich noch gut an deine Mum. Sie war immer eine so feine Lady. Du musst sie schrecklich vermissen.«

Darauf gab es keine Antwort, zumindest keine, die ihn nicht wie einen herzlosen Scheißkerl aussehen ließ. Also dankte er nur murmelnd, während sie weiterredete.

»Und, Jay, ich weiß, es ist jetzt Jahre her, aber ich hatte damals nie Gelegenheit, mit dir zu sprechen. Keiner von uns hatte die. Du sollst nur wissen, es hat uns allen so leidgetan, was damals passiert ist. Wir waren noch Kinder, das ja, aber es hat uns dennoch hart getroffen.«

Das konnte er nicht gebrauchen. Nicht jetzt, nicht irgendwann, und ganz sicher nicht mit Jack und Lucy im Schlepptau. Fast spürte er den Windhauch von Jacks schlackernden Ohren. Er gab eine banale Antwort und wich zurück, damit Sarah die Einkäufe bezahlen konnte. Er musste zurück in die Zuflucht des Hauses.

12

Der Himmel klarte auf, als sie zurückgingen. Die Wolken rissen auf und offenbarten streifenweise einen hellblauen Himmel. Wässriges Sonnenlicht sickerte herab. Jack und Lucy waren unruhig, sie schubsten sich und zankten miteinander. Auch Sarah strahlte merkwürdige Vibrationen aus, die er spüren konnte.

»Habe ich dich irgendwie verärgert?«

»Ehrlich gesagt, ja.« Sie drehte sich zu ihm um. »Wenn wir in Zukunft jemanden treffen, den du kennst, wäre es nett, wenn du mich vorstellst, statt mich dastehen zu lassen wie eine Idiotin. Das war verdammt unhöflich, Jez.«

»Meine Güte, Sarah, das war keine Absicht. Sie hat mich einfach auf dem falschen Fuß erwischt. Zunächst wusste ich gar nicht, wer sie ist, und dann wurde es schlicht peinlich. Und als sie das Gespräch dann auf … du weißt schon …« Er warf einen Blick auf die Kinder. »Ich wollte vor ihnen nicht ein solches Gespräch führen. Ich wollte nur weg von ihr, wenn ich ehrlich bin.«

»Das ist okay, das verstehe ich. Nur war es mir eben auch ein bisschen peinlich, so daneben zu stehen wie das fünfte Rad am Wagen. Wir werden wahrscheinlich noch mehr Leute treffen, die sich an dich erinnern, und deshalb wollte ich es gern erwähnen. Das ist alles.«

»Tut mir leid, und es wird auch nicht wieder vorkommen. Beim nächsten Mal bin ich vorbereitet.«

Sie grinste. »Und seit wann hörst du eigentlich auf ›Jay‹? Muss ich auch mal ausprobieren, wenn es dich dermaßen zum Hecheln bringt. ›Uuuh, Jay, es ist ja *so* lange her.‹«

Ihre leicht verhauchte Laura-Imitation ließ ihn wider Willen lächeln.

»Schon besser, *Jay*. Es ist eine Weile her, seit ich dich das letzte Mal hab lächeln sehen.«

»Wenn du es wissen musst, ›Jay‹ haben mich die Kinder hier damals alle genannt. Ich weiß nicht, wer damit angefangen hat, aber in den Ferien war ich immer ›Jay‹.« Er erwähnte nicht, dass auch Emily ihn so genannt hatte: Jay-Jay. »Und zu deiner Information: Ich habe nicht *gehechelt*. Sie hat mich nur überrascht, das ist alles.«

Sarah zog eine Braue hoch, und ihr Blick sagte ihm unmissverständlich, dass er vielleicht manchmal ein Scheißkerl war, aber dennoch war er *ihr* Scheißkerl, und dass es ihr nicht gefiel, wie er auf Laura reagiert hatte.

»Jetzt guck nicht so!« Gott, er konnte es nicht ausstehen, wenn sie ihn so durchschaute. »Sie ist auch gar nicht mein Typ. Ich bevorzuge meine Frauen etwas kuschliger.« Er grinste anzüglich und tat, als wolle er sich auf sie stürzen. »Sie hatte auch nicht deine fantastischen Titten.«

Sie wich zurück und lachte in gespieltem Abscheu. »Puh, Jay, was ist bloß los mit dir? Mürrisch ist mir jedenfalls deutlich lieber als ordinär.«

»Entschuldige, Schatz, habe ich dich etwa zu sehr verdinglicht?«

»Nein, Jeremy, ich glaube, *erniedrigt* ist das Wort, das du suchst.«

Jeremy war erleichtert, weil sie immer noch zu solchem Geplänkel fähig waren. Es ließ ihn hoffen, dass alles wieder gut werden könnte.

In behaglichem Schweigen gingen sie weiter, und Jeremy dachte unwillkürlich wieder an die Wachsamkeit der Frauen im Supermarkt. Er fragte sich, warum sie geradezu verängstigt gewirkt hatten.

»Sarah, ist dir was an den anderen Frauen aufgefallen? Ich weiß nicht, ob ich es mir eingebildet habe, aber ich fand, sie benahmen sich alle ein bisschen merkwürdig, beinahe feindselig. Ich bin sicher, eine von ihnen hat ihr Kind an sich gedrückt, als wollte ich es beißen oder so was.«

»Ich weiß nicht, ob ›feindselig‹ es trifft. Sie wirkten eher ein bisschen distanziert, aber so bin ich vielleicht auch rübergekommen, als ich dreingeschaut habe wie eine saure Zitrone.«

Sarah hielt nachdenklich inne. »Es ist ein kleines Dorf, und vielleicht lassen sie sich nicht gern daran erinnern, dass hier einmal etwas Schlimmes passiert ist. Ich weiß es nicht, aber ich würde es nicht allzu wichtig nehmen. Wir werden nur eine Woche lang hier sein, also lass sie doch so viel tratschen und feindselig sein, wie sie wollen. Ich habe dir schon mal gesagt, du zerbrichst dir viel zu oft den Kopf über andere Leute.«

Sie hatten das Haus erreicht, und Sarah blieb am Gartentor stehen. »Jez, wie wär's, wenn wir die Lebensmittel reinbringen und dann mit den Kindern einen Spaziergang machen? Sie müssen nachher still sitzen, wenn die Makler hier sind, und wir können sie ja nicht den ganzen Tag vor dem Fernseher parken. Du weißt, wie sie drauf sein werden, wenn sie nicht wenigstens für eine Weile nach draußen können.«

Sie räumten die Einkäufe weg, dann spazierten sie am Haus vorbei auf die Felder und das ferne Waldland zu. Jeremy war nicht sicher, ob er wirklich bereit war zu einem

Ausflug in den Wald, aber er wusste nicht, wo sie sonst hingehen sollten, und so kämpfte er die düsteren Ahnungen nieder, die mit jedem Schritt zunahmen.

Die ersten Neubauten waren bereits bewohnt, und adrette Vorhänge umrahmten die Fenster, frisch ausgesäter Rasen bedeckte die Vorgärten. Die Häuser, die näher an den Wiesen standen, waren hingegen noch leer, und schwarze Fenster beobachteten die Familie, als sie vorbeizog. Die Sonne schien jetzt mit voller Macht, und als sie an den Häusern vorbei waren, gewann die Landschaft eine herbe Schönheit. Die Felder waren gepflügt und bereit zur Frühjahrsaussaat, und die Wälder dahinter waren eine Kulisse in Braun und Grau. Es war noch zu früh für grüne Triebe an den Bäumen – von vereinzelten dunklen Eiben oder Kiefern abgesehen –, aber das Bild war klar und scharf, und Myriaden von Schatten definierten es bis ins letzte Detail. Die Luft war transparent und ließ ferne Äste reliefartig hervortreten, ein Filigran, das in einen blassblauen Himmel aus gemahlenem Glas hinaufreichte.

Sarah schob ihre Hand in seine, und sie ließen die Kinder vorauslaufen. Lucy hatte die Führung. Ihr knallroter Anorak bildete einen Kontrast zum Sepia der Felder, und die Kapuze hüpfte hinter ihr her – sie sah aus wie Rotkäppchen. Sie sprang über Furchen und Rinnen, und Jack blieb ihr dicht auf den Fersen. Er lachte und jauchzte, und Jeremy sah das Echo seines kindlichen Selbst, das ausnahmsweise vergaß, dass man jederzeit *cool* sein musste. Er lächelte Sarah an und zog sie an sich. Es war okay. Es ging ihm gut.

Es war falsch gewesen, dass seine Eltern nie als Familie hierher zurückgekommen waren – wenn auch als stark verkleinerte Familie. Dadurch hatte die Gegend eine unheimliche Bedeutung bekommen, die sie nicht verdiente. Sie war zum Stoff von Albträumen geworden, während sie in Wirklichkeit ein guter Ort war, an dem etwas Schlechtes passiert war. Sie hätten wenigstens noch einmal herkommen sollen, und sei es nur, um die Dämonen auszutreiben und die Vergangenheit zur Ruhe zu betten. Gegen Onkel Ian war es auch nicht eben fair gewesen, ihm die einzige Familie zu verweigern, die er hatte.

Ein Flugzeug erschien am Himmel, und sein Kondensstreifen zerschnitt das Blau. Die klare Luft verstärkte das Triebwerksgeräusch und riss Jeremy aus seinen Gedanken. Er beobachtete Lucy und Jack, und das Hintergrunddonnern hallte in seinen Ohren. Ein Hund bellte irgendwo in der Ferne – und dann war es ein einziger Sturm.

Es war nicht mehr Lucy, es war Emily.

Es war nicht mehr Jack, es war er – Jeremy.

Er konnte nicht mehr atmen, seine Kehle war zugeschnürt, das Gefühl der Bedrohung überwältigend.

Er ließ Sarahs Hand los und war plötzlich hilflos.

Das Flugzeug zog über ihnen vorbei, das Donnern verhallte und hinterließ nur ein Echo in seinem Kopf. Und dann kam die Erinnerung heiß und schnell zurück. Er hatte sie gejagt. Er hatte sie unter die Bäume gejagt, in den Wald, wo sie gestorben war. Heiß die Sonne, sommerheiß. Heugeruch, der seine Nasenlöcher versengte. Seine Füße, die auf die sonnenverbrannte Erde stampften, hart und zerfurcht unter seinen Sohlen. Ein bellender Hund.

Und dann war er irgendwie auf den Knien, Sarahs Hand lag auf seiner Schulter, und das Böse war wie etwas Dunkles, das ihn zu Boden drückte. Das Lachen der Kinder kam wie aus weiter Ferne und war kaum hörbar durch das Dröhnen in seinen Ohren. Er spürte den steinigen

Boden, die scharfen Kanten, die sich in seine Knie und Handflächen drückten, und irgendwie wusste er, er hatte den Schmerz verdient.

Sarahs Stimme drang zu ihm durch. »Jez, was in aller Welt machst du denn? Ist alles okay?«

Sie hatte angenommen, er sei auf dem zerfurchten Boden gestolpert und hingefallen, und deshalb hatte ihre Stimme einen amüsiert-genervten Ton, als sie jetzt an seinem Arm zog. Langsam rappelte er sich auf. Die Erinnerung war immer noch da, und instinktiv wusste er, sie war echt. Du lieber Gott, er hatte sie in den Tod gejagt – oder Schlimmeres. Er schüttelte Sarahs Hand wortlos ab und fing an, die Erde von seiner Jeans abzuklopfen. Dann ging er weiter, aber seine Bewegungen waren steif, roboterhaft. Er fühlte sich unverbunden, als wäre er irgendwo zwischen Vergangenheit und Gegenwart stecken geblieben. Er sah die beiden kleinen Gestalten auf dem Weg in den Wald und folgte ihnen.

»Jez, ist alles in Ordnung?« Ein Hauch von Sorge hatte sich in Sarahs Stimme geschlichen. »Um Gottes willen, Jez, sprich mit mir! Was ist los?«

Er hatte Mühe, wieder Verbindung zur Gegenwart zu finden. »Alles okay«, brachte er hervor. »Ich muss nur nachdenken, das ist alles.«

»Jez, lass uns umkehren.« Sie zog an seinem Arm. »Du machst mir Angst. Komm, ruf die Kinder, und wir gehen zum Haus zurück.«

Mit einem Ruck kehrte er ins Hier und Jetzt zurück. »Nein, wirklich, es ist alles in Ordnung. Ich habe mich nur daran erinnert, wie ich hier war, mit Emily, und das ist schwer, aber ich muss es tun. Ich muss zulassen, dass ich mich erinnere. Es geht schon.« Er schüttelte den Kopf, um das bedrückende Gefühl zu vertreiben. »Wir gehen bis zum Waldrand, und dann kehren wir um.« Er lächelte gezwungen. »Du hattest recht. Wir müssen den Kindern Gelegenheit geben, ein bisschen herumzulaufen und Dampf abzulassen. Es ist einfach dumm von mir, mir das alles so sehr zu Herzen zu nehmen.«

Er konnte noch nicht zurück. Die Erinnerung musste sich erst verfestigen und ihre wahre Gestalt annehmen, so schrecklich sie sein mochte.

Sarah wirkte nicht überzeugt, aber sie gingen weiter, über den Zaunübertritt und das nächste Feld bis zu dem Fußweg, der tief in den Wald hineinführte. Jack und Lucy wollten weiter hineingehen, aber Jeremy stoppte sie am ersten Astportal, wo die Luft erwartungsgeladen zu knistern schien. Der Boden war von raschelndem Laub bedeckt, und dunkel wächserne Stechpalmenbüsche lauerten wie Wachtposten zwischen den Baumstämmen. Das Wintersonnenlicht sickerte zwischen den Zweigen herab und verlor sich dort. Obwohl kein Blatt an den Bäumen hing, war es halbdunkel. Die Atmosphäre unter den Bäumen war gespenstisch und märchenhaft: dicke, dunkle Stämme und knorrige Äste. Die Stille hatte etwas Lebendiges, als sei hier etwas, das wachte und wartete. Auf ihn wartete.

Jeremy tat einen Schritt vorwärts und spürte eine Bewegung in der Luft. Ein geschäftiges Flüstern, ein Plappern, das Echo kindlicher Stimmen. Er machte noch einen Schritt, und die Angst überwältigte ihn. Seine Fingerspitzen begannen zu jucken, und Schweiß perlte über seine Wirbelsäule. Er konnte dort nicht hinein. Nicht heute.

»Das ist weit genug, ihr zwei.« Er hörte sich sprechen, und seine erwachsene Stimme klang fremd in seinen Ohren. »Den Wald sehen wir uns ein andermal an.«

13

»Neunhundertfünfzigtausend!«

Die Makler am Tag zuvor hatten beide das Gleiche gesagt, und jetzt wiederholte Sarah es, als könnte sie es nicht glauben.

»Das, zusätzlich zu dem, was wir irgendwann für Mums Haus bekommen, wird unser Leben verändern, Jez. Selbst nach der Steuer.«

Es wäre eigentlich ganz amüsant gewesen, Sarah so aufgeregt über Geld reden zu sehen, schließlich hatte sie sich bisher nicht sonderlich für Wohlstand interessiert und Jeremy immer gerne daran erinnert, dass es »im Leben Wichtigeres« gebe. Wohingegen Jeremy eine solche Summe in Ekstase hätte versetzen müssen. Doch erstaunlicherweise ließ sie ihn kalt. Die Aussicht auf Reichtum verblasste zur Bedeutungslosigkeit angesichts der Erkenntnis, dass er seine Schwester in diesen Wald gejagt hatte. Bei dem Gedanken an dieses Bruchstück Wahrheit und an das, was vielleicht danach geschehen war, lief ihm ein Schauer über den Rücken.

Er wünschte, Sarah würde aufhören zu reden, damit er alles in Ruhe verarbeiten könnte. Er dachte an Carole Jessup und fragte sich, ob sie wohl einen Zaubertrick im Ärmel haben würde, der sein Gedächtnis beschleunigen könnte, eins ihrer Spiele zum Augenverdrehen. Flüchtig dachte er daran, sie anzurufen, verwarf diese Idee aber wieder. Sie hatten es vor dreißig Jahren nicht geschafft, als er alles noch frisch im Gedächtnis hatte, warum sollte es ihnen als heute gelingen, nur weil er es gerne wollte. So lief das im Leben nicht.

»Jez, hörst du mir überhaupt zu?«

Anscheinend nicht, meine Liebe.

»Entschuldige, Schatz. Ich habe heute Morgen ein bisschen Kopfschmerzen. Vielleicht lege ich mich ein Weilchen hin, wenn du nichts dagegen hast. Ich weiß nicht, ob es daran liegt, dass ich wieder hier bin, oder woran sonst, aber ich habe so eine Anspannung hinter den Augen, seit wir gestern am Wald waren.«

Sie waren umgeben von einem Berg von Handtüchern und Bettbezügen, vorgeblich – zumindest in Jeremys Fall – um alles zu sortieren: verschenken, behalten, wegwerfen. Eine Variante von »Ficken, Heiraten, Umbringen« für persönliche Habe.

Sarah seufzte – ein bisschen ungerechtfertigt, fand er. »Okay, ich kann das auch allein erledigen, denk ich. Schau nur mal nach den Kindern, bevor du hoch gehst, ja? Sie sind sehr still, wer weiß, ob sie nicht irgendeinen Unsinn machen.«

Er streckte den Kopf durch die Wohnzimmertür. Jack lag vor dem Fernseher und sah sich einen Zeichentrickfilm an. Lucy saß mit einem Ausmalbuch auf dem Boden. Ihr blonder Kopf war über ein gruseliges Bild mit glotzäugigen Monstern und außerirdischen Landschaften gesenkt, und Jeremy empfand väterliche Wehmut bei dem Gedanken an ihre Prinzessinnenphase. Sie blickte auf, als er hereinkam, und für einen Moment verrutschte die Zeit, und Emily schaute ihm in die Augen. Es lag an der Art, wie Lucy den Kopf schräg legte, oder an ihrem Gesichtsausdruck. Ein Lidschlag, und sie war wie immer, aber es hatte genügt, um seinen Puls rasen zu lassen. Er wich zurück und überließ die beiden sich selbst. Im Gegensatz zu ihm ging es ihnen gut.

Er stieg hinauf in sein altes Zimmer und schloss die Tür. Irgendwann hatte Sarah das Bett bezogen: Steppdecke und Kopfkissen besaßen helle, zueinander passende Bezüge, und am Fußende lag zusammengefaltet eine dunkelblaue Tagesdecke. Ihre stille Fürsorglichkeit berührte ihn, und hinter seinen Lidern prickelte es. Er hatte plötzlich Angst vor dem, was da mit ihm passierte. Was wäre, wenn er am Ende einen Nervenzusammenbruch erlitte oder, schlimmer noch, etwas über sich herausfände, was sie alle auseinanderriss? Und all das nur wegen einer Zufallssichtung aus dem Flugzeugfenster, einer Szene, die an sich nichts bedeutete, die aber alle diese Räder in Bewegung gesetzt hatte. Immer noch sah er die winzige Gestalt vor seinem geistigen Auge, wie sie auf ein Wäldchen zu rannte, anscheinend verfolgt von ein paar anderen. Jetzt, nachdem er die passende Erinnerung dazu gesehen hatte, ergab das alles Sinn.

Er zog seine Turnschuhe aus, legte sich auf das Bett und schloss die Augen, um das Fragment noch einmal einzufangen und es vor dem dunklen Hintergrund in seinem Kopf abspielen zu lassen. Er erinnerte sich jetzt ganz deutlich an diesen Tag. Ein blauer Himmel, überzogen von aufgebauschten, hochfliegenden Wolkenfetzen. Das Brachfeld, grasbewachsen, von der Sommerhitze zu Heu versengt. Sogar das Gefühl des Grases konnte er heraufbeschwören, und seinen Duft dazu, aber da war nichts davor und nichts danach, nur ein körperloser Schnappschuss, der durch die Zeit wehte. Er presste die Augen zu und versuchte, die

Erinnerung heraufzuzwingen, sich gegen das Nichts zu stemmen, aber sein verstopftes Hirn ließ nichts los.

Seufzend öffnete er die Augen und sah auf die Uhr. Es war fast schon eins. Was er in Wirklichkeit brauchte, war ein Drink, irgendetwas Hochprozentiges, und jetzt bereute er, dass er Kopfschmerzen vorgeschützt hatte.

Er schwenkte die Beine vom Bett, und dann ging ihm ein Licht auf. Andere. Natürlich waren da noch andere. Er war nicht allein gewesen. Seine felsenfeste Überzeugung, dass da drei Verfolger gewesen waren, fügte sich mit einem Mal ins Puzzle. Jemand dürfte an jenem Tag bei ihm gewesen sein, Nathan oder Ben, Andrew oder Josh. Sie würden wissen, was sie getan hatten und wo sie hingelaufen waren. Sie würden der Polizei alles erzählt haben. Sein Herz klopfte vor Aufregung. Er musste Ben finden.

Sarah hatte widerwillig die Wäsche zu Ende sortiert, und jetzt warteten zwei schwarze Plastiksäcke und eine Kiste im Flur darauf, dass sie abgeholt wurden, zum Recycling oder zur Altkleidersammlung. Die ideale Gelegenheit für Jeremy.

»Wenn du willst, nehme ich das Zeug mit und sehe, wo ich es loswerden kann. Was weg ist, ist weg.« Er bemühte sich, nicht allzu eifrig zu klingen.

Es würde ihm Gelegenheit geben, noch einmal ins Dorf zu fahren und vielleicht Laura oder eine der Frauen aus dem Supermarkt zu treffen. Jemanden, der ihm sagen konnte, wo sie wohnte, oder der ihr wenigstens ausrichten konnte, dass er sie suchte. Sie war der Weg zu Ben.

»Ich dachte, du hast Kopfschmerzen?«, sagte Sarah. »Komisch, wie schnell die weg sind, nachdem alles sortiert ist. Vielen Dank auch.«

»Jetzt sei doch nicht so. Ich habe Kopfschmerzen, aber

die gehen ja nicht dadurch weg, dass ich da oben herumliege, oder? Ich dachte, ein bisschen frische Luft tut mir vielleicht gut, weiter nichts. Fass mit an. Wir packen alles in den Wagen. Ich will sehen, ob ich das nicht irgendwo alles abliefern kann. Auf der High Street wird es bestimmt einen Wohltätigkeitsladen geben, und irgendwo stehen auch Recycling-Container. Komm, dann wäre das schon mal erledigt.«

Er stellte die Kiste hinten in den Wagen und gab Sarah einen flüchtigen Kuss auf die Wange. Jetzt, da er einen Plan hatte, wollte er so schnell wie möglich los.

»Es sollte nicht allzu lange dauern, aber warte nicht mit dem Mittagessen auf mich, wenn die Kinder Hunger bekommen. Ich kann mir auf dem Rückweg schnell was holen.«

Er fuhr an der Kirche vorbei in Richtung High Street. Der Tag war grau wie alte Druckerschwärze. Winternackte Bäume und verfilztes Dornengestrüpp drängten sich bis an den Friedhof, leblos wie die, die dort wohnten. Frühe Narzissen waren die einzigen Farbtupfer, ihre sonnigen Gesichter im Gras neben dem Friedhofstor. Flüchtig dachte er an Ian, der dahinter lag.

Emily war nicht hier begraben, seine Eltern hatten sie mit nach Hause genommen. Leider war ihm die Erinnerung an die Beisetzung erhalten geblieben. Die schonungslose Brutalität der Trauer hatte sich ihm eingebrannt. Trotzig hatte die Sonne vom aquarellfarbenen Himmel heruntergebrannt und die Trauernden in ihren schwarzen Kleidern geschmort. Ein albtraumhafter Tag, den er wie aus der Ferne erlebt hatte, ungläubig, wie in Trance. Seine Mutter war fast bis zur Besinnungslosigkeit mit Beruhigungsmitteln abgefüllt, und ihre Augen waren glasig, leer und tränenlos. Sein Vater hielt sie mühsam aufrecht. Er selbst in seinem Anzug, wie ein Igel, der in Lehm gebacken wird. Die Schuld lastete schwer auf ihm.

Jeremy schüttelte die Erinnerung ab und bog auf den Parkplatz hinter den Geschäften ein. Wie er es sich gedacht hatte, stand dort eine Reihe von Recycling-Containern: Gelb für Plastik, Blau für Papier, Grün für Glas. Welche Farbe mochte für unerwünschte Erinnerungen vorgesehen sein? Schwarz wahrscheinlich. Er sortierte den Müll in die unterschiedlichen Container, dann ging er zu Fuß zur Straße zurück. Er wollte einen Wohltätigkeitsladen ausfindig machen, bevor er eine Kiste mit altem Zeug auf der High Street hin- und herschleppte.

Die High Street war ruhig. Nur ein paar vereinzelte Gestalten waren zum Einkaufen unterwegs, und zwei Frauen standen vor ihm auf dem Gehweg und nickten, in ein Gespräch vertieft. Sie starrten kurz in seine Richtung, bevor sie sich verabschiedeten und ihrer Wege gingen, die eine mit flottem Schritt, die andere schwerfällig und mühsam.

Als er an den Läden vorbeiging, sah er einen kleinen Jungen, der ihm entgegenkam und missmutig einen Ball vor sich her kickte. Seine hängenden Schultern und seine allgemein resignierte Haltung erinnerten Jeremy an sein kindliches Selbst. Er sah, wie der Junge den Ball mit der Fußspitze traf und wie die Wölbung des unebenen Gehwegs den Ball auf die Straße zurollen ließ. Der Junge wollte hinterherlaufen, aber bevor er in die Bahn der vorbeifahrenden Autos geraten konnte, stoppte Jeremy den Ball mit dem Fuß und schlenzte ihn geschickt zurück auf den Gehweg. Er ließ den

Ball noch ein paar Mal auf dem Rist springen, nur um zu demonstrieren, dass er ein Mann von enormem Talent war, und kickte ihn dann zu dem Jungen zurück, der jedoch ganz und gar nicht beeindruckt wirkte.

Jeremy legte dem Jungen väterlich eine Hand auf die Schulter. »Du darfst *niemals* so auf die Straße rennen, mein Junge. Mein Gott, wenn da ein Auto kommt …«

»Hey!« Eine schrille Frauenstimme bohrte sich bösartig in sein Trommelfell, und er sah eine stämmige Frau um die sechzig, die auf sie zugestürmt kam, vorwärtsgetrieben von einem Übermaß an rechtschaffener Empörung. Überrascht erkannte er, dass sie eine der beiden Frauen war, die kurz zuvor hier geplaudert hatten, und dass sie jetzt anscheinend mit ihm redete.

»Hey, Sie, ja, Sie! Was glauben Sie, was Sie da mit dem Jungen machen? Nehmen Sie Ihre schmutzigen Hände von ihm!«

Sie war ein Brocken von Frau. Niederträchtige Augen funkelten aus dem fleischigen Gesicht.

Irgendeine Konditionierung aus längst vergangenen Tagen veranlasste Jeremy immer dazu, auf feindselige Frauen impulsiv zu reagieren, und auch jetzt erwiderte er, ohne groß nachzudenken: »Was glauben Sie, was ich mache? Falls Sie es nicht bemerkt haben, er war drauf und dran, einfach auf die Straße zu laufen.« Schon ärgerte er sich über seine reflexhafte Rechtfertigung, also fügte er noch hinzu: »Nicht, dass es Sie in irgendeiner Weise etwas anginge.«

»Was mich etwas angeht, bestimme ich schon selbst«, erwiderte sie. Sie wandte ihre wuchtige Gestalt dem Jungen zu und wedelte mit einer fleischigen Hand. »Jetzt lauf nach Hause, Stevie, und erzähl es deinem Vater, hörst du?«

Erzähl ihm was genau?, fragte Jeremy sich. Wie der nette Mann verhindert hatte, dass er vom Auto überfahren wurde? Wie er seinen Eltern erspart hatte, sich schwarze Garderobe zu kaufen?

Der Junge machte ein verängstigtes Gesicht – als wäre er soeben um Haaresbreite vor einer Entführung gerettet worden, vor namenlosem Grauen –, bevor er seinen Ball aufhob und die Straße hinunterrannte. Ohnmächtige Wut erfasste Jeremy angesichts des argwöhnischen und empörten Blicks der Frau. Man hätte denken können, sie habe ihn mit einer Hand in der Hose des Jungen ertappt. Er spürte, wie sein Zorn anschwoll, und bemühte sich, so zu tun, als kümmere ihn das alles überhaupt nicht. Nichts, was er sagen könnte, würde die Situation besser machen. Also war es am besten, die Frau einfach zu ignorieren und sie abzutun als eine, die viel zu viel Zeit in der Schock-Horror-Welt der fiebrigen Boulevardpresse verbracht hatte.

Er kannte die Frau nicht einmal, aber es sah aus, als glaubte sie, ihn zu kennen. »Ja, ich weiß, wer Sie sind, und Ihre Sorte ändert sich nie«, sagte sie und nickte dabei wissend mit ihrem Kuhschädel. »Wir haben Sie durchschaut. Also passen Sie lieber auf und halten Sie sich fern von den Kleinen.«

Damit drehte sie sich um und stapfte die High Street hinauf, und alles, was Jeremy noch hatte sagen wollen, blieb ihm im Halse stecken. Der verspätete Adrenalinstoß nach dem unprovozierten Angriff rauschte in seinen Ohren. Er war erst drei Tage hier, aber schon verspürte er eine gewisse Feindseligkeit, die er nicht verstand. Vielleicht lag es nur an der dörflichen Abgeschiedenheit, an einem provinziellen Argwohn gegen Außenseiter, aber irgendwie erschien es ihm zielgerichteter, als sei ausdrücklich er gemeint.

Nachdem er die Lumpenkiste in einem angemessen dankbaren Wohltätigkeitsladen abgeliefert hatte, fühlte er sich noch nicht bereit, in die Enge des Hauses zurückzukehren. Stattdessen kaufte er sich eine Zeitung im nahen Zeitungsladen – das am wenigsten fiebrige Blatt im Angebot – und machte sich auf den Weg zum Black Swan Pub. Der Schwan war ein unscheinbarer Vogel, der vorwurfsvoll von seinem verwitterten Schild herunterstarrte. Aber jede Wette, er könnte einem Mann mit einem einzigen Flügelschlag das Bein brechen.

Der Pub war matt beleuchtet. Winterliche Lichtstrahlen fanden ihren Weg durch die fleckigen Scheiben und tanzten mit den Stäubchen. An einem Montag zur Mittagszeit war es hier fast leer. Nur zwei alte Männer saßen an einem Fenstertisch, schwarze Silhouetten vor dem hellen Licht. Sie hoben kurz den Kopf, als Jeremy hereinkam, und wandten sich dann desinteressiert wieder ihren Biergläsern zu. Er ging an die holzgetäfelte Bar, vor der eine Reihe lederbezogener Hocker stand. Der einsame Wirt polierte fleißig ein Glas.

Er sah auf, als Jeremy herankam. »Tag.«

Er trug ein hantelförmiges Piercing in der Augenbraue, und über seinem Hipster-Schnurrbart war eine winzige, aber optimistische *21* auf die Wange tätowiert. Jeremy vermutete, dass es lange, lange her war, seit die Zahl irgendeine Bedeutung gehabt hatte, aber insgeheim applaudierte er diesem Versuch, einen Traum am Leben zu halten.

Er musterte die Biere im Angebot. »Ein Pint Peroni, bitte, und haben Sie eine Speisekarte?« Er hatte nicht vor, lange zu bleiben, aber er wollte doch wenigstens einen Blick hineinwerfen, und sei es nur für die Zukunft.

»Bitte sehr.« Der Barmann schob eine laminierte Karte über den Tresen und fing an, das Bier zu zapfen. »Beef Chili ist leider aus.« Er warf einen Blick auf die Uhr. »Und beeilen Sie sich lieber, wenn Sie was essen wollen. Um halb drei schließt die Küche.«

Jeremy studierte die Karte und hörte prompt seinen Magen knurren. Also orderte er einen einfachen Beef-Burger mit Pommes. Mit dem Pint-Glas in der Hand ging er zu einem Tisch gegenüber der Tür, und dort breitete er seine Zeitung aus und überflog die Schlagzeilen. Seine Gedanken fingen an abzuschweifen und begannen ihre eigene Reise in die Vergangenheit, zurück zu seinen Kindheitsfreunden – Nathan Kemp, Josh Stephens, Ben McLeish und Andrew ... sosehr er sich bemühte, Andrews Nachname wollte ihm nicht einfallen. Ob von denen noch jemand hier in der Gegend wohnte? Irgendwie nahm er es an. Das Dorf war wie ein Schwarzes Loch mit einer eigenen Gravitationskraft, die jeden festhielt. Nur wenige Glückliche konnten entkommen, und alle anderen endeten einen Steinwurf weit vom Haus ihrer Kindheit entfernt. Er wusste, er war gönnerhaft – um von Bristol nach London zu kommen, musste man schließlich auch nicht gerade den Planeten umrunden –, aber das Dorf hatte etwas an sich, eine lähmende Konformität, aus der man sich anscheinend nur schwer lösen konnte.

Der Wirt brachte sein Essen, einen kegelförmigen Berg halb roher Pommes und einen Burger, dem es auf seinem schlaffen Salatbett an Haltung fehlte. Hm, weder Brioche-Bun noch Chipotle-Mayo noch Pickles hatten heute anscheinend einen Auftritt.

»Bitte sehr, Sir. Wenn Sie noch was brauchen, finden Sie Ketchup und Mayonnaise auf dem Tresen.«

Jeremy stellte sich eine buchstäblich mit Ketchup und Mayo beschmierte fettige Theke vor. »Nein, ist schon in Ordnung, danke. Aber ich nehme noch ein Bier. Besser ein halbes diesmal, bitte.«

Vielleicht sollte er den Wirt fragen, ob er Ben kannte. Ob er je auf ein Bier hereinkam. Es war unwahrscheinlich, aber Jeremy hatte sonst keinen Anhaltspunkt.

Wie aufs Stichwort kam der Mann mit seinem Bier.

»Cheers.« Jeremy zögerte. »Äh, eine kurze Frage, wenn das okay ist. Sie kennen nicht zufällig einen Ben McLeish, oder? Vielleicht trinkt er hier ja ab und zu ein Bier.«

Der Wirt sah ihn fragend an, nicht misstrauisch, nicht feindselig, er wartete nur darauf, dass Jeremy weitere Ausführungen machte.

»Er hat früher hier gewohnt, und als Kinder waren wir befreundet.«

Der Wirt schüttelte den Kopf. »Tut mir leid, Kumpel, aber ich wohne selbst erst seit zwei Monaten hier. Kann nicht sagen, dass bei dem Namen was klingelt.«

»Schon gut. Ich dachte, ich frage mal. Trotzdem vielen Dank.«

Vielleicht hatte er sich zu viel erhofft.

Der Wirt wandte sich zum Gehen um, aber dann klingelte es doch noch, und er wandte sich ihm wieder zu. »Da gibt's einen *Mark* McLeish, der manchmal reinkommt. Ich glaube wenigstens, dass er so heißt. Keine Ahnung, ob Ihnen das weiterhilft.«

O ja, das tat es. Jeremy bedankte sich überschwänglich.

Mark McLeish war vier oder fünf Jahre älter als sein Bruder Ben, und mit der Zeit war aus dem scharfäugigen Jungen ein niederträchtiger, misstrauischer Teenager geworden, ein Jugendlicher mit einem Gesicht wie eine Faust, und in der Erinnerung an ihn wehte ein Hauch von Bedrohlichkeit.

Die Truppe hatte in jenen Sommern eigentlich nie viel mit Mark zu tun gehabt. Der Altersunterschied war zu groß gewesen. Als alles zu Ende gegangen war, war er fünfzehn oder sechzehn gewesen und hatte sich meistens mit einer Clique aus der örtlichen Gesamtschule herumgetrieben, darunter David Kemp, Nathans Bruder, und Joshs große Schwester Becky. Ein paar andere aus dem Dorf waren auch dabei gewesen. Sie waren durch die Straßen gestreunt und abends durch den Wald gestreift, und für Jeremy waren sie eine beängstigende Mischung aus Hormonen und Aggression gewesen. Plötzlich fand die Frau aus dem Supermarkt ihren Platz. Sal – oder Sally, wie sie hieß. Sie hatte zu der Gruppe gehört, ein stilles Mädchen, ein bisschen ungepflegt, das braune Haar zu einem Pferdeschwanz gebunden, etwas jünger als der Rest. Beim bloßen Gedanken an diese Gruppe verspürte er wieder die Boshaftigkeit, die von ihr ausgegangen war. Kein Wunder, dass er die Abende lieber zu Hause bei Ian und George verbracht hatte.

Er schob sein Gesicht dicht an das des kleineren Kindes, so dicht, dass sein heißer, wütender Atem auf der Haut kribbelte.

»Hör auf zu schniefen, hörst du? Heul nicht – heulen macht alles nur noch schlimmer.«

Er schüttelte den Kleineren, um seinen Worten Nachdruck zu verleihen, und seine Finger gruben sich in knochige Schultern. »Und du sagst kein Wort zu irgendjeman-

dem. Niemals. Das macht es nicht besser, sondern sehr viel schlimmer für dich. Niemand kann dir mehr helfen, also behalte es für dich, verstanden?«

Das Kind nickte und unterdrückte mit Mühe ein Schluchzen. Es wagte einen ängstlichen Blick in die Augen des Größeren, aber da sah es nur zwei Abgründe der Wut – und eine schreckliche, namenlose Angst.

Jeremy bog in die Einfahrt ein. Er war viel länger weggeblieben als beabsichtigt, deshalb rechnete er damit, dass Sarah wütend auf ihn sein würde. Sie war es. Er ging in die Küche, wo sie Schränke ausräumte. Sie tat es mit dieser gewissen Präzision, mit der sie alles anging, wenn sie wütend war, und ihm rutschte das Herz in die Hose. Sie drehte sich um, als er hereinkam, und ihr Blick war eindeutig frostig.

»Was ist?«

»Wie meinst du das – ›was ist?‹ Du weißt genau, was los ist.«

Sie wandte sich sichtlich angewidert ab. Also trat er hinter sie und schlang die Arme um ihre Taille.

»Schatz«, flüsterte er in ihr Haar, »es tut mir leid, dass es so lange gedauert hat. Sei mir nicht böse.«

Sie fuhr herum, und ihre Augen loderten. »Wo zum Teufel bist du gewesen, Jez? Du bist vor Stunden losgefahren, und ich musste das alles hier allein machen – *und* auf die Kinder aufpassen.«

Sie zeigte auf die Arbeitsflächen, die übersät waren von lauter Töpfen und Tellern. »Dieses Haus gehört *deiner* Familie, nicht meiner. Also warum findest du es okay, mir die ganze Arbeit zu überlassen? Ich dachte, der Sinn dieser Woche wäre es, dass wir alles zusammen erledigen, aber nein, du glaubst, du kannst …« Sie brach plötzlich ab und rümpfte misstrauisch die Nase. »Hast du *getrunken*?«

Ihre Stimme stieg ungläubig in die Höhe, und ihre Wangen röteten sich zornig.

»Du warst im Pub, nicht wahr.« Das war eine Feststellung, keine Frage. »Ehrlich, Jez, manchmal machst du mich echt fassungslos. Du lässt mich mit den Kindern allein, ich muss versuchen, hier auszuräumen, und du gehst in den verdammten Pub!«

Jeremy verstand, dass sie wütend war, aber es verwirrte ihn trotzdem. Es passte nicht zu ihr, und es war nicht ihre Art zu fluchen.

»Es tut mir leid. Aber so war es nicht. Ich hatte es nicht vor.«

»Was soll das heißen, ›so war es nicht‹? Hat jemand dich in den Pub gezerrt und dich gezwungen, Bier zu trinken, ja? Scheiße, Jez, ich habe gute Lust, mit den Kindern nach Hause zu fahren und dich den ganzen Mist allein machen zu lassen.«

»Du verstehst das falsch, ich habe doch nur …«

Er würde ihr nicht annähernd klarmachen können, was daran nicht selbstsüchtig gewesen war – wie seine Gedanken tangential vom Thema abgekommen waren, bis die Suche nach Ben plötzlich wichtiger als alles andere gewesen war. Er wollte ihr erklären, wie verzweifelt er war, aber das konnte er jetzt nicht. Es würde klingen wie eine lahme Ausrede.

»Es tut mir leid, Sarah, ehrlich, ich wollte nicht so lange wegbleiben. Ich bin nur auf ein schnelles Bier da hineingegangen, und dann habe ich beschlossen, ein Häppchen zu essen, und dann ist mir irgendwie die Zeit abhandengekommen. Geh und setz dich hin, und ich übernehme den Rest.«

Sie schleuderte mit Nachdruck eine Tupperware-Dose in die Spüle, wo sie vorwurfsvoll zurücksprang, und Jeremy sah, wie ihr Ärger verrauchte.

»Ich gebe mir Mühe, Jez, wirklich. Ich kapiere, dass es dir nicht gut geht, aber du machst es mir nicht leicht, wenn du so etwas tust. Manchmal ist es, als ob ich dich gar nicht mehr kennen würde, und das ist hart.«

»Sarah, das ist nicht fair. Ich habe nicht …«

»Jez, lass mich ausreden. Ich habe nachgedacht, während du weg warst. Wenn wir zurück sind, möchte ich, dass du noch einmal zu Carole Jessup gehst. Ich glaube, das alles setzt dir viel mehr zu, als du dir anmerken lässt, und ich möchte, dass dir jemand dabei hilft.«

»Ich muss sie nicht noch einmal sehen. Die Sitzung bei ihr hat mir letztlich nichts gebracht, und außerdem geht es mir gut.«

Sarah ignorierte seinen Protest und fing an, in der Küche auf und ab zu gehen, um Dampf abzulassen.

»Ich habe nachgedacht über das, was du mir erzählt hast, über deine Schwester und das alles, und es ist zu viel für einen allein. Du schaffst das nicht. Gestern auf dem Feld warst du plötzlich ganz abwesend, als ob du gar nicht da wärst, und das hat mir Angst gemacht.«

»Aber das habe ich dir doch schon erklärt. Die Nähe des Waldes hat mir für einen Moment zugesetzt. Danach ging es mir wieder gut, ehrlich.«

»Dir geht es nicht gut, und ich weiß nicht, wie ich dir helfen oder was ich vorschlagen soll. Deshalb finde ich, du brauchst professionelle Hilfe.« Sie sah die Skepsis in seinem Blick. »Ich weiß, du möchtest das nicht und dass das *nicht du* bist, aber *ich* möchte es.«

Sie blieb stehen und legte ihm eine Hand auf den Arm.

»Ich will den Mann wiederhaben, mit dem ich lachen und träumen konnte, nicht diesen besessenen, distanzierten Menschen, in den du dich gerade verwandelst.«

Er zog sie an sich, umarmte sie und presste ihren Körper fest an sich. Er wollte sie niemals verlieren, aber er konnte jetzt nicht aufgeben, nicht jetzt, da er einen Weg nach vorn für sich sah.

»Okay, ich glaube, du machst zu viel aus der Sache, aber ich werde es mir überlegen. Ich liebe dich, und wenn es dich dermaßen beunruhigt, dann werde ich tun, was immer du willst. Wir kommen da durch, Sarah. Ich versprech's dir.«

14

Sarah schnaufte im Schlaf, und Jeremy irritierte es ein wenig, dass sie in der Lage war, auf diese Weise abzuschalten und einzuschlafen. Offensichtlich machte sie sich keine *allzu* großen Sorgen um ihn. Er fühlte sich versucht, wieder in sein altes Zimmer zu ziehen, aber das wagte er nicht. Er wollte sie nicht noch mehr verärgern, denn wie immer er in diesem Augenblick empfand, er liebte sie von ganzem Herzen. Er seufzte in der Dunkelheit und nahm sich vor, morgen mit ihr zu sprechen.

Sie hatten die Küche gemeinsam zu Ende ausgeräumt, aber die Atmosphäre war angespannt gewesen. Sarah war distanziert geblieben, und die Mauer zwischen ihnen war ihm unüberwindlich vorgekommen. Deshalb hatte er ihr nichts von den Erinnerungen erzählt, die sich unter der Oberfläche regten.

Er verstand nicht recht, wovor sie solche Angst hatte oder was sie befürchtete. Ja, es war beunruhigend, und es machte ihn nervös, aber zum Teil lag das am *Nichtwissen* und an der fragmentarischen Natur der kurzen Blicke, die er in die Vergangenheit hatte werfen können. Sie endgültig zu verstehen würde befreiend wirken. Selbst wenn er Emily nur ertrunken am See gefunden hatte, wäre es eine Befreiung, endlich die Wahrheit zu kennen. Er schüttelte den Kopf. Was konnte schlimmer sein, als nichts zu wissen – es sei denn, Sarah hatte Angst, dass er es war, der sie umgebracht hatte.

Es war ein achtloser Wegwerfgedanke, aber er brachte eine Woge von Angst mit sich, die aus der Matratze aufstieg und ihn verschlang. Seine Kehle schnürte sich zu, und er bekam keine Luft. Schweiß perlte über sein Gesicht. Es war wie in den Nächten, in denen er aus Träumen von namenlosem Entsetzen aufgewacht war und lautlos in die Dunkelheit geschrien hatte – aber diesmal war er wach. Er hatte keinen Albtraum gehabt, kein nächtliches Grauen erlebt, und trotzdem verschlang ihn die Panik, dieses gleißende Gefühl, das Herzklopfen des drohenden Unheils.

Er griff sich an die Kehle, bäumte sich im Bett auf und rang nach Luft. Flecken tanzten funkelnd vor seinen Augen, und einen Moment lang glaubte er, er werde ohnmächtig. Verzweifelt griff er nach Sarah, und seine blindlings rudernde Hand fand ihren Arm, warm und solide – und real. Sie rührte sich im Schlaf, ohne aufzuwachen, und sie zu fühlen, zu wissen, dass sie neben ihm lag, ließ die Woge brechen und die Panik zurückweichen. Langsam versickerte sie in der Nacht, und in ihrem Kielwasser blieb nur eine leichte Beklommenheit zurück. Er hörte sein Herz klopfen, wo sein Kopf das Kissen berührte, ein stetes Dröhnen tief in seinen Ohren. Gott, er musste sich wirklich zusammenreißen, wenn schon ein blöder, bedeutungsloser Gedanke in der Lage war, eine solche Panikattacke hervorzurufen.

Er bemühte sich, seine Gedanken zu beruhigen und seine Atmung zu verlangsamen, und nach und nach verfiel er in den Rhythmus der Nacht. Am Abend hatte es geregnet, aber jetzt war die Luft klar und ruhig. Weit hinten, jenseits der Felder, hörte man das Röhren eines Damhirschs, und in der Nähe ertönte das gespenstische, schrille Geheul läufiger Füchse, untermalt vom vertrauten Ruf einer fernen Eule. Onkel Ian hatte ihm beigebracht, diese Laute zu erkennen, hatte ihn gelehrt, dass da draußen nichts war, was ihm Böses tun wollte, mochten diese Rufe auch noch so bedrohlich klingen. Der Gedanke an Onkel Ian beruhigte ihn, und Jeremy lächelte und dachte daran, wie er das erste Mal einen jagenden Igel gehört hatte, der unter seinem Fenster herumschnüffelte, und wie er überzeugt gewesen war, dass ein böser Mann sich draußen im Garten versteckte. Jetzt fragte er sich, ob der böse Mann vielleicht die ganze Zeit im Haus gewesen war.

Als er schließlich dem Schlaf entgegendriftete, drang ein neues Geräusch in sein Bewusstsein. Er lauschte angestrengt, aber die Stille lag wie eine Decke auf seinen Ohren. Als er schon glaubte, er habe sich getäuscht, hörte er es wieder, ein Geräusch, das nicht hierhergehörte. Es war nicht der Ruf eines Tieres oder das Rascheln der Zweige. In der Nähe des Hauses bewegte sich etwas – oder jemand – langsam in der Dunkelheit. Je länger er lauschte, desto sicherer war er, dass da draußen jemand war. Ein Tier würde niemals so nah an eine menschliche Behausung herankommen, wenn es kein Fuchs war – aber dafür war das Geräusch zu laut und zu schwer. Er hörte das Knirschen von Schritten im Kies. Da war jemand im Vorgarten.

Er warf die Steppdecke zurück und sprang aus dem Bett, schnell, aber leise. Er riss seinen Bademantel von der Tür zum Bad und schlich die Treppe hinunter. Sein Muskelgedächtnis ließ ihn die knarrenden Stufen auslassen. Auf dem Treppenabsatz blieb er stehen und lauschte wieder. Ihm war, als habe er eben ein Auto gehört. Es blieb still, aber er ging trotzdem weiter die Treppe hinunter und riss die Haustür auf. Im Vorgarten stand die Magnolie als Silhouette vor dem Nachthimmel, und ein dünner Streifen

Mondlicht schlich sich durch die Wolken und beschien den feuchten Rasen mit mattem, grauem Licht. Alles war still. Niemand war zu sehen, und er hörte nicht einmal das Echo von eiligen Schritten. Er ging durch die Einfahrt und an seinem Wagen vorbei auf die Straße, spähte an der Kirche vorbei und zurück zu den neuen Häusern und den Feldern dahinter. Er blieb eine Weile stehen und wartete, aber niemand kam aus den Gärten der leeren Häuser herangeschlichen, niemand huschte durch das Friedhofstor heraus. Kein Auto rollte mit abgeblendeten Scheinwerfern im Schritttempo heran, und so wandte er sich wieder zum Haus zurück, teils erleichtert, teils enttäuscht, weil niemand ihn herausgefordert hatte. Kein Ventil für die Anspannung und Wut, die sich in ihm stauten.

Er schloss die Tür hinter sich ab und tappte wieder hinauf und ins Bett. Zum Schlafen war er jetzt zu aufgedreht. Er hatte keinen Beweis gefunden, aber er wurde den Gedanken nicht los, dass da ein Eindringling im Garten gewesen war. Er warf sich hin und her, doch es wurde nicht bequemer. Steppdecke und Bettbezug waren heiß und klebten trotz der kühlen Nacht am Körper. Nach zehn Minuten schwenkte er zum zweiten Mal die Füße aus dem Bett und zog leise seinen Jogginganzug an. Er schaute hinüber zu Sarahs schlafender Gestalt. Sie regte sich, wachte aber nicht auf. Gott, wie er sie um dieses Geschenk eines unbekümmerten Geistes beneidete.

Der Mond schien plötzlich auf die sanfte Kurve ihres Halses, und seine eben überstandene Panik kam wieder an die Oberfläche. Wie leicht wäre es für ihn, seine Finger um ihren Hals zu spannen und ihr das Licht auszudrücken. War es das, was er war, war es das, was er mit seiner Schwester gemacht hatte? Ihn schauderte. Er musste ein wenig Distanz zwischen sich und solche Gedanken bringen.

Als er die Treppe hinunterschlich, strich er mit der Hand über das glatte Holz des Geländers. Unten stießen seine Finger auf einen harten kleinen Knoten, und er fuhr mit den Fingern über die Konturen eines winzigen Körpers und an einem langen Schwanz entlang. Die Magische Maus, in den Knick zwischen Handlauf und Treppenpfosten hineingeschnitzt. Wie hatte er das vergessen können? Ein Lächeln umspielte seine Lippen, und plötzlich vermisste er Onkel Ian mit einer Macht, die ihm fast den Atem nahm. »Sie ist magisch, Jeremy, die Idee eines wunderbaren Mannes namens Robert Thompson. Du musst sie nur reiben und dir etwas wünschen.« Unvermittelt überkam ihn das Bild eines kleinen Jungen, der sich die Liebe seiner Mutter wünschte, der sich wünschte, seine Schwester würde von den Toten zurückkehren. Jetzt stand unversehens ein zweiundvierzig Jahre alter Mann unten an der Treppe und rieb im Mondschein eine holzgeschnitzte Maus.

»Ich wünsche mir, die Wahrheit über meine Schwester zu erfahren. Ich wünsche mir, dass ich meine Familie beschützen kann. Ich wünsche mir, dass alles gut ausgeht.« Seine Stimme war nur ein Atemhauch in der Nacht.

Er warf sich eine Jacke über und zog seine Turnschuhe an, bevor er wieder ins Freie trat, und ging an der Kirche vorbei zur High Street, aber statt Kurs auf die Pubs und die Geschäfte zu nehmen, wandte er sich in Richtung Dorfrand, wo die Straße ins offene Feld mündete. Er kam an einer einsamen Ansammlung von landwirtschaftlichen Cottages mit blinden, brütenden Fenstern vorbei, deren Bewohner wohlbehalten in ihren Betten lagen, vorbei an der Tankstelle mit der Autowerkstatt, wo Neonlicht sich grün und gelb in öligen Pfützen sammelte wie Giftmüll. Er wusste nicht, wo er hinwollte, er brauchte nur einen klaren Kopf. Die Häuser blieben nach und nach hinter ihm zurück, und die Straße führte hinaus auf das dunkle Land. Er ging noch immer weiter, durch struppiges Ackerland, gesäumt von niedrigen Hecken, in der Dunkelheit kaum sichtbar, vorbei an vereinzelten Bäumen, die ihre klauenartigen Äste über die Straße krümmten, Silhouetten vor dem nächtlichen Himmel. Schließlich blieb er stehen.

Er hatte die Anspannung hinter sich gelassen, und jetzt ging er zögernd auf demselben Weg zurück ins Dorf. Ruhiger geworden, verlangsamte er seinen Schritt zu einem Schlendern und hielt schließlich vorm Kirchhoftor an. Er stieß es auf und ging hindurch. Zwei uralte Eichenholzbänke standen an den Mauern, vor den Elementen geschützt durch das Schrägdach des Tors. Der Friedhof störte ihn nicht. Sein Onkel war dort und andere liebe Menschen. Still ruhten sie unter ihren Steinen, die Narzissen flatterten und nickten über ihnen, weißgesichtig im Mondschein wie freundliche Geister. Es war friedlich hier, und er erlaubte sich, den Gedanken aufzusuchen, der ihn so sehr beunruhigt hatte.

Er neigte nicht zur Innenschau – in der Richtung lauerte Gefahr –, aber jetzt erkundete er vorsichtig die Vermutung, er könne für Emilys Tod verantwortlich sein. Der Gedanke barg in diesem Moment wenig Schrecken, die Vorstellung allein war lachhaft. Er war nicht das namenlose Schicksal, das sie ereilt hatte. Er hatte seine Schwester geliebt, so wie sie alle, und er hatte sich nichts mehr gewünscht, als auf sie achtgeben und sie beschützen zu dürfen. Ihr Bild schwebte vor seinem geistigen Auge – Emily auf dem Schoß ihrer Mutter, von den mütterlichen

Armen umschlungen, so liebevoll, so zärtlich. Seine Mutter, natürlich! Sie war der Grund für seine Gedanken, dieses Miststück mit seinen Andeutungen, ihre Stimme, triefend von Vorwürfen: *Was wolltest du uns nicht verraten? Warum verstellst du dich?* Sie war es, die das Gift in seine Gedanken geträufelt und ihn dazu gebracht hatte, an sich selbst zu zweifeln. Selbst jetzt, von jenseits des Grabes, brachte sie seinen Kopf durcheinander.

Er verließ den Schutz des Friedhofstors und hatte es plötzlich eilig, nach Hause zu kommen. Er lief vorbei an den benachbarten Häusern, die im Mondschein kauerten. In einem der Fenster leuchtete eine Nachttischlampe auf, und für einen kurzen Moment spähte eine Schattensilhouette in die Nacht.

Als er ins Schlafzimmer kam, lag Sarah wach im Schein ihres Nachtlichts.

»Jeremy, wo bist du gewesen?« In ihrer Stimme lag kein Ärger, nur Müdigkeit. Über den Ärger war sie längst hinaus.

»Ich dachte, ich hätte draußen ein Geräusch gehört, deshalb bin ich rasch vor die Tür gegangen und habe nachgesehen. Aber da ist alles in Ordnung. Ich habe nichts gesehen, es war wohl bloß der Wind.«

Sie schaute ihn unverwandt an. »Lüg mich nicht an, Jeremy. Ich bin seit einer Viertelstunde wach, und du bist nicht ›rasch‹ irgendwo hingegangen. Deine Seite des Bettes war bereits eiskalt, als ich aufgewacht bin. Also, wo warst du?«

Er rieb sich das Gesicht mit beiden Händen und seufzte. »Ich habe einen Spaziergang gemacht, Sarah, weiter nichts.«

Im Lampenlicht funkelten ihre Augen zu hell, und

Jeremy glaubte nicht, dass er es ertragen würde, wenn sie weinte. Er setzte sich, und sie nahm seine Hand und flocht ihre Finger in seine.

»Jeremy, ich habe dich immer geliebt, beinahe von Anfang an, aber da war immer ein Teil von dir, der mir verschlossen war. Im Laufe der Jahre habe ich es irgendwie akzeptiert, ich habe verstanden, dass es in deiner Vergangenheit Dinge gibt, die du nicht mit mir teilen wolltest …«

Er unterbrach sie. »Es war nie so, dass ich nicht …«

»Lass mich ausreden, Jeremy. Es war mir recht, aber jetzt wird mir klar, dass ich eigentlich nichts verstanden habe, bis du mir von Emily und von deiner Mutter erzählt hast. Ich hatte nicht begriffen, wie beschädigt du bist.«

Er wollte seine Hand wegziehen. »Ich bin nicht *beschädigt*. Ich habe immer versucht, ein guter Mensch zu sein …«

»Jeremy, nicht.« Ihre Stimme brach, und eine einsame Träne fiel auf seine Hand. »Ich sage nicht, dass du kein guter Mensch bist. Davon rede ich nicht. Ich will sagen, dass alles, was du durchgemacht hast, dich beschädigt hat – wahrscheinlich sehr viel mehr, als dir klar ist. Nichts davon ist deine Schuld. Auch das sage ich nicht. Mich ängstigt nur, was da gerade passiert.«

Sie griff wieder nach seiner Hand und drückte sie. »Du weckst Erinnerungen, die du aus gutem Grund unterdrückt hast, und wenn ich ehrlich bin, habe ich Angst vor dem, was du finden könntest.«

Seine Angst von vorhin kam wieder auf. »Was meinst du damit? Was befürchtest du, könnte ich finden?«

»Ich weiß es nicht, aber ich glaube nicht, dass du es bewältigen könntest, wenn es … wenn es etwas Schlimmes ist. Siehst du nicht, wie merkwürdig du seit unserem

Urlaub bist? Wie jetzt – mitten in der Nacht wanderst du Gott weiß wohin. Normale Menschen tun so etwas nicht.«

»Aber so war es nicht. Ich habe nur einen Spaziergang gemacht.«

Sarah schüttelte den Kopf. »Das ist mir egal. Ich will nicht, dass wir noch länger hierbleiben. Ich will, dass wir morgen nach Hause fahren und dass du dir Hilfe suchst, wie ich es gesagt habe. Ich weiß, du hast versprochen, es dir zu überlegen, aber ich weiß auch, wie stur du bist. Hör auf mich, Jeremy. Ich will dich nicht verlieren. Was ist, wenn du etwas findest, das … Ich will nicht mit ansehen, wie du zerbrichst …«

Sie sprach nicht weiter und fing jetzt wirklich an zu weinen.

Jeremy zog sie an sich, aber er spürte ihren leisen Widerstand. »Sschh, Sarah, bitte weine nicht. Ich wollte dir keine Angst einjagen, und es ist nicht so, wie du denkst, ehrlich nicht. Ich habe draußen etwas gehört, und ich wollte nachsehen. Das war nicht gelogen. Nur, als ich wieder ins Bett kam, konnte ich nicht mehr einschlafen. Ich war hellwach, und du hast so fest geschlafen, dass ich dich mit meiner Ruhelosigkeit nicht stören wollte. Also habe ich einen Spaziergang gemacht, wie ich schon sagte.«

Er hob ihren Kopf, um sie anzusehen, und bemerkte einen merkwürdigen Ausdruck in ihrem Gesicht. Er flackerte nur einen Moment lang auf, doch es überlief ihn eiskalt.

»Ehrlich, Schatz, ich bin nicht in einem Dämmerzustand umhergeirrt oder so was.« Die Panikattacke erwähnte er nicht, und er fragte auch nicht noch einmal, was sie zu finden fürchtete. Er hatte ihren Gesichtsausdruck gesehen, und er würde die Zweifel aus ihrem Mund nicht zusätzlich noch ertragen.

»Ich weiß nicht, ob ich dir noch glauben kann, Jez. Gerade scheint noch alles in Ordnung zu sein, und einen Augenblick später bist du wieder völlig verrückt. Ich bin krank vor Sorge, und mir gefällt nicht, was das aus mir macht. Ich bin es nicht gewohnt, die leidende Ehefrau zu spielen, die sich ständig Sorgen macht und an dir herumnörgelt. So sind wir nicht, Jeremy.«

Er konnte jetzt nicht nach Hause fahren. Er brauchte noch ein Weilchen hier.

»Mir geht es gut, wirklich, aber ich verspreche dir, ich mache trotzdem einen Termin, wenn wir zurückkommen. Ich rufe Dr. Jessup morgen an. Es ist sinnlos, nach Hause zu fahren, wenn wir schon halb mit dem Räumen fertig sind. Wir machen das noch zu Ende und bringen das Haus auf den Markt, wie wir es geplant haben, und dann fahren wir nach Hause.«

Er hoffte, es war ein beruhigendes Lächeln, das er ihr zeigte. »Bitte, Sarah. Wenn du mir helfen willst, dann hilf mir, das hier abzuschließen. Du hast recht, die Gegend geht mir unter die Haut, aber ich werde mich sehr viel besser fühlen, wenn das alles geregelt ist. Das weiß ich.«

Jeremy spürte ihre Unschlüssigkeit und hielt den Atem an.

Schließlich nickte sie zaghaft. »Wenn du mir versprichst, dass es wirklich alles war, und wenn du wirklich einen Termin vereinbarst, dann ist es vermutlich sinnvoll, zu Ende zu bringen, was wir hier angefangen haben. Aber wenn du noch einmal etwas tust, das mir nicht gefällt, dann fahren wir sofort nach Hause. Das ist mein Ernst.«

»Danke, Schatz. Es wird alles gutgehen, du wirst sehen.« Er drückte sie sanft. »Komm, lass uns schlafen. Wir können morgen jederzeit weiterreden. Mein Gott, es muss ja fast zwei Uhr sein, und die Kinder wecken uns um sieben schon wieder.«

Er zog sich aus, schob sich neben sie ins Bett und legte einen Arm um sie. So lagen sie wie zwei Löffel aneinandergeschmiegt, aber er spürte, dass ihr Körper noch immer steif war, als falle es ihr schwer, nicht vor ihm zurückzuweichen, und so lag er da und atmete kaum, bis der Tag dämmerte.

15

Es war ein kalter, sonniger Tag, aber Sarahs Stimmung hatte sich nicht mit dem Wetter gebessert. Jeremy hatte Carole Jessups Praxis angerufen und einen Termin in zwei Wochen vereinbart, trotzdem war sie anscheinend nicht völlig besänftigt. Vielleicht war es Einbildung, aber er spürte eine gewisse Distanz, eine leichte Zurückhaltung, die er noch nie bei ihr erlebt hatte.

Zusammen hatten sie die letzten Kisten mit Gläsern und Porzellan gepackt, mit Ausnahme der wenigen Dinge, die sie bei ihrem Aufenthalt noch brauchten. Jetzt stand Jeremy im Flur und schaute die Treppe hinauf, und seine Finger liebkosten abwesend die kleine geschnitzte Maus. Die zarten Ohren und der feine Schwanz erinnerten ihn an die Stange, mit der man die Dachbodenluke öffnete: Der geschnitzte Griff sah aus wie eine Weizenähre, und ihm fiel ein, dass sie nicht einmal daran gedacht hatten, sich den Dachboden anzusehen. Er stieg die Treppe hinauf und musterte die Luke. Ihm schwante Böses.

Die Stange hatte immer in der Lücke zwischen den Türrahmen des Badezimmers und des hinteren Schlafzimmers gestanden, aber da war sie nicht. Also ging er in das Zimmer, das die Kinder miteinander teilten und wo es immer noch nach ihnen roch – eine Mischung aus Badeschaum und feuchten Haaren und einem speziellen Kinderduft. Die beiden Betten waren ordentlich gemacht, Lucys mit

Kuscheltieren, den Freunden, die sie nicht zurücklassen konnte, und Jacks nur mit seinem treuen Bären geschmückt. Der Anblick brachte Jeremy zum Lächeln. Er hatte bei seinen Besuchen auch immer einen Gefährten mitgebracht, ein Paar vertraute Augen, die ihm nachts Gesellschaft leisteten. Lucys Dinosaurier Fuddlewuddle war auf den Boden gefallen, also hob Jeremy ihn auf und legte ihn auf ihr Kissen, als würde er dort schlafen. Als er die Steppdecke um das kleine Spielzeug feststopfte, spürte er das vertraute Ziehen in seinem Herzen, das Zerren der verstörten Liebe.

Die Kinder waren im Garten und machten das Beste aus dem trockenen Wetter. Durch das Fenster sah er, wie sie einen Ball zwischen den verwucherten Blumenbeeten umherkickten, wo die Pflanzen sich unter den verwelkten Blüten bogen. Er schaute an ihnen vorbei zum Ende des Gartens und weiter über das Land hinter dem Loch im Zaun. Von seiner hohen Warte aus konnte er sehen, dass das Gras gerodet und auf einem Teil des Geländes Grundstücke für neue Häuser abgesteckt worden waren. Bald würde das Anwesen hier von Häusern umzingelt sein, und der Blick auf Felder und Wälder wäre nur noch eine verlorene Erinnerung. Es machte ihn melancholisch, also wandte er sich ab – und entdeckte die Stange, die er suchte. Sie lehnte am Kleiderschrank.

Der Haken schob sich glatt in den Riegel an der Dachbodenluke und löste ihn, sodass die Leiter sich heruntersenkte. Vorsichtig kletterte Jeremy hinauf und schob den Kopf durch die Luke in den Speicherraum. Er sah ein Meer von Kisten und Möbelstücken und all die Gemälde und Drucke, die früher die Treppe seines Onkels gesäumt hatten. Der Mut verließ ihn, als ihm klar wurde, dass sie Tage brauchen würden, um das alles zu sichten.

Die Luft auf dem Dachboden war still und warm. Sie roch leicht muffig und holzig und fühlte sich an wie alte, in der Zeit gefangene Luft, und Jeremy atmete sie ein, während sein Blick über die verstaubten Kisten wanderte. Anscheinend war der größte Teil von Ians Leben hier oben verstaut worden, und er fragte sich, wer das wohl getan hatte, denn dass seine Mutter eine solche Aufgabe freiwillig auf sich genommen hatte, konnte er sich kaum vorstellen. Vielleicht war es George gewesen, der sich um Ians Nachlass gekümmert hatte. Seine langen Finger hatten jede Erinnerung zärtlich berührt und wohlbehalten verpackt.

Bei dem Gedanken an George fühlte Jeremy sich in die langen Sommerabende zurückversetzt, nachdem seine Familie wieder nach Hause gefahren war. Abendessen auf der Terrasse. Ians Grillabende. Sein Onkel in einer gestreiften Schürze, wie er ihnen quer über den Rasen hinweg zulächelte. Der Spieß und das Zischen von Fett auf der heißen Holzkohle, der blaue Rauchdunst in der Luft. Er fragte sich plötzlich, ob George noch lebte. Sie waren ihm damals so alt vorgekommen, aber Ian konnte bei Emilys Tod nicht viel älter als fünfzig gewesen sein, und George war nur ein paar Jahre jünger. Wahrscheinlich würde er jetzt Ende siebzig sein; gut möglich, dass er noch lebte. Er war jemand, der sich wahrscheinlich an Jeremys Vergangenheit erinnern würde, ohne sie mit den Augen eines verängstigten Kindes zu sehen. Doch mit einem Mal fiel Jeremy wieder ein, wie er ihn das letzte Mal gesehen hatte, und alte Scham rieselte ihm über den Rücken. Vielleicht doch nicht.

Ein Schiffskoffer stand an einem der Dachpfosten, und Jeremy strich den Staub der Jahre herunter. Er klappte den

Deckel auf und starrte verwirrt auf etwas, das aussah wie ein Tierpelz. Er schob ihn zur Seite, und ein Durcheinander von Kleidern und Hüten kam ans Licht, ein Chaos von Stoffen und verblassten Farben. Eine Wolke Staub attackierte seine Nasenlöcher, und allmählich dämmerte es ihm. Es war die Verkleidungskiste aus der Kinderzeit – es gab sie immer noch. Seine Fingerspitzen strichen über die mottenzerfressene Pelzstola, und eine Erinnerung regte sich: In einer teuflischen Anwandlung erzählte er seiner Schwester, die Stola gehöre dem großen bösen Wolf, es sei sein Wintermantel, und eines Tages werde er ihn holen kommen. Ihre Augen waren leuchtende Untertassen gewesen, und sie hatte jedes seiner Worte verschlungen. Rotkäppchen und die drei kleinen Schweinchen wurden zu Bewohnern ihrer Albträume, und in der Nacht rief sie oft, der Wolf sei da. Entschlossen klappte er den Deckel zu – das war noch zu viel für ihn.

Bevor er Gewissensbisse wegen seiner kindlichen Frotzeleien bekommen konnte, hörte er Sarah rufen.

»Jeremy, was machst du? Wir haben noch eine Kiste mit Küchensachen für den Wohltätigkeitsladen. Soll ich das diesmal übernehmen?«

»Ja, fahr nur. Ich bleibe hier bei den Kindern.« Offensichtlich konnte sie ihn nicht mehr allein aus dem Haus gehen lassen. »Außerdem willst du lieber nicht wissen, was ich gerade gefunden habe!«

Sie erschien unten an der Treppe. »Wieso, was ist denn? Was ist es?«

»Der Dachboden ist bis obenhin voll mit Gerümpel. Es sieht aus, als hätten sie Ians Sachen, soweit sie Platz hatten, einfach hier oben reingeschoben. Wir werden Tage brauchen, um das alles durchzusehen.«

»Wir haben aber keine *Tage*«, erwiderte Sarah, und er hörte ihr an, wie genervt sie war. »Wir müssen doch sicher nicht alles durchsehen. Es war die ganze Zeit da oben, also kann es nicht so wichtig sein. Wenn wir es einfach runterholen, kann die Entrümpelungsfirma sich nehmen, was sie will, und der Rest wandert auf den Müll.«

Es erschien ihm falsch, beinahe frevelhaft, das alles einfach wegzuwerfen, ohne einen Blick darauf zu werfen. Es war Ians Leben, und vielleicht gab es Fotos oder Sachen, die Jeremy gern behalten würde.

»Jez?«

»Okay, wir reden darüber, wenn du zurückkommst, aber ich würde mir schon einiges gerne noch ansehen.«

Sie antwortete nicht, aber er spürte, wie die Luft von ihrer Frustration vibrierte. Das konnte sie: Sie konnte ihre Gefühle wie Radiowellen ausstrahlen. Er hörte, wie sie zur Haustür ging, und seufzte erleichtert auf. Noch eine Konfrontation konnte er nicht gebrauchen.

Er ließ sich auf die Fersen sinken und öffnete wahllos eine der Kisten. Sie war voll von Nachschlagewerken, Ians naturwissenschaftlichen Büchern. Die würden ganz sicher nicht auf die Müllkippe wandern. Er richtete sich auf, um sich die Bilder anzusehen, die an der Wand lehnten, und dabei hörte er, wie die Haustür sich öffnete und krachend einwärts schwang.

»Jeremy, ich brauche dich hier unten.«

Bei dem Ton ihrer Stimme sträubten sich die Härchen in seinem Nacken. Es klang wie eine Mischung aus Dringlichkeit und Angst. Er stieg die Leiter hinunter und nahm auf der Treppe immer zwei Stufen auf einmal. Sie war schon wieder draußen, stand in der Einfahrt und starrte ihren Wagen an. Verwirrt folgte er ihrem Blick, und dann sah er es: schwarze Buchstaben, achtlos auf die Seite des Wagens gesprüht.

»Herrgott! Was zum …«

Seine Worte hingen in der Luft, während sein Gehirn einholte, was seine Augen sahen: *Mörder*. Jemand hatte das Wort auf den Wagen gesprayt. Einen Moment lang war Jeremy sprachlos. Dann trieb ihn ein Schwall von Wut durch die Einfahrt zum Wagen.

»Scheiße, was soll das!«

Das Gefühl der Bedrohung – und der Bloßstellung – machte ihn noch wütender, und wie wild rieb er über die Buchstaben, aber die Farbe war längst trocken. Er dachte an die Geräusche, die er in der Nacht gehört hatte, und schlug mit den Fäusten auf die Motorhaube. Er hätte sie geschnappt, wenn er nur schneller gewesen wäre. Ohnmächtige Wut überwältigte ihn, und er trat gegen die Reifen des wehrlosen Wagens, wieder und wieder, frustriert und voll uneingestandener Angst.

»Verdammt, wenn ich rausfinde, wer das getan hat, bringe ich ihn um.«

Ohne die Ironie seiner Worte zu bemerken, wandte er sich an Sarah. »Ich habe dir *gesagt*, dass ich jemanden gehört habe. Na, wer immer das war, wird damit nicht davonkommen.«

Sie antwortete nicht, und ihm wurde bewusst, wie still sie war, wie stumm, wie starr vor Schrecken.

»Sarah! Wo ist dein Telefon? Wir müssen die Polizei anrufen!«

Ihre Blicke trafen sich, aber er konnte ihren Ausdruck nicht deuten.

»Warum tut uns das jemand an, Jez? Warum schreiben sie so etwas?«

»Um Gottes willen, Sarah, es bedeutet doch nichts. Das ist sinnloser Vandalismus, nichts weiter!«

Sie stand stumm da und schaute ihn an, und er merkte, dass seine Wut sich auf sie zu richten begann. »Was denn? Glaubst du etwa, es bedeutet etwas? Es richtet sich gegen, was, gegen uns? Oder mich? Oh, verflucht, Sarah, was willst du damit sagen?«

Ihm war bewusst, dass er schrie, aber er konnte nicht anders. Er war wütend, und irgendwo unter dieser Wut nahm die Angst Gestalt an. Das Zusammentreffen entnervte ihn, wie auch der Gleichklang mit seinen Gedanken der vergangenen Nacht.

»Ich will gar nichts sagen, nur …«

»Nur was, Sarah?« Er hatte Mühe, seine Stimme unter Kontrolle zu halten. »Irgendwelche hohlköpfigen Idioten haben das getan, sonst nichts. Wahrscheinlich ist das ihre Vorstellung von einem makabren Witz. Na, jetzt finden sie das ja vielleicht noch lustig, aber wenn ich sie erst mal erwischt habe, finden sie das bestimmt nicht mehr.«

Noch während er wütete, sprangen seine Gedanken zu Sally und den Frauen im Supermarkt. Sie waren vermutlich im richtigen Alter, um halbwüchsige Kinder zu haben, lümmelhafte, primitive Mundatmer, die so etwas tun würden. Er stellte sich vor, wie sie zu Hause tratschten, wie dieser sabbernde Bengel mit seinen Kollegen spekulierte, und neue Wut packte ihn.

Sarah schüttelte ihre Starre ab und tat einen winzigen Schritt auf ihn zu. Er sah die Wachsamkeit in ihrem Blick.

»Ich meinte nur, Jez, warum sollte irgendjemand etwas so Bösartiges tun? Sie kennen uns doch gar nicht. Es ergibt keinen Sinn.«

Ihre Lippen sagten das Richtige, aber ihre Augen sagten

etwas anderes. Da war ein Schatten des Zweifels, und das reizte Jeremy noch mehr. Er spürte, wie der Druck in seinem Kopf zunahm. Der Schlafmangel, seine Panik in der Nacht zuvor, und jetzt das – alles verschwor sich miteinander, und unversehens schrie er sie an wie ein Wahnsinniger.

»Du glaubst, *ich* habe etwas getan, ja? Na los, sag's schon. Ich seh's dir doch an! Mein Gott, all die Jahre warst du mit mir verheiratet, und da muss nur so ein ... so ein Wichser so etwas tun, und schon siehst du mich an, als hätte *ich* etwas verbrochen! Ich fasse es nicht ...« Das war irrational, aber diese Sache hatte ihn bis ins Mark erschüttert. »Du glaubst, ich habe letzte Nacht den Wagen besprüht, ist es das? Oder was? Dass es gegen *mich* gerichtet ist, weil ich ... weil *ich* jemanden ermordet habe?« Er sagte nicht *Emily*.

Auch Sarah wurde jetzt laut, aber aus Verzweiflung, nicht aus Wut.

»Jez, würdest du bitte aufhören, so zu schreien? Du bist paranoid. Ich glaube nichts dergleichen, also hör einfach auf damit! Hör auf, herumzubrüllen wie ein Irrer – es hilft nichts.«

Jeremy öffnete den Mund, um zu antworten, aber die Worte erstarben auf seinen Lippen. Jack war mit Lucy im Schlepptau um das Haus herumgekommen. Das Geschrei hatte sie beim Spielen gestört. Der Junge riss erschrocken die Augen auf und blickte zwischen seinen Eltern hin und her. Jeremy sah, wie er das Wort auf dem Wagen las und wie er blass wurde.

»Dad?« Es klang fragend.

Jeremys Wut verflog so schnell, wie sie gekommen war, und er merkte, dass er zitterte. Er zwang sich, mit fester Stimme zu sprechen.

»Alles okay, mein Junge. Kein Grund, dir Sorgen zu machen. Niemand ist verletzt oder so was. Irgendein Idiot hat den Wagen versaut, das ist alles. Deshalb der Lärm hier. Nimm deine Schwester, und geht zurück in den Garten. Wir sind hier gleich fertig.«

Er machte ein ratloses Gesicht. »Aber Dad, warum schreiben sie denn …?«

Sarah schaltete sich ein, ruhig und gefasst wie immer. Ihr Gleichmut war wiederhergestellt durch die Notwendigkeit, jede Aufregung für die Kinder zu begrenzen. »Das war ein Idiot, wie Dad gesagt hat. Sei ein braver Junge, Jack. Geh und beschäftige Lucy, bis wir das erledigt haben. Wir möchten sie nicht beunruhigen. Sie ist noch klein und wird das nicht verstehen.«

Wie immer war ihr Appell an seinen Status als Älterer erfolgreich. Er zögerte eine Sekunde und hatte noch eine Frage auf der Zunge, aber dann sah er Jeremys Blick und überlegte es sich anders.

»Komm, Luce, wir gehen fernsehen.«

Mit einem letzten wachsamen Blick auf seinen Vater nahm er seine Schwester bei der Hand und zog sie davon. In der Stille, die darauf folgte, atmete Jeremy ein paar Mal tief durch, bevor er sich wieder zu Sarah umdrehte.

»Ich wollte nicht schreien. Es tut mir leid. Es hat mich nur völlig unvorbereitet erwischt. Es fühlt sich so persönlich an, und wie du schon sagtest, es ist so bösartig. Ich verstehe ebenso wenig wie du, warum jemand so etwas schreibt.«

Ein Nachbar war vom Lärm angelockt aus dem Haus gekommen und starrte jetzt zu ihnen herüber, ein älterer Mann mit krummen Schultern und einem runzligen, wettergegerbten Gesicht. Jeremy sah den Kampf zwischen

Neugier und Sorge auf seinem Gesicht und spürte, wie seine Wut neu entbrannte. Sarah deutete hastig zum Haus.

»Lass es gut sein, Jez, bitte. Komm wieder ins Haus, und wir rufen die Polizei.«

16

Sie warteten auf eine Antwort, aber die Worte steckten in seiner Kehle fest. Der Polizist formulierte seine Frage noch einmal.

»Sie sagen also, Sie haben in der Nacht etwas gehört. Um welche Zeit wäre das gewesen, Sir?«

Jeremy zwang sich, ihn anzusehen und dabei ein offenes, neutrales Gesicht zu machen, denn in sein Verhalten hatte sich ungerechtfertigterweise etwas Ausweichendes eingeschlichen. Es war das Wort auf dem Wagen, das ihm Unbehagen bereitete: Irgendwie schien es auf eine unbekannte Schuld hinzudeuten. Ihm war, als sehe er diese Spekulationen auch im Blick des Polizisten, als wollte er fragen: *Warum genau dieses Wort?*

Er war ungefähr so alt wie Jeremy, aber schlanker und fitter. Das kommt von der ganzen Verbrecherjagd, dachte Jeremy. Bemerkenswerterweise hatte er deutlich weniger Haare, und Jeremy fuhr sich mit den Fingern durch seinen Haarschopf, eine ausladende Geste, die herabsetzend gemeint war. Er wusste, die Polizisten waren hier, um zu helfen, aber er empfand ihre Anwesenheit unbestimmt bedrohlich, als würde einer von ihnen plötzlich seine Handschellen herausreißen und ihm ein Verbrechen zur Last legen, von dem er nicht wusste, dass er es begangen hatte. Der andere Officer sprach kaum und machte sich nur ab und zu eine Notiz in seinem säuberlichen kleinen

Buch. Er war jünger und hatte ein frisches Gesicht mit der glänzenden, geschrubbt aussehenden Haut und dem rotblonden Haar eines Menschen, der Angst vor dem Sommer hatte.

»Das muss irgendwann gegen eins gewesen sein, glaube ich. Ich bin hinuntergegangen, um mich umzusehen, aber ich habe niemanden gefunden. Die Straße war leer, und ich habe auch niemanden gehört.«

»Und ist Ihnen da am Wagen etwas aufgefallen?«

»Nein. Es war ja dunkel, und ich war nicht sicher, ob ich wirklich etwas gehört hatte oder nicht. Ich habe mich im Garten umgesehen und die Straße entlanggeschaut, und dann bin ich wieder ins Bett gegangen.« Er erwähnte nicht, dass er danach noch einen Spaziergang gemacht hatte. »Ich habe wirklich nicht daran gedacht, mir den Wagen anzusehen. Ich hatte eher Angst, jemand könnte ins Haus einbrechen. Es hat ja eine Weile leer gestanden.«

Die Atmosphäre erinnerte an die Zeit nach Emily, als es im Haus tagaus, tagein von Polizisten gewimmelt hatte. Es waren keine uniformierten Beamten gewesen wie diese hier, sondern Kriminalpolizisten, in Zivilkleidung und ernst, und sie hatten Jeremy halb zu Tode geängstigt. Sie waren wachsam gewesen und hatten überall Böses gewittert, beunruhigt wegen des Umstands, dass Emily ohne ihre Schuhe gefunden worden war. Sie hatten jeden befragt, seine Familie und die Nachbarn, sogar seine Freunde. Niemand war ihnen entkommen – vielleicht mit Ausnahme eines Mörders.

Die Polizistin ließ sich in die Hocke sinken, um sich auf Augenhöhe mit ihm zu bringen. Er hörte das feuchte, feine Knacken ihres Knies, als es sich krümmte. Alle Geräusche im Raum waren zu laut, vom Geräusch seines Atems bis zum Rascheln der Kleidung seines Vaters, als er auf dem Sofa neben ihm zur Seite rutschte. Er wich seinem Blick aus und starrte stattdessen auf die schwindelerregenden Schleifen und Wirbel des Teppichmusters. Von dort wanderte sein Blick zu seinen Turnschuhen, die immer noch fleckig waren von Sumpfwasser und Schlamm, und sein Herz stolperte bang in seiner Brust.

»Ich will dir nur ein paar kurze Fragen wegen gestern stellen. Du brauchst keine Angst zu haben, und dein Dad wird die ganze Zeit hier bei dir sein.« Sie schaute seinen Vater an und lächelte beruhigend, und der Junge fühlte den festen Druck einer väterlichen Hand auf seiner Schulter.

»Ich möchte, dass du mir mit deinen eigenen Worten von gestern erzählst. Wo du mit deinen Freunden gewesen bist und was ihr alle getan habt.«

Ihm fiel auf, dass sie Emily nicht erwähnte, nicht einmal ihren Namen, und darüber war er froh.

Die Stimme der Polizistin klang freundlich und besaß eine sanfte schottische Melodie. Dadurch ermutigt, wagte er es, zu ihr aufzublicken. Sie hatte ein liebes Gesicht, ihr weiches braunes Haar war sehr kurz geschnitten, und die feinen Locken ließen ihn unversehens an die Kälbchen auf den Weiden denken, an die kleinen Wirbel über ihrer Stirn.

Er spürte, wie die Worte in seiner Kehle anschwollen. Es wäre so leicht, sie herauszulassen und alles in ihr sanftes, gütiges Gesicht zu sagen. Er ahnte die Erleichterung beim Reden, aber er wusste, er konnte nicht reden, er durfte es nicht. Er spürte den Druck der väterlichen Finger auf seiner Schulter, die harten Fingerkuppen an seinem Schlüsselbein, und er presste die Lippen fest zusammen.

»Ich muss ehrlich zu Ihnen sein, Sir. Die Chancen herauszufinden, wer das getan hat, sind mit allem, was Sie uns bisher erzählt haben, äußerst gering. Nahe null, genau gesagt, es sei denn, Sie können noch etwas hinzufügen, irgendetwas Konkreteres?«

Als Jeremy nicht antwortete, insistierte er: »Hat jemand einen Groll gegen Sie? Jemand aus dem Dorf, mit dem Sie mal aneinandergeraten sind?«

Jeremy ersparte es sich, die ältere Frau auf der High Street zu erwähnen. Es war sehr unwahrscheinlich, dass sie sich mitten in der Nacht in die Einfahrt geschlichen hatte, um seinen Wagen zu demolieren – obwohl, wenn er darüber nachdachte, schien sie ihm durchaus imstande zu sein, mit ihren fleischigen Händen eine Spraydose zu benutzen.

»O Gott, nein. So jemanden gibt es nicht. Wir sind doch erst seit dem Wochenende hier, und wir kennen überhaupt niemanden.« Er zögerte. »Na, wenigstens nicht aus letzter Zeit.«

Der Polizist sah ihm in die Augen. »Es scheint mir nur eine sehr gezielte Tat zu sein, und da frage ich mich, ob Sie sich vorstellen können, warum man Sie dafür auswählt und speziell dieses Wort auf Ihren Wagen schreibt. Ich suche einfach nach einem konkreten Anlass, der uns verraten könnte, wo wir anfangen sollen.«

Der Blick des Polizisten schien einen leisen Vorwurf zu enthalten, und es war nicht zu übersehen, dass sein Kollege auf seinem Stuhl hin und her rutschte, weil sein Interesse plötzlich geweckt war.

»Sie sagten ›aus letzter Zeit‹, Sir. Dann waren Sie also schon früher mal hier?«

»Hören Sie, ich war seit dreißig Jahren nicht in der

Gegend, aber dieses Haus hat ursprünglich meinem Onkel gehört, und wir ... meine Eltern und ich, wir waren früher immer im Sommer hier. Damals gab es eine Familientragödie. Meine« – seine Kehle verschloss sich vor den Worten, und er hustete, um sie frei zu bekommen – »Schwester ist in dem See im Wald ertrunken, als ich noch ein Kind war.« Er sah dem Polizisten in die Augen. »Die Umstände waren unklar, und es gab damals umfangreiche Ermittlungen. Ich kann höchstens annehmen, dass jemand sich daran erinnert oder davon gehört hat und meinte, das sei witzig.«

Etwas wie Mitgefühl ließ den Gesichtsausdruck des Polizisten milder werden. Vielleicht war ihm auch eine Sorge genommen worden.

»Sie können das überprüfen.« Jeremy hatte plötzlich das Bedürfnis, sie zu überzeugen. »Das steht alles in den Akten.«

Der jüngere Polizist kritzelte etwas in sein Notizbuch, und Jeremy sah sie vor sich, wie sie zum Revier zurückfuhren und eifrig in den alten Akten wühlten. Na, viel Glück dabei. Er hatte nie bewusst vertuscht, was damals passiert war, aber bei dem Gedanken, dass es jetzt ans Tageslicht gezerrt werden würde, fühlte er sich verwundbar. Unsicher. Vielleicht war ihr Mitgefühl ja von Zweifeln gefärbt, vielleicht fragten sie sich, ob unter seiner gutmütigen Erscheinung etwas wahrhaft Böses lauerte. Schweiß prickelte auf seiner Wirbelsäule, und er fühlte sich wieder merkwürdig durchtrieben. Seine Gesichtszüge bekamen etwas Hölzernes, der unschuldige Ausdruck verlor seine Überzeugungskraft, aber die Polizisten schienen nichts zu bemerken.

Sie stellten noch ein paar Detailfragen – mit wem die Familie gesprochen hatte, seit sie hier waren, wie lange sie voraussichtlich bleiben würden –, und dann machten sie

Fotos vom Wagen. Bevor sie sich verabschiedeten, gaben sie Jeremy eine Bearbeitungsnummer und das Versprechen, sich zu melden, wenn sich etwas ergäbe, aber beides weckte keine große Hoffnung. Er sah ihnen nach, als sie durch die Einfahrt zu ihrem Wagen gingen, und merkte, dass er den Atem anhielt.

Sarah war in der Küche und machte Kaffee, und Jeremy sah eine gewisse Anspannung in ihrer Haltung.

»Damit ist es entschieden. Wir fahren nach Hause. Ich habe schon gesagt, ich will nicht länger hierbleiben, und jetzt bin ich nicht einmal sicher, ob es nicht gefährlich wäre. Es muss etwas mit deiner Schwester zu tun haben. Warum sonst sollte jemand so etwas schreiben?« Eine leichte Angst lag in ihrer Stimme, aber auch ein Hauch Trotz. »Ungeachtet dessen, was du der Polizei erzählt hast, gibt es da draußen anscheinend tatsächlich jemanden, der etwas gegen dich hat, und die Tatsache, dass dieser Groll nach all den Jahren immer noch so stark ist, dass der Betreffende so etwas tut, ist ziemlich furchterregend.«

Als er nichts erwiderte, redete sie weiter. »Es ist unheimlich, und es ist bedrohlich, Jez, und das gefällt mir nicht. Wir müssen auch an die Kinder denken. Ich schätze, du hast Jacks verängstigtes Gesicht bemerkt. Er ist kein Baby, er hat gesehen, was sie da geschrieben haben und wie sehr es dich aufgeregt hat, und er wird anfangen, Fragen zu stellen.«

Jeremy sah, wie sie starrsinnig den Kiefer vorschob, und war plötzlich verärgert. »Herrgott, Sarah, wir haben doch letzte Nacht darüber gesprochen. Ich werde wegen dieser Sache jetzt kaum nach Hause flüchten. Du kannst nicht ernsthaft glauben, dass wir bedroht sind.«

»Es ist kein Flüchten, Jez. Es ist einfach vernünftig.«

»Das waren Kids, weiter nichts.«

»Das weißt du nicht. Es kann jeder hier gewesen sein.«

»Glaube ich nicht. Ich nehme an, es hat etwas mit diesen Frauen im Supermarkt zu tun. Ich kann mir genau vorstellen, wie Sal sie mit sämtlichen sogenannten Einzelheiten unterhält und einfach erfindet, was sie nicht weiß. Ich wette, dass ich hier auftauche, war das erste aufregende Ereignis seit Jahren für sie, und wahrscheinlich haben sie angefangen zu tratschen, kaum dass wir den Laden verlassen hatten. Da muss der dämlich aussehende Bengel, der bei ihnen war, nur ein einziges Wort zu seinen Freunden gesagt haben …«

»Aber woher sollten sie wissen, zu welchem Haus sie gehen mussten? Das ergibt doch keinen Sinn, Jez.«

Anscheinend ergab nichts von dem, was er in letzter Zeit sagte, für sie irgendeinen Sinn. »Natürlich tut es das. Sally wusste, wo mein Onkel wohnte, und Laura auch. Mein Gott, ich glaube, ich habe sogar gesagt, dass wir hier abgestiegen sind. Da muss man doch kein Genie sein. Jedenfalls kann ich mich an Sally erinnern. Sie kam mir immer ein bisschen grob vor, und deshalb hat sie wahrscheinlich genau die Sorte Gören, die so was tun würden.«

Er spürte, wie sein Eigensinn sich festbiss und sein Widerspruchsgeist sich durchsetzen wollte.

»Hör zu, Sarah, wir sind hier, um etwas zu erledigen, und ich fahre nicht nach Hause, bevor es erledigt ist. Wir haben das alles letzte Nacht besprochen, und im Grunde hat sich nichts geändert. Außerdem können wir mit dem Wagen so, wie er aussieht, kaum nach Hause fahren.«

Er sah ihr an, dass sie daran nicht gedacht hatte, also nutzte er seinen Vorteil.

»Mein Gott, Sarah, wir können doch nicht mit diesem Schriftzug durchs Land fahren – stell dir nur vor, wie die

Nachbarn reagieren werden. Ich sage dir was: Ich nehme Kontakt mit der Versicherung auf und sehe zu, dass die Sache in Ordnung gebracht wird, und dann buche ich uns für den Rest der Woche einen Leihwagen.«

Er redete auf sie ein und gab ihr keine Gelegenheit zu weiteren Einwänden, weil sein Ärger von einer wachsenden Aufregung verdrängt wurde. Es konnte ja der Versuch gewesen sein, ihn zu vertreiben, ihn nach Hause zu schicken, und das bedeutete vielleicht, dass jemand Angst hatte vor dem, was er wissen könnte. Ihm schwirrte der Kopf angesichts der Möglichkeit, der Wahrheit endlich so nah zu sein, und er übersah – oder leugnete – dabei die Möglichkeit, dass jemand wusste, was er *getan* hatte.

»Und wenn Jack Fragen stellt, dann rede ich mit ihm, okay? Nicht mit Lucy, die ist zu klein, aber Jack ist alt genug, um es zu verstehen.«

In Sarahs Blick lag scharfkantige Resignation. »Du willst wirklich weitermachen, ja? Es ist egal, was ich denke – du willst es wirklich auf die Spitze treiben.«

Sie hatte recht, das wollte er.

Jeremy ging mit seinem Kaffee ins Wohnzimmer, um zu schmollen und zu sehen, ob sich im Internet ein Tipp fand, wie sie die Schrift auf dem Wagen entfernen oder zumindest ein bisschen weniger auffällig machen konnten.

Dann rief er zu Sarah hinüber: »Hast du einen azetonfreien Nagellackentferner?«

»Nicht hier. Warum?«

»Hier steht, damit kann man manchmal Sprühfarbe entfernen. Das will ich ausprobieren. So könnten wir den Wagen wenigstens benutzen, bis die Versicherung eine Regelung gefunden hat.«

Er dachte an ihre Sorge um die Kinder und ihren

Wunsch, nach Hause zu fahren, und er sah, um wie viel einfacher die Suche nach Ben ihm fallen würde, wenn seine Familie nicht mehr hier wäre.

»Wenn ich es gut genug hinbekomme, könntest du vielleicht mit den Kindern schon mal nach Hause fahren. Vielleicht wäre es einfacher, den Fall mit der Versicherung vor Ort zu klären.«

Sie erschien in der Tür, und eine tiefe Falte stand zwischen ihren Augenbrauen. »Was – und du bleibst allein hier?«

»Warum nicht? Du hattest recht, Jack sah wirklich ein bisschen verstört aus, und das möchte ich nicht. Außerdem sind wir hier bald fertig. Außer den Sachen, die wir benutzen, ist nicht mehr viel da. Also muss ich eigentlich nur noch das Zeug auf dem Dachboden durchsehen.«

»Aber Jez, warum willst du nicht einfach alles herunterholen und es der Entrümpelungsfirma überlassen, sich darum zu kümmern? Gebucht habe ich sie schon, und wenn ich den Termin auf morgen vorverlegen kann, könntest du mit uns zusammen zurückfahren.«

Sie kam zu ihm und legte ihm eine Hand auf den Kopf. Er bemerkte das winzige Innehalten zwischen der Armbewegung und der eigentlichen Berührung seines Kopfes.

»Komm, wir können die Schlüssel beim Makler abgeben und alles per Telefon und E-Mail regeln.«

Sie fuhr ihm mit der Hand durchs Haar, eine gezielte Gebärde, die ihr vorheriges Zögern vertreiben sollte.

»Vielleicht habe ich gestern Nacht ein bisschen überreagiert, aber die Vorstellung, dich allein hierzulassen, gefällt mir nicht.«

»Sarah, ich will Onkel Ians Sachen nicht einfach komplett wegwerfen. Es ist schwer zu erklären, aber ich finde, ich bin ihm etwas schuldig, weil er in meinen wenigen glücklichen Erinnerungen eine wichtige Rolle gespielt hat. Hör zu, ich *will* es gern tun, aber es ist sinnlos, dass du mit den Kindern deshalb auch hierbleibst. Ich komme zurecht. Ehrlich gesagt glaube ich, es wird mir sogar guttun.«

Sie setzte sich auf seine Sessellehne. »Ich verstehe nicht, wieso dir das so wichtig ist. Du bist doch sonst nicht so sentimental.«

Er zog sie zu sich auf seinen Schoß. »Es ist einfach so, okay? Die Rückkehr hierher hat mich dazu gebracht, an Leute zu denken, an die ich jahrelang keinen Gedanken mehr verschwendet habe. Das waren Leute, die mich geliebt haben, gute Freunde, und ich habe meine Erinnerung an sie einfach weggesperrt.«

Gute Freunde, die vielleicht den Schlüssel zur Vergangenheit besaßen. Plötzlich war es enorm wichtig, diese Zeit für sich zu haben.

»Wenn ich einen klaren Kopf bekommen will, muss ich, glaube ich, anfangen, mich den Dingen zu stellen. Es könnte so eine Art Katharsis sein. Ich habe das Gefühl, dass es mir helfen wird, einen Abschluss zu finden.«

Er wusste, so etwas gefiel ihr, und obwohl er sie damit manipulieren wollte, war es doch auch die Wahrheit. Es war tatsächlich nötig, dass er ein wenig Zeit mit der Vergangenheit verbrachte. »Schau, wir wissen beide, dass ich mich in letzter Zeit manchmal benommen habe wie ein Schwein. Ich habe dir erklärt, warum, aber das ist keine Entschuldigung. Auf diese Weise habe ich ein bisschen Zeit für mich, um einiges zu durchdenken und meinen Kopf zu sortieren.«

»Ich weiß nicht, Jez …«

Jeremy erwärmte sich immer mehr für den Gedanken,

sie zur Abreise zu bringen, koste es, was es wolle. »Ich sag dir was. Warum nimmst du nicht die Kinder und verbringst drei Tage bei deinen Eltern. Die werden begeistert sein, und auf diese Weise bist du nicht so weit weg von hier. Es wird dir die weite Fahrt nach Hause ersparen, und am Wochenende kannst du zurückkommen und mich abholen. Morgen ist Mittwoch. Ich hätte drei Tage Zeit, um hier alles zu erledigen, und dann sind wir fertig.«

Sarah zögerte. Der Gedanke, ein paar Tage bei ihren Eltern zu verbringen, hatte einen gewissen Reiz. »Aber was ist mit dem Wagen?«

»Mal sehen, ob ich das Schlimmste beseitigen kann. Wenn wir wieder zu Hause sind, können wir ihn richtig in Ordnung bringen lassen. Und hey, wenn doch noch etwas passieren sollte oder wenn ich mich in irgendeiner Hinsicht nicht gut fühle, dann rufe ich dich an, und du kommst mich abholen. Versprochen.«

»Okay, wenn du sicher bist ... Gut, es sind ja nur zwei Tage, und es wäre schön, Mum und Dad zu sehen.« Entschlossen stand sie auf. »Ich sollte Mum anrufen und fragen, ob es okay ist, aber es klingt nach einem guten Plan.«

Sie machte sich auf die Suche nach ihrem Telefon, und ihn durchflutete eine Woge der Erleichterung.

Ein kurzer Trab in die Drogerie, und er hatte gefunden, was er suchte. Jetzt warf er einen letzten Blick auf sein Werk. Noch immer zog sich ein stumpfer Streifen über die Seite des Wagens, aber das gehässige Wort war nicht mehr lesbar. Das Fahrerfenster schnurrte herunter, und Sarah schaute ihn an, und in ihrem Blick flackerten Zweifel und ein Hauch von Erleichterung. Er hatte sie überredet, noch an diesem Nachmittag abzureisen, und wollte nicht, dass sie es sich noch einmal anders überlegte. Zwei Stunden Autofahrt, und sie wären wohlbehalten im Haus ihrer Eltern. Barbara hätte den Tee auf dem Tisch, und die beiden Kinder wären zu ihrer gewohnten Schlafenszeit im Bett. Er versuchte sich einzureden, dass er nur ihr Bestes im Sinn hatte.

»Bist du sicher, dass du nicht aus irgendeinem Grund versuchst, mich loszuwerden?« Forschend schaute sie ihm ins Gesicht, ohne genau zu wissen, wonach sie suchte. »Du warst noch nie so erpicht darauf, mich von hinten zu sehen.«

Er beugte sich ins Fenster und gab ihr einen Kuss. Sie zuckte kurz zurück, aber er maß dem lieber keine Bedeutung zu.

»Sei nicht albern. Natürlich nicht. Ich habe dich gern bei mir. Ich dachte nur, es wäre nett für dich und die Kinder, ein bisschen Zeit mit deinen Eltern zu verbringen. Das ist alles, und es erspart uns die Umstände mit dem Abendessen.«

Er fragte sich, wonach ihr prüfender Blick suchte.

»Ich komme zurecht. Vergiss nicht, was ich dir gesagt habe. Ich versprech's dir.«

Er trat vom Wagen zurück und warf den Kindern eine letzte Kusshand zu. »Fahr vorsichtig, Schatz, und ihr zwei seid brav bei Grandma und Grandpa. Ich hab euch sehr lieb.«

Sie fuhr rückwärts aus der Einfahrt, und er winkte, bis der Wagen am Ende der Straße abbog und verschwand. Einen Moment lang blieb er stehen. Es dämmerte sanft, und er fühlte sich seltsam betrübt, aber auch erleichtert. Entschlossen vergrub er die Erinnerung an den Zweifel in Sarahs Blick.

17

Geduscht und in Jeans und einem sauberen Hemd, betrachtete Jeremy sich im Spiegel. Seine gleichmäßigen Gesichtszüge waren nicht wirklich gutaussehend, aber doch fast; es fehlte ihnen vermutlich nur das gewisse gewinnende Funkeln. Freundlich, wenn auch ein wenig nichtssagend, war es sicher nicht das Gesicht eines Mörders. Er atmete zweimal tief durch und bemühte sich, das Wort aus seinen Gedanken zu vertreiben. Es beunruhigte ihn auf einer sehr viel tieferen Ebene als die bloße Verunstaltung seines Wagens. Sein Gehirn hatte den Rückstand aufgeholt, und jetzt fragte er sich unwillkürlich, ob der Täter es getan hatte, weil er selbst etwas wusste oder weil er vermutete, dass Jeremy etwas wusste. Kopfschüttelnd wandte er sich von den schuldbewussten Augen ab, die ihm aus dem Spiegel entgegenstarrten. Er nahm Brieftasche und Hausschlüssel an sich und machte sich auf den Weg zum Pub. Seine Mission war es jetzt, Mark McLeish zu finden.

Im Swan gab es von montags bis donnerstags zwischen sechs und acht eine Happy Hour, und sie lockte mehr Gäste an, als er beim letzten Mal zur Mittagszeit angetroffen hatte. Derselbe alternde Hipster stand hinter dem Tresen, diesmal in Gesellschaft einer klapperdürren Frau mit schwarz glänzendem Haar. Jeremy schob sich durch das bunte Gedränge der überwiegend männlichen Gäste und begrüßte sie mit einem Lächeln.

»Was soll's denn sein, Herzchen?«, fragte sie, und er entschied sich für ein Pint Lager, bevor er sich umdrehte und den Blick durch das Lokal schweifen ließ. Die Beleuchtung war zu einem milden Dämmerlicht herabgedimmt, das die Schäbigkeit des helllichten Tages überdeckte und die Trinkenden leuchten ließ, wodurch die Illusion entstand, dies sei tatsächlich eine seltene Stunde des sorgenfreien Glücks.

Niemand weckte auch nur ein leises Flackern des Wiedererkennens, und niemand warf Jeremy mehr als einen flüchtigen Blick zu. Die Schankstube war fast voll, hauptsächlich von Angestellten nach Feierabend, Gruppen von Männern und Frauen, die über die Vorkommnisse des Tages schwatzten, aber es waren auch genug einzelne Trinker da, um Jeremys Status als Solitär nicht auffällig zu machen. Auch sie waren hauptsächlich Männer, die entweder kein Zuhause hatten oder eins, das sie gern so lange wie möglich mieden, und die hier mit toten Augen in ihr Glas stierten. Jeremy nahm sein Bier und fand einen freien Tisch am Fenster. Von hier aus konnte er den Raum gut überblicken und das Kommen und Gehen im Auge behalten. Ein Schild über einer Tür am Ende der Theke bezeichnete den Bereich dahinter als *Saloon*, was sehr nach Wildwest klang, aber er ahnte, dass Mark McLeish lieber im Schankraum sitzen würde. Also blieb er, wo er war.

Er trank einen Schluck, und das eiskalte Bier fand den Weg durch seine Kehle, während er sich auf seinem Stuhl entspannte. Einen Moment später sah er ihn: Mark McLeish. Er mochte gerade sechzehn gewesen sein, als Jeremy ihn zuletzt gesehen hatte, aber er erkannte ihn sofort, obwohl er jetzt größer war, muskulös, fit und mit tätowierten Unterarmen. Etwas in seiner Haltung und seinem energischen Kinn ließ die Jahre von ihm abfallen, erinnerte an den Jungen von damals. Er war in Gesellschaft einer kleinen Gruppe von Männern, die aussahen wie Bau- oder Landarbeiter, und Jeremy spürte, dass er das Alphamännchen war. Es lag an seiner trägen, selbstbewussten Haltung und an der Art, wie er die ganze Zeit redete, während die anderen zuhörten. Er lehnte mit dem Rücken an der Bar, und sein ausdrucksloser Blick huschte im Raum umher und über Jeremy hinweg, desinteressiert und ohne ihn zu erkennen. Der wachsame Gestus, den er als Junge an den Tag gelegt hatte, war verschwunden, ersetzt durch die entspannte Energie eines Mannes, der sich in seiner Haut wohlfühlte. Jeremy hatte gehofft, erkannt zu werden – das hätte es sehr viel leichter gemacht, ein Gespräch anzufangen –, aber Marks Aufmerksamkeit war zum Kreis seiner Freunde zurückgekehrt. Also trank er noch einen Schluck Bier und dachte über seinen nächsten Schritt nach. Dabei spürte er eine Anwandlung von Bangigkeit, ein Überbleibsel aus der Kindheit.

Er nahm sein Glas, stand auf und schlenderte hinüber zu der Gruppe. Unter dem Vorwand, eine Tüte Erdnüsse zu ordern, winkte er dem Barmann. Er wollte den Eindruck erwecken, als wäre das, was als Nächstes passierte – was immer es sein mochte –, nur eine Zufallsbegegnung. Es sollte nicht so aussehen, als wäre er auf der Suche nach Ben. Er warf einen Blick hinüber zu der Gruppe und schaute Mark an.

»Du lieber Gott! Du bist Mark, oder? Mark McLeish?«

Die Gruppe verstummte, und er verspürte ein erwartungsvolles Kribbeln auf der Haut.

»Wer will das wissen?«, erwiderte Mark und klang dabei unbestimmt aggressiv. Er musterte Jeremy wohlwollend und mit einem leisen Lächeln auf den Lippen, aber seine

Augen straften den freundlichen Gesichtsausdruck Lügen. Er war nicht offen feindselig, aber in seinem Blick lauerte etwas Drohendes, und Jeremy dachte beunruhigt, dass jemand, der diesem Mann ans Leder wollte oder ihn auch nur auf irgendeine Weise verärgerte, mit schneller und brutaler Vergeltung zu rechnen hätte. Mark brauchte niemanden zu schikanieren oder sich aufzuplustern, weil alle Welt wusste, dass man sich mit ihm besser nicht anlegte. Plötzlich weiteten sich Marks Pupillen, und für den Bruchteil einer Sekunde sah Jeremy etwas, das überraschende Ähnlichkeit mit Angst hatte. Doch bevor er ihm einen Namen geben konnte, war es wieder verschwunden, und stattdessen ging das ruhige Licht des Wiedererkennens auf.

»Ja leck mich! Jay Horton! Laura hat erzählt, dass sie dich gesehen hätte, aber ich konnte es nicht ganz glauben. Kam mir verrückt vor, dass du noch einmal einen Fuß in dieses Dorf setzen solltest, aber anscheinend hab ich mich ausnahmsweise geirrt.« Spöttisch musterte er Jeremy von Kopf bis Fuß. »Hey, du bist aber groß geworden.«

Jemand in seiner Gruppe kicherte, ein großer, streitsüchtig aussehender Mann mit kalten, hellen Augen, und Jeremy ärgerte sich ein bisschen über Marks Benehmen. Sein Gegenüber wollte ihn klein aussehen lassen und ihn dazu bringen, sich zu fühlen, wie er sich als Kind gefühlt hatte. Wahrscheinlich hatte er Jeremys Unsicherheit damals gespürt, seine unterschwellige Angst. Aus irgendeinem Grund spielte er jetzt darauf an, auch wenn das keinen Sinn ergab. Sie hatten nie Streit oder andere Probleme miteinander gehabt. Die meiste Zeit war Jeremy in der Bedeutungslosigkeit verharrt, ein Kind, von dem Mark nie Notiz genommen hatte. Er beschloss, diese Bemerkung zu ignorieren, und bemühte sich, ein entsprechendes Gesicht zu machen.

»Ja, anscheinend hast du dich geirrt, und tatsächlich ist es ein Glück, dass ich dich hier treffe. Ich hatte auf eine Gelegenheit gehofft, mich mit Ben zu unterhalten, wenn ich einmal hier bin. Du weißt nicht zufällig, wo ich ihn finde?«

Für einen Moment verschärfte sich die bedrohliche Stimmung noch. Ein paar der Männer scharrten mit den Füßen, und sie alle wirkten wachsamer als zuvor. Einer von ihnen wippte sogar auf den Zehenballen, und Jeremy wich vor seinem unverhohlen aggressiven Blick zurück. Verstohlen suchte er im Gesicht des Mannes auf einen Hinweis darauf, dass sie sich damals gekannt hatten. Mark streckte beruhigend eine Hand aus, und der Mann zog sich in die Gruppe zurück, ohne Jeremy aus den Augen zu lassen.

»Und warum willst du das?«

»Na, falls er noch hier ist, dachte ich, es wäre doch schön, ihm mal guten Tag zu sagen. Das ist alles.«

Mark grinste wie ein Wolf. »Und warum, glaubst du, sollte Ben mit dir reden wollen?«

Der mit den kalten Augen kicherte wieder und entblößte dabei eine ungleichmäßige Reihe kleiner Zähne. Jeremy war nicht dumm. Er wusste, was Mark hier tat: Er verwandelte absichtlich alles, was er sagte, in eine Frage, um ihn in die Defensive zu bringen und lächerlich zu machen. Nur warum, war ihm nicht klar – es sei denn, Mark wollte sich größer fühlen, als er war. Ärger köchelte in ihm herauf, und plötzlich war es ihm egal, dass der andere wahrscheinlich fitter und stärker war als er und seine Neandertaler-Truppe bei sich hatte. Der Kerl hatte keinen Grund für dieses Benehmen, und er selbst hatte keinen Grund, es einfach so zu akzeptieren.

»Wie ich sehe, haben sich ein paar Dinge hier nicht geändert. Du warst immer schon ein ziemliches Arschloch.«

Der Kreis der Männer schnappte nach Luft, und Jeremy sah, dass Mark rot anlief. Er machte sich auf einen Angriff gefasst, aber stattdessen lachte Mark und entspannte die Situation.

»Hoo, ganz ruhig, Tiger. Ich hab nur Spaß gemacht und dich ein bisschen verarscht, aber um ehrlich zu sein, es überrascht mich tatsächlich, dass du jetzt Kontakt mit ihm aufnehmen willst. Nach – ja, wie viel? – nach über dreißig Jahren?« Er klang plötzlich vorwurfsvoll. »Er hat dich geliebt, Alter. Er konnte es nicht erwarten, dass du im Sommer hier anrollst, und dann hast du dich auf deine Nobelschule da verpisst, und er hat nie wieder ein Wort von dir gehört. Vielleicht bin ich ja ein Arschloch, aber ein gedankenloses Schwein bin ich nicht.« Er tat, als müsse er nachdenken. »Oder hattest du vielleicht einen guten Grund, dich bedeckt zu halten?«

Jeremy war erstaunt, dass ein Groll aus Kindertagen immer noch so sehr schmerzen sollte, dass er nach all den Jahren eine Erwähnung wert war. Außerdem war es so nicht gewesen. Damals hatte es kein Internet gegeben, keine Handys, keine SMS, kein WhatsApp. So was wie Chatten kannten sie damals noch gar nicht, und wenn, hätte er es bestimmt nicht gedurft. Nein, es war ganz sicher keine Absicht gewesen. Er hatte vor Angst den Verstand verloren und war außerstande gewesen, an diesen Ort oder die Leute hier auch nur zu denken. Außerdem war er Mark bestimmt keine Rechenschaft schuldig. Er öffnete den Mund, um ihm das zu sagen, aber in diesem Moment kam eine lärmende Gruppe von Frauen zur Tür herein. Jeremy hörte einen von Marks Freunden leise aufstöhnen.

Mark wandte sich grinsend an den Mann. »Ist das deine Alte, Steve? Sieht nach *game over* für dich aus, Kumpel.«

Jeremy schaute zu den Frauen hinüber und sah, dass Laura unter ihnen war. Zu seiner eigenen Überraschung war er enttäuscht darüber, dass sie mit einem dieser Idioten hier verheiratet sein sollte. Sie kam auf sie zu, und als sie vor ihnen stand, erkannte er erleichtert, dass sie mit Mark sprechen wollte, nicht mit einem der anderen. Ihr Blick ging von Mark zu Jeremy, und sie runzelte die Stirn.

»Hallo, Mark, Jay.«

»Hi, Laura.«

Sie sah ihren Bruder an. »Und, glaubst du mir jetzt?«

»Geglaubt hab ich dir eh schon. Ich konnte es nur nicht fassen, dass er nach all den Jahren wieder hier aufkreuzt – nach allem, was passiert ist. Ich hatte den Jungs hier gerade erzählt …«

»Lass es gut sein, Mark.« Ihre Stimme bekam einen warnenden Unterton, den Jeremy nicht verstand.

Sie sah ihn an. »Er ist dir hoffentlich nicht auf die Nerven gegangen?«

Er setzte zu einer Antwort an, aber offenbar las sie bereits etwas in seinem Gesicht, denn sie wandte sich wieder ihrem Bruder zu, bevor er auch nur ein Wort über die Lippen gebracht hatte. »Was hast du ihm gesagt, Mark? Ich dachte, du hättest inzwischen gelernt, die Klappe zu halten.«

»Was denn?«, sagte er mit gespielter Empörung. »Ich habe nichts getan. Ich schwöre bei Gott, wir haben kaum zwei Worte gewechselt, bevor ihr hereingekommen seid.«

Sie funkelte ihn an, und er hob beide Hände. »Mein Gott, Laura, gib schon Ruhe.« Er sah Jeremy verschwörerisch an. »Was ist das nur mit kleinen Schwestern, hm? Immer sitzt sie mir im Nacken. Du kannst von Glück sagen, Alter, glaub's mir.«

Er sah, wie Jeremy zusammenzuckte, und ruderte zerknirscht zurück. »Scheiße. Alter, es tut mir leid. Gott, ich bin ein Idiot. Manchmal kann ich mein verdammtes Maul echt nicht halten …«

Sein Gesicht war beschämt, sein Blick voller Unschuld, aber Jeremy konnte trotzdem nicht recht glauben, dass er sich einfach so verplappert hatte. Er wollte reagieren, wollte schreien und toben, aber er hatte den Verdacht, dass Mark es genau darauf abgesehen hatte. Also hielt er den Mund. Er sah das nackte Entsetzen in Lauras Gesicht, und eine Woge der Zuneigung zu ihr überkam ihn. Er würde sie nicht in Verlegenheit bringen und alles noch schlimmer machen. Darüber war er erhaben.

Mark wandte sich wieder seinen Freunden zu. »Kommt, Jungs, wir gehen ein Haus weiter. Hat keinen Sinn hierzubleiben, wenn die Mädels da sind.«

Er stieß sich von der Theke ab, und die anderen trotteten hinter ihm her. Zurück blieb nur ein verlegenes Schweigen.

Jeremy beendete es. »Mein Gott, was war denn das?«

Laura legte ihm sanft eine Hand auf den Arm, und er spürte ihre Wärme durch den Ärmel.

»Entschuldige. Kümmere dich nicht um Mark. Er hat manchmal Probleme mit der Aggressionsbewältigung, das ist alles.«

»Wem sagst du das? Ich habe ihn nur nach Ben gefragt, und schon geht er durch die Decke.«

»Achte nicht darauf, er meint es nicht so. Im Grunde seines Herzens ist er ein guter Kerl. Er hat immer auf Ben und mich aufgepasst, uns beschützt und so, aber mit der Zeit ist er immer wütender geworden und feindselig gegen jeden. Er war dann Soldat in Afghanistan, und ich glaube, dadurch ist es nur noch schlimmer geworden. Seit er vom Militär weg ist, kommt er nicht mehr richtig zur Ruhe. Ziemlich traurig.« Mit einer geringschätzigen Kopfbewegung deutete sie zur Tür. »Ein paar der Typen, mit denen er sich herumtreibt, machen die Sache auch nicht gerade besser. Wie die von eben, zum Beispiel. Drei von denen sind aus dem Dorf, aber der vierte ist mit ihm vom Militär zurückgekommen, und der ist ein absoluter Gorilla.«

Jeremy nahm an, dass sie von dem grinsenden Arschloch mit den winzigen Zähnen redete. Er hatte ausgesehen, als ob er irgendjemanden oder irgendetwas verletzen wollte.

Sie seufzte. »Ach, keine Ahnung. Mark hat eine Frau, die nicht mehr mit ihm spricht, und zwei reizende Kinder, die er kaum noch sieht. Anscheinend ist bei ihm alles schiefgegangen.«

Jeremy hatte das Gefühl, er sollte irgendetwas antworten, aber das Mitleid für Mark ging ihm ab.

Laura schien es nicht zu bemerken. »Er hat ein schönes Haus, das er immer noch abbezahlt, wann immer er kann, aber da wohnt er nicht. Im Moment ist er draußen auf einem der Höfe. Erinnerst du dich an Blundell, an der Hauptstraße? Tja, da hat er eine Wohnung. Anscheinend bekommt er nichts so richtig auf die Kette. In den letzten paar Jahren hat er nur noch Gelegenheitsarbeiten gemacht. Sich rumgetrieben.«

Er sah, dass ihre Freundinnen bereits Gläser in den Händen hielten und sie anscheinend übergangen hatten. »Hey, möchtest du etwas trinken oder sonst was?«

»Das wäre nett. Ich nehme einen Gin Tonic, danke.« Sie zeigte hinter die Theke. »Tanqueray, bitte.«

Während sie auf ihren Drink warteten, drang ihm ihr

Parfüm ins Bewusstsein. Es war dunkel und erdig, ganz anders als die floralen Noten, die seine Frau trug. Bei dem Gedanken an Sarah bekam er Gewissensbisse, weil er überhaupt so etwas bemerkte, und er versuchte, seine Nase vor dem verlockenden Duft zu verschließen.

»Bitte sehr.«

Er reichte ihr den Gin Tonic, und bernsteingoldene Augen schauten ihn an. Er spürte das Wispern der Versuchung, heimtückisch und tödlich.

»Danke, Jay«, sagte sie, und das verstärkte das Gefühl noch.

Sein alter Name aus ihrem Mund bewirkte, dass etwas kribbelnd über seinen Rücken lief. Sein Blick fiel auf den Schwung ihrer Lippen und die Sommersprossen auf ihrer Nase. Wenn er auch nur einen Hauch von Verstand hätte, würde er nach Hause gehen, aber er wollte Ben finden, das war seine Ausrede, und daran hielt er sich. Eine warnende Flagge flatterte tief in seinem Magen – zumindest hoffte er, dass es eine war –, aber er ignorierte sie, und als Laura vorschlug, sich an einen Tisch zu setzen, folgte er ihr bereitwillig. Die Happy Hour war inzwischen zu Ende, und etliche Gäste waren gegangen. Andere hatten sich für den Abend niedergelassen, und ihre Ausgelassenheit versickerte langsam.

»Willst du nicht bei deinen Freundinnen sein?«, fragte er.

Sie schüttelte den Kopf, ihre braunen Locken wippten, und er merkte, dass er froh darüber war. »Eigentlich nicht. Mit denen kann ich jederzeit trinken, aber ich habe nicht oft Gelegenheit, mit Jay Horton am Tisch zu sitzen.« Sie lächelte ihn an. »Mein Gott, als kleines Mädchen war ich total in dich verknallt.«

Aargh! Nicht erzählen. Das wollte er gar nicht wissen.

»Aber da warst du auch erst … wie alt? Neun?«

»Und? So ein Altersunterschied kann durchaus attraktiv sein.« Sie grinste, und in seinem Magen flatterte es wieder. »Du hast immer ein bisschen traurig ausgesehen, weißt du? Unter der Oberfläche. Schon vor deiner Schwester war da diese leichte Traurigkeit, und deshalb wollte ich auf dich achtgeben.« Für einen Moment wirkte sie melancholisch. »Ich glaube, ich habe es damals schon erkannt, wenn ich jetzt zurückblicke.«

Er war überrascht von einer so tiefen Einsicht bei einem so jungen Menschen, und plötzlich erinnerte er sich daran, wie sie seine Hand genommen hatte. Ihre heiße kleine Hand in seiner.

Er lächelte sie an. »Du hast noch mal Glück gehabt. Ich wäre eine große Enttäuschung geworden. Traurigkeit wird nach einiger Zeit öde – da kannst du meine Frau fragen.«

»Oh, dann bist du verheiratet?« Das Bedauern in ihrer Stimme bildete er sich hoffentlich nur ein.

»Ja, ich bin mit Sarah verheiratet, und wir haben zwei Kinder, Jack und Lucy.« Das wollte er loswerden, für alle Fälle. »Wir sind wirklich glücklich.«

Er wusste nicht genau, warum er es nötig fand, den emotionalen Status seiner Ehe zu bestätigen, und fragte sich, wen er hier überzeugen wollte. Nervös plapperte er weiter über Zeug, das sie nicht zu wissen brauchte.

»Im Moment leben wir in London, aber vielleicht wagen wir noch mal eine Veränderung, wenn Mums Erbe geregelt ist. Seit wir wieder hier sind, frage ich mich, ob es uns auf dem Land vielleicht besser gehen würde. Mehr frische Luft, mehr Platz. Gesünder für die Kinder, weißt du? London ist toll, wenn man solo oder auch zu zweit ist, aber wenn man eine Familie hat, verliert es ein wenig von seinem Reiz. Wenn man nicht mehr so oft ausgehen kann und so weiter …«

Er hielt inne, von sich selbst gelangweilt, und es folgte ein verlegenes Schweigen. Vermutlich hatte dieses Juwel von einer Konversation noch den letzten Rest ihrer Kindheitsliebe abgewürgt.

»Cool.«

Es war still, vermutlich, weil sie seine Attraktivität neu einstufte.

»Und bei dir? Bist du verheiratet? Kinder?«

»Nein und nein.« Er zog überrascht die Brauen hoch, und sie wurde ein bisschen rot. »Ich habe nie den Richtigen kennengelernt, nehme ich an.«

Es war schwer vorstellbar, dass es hier draußen nie jemanden für sie gegeben haben sollte. Als er sah, wie ihre Hand das Glas in einem zermalmenden Griff umklammerte, vermutete er, dass es da doch irgendwo eine Geschichte gab. Aber es war nicht seine Art, gefährliches Terrain zu erkunden. Rasch wechselte er das Thema.

»Und euer Dad? Ist der noch da?«

Sie nippte und nahm einen Schluck von ihrem Drink. »Jep, der alte Drecksack schnappt immer noch nach Luft. Leider.«

Eine dunkle Wolke zog über ihr Gesicht, und ihre Stimme bekam einen giftigen Ton. Jeremy hatte ihren Vater immer so sympathisch gefunden, daher fiel es ihm schwer, ihre Reaktion zu verstehen.

»Wow, ich habe deinen Dad echt gemocht. Er war so lustig und ganz anders als meiner. Ich war ein bisschen neidisch, um ehrlich zu sein.«

Sie schnaubte in ihr Glas. »O Gott, sei vorsichtig mit dem, was du dir wünschst. Es gab nicht nur Spaß und Eis am Stiel, das kann ich dir sagen. Komisch, ich habe dich immer um *deinen* Dad beneidet. Er war so freundlich und sanft, verglichen mit unserem.«

»Das war er sicherlich.«

Er sah das Gesicht seines Vaters vor sich, und eine Welle der Melancholie überrollte ihn. Er war zu sanft gewesen, sein Vater. Zu freundlich, um vor seiner Frau zu bestehen, dem Drachen, dessen Anwesenheit bis heute spürbar war.

»Es hat mir so leidgetan, von deiner Mum zu hören, Jay. Ich war zu klein, um sie persönlich gut zu kennen, aber ich weiß noch, wie hinreißend sie immer aussah. Gott, dieses Haar! Meine Mutter habe ich nie wirklich gekannt – ich war erst drei, als sie starb –, aber als Kind habe ich mir immer vorgestellt, dass sie ausgesehen hat wie deine Mum.«

Na, viel Glück damit. »Sei vorsichtig mit dem, was du dir wünschst«, wiederholte er. »In ihrem Fall reichte die Schönheit nicht bis unter die Haut.«

Ihm war bewusst, dass seine eigene Bitterkeit sich in seine Stimme schlich, deshalb wechselte er das Thema. Er wollte mehr über sie wissen, vielleicht in einer Weise, die sich für einen so glücklich verheirateten Mann nicht gehörte.

»Und wo wohnt dein Dad jetzt? Der Verkauf des Hofes muss ihm ja eine ordentliche Summe eingebracht haben.«

»Es ging. Nicht so viel, wie möglich gewesen wäre, weil er einen Teil der Wiesen bereits als landwirtschaftlich nutzbares Land verkauft hatte. Als dann die Planer anrückten, erkannte er seinen Fehler und wurde ein bisschen klüger. Mit dem Wohnhaus und dem verbliebenen Land ist er jedenfalls schlauer umgegangen.« Sie schüttelte bedauernd den Kopf. »Der alte Trottel hat eine Menge verschleudert, als er jünger war, mit schicken Autos und so weiter, und natürlich hat er immer gern getrunken und auf Pferde gewettet. Hat im Laufe der Jahre eine Menge Geld mit den Gäulen verloren, aber zumindest hat es noch für eins dieser Senioren-Luxusapartments in der ehemaligen Molkerei gereicht. Da ist er immer noch und lebt wie Gott in Frankreich.«

Jetzt glaubte er, ihre Verbitterung zu verstehen, und war ein bisschen enttäuscht, weil es anscheinend um Geld ging. Trotzdem spürte er immer noch die gefährliche Anziehungskraft einer verwandten Seele und wich ihrem Blick aus, der ihn bis in sein Innerstes durchdrang.

»Gott, es tut so gut, dich wiederzusehen, Jay. Ich habe viel an dich gedacht, seit ich dich vorgestern gesehen habe – an das, was passiert ist, und so weiter, und ich bin froh, dass du heute Abend hier bist. Bisher hatten wir keine richtige Gelegenheit, miteinander zu reden.«

Sie saßen einen Moment lang schweigend da. Es war kein verlegenes Schweigen, sondern ein seltsam vertrautes, als hätte er Laura sein Leben lang gekannt.

Ihn überkam ein schlechtes Gewissen, obwohl er nichts Unrechtes tat – und niemals, niemals tun würde. Verheiratet zu sein und jemanden von ganzem Herzen zu lieben hinderte einen nicht daran, sich zu jemand anderem hingezogen zu fühlen, aber hoffentlich daran, dieser Anziehungskraft zu folgen.

Er ging zum Tresen, um noch eine Runde zu bestellen, und lehnte Lauras Angebot ab, die Rechnung zu übernehmen. Die ganze Zeit spürte er ihre neugierigen Blicke. Als er zum Tisch zurückkam, empfing sie ihn mit einem Lächeln, das etwas in ihm einen glücklichen kleinen Salto machen ließ. Mach Platz, Fifi.

»Jedenfalls«, nahm er das Gespräch wieder auf und steuerte es in die Richtung, in die er gehen wollte; er durfte sein Ziel nicht aus den Augen verlieren, »wie geht's Ben? Ich hatte gehofft, ich kann hallo sagen, wenn er noch hier ist. Das wollte ich Mark erklären, als er plötzlich giftig wurde.«

»Ja, er ist noch hier. Wie wir alle, nachdem Mark auch wieder zurückgekommen ist.« Sie machte ein nachdenkliches Gesicht. »Komisch, wie man einen Ort hassen kann, unbedingt wegwill und am Ende doch irgendwie dableibt.« Sie seufzte. »Vielleicht sind wir im Grunde unseres Herzens alle Feiglinge. Haben Angst zu verlassen, was wir kennen, auch wenn wir uns dagegen wehren. Ben ist genauso. Selbst nach der Uni und allem anderen hat er es geschafft, wieder hier zu landen. Ich glaube, dieser Ort ist wie ein Schwarzes Loch, das einen in sich hineinsaugt.«

Jeremy war überrascht, wie ähnlich sie seine eigenen Gedanken zu diesem Ort wiedergab, und noch einmal empfand er das Gefühl der Seelenverwandtschaft.

»Glaubst du, Ben würde mich sehen wollen?«

»Mein Gott, ja. Warum sollte er nicht?«

»Mark hat angedeutet, ich hätte ihn als Kind wirklich gekränkt, weil ich keinen Kontakt gehalten habe ...« Er hatte das Bedürfnis, sich vor ihr zu rechtfertigen. »Es war eine so finstere Zeit, du ahnst nicht ...«

Seine Worte verklangen, und einen Augenblick lang hatte er den Drang, ihr alles zu erzählen, und das schockierte ihn. Es hatte zehn Jahre und eine Krise erfordert, bevor er es Sarah erzählt hatte, und jetzt saß er hier und war bereit, einer Fremden sein Herz auszuschütten.

»Ben war mitgenommen, das will ich nicht verhehlen, aber eigentlich nicht deinetwegen. Es war die ganze

Sache mit deiner Schwester. Ich war vielleicht noch klein, aber selbst ich bekam mit, wie es alle berührte. Das war eigentlich nicht zu übersehen. Alle, die wir sie kannten, schienen auf irgendeine Weise davon betroffen zu sein. Es war, als hätte sich hier etwas Dunkles niedergelassen, und es machte den Leuten Angst. Mein Gott, es hat Wochen gedauert, bis wir Kinder wieder im Wald spielen durften.«

Ihr Blick richtete sich nach innen. »Wenn ich als Erwachsene zurückschaue, so hatte es vermutlich damit zu tun, dass niemand wirklich wusste, was passiert war – ob es ein Unfall war oder … oder etwas anderes. Die Leute fragten sich … Sie war ein Kind und so weiter …« Sie schüttelte kurz den Kopf, um die Erinnerung zu vertreiben. »Jedenfalls, Ben war immer … sensibel, und ich glaube, an ihm hat es mehr genagt als an den meisten. Ich konnte sehen, wie verstört er war, und mit Dad konnte er nicht richtig reden – übrigens auch nicht mit Mark. Sie waren zu beschäftigt …«

Sie wurde plötzlich rot und wollte das Thema wechseln. »Wie auch immer, lass uns das alles nicht wieder aufwühlen …«

Jeremy beugte sich vor. »Zu beschäftigt womit?« Es beunruhigte ihn, wie sie plötzlich verstummt war. »Was wolltest du sagen?«

»Nichts. Lass es gut sein, Jay.«

»Nein, denn offensichtlich gibt es da irgendetwas. Was wolltest du mir erzählen?«

Sie seufzte und blickte über seine Schulter hinweg an ihm vorbei. »Sie waren zu beschäftigt mit ihren Spekulationen. Manchmal hörte ich sie miteinander reden, und Mark hatte sich anscheinend in den Kopf gesetzt, dass du etwas damit zu tun haben könntest, und kaum bekam Dad Wind davon, stachelte er ihn immer weiter an.«

»Was?« Seine Stimme wurde lauter, schockiert und ungläubig. »*Ich* soll etwas mit Emilys Tod zu tun gehabt haben?«

Ein unerwartetes Gefühl der Kränkung erwachte in seiner Brust, als er sich vorstellte, dass Mr McLeish so etwas über ihn gesagt hatte.

»Nein, nicht ganz. Du darfst nicht vergessen, ich war noch ein Kind und habe das alles vielleicht nicht richtig verstanden, aber ich glaube, da gab es irgendwelche Andeutungen. ›Wenn du mich fragst, das ist alles ein bisschen merkwürdig, dass der Bruder sie so findet‹, solche Sachen eben. Ich weiß wirklich nicht, wer damit angefangen hat. Vielleicht war es sogar Dad, der es als Erster gesagt hat.« Sie sah sein Gesicht. »Mein Gott, Jay, jetzt reg dich nicht auf. Aber wenn man es recht bedenkt – natürlich gab es Spekulationen. So sind die Leute eben. Ich muss allerdings schon sagen, dass Mark mich ein bisschen überrascht hat. Von meinem Vater, dem gemeinen alten Scheißkerl, war nichts anderes zu erwarten.«

»Hat ... hat Ben so etwas auch gedacht?«

»Nein, natürlich nicht. Er war ja auch noch ein Kind. Ich glaube, er hatte mehr Angst als sonst etwas. Es waren nur Dad und Mark, die sich solches Zeug ausgedacht haben.«

Besorgt sah sie seinen Gesichtsausdruck. »Versteh doch – nach dem, was passiert war, waren alle irgendwie verändert. Ben hatte sich total in sich zurückgezogen, und Mark war irgendwie aggressiver. So etwas war hier nun mal noch nie passiert, das hat große Wellen geschlagen. Die meisten Leute sind davon ausgegangen, dass es ein

Unfall gewesen ist, aber die wenigen, die das nicht glaubten, brauchten einen Schuldigen. Wenn sie dir die Schuld gaben, mussten sie zumindest nicht in Betracht ziehen, dass es jemand aus dem Dorf gewesen war. Sie brauchten sich nicht zu fragen, ob ihre Kinder in Sicherheit waren.« Sie sah ihm sorgenvoll ins Gesicht. »Hör zu, ich wünschte, ich hätte nichts gesagt. Vergiss es einfach, Jay. Es hat nichts zu bedeuten, und es ist Jahre her. Mein Gott, außer uns haben es doch alle längst vergessen.«

Er wollte ihr gern glauben, aber er erinnerte sich nur zu gut an die Gesichter der Frauen im Supermarkt, an die Schmiererei an seinem Wagen und an die Frau, die ihn auf der Straße attackiert hatte.

»Da bin ich nicht so sicher ...« Er erzählte ihr von seiner Begegnung in der High Street und beschrieb die Aggressivität und den vorwurfsvollen Ton der Frau. Den Wagen erwähnte er nicht. Der Schrecken war noch zu frisch, und in der Tat schwang zu viel von dem mit, was sie ihm eben erzählt hatte.

Sie überlegte. »Das klingt nach Ann-Maries Mutter. Erinnerst du dich an Ann-Marie? Sie war immer mit Mark und Sally zusammen, und ihre Mutter führte den Bonbonladen.«

Er erinnerte sich nebelhaft an eine schlanke, falkenäugige Frau, die von ihrem erhöhten Platz hinter der Theke eifersüchtig ihre Dauerlutscher bewachte. Nicht in einer Million Jahre hätte er sie mit der schwerfälligen älteren Frau in Verbindung gebracht, die ihre Vorurteile über die Straße brüllte.

»Na, sie hat jedenfalls nichts vergessen.«

»Ehrlich, Jay, mach dir deshalb keinen Kopf. Das sind dumme Leute, weiter nichts. Denk dran, wie abgeschieden dieses Dorf ist. So was bringt Kleingeister hervor.« Sie legte den Kopf schräg und sah ihn fragend an. »Wieso ist dir das eigentlich wichtig? Warum interessiert dich, was sie gesagt haben?«

Die Antwort kam aus eigenem Antrieb über seine Lippen, und seine Stimme war kaum mehr als ein Flüstern. Es klang wie eine Beichte, als könnten sie recht haben. »Weil alles irgendwie verschwommen ist, darum. Ich habe mich nie richtig an diesen Tag erinnern können, und in letzter Zeit hat es angefangen, mich zu beunruhigen. Ich denke wieder öfter daran, und hier zu sein macht alles noch viel schlimmer.« Er sah sie beschwörend an. »Unter anderem darum will ich mit Ben sprechen. Ich brauche seine Erinnerungen.«

Sie riss erschrocken die Augen auf. »O Jay, das muss furchtbar für dich sein, dich an etwas so … so Wichtiges nicht richtig erinnern zu können. Es tut mir leid, das war mir nicht klar.« Sie legte ihre Hand auf seine. »Ich habe Ben schon erzählt, dass du wieder da bist. Ich kann ihm auch sagen, dass du ihn sehen willst.« Jeremys Haut kribbelte an der Stelle, wo sie ihn berührte. »Und ich hoffe wirklich, du findest die Antworten, die du suchst.«

Ihr Mitgefühl rührte ihn an, und plötzlich war ihm ihre Anwesenheit nur allzu bewusst. Ihre Augen mit der bernsteinfarbenen Iris und den geschwungenen Wimpern wirkten vergrößert. Ihre Zunge befeuchtete ihre Lippen, und er sah das Weiß ihrer Zähne, das zarte Rosa ihres Mundes. Er sollte nach Hause gehen. Er sollte nicht hierbleiben und mit ihr trinken.

Er räusperte sich, und seine Worte klangen seltsam förmlich. »Es wäre wunderbar, wenn du das tun könntest. Vielleicht habe ich es schon gesagt, aber ich wohne im

Haus meines Onkels. Er weiß also, wo er mich findet.« Er schaute hinüber zu ihren Freundinnen, die jetzt an einem Tisch saßen, und warf einen Blick auf die Uhr. »Ich muss jetzt wirklich nach Hause, und du solltest deinen Abend genießen.«

»Wahrscheinlich hast du recht.« Sie lächelte, und unversehens suchte er in ihrem Gesicht nach einem Anzeichen von Enttäuschung. »Ich lasse es ihn wissen, Jay. Versprochen.«

Sie standen auf.

»Danke, Laura, ich weiß das wirklich zu schätzen.«

Er streckte die Arme aus und wollte sie an sich ziehen – wie sie es im Supermarkt mit ihm getan hatte –, und da geschah es. Sie fuhr zurück, als hätte er sie geschlagen.

»Nein!«

Ihre Stimme war zu laut, und er spürte, dass die Aufmerksamkeit im Lokal sich auf sie beide richtete. Ihre Augen waren weit aufgerissen und voller Angst. Erschrocken zuckte er zurück und sah, wie sie rot wurde. Er war nicht wütend, noch nicht jedenfalls, sondern eher verlegen und verwirrt wegen ihrer heftigen Reaktion. Sie starrte ihn an wie ein erschrockenes Tier, und er fragte sich, wovor um alles in der Welt sie Angst hatte. Doch sicher nicht vor *ihm*?

»Im Ernst, Laura? Du auch?«, fragte er mit müder, niedergeschlagener Stimme. Im Pub war es still geworden. Alles konzentrierte sich auf sie, und am Rande seines Gesichtsfelds sah er, dass eine von Lauras Freundinnen aufgestanden war.

Laura streckte zögernd die Hand aus. »Nein, Jay, so ist es nicht. So war das nicht gemeint.«

Ihr Leugnen entfachte das erste Aufflackern des Zorns.

»Nicht? Wie dann? Bitte sag's mir, denn ich verstehe es nicht ganz.«

Ihre Augen waren feucht. »Es ist nur ... es ist nur so, dass ich nicht gern angefasst werde. Nicht so, nicht, wenn ich nicht damit rechne.«

»Aber vorgestern im Supermarkt hat du mich umarmt. Da hattest du anscheinend kein Problem damit, und heute Abend hast du mich auch berührt.«

»Das ist was anderes.« Ihre Stimme klang dünn. Sie war den Tränen nahe, und Jeremy begriff nicht, was er getan haben sollte. »Das war nach meinen Bedingungen. Ich ... ich habe es nur nicht gern, überrascht zu werden.«

Sie starrten einander an, und er war nicht sicher, ob er ihr glauben sollte. Sie konnte doch nicht annehmen, dass er ihr wehtun würde.

»Es tut mir leid, Jay. Ehrlich, es hat nichts mit dir zu tun. Wirklich nicht. Es ist nur ... es ist schwierig. Ich kann darüber nicht reden. Ich wünschte ...«

»Es ist okay.« Angesichts ihrer Verzweiflung konnte er nicht viel sagen. »Wirklich, es ist okay, und es tut mir leid, wenn ich dich erschreckt habe.«

Die Verbindung zwischen ihnen war abgerissen, aber sie sah so verloren aus, dass er sich zwang, sie anzulächeln. »Weißt du, es war schön, dich heute Abend zu treffen. Danke für das Angebot, mit Ben über mich zu sprechen.«

Sie sah immer noch wachsam aus.

»Laura, hör zu, vergiss es. Ich bin nicht wütend, und du brauchst mir nichts zu erklären. Es war meine Schuld, dass ich etwas vorausgesetzt habe. Los, geh zu deinen Freundinnen, und ich hoffe, wir sehen uns wieder.«

Sie zögerte, als wollte sie noch etwas sagen, aber dann überlegte sie es sich anders. »Mach's gut, Jay.«

Jeremy flüchtete aus dem Pub. Er spürte die fragenden Blicke in seinem Rücken und drängte sich durch die Versammlung der Raucher vor dem Eingang. Einen Moment lang hatte es ausgesehen, als habe sie schreckliche Angst vor ihm, und plötzlich dachte er an die Angst, die auch in Marks Gesicht aufgeflackert war. Seine Beklommenheit erreichte einen Höhepunkt. Er musste mit Ben sprechen. Nicht alle Menschen mochten ihn, aber normalerweise betrachtete man ihn nicht als Paria. Hier war noch etwas anderes im Spiel.

Das Wetter war umgeschlagen während seiner Zeit im Pub. Die Straße glänzte nass, und ein kalter Wind wirbelte zwischen den Häusern umher und wehte die Nacht herein. Es war noch nicht spät, aber auf der Straße war es still. Die Witterung hatte die Einwohner in die Häuser getrieben, nur vor dem Carpenter's Arms stand noch das übliche Grüppchen von Rauchern. Jeremy stellte sich ihr Interesse vor und spürte ihre Blicke im Nacken, als er vorbeiging. Seine latente Paranoia drängte sich in den Vordergrund.

Der Wind trug auch den Duft von frischen Fritten über die Straße und in seine Nase, und ihm knurrte der Magen. Er hatte vorgehabt, im Swan etwas zu essen, aber das Gespräch mit Laura und die Art, wie es zu Ende gegangen war, hatten es ihm unmöglich gemacht zu bleiben. Die Fenster des Carpenter's wirkten warm und einladend, weit mehr als ein einsames Haus ohne jeden Komfort, und einen Moment lang war der Gedanke an eine heiße Mahlzeit und die heitere Gesellschaft von Fremden sehr verlockend. Aber dann fiel ihm ein, dass Mark und seine Kumpane in diese Richtung gezogen waren, als sie den Swan verlassen hatten, und ihm verging der Appetit.

Unterwegs dachte er über seine Gespräche mit den McLeish-Geschwistern nach. Jedes war auf seine Art eigentümlich gewesen – Lauras Feindseligkeit gegen ihren Vater und ihre Reaktion auf seine Umarmung, Marks kaum verhüllte Aggressivität und selbst Lauras verschleierte Bemerkung über Bens »Sensibilität«. Familien und ihre Geheimnisse hinter verschlossenen Türen, dachte er.

Dann fragte er sich, ob Mark und sein Vater ihre Spekulationen auch der Polizei mitgeteilt hatten und ob der Schatten des Verdachts je auch in seine Richtung gefallen war. Ein Schauer lief ihm über den Rücken bei dem Gedanken daran, dass die Polizei sein Schweigen als Behinderung der Ermittlungen und als Schuldeingeständnis gewertet haben könnte. Er fragte sich, ob diese Gerüchte vielleicht auch in den Herzen seiner Eltern ein Saatkorn des Zweifels gepflanzt hatten. Ob daraus die Frucht hervorgegangen war, die den Hass seiner Mutter genährt hatte.

Die Vergangenheit rückte näher heran, bedrängend und bedrohlich, und er ging schneller, als könnte er ihr so entkommen. Er hörte Stimmen hinter sich, ein Lachen, dessen Echo durch die leere Straße hallte. Irgendwo bellte ein Hund. Er senkte den Kopf und stapfte an der Schule und den tristen Häuserreihen vorbei. Seine einsamen Schritte hallten über den Asphalt. Als er an der Kirche und dem Friedhof vorbeiging, war ihm, als werde er beobachtet. Es war wie ein kühles Rieseln in seinem Nacken, und einen Augenblick lang fragte er sich, ob da jemand durch die Gasse geschlichen war und auf dem Friedhof wartete, um ihn zu überfallen. Vielleicht Mark mit seiner kaum verschleierten Feindseligkeit. Nackte Angst überkam ihn. Sie hatte nichts mit Mark oder seinen Freunden zu tun, sie war etwas Primitives ohne Basis in der Vernunft, und plötzlich rannte er wie ein verängstigtes Kind. Durch das Rauschen des Blutes in seinem Kopf glaubte er Stimmen zu hören, leise und bösartig wisperten sie im Gebüsch, als er blindlings vorbeirannte. Das Angstzentrum in seinem Gehirn strahlte wie ein Leuchtfeuer, und für einen Sekundenbruchteil war er wieder ein Kind, das durch den Wald rannte, zwischen Bäumen und Bedrohung, und die Angst verwandelte seinen Atem in verzweifeltes Schluchzen.

Er erreichte das Haus und fummelte den Schlüssel ins Schloss. Stolpernd stürzte er in die Diele und lehnte sich an die geschlossene Tür. Sein Herz schlug dröhnend, und langsam sah er wieder klar. Doch die Panik war nicht draußen geblieben. Sie schlüpfte mit ihm ins Haus und folgte ihm in die Küche, wo er sich ein Glas Wasser holte. Als er das Glas mit zitternder Hand an die Lippen hob, fragte er sich, wovor er weglief: vor der Vergangenheit oder vor sich selbst und seinen Geheimnissen.

18

Er hatte von Sarah geträumt, von ihrem Haar, das auf dem Kissen ausgebreitet lag, die Augen dunkel vor Verlangen. Aber dann hatte sie sich in Laura verwandelt, schlank und hübsch. Erschrocken fuhr er aus dem Schlaf. Es dämmerte bereits. Er spürte seinen erhitzten Körper, die sexuelle Erregung, und Selbstvorwürfe lasteten auf ihm. Ein halb erinnerter Traum und das Gefühl, er sei im Schlaf untreu gewesen, quälten seine Gedanken.

Jetzt, eine Dusche und einen Kaffee später, besichtigte er noch einmal den Inhalt des Dachbodens. Möbel und Kisten stapelten sich im hinteren Teil des Hauses, wo das Dach schräg abwärtsgeneigt die Decke seines Kindheitszimmers bildete. Schweren Herzens begriff er, dass alles viel länger dauern würde als die eingeplanten drei Tage, bevor Sarah mit den Kindern zurückkäme, vor allem, wenn er sich zwischendurch auch noch Zeit dafür nähme, die Vergangenheit neu zu entdecken.

Er schob den Schiffskoffer mit den Verkleidungssachen zur Seite. Etwas an dem Geruch, der aufstieg, als er den Deckel aufklappte, ließ einen harten Klumpen von Trauer in seiner Brust heraufquellen, der sein limbisches System triggerte und eine Flut von Gefühlen weckte, für die er nicht bereit war. Stattdessen öffnete er die Kiste mit den Schulbüchern und blätterte im obersten Band. Als ob sich ein Fenster in die Vergangenheit öffnete, sah er sich plötzlich auf den Knien seines Onkels, der ihm Bilder von Vögeln und anderen Tieren zeigte, von Riesenpilzen, die aussahen wie Aliens aus einer anderen Welt. Damals musste er vier oder fünf Jahre alt gewesen sein, zu klein, um selbst zu lesen, aber Ian hatte mit ihm gesprochen, als könnte er jedes Wort verstehen. Die Erinnerung war bittersüß und von Trauer durchzogen.

Als er sich gerade fragte, wo um alles in der Welt er mit dem Sortieren anfangen sollte, läutete es an der Tür. Die Glocke hallte durch das leere Haus.

»Moment, ich komme!«

Er rutschte die Leiter hinunter, nahm zwei Treppenstufen auf einmal und war bereits an der Haustür, als es zum zweiten Mal läutete.

»Moment!«

Ein großer, schlanker Mann stand vor der Tür. Er trug Jeans und eine schwarze Belstaff-Jacke. Vielleicht hätte Jeremy ihn normalerweise nicht erkannt, aber die Ähnlichkeit mit Laura war frappant. Er grinste, und es war das Grinsen von ihrer ersten Begegnung, auch wenn jetzt die Zahnreihe vollständig zu sein schien. Es war Ben, der ihm aus dem Gesicht eines erwachsenen Mannes entgegenschaute, so vertraut, dass Jeremy halb damit rechnete, auch Scotty an seiner Seite zu sehen.

»Hallo« war alles, was der Mann sagte, und das Grinsen wurde breiter. Dann deutete er mit einer Hand auf seine Brust. »Ich bin's, Ben.« Und plötzlich lagen sie einander in den Armen und klopften sich auf den Rücken.

»Ben! Verdammt noch mal, ich kann nicht glauben, dass du es wirklich bist.« Jeremy trat zurück und betrachtete ihn. »Gott, wie lange ist das her?«

»Zu lange«, antwortete Ben. Jeremy dachte an das, was

Mark gesagt hatte: Er habe ihn schmerzlich im Stich gelassen.

»Komm schon rein. Hey, willst du einen Kaffee oder so was? Ich wollte mir gerade selbst einen machen.« Er fühlte, dass seine Augen feucht wurden, als Ben ihm ins Haus folgte. »Verdammt, das ist echt schräg.«

Es *war* schräg. Ben hätte ein Fremder sein müssen. Über drei Jahrzehnte hatte jeder sein eigenes Leben gelebt, und dass sie überhaupt nur fünf oder sechs lange Sommer miteinander verbracht hatten, war ein Menschenleben her. Vielleicht lag es an dem Gespräch mit Laura am Abend zuvor, vielleicht auch an der Intensität dieser fünf, sechs Sommer und an der plötzlichen Brutalität, mit der sie geendet hatten. Was immer der Grund sein mochte, Jeremy fühlte sich so wohl in Bens Gegenwart, als wären die Jahre weggeschmolzen.

Ben ließ sich auf einem der beiden letzten Küchenhocker nieder, und Jeremy ließ Wasser in den Wasserkocher laufen.

»Es stört dich hoffentlich nicht, dass ich hier einfach unangemeldet hereinschneie«, sagte Ben. »Aber Laura hat mir erzählt, dass du wieder hier bist, und als sie sagte, du hättest davon gesprochen, dich mit mir zu treffen, dachte ich, warum nicht? Ich wusste, wenn ich zu lange darüber nachdenke, würde ich vielleicht nicht kommen. Am Ende hätte ich mich vielleicht geniert, und das wollte ich nicht.«

»Lieber Gott, nein, ich bin froh, dass du gekommen bist. Ich habe Laura erzählt, dass ich dich gerne wiedersehen würde, und das war ernst gemeint. Es ist großartig, dich zu sehen – ich war nur ein bisschen über das Tempo verblüfft, das ist alles. Ich habe mich erst gestern Abend mit ihr unterhalten und nicht damit gerechnet, dass sie dich so schnell darauf anspricht.«

»Sie hat es mir sofort erzählt, als sie nach Hause kam.«

Er sah Jeremys fragenden Blick. »Laura und ich wohnen zusammen. Sie hatte keine Lust mehr, zur Miete zu wohnen, und ich war allein, also dachten wir, das wäre eine vernünftige Lösung, vorläufig wenigstens. Wenn ich ehrlich bin, ist es schön, Gesellschaft zu haben, und sie und ich haben uns immer ganz gut vertragen.«

Jeremy beobachtete ihn, während er redete. Die Jahre waren mehr als gut zu ihm gewesen. Dichtes, weiches braunes Haar überschattete seine hellbraunen Augen, und die um seine Nase verstreuten Sommersprossen verliehen ihm einen Hauch Jungenhaftigkeit. Selbst Jeremy konnte sehen, dass er ein gut aussehender Mann war.

»Tja, und Laura hat gesagt, du hast deine Mum verloren und bist wieder hier, um die ganze Sache mit dem Haus zu regeln.« Ben sah sich in der Küche um. »Gott, was da für Erinnerungen wachwerden! Mir war nicht klar, dass deiner Familie das Haus immer noch gehört, geschweige denn, dass ich noch einmal hier sitzen würde. Was glaubst du, was du damit anfangen wirst?«

»Keine Ahnung. Höchstwahrscheinlich werde ich es verkaufen. Warum, bist du interessiert?«

»Schön wär's. Leider glaube ich nicht, dass ich es mir leisten könnte.« Er sah Jeremy an und schüttelte den Kopf. »Kaum zu glauben, dass du nach all der Zeit wieder hier bist. Und, was hast du getrieben? Laura erzählte mir, du bist verheiratet und hast zwei Kinder?«

Sie hatte ihre Sache wirklich ernst genommen.

»Ja, ich bin jetzt seit über zehn Jahren verheiratet, mit

Sarah. Wir haben einen Jungen und ein kleines Mädchen, Jack und Lucy.«

»Dann sind sie nicht hier bei dir?« Bens Blick wanderte in der Küche umher, als hätte er vielleicht übersehen, dass sie sich in einer Ecke versteckt hielten.

»Sie waren hier, aber jetzt sind sie zu Sarahs Eltern gefahren. Wir sind letztes Wochenende hergekommen, um das Haus auszuräumen, aber als wir gerade dachten, wir sind fertig, habe ich noch eine ganze Ladung Kram von meinem Onkel auf dem Dachboden gefunden. Es hatte keinen Sinn, dass wir alle bleiben. Also ist sie mit den Kindern für ein paar Tage weggefahren, während ich hier den Rest erledige.«

Er nickte. »Na, wenn du irgendwie Hilfe brauchst, komme ich gern dazu. Ich habe gerade Luft zwischen zwei Projekten. Es wäre schön, auf diese Weise ein bisschen Zeit mit dir zu verbringen.«

»Das wäre toll.« Jeremy stellte ihm einen Becher Kaffee hin. »Und bei dir? Was hast du in den letzten dreißig Jahren so getrieben?«

»Dreißig Jahre! Ist das wahr? Mann, jetzt fühle ich mich alt!« Ben schüttelte den Kopf, als könne er es nicht fassen. »Tja, ich bin von hier entkommen, für eine Weile jedenfalls. Ich bin nach Bath an die Uni gegangen, habe Ingenieurwissenschaften studiert und danach ein paar Jahre dort gelebt, aber am Ende bin ich wieder hierher zurückgekehrt.« Er zögerte kurz. »Es ging mehr darum, Laura im Auge zu behalten, als um irgendetwas anderes. Darauf zu achten, dass es ihr gut geht.« Er sah Jeremys verwirrtes Gesicht. »Sie hat einiges durchgemacht damals«, setzte er hinterher.

Er ging nicht ins Detail, und Jeremy fragte nicht. Er dachte an ihre Reaktion auf seinen Versuch, sie zu umarmen, und fragte sich, ob es damit zusammenhing. Vielleicht hatte es tatsächlich nichts mit ihm zu tun gehabt. Plötzlich erinnerte er sich an seinen Traum, in dem sie nackt in seinem Bett gewesen war, und spürte, wie heiße Röte an seinem Hals heraufkroch. Um seine Verwirrung zu verbergen, konzentrierte er sich auf Ben.

»Das heißt, du hast nie geheiratet?«

»Nein. Ein paar Jahre lang hatte ich eine feste Freundin, aber am Ende haben wir uns auseinandergelebt, und seitdem hat es keine neue gegeben. Manchmal sehe ich sie noch, aber etwas Richtiges haben wir beide nicht wieder zustande gebracht. Getrennt geht es uns besser.« Er grinste Jeremy an. »Ich bin jetzt solo, frei und ungebunden, nicht wie ihr alten verheirateten Knacker.«

»Also auch keine Kinder, nehme ich an?«

»Um ehrlich zu sein, darauf waren wir beide nicht besonders scharf, und so wie es am Ende ausgegangen ist, war es auch gut so.« Als sei es ihm nachträglich eingefallen, fügte er hinzu: »Ach, was ich noch sagen wollte – es hat mir wirklich leidgetan, von deiner Mum zu hören. Wie kommt dein Dad damit zurecht? Es muss schwer sein für ihn.«

Natürlich. Er wusste es nicht. Jeremy mochte immer noch das Gefühl haben, ihn zu kennen, aber in Wirklichkeit wussten sie beide nichts mehr voneinander, seit sie elf Jahre alt waren.

»Dad ist seit einer Ewigkeit nicht mehr da. Er ist krank geworden, ein paar Jahre nach … nach Emily, und als ich größer wurde, gab es nur noch Mum und mich. Ehrlich gesagt, wir standen einander in letzter Zeit nicht mehr besonders nah und haben uns nicht oft gesehen. Deshalb geht es mir trotz allem ganz okay.«

Ein merkwürdiger Ausdruck ging über Bens Gesicht. Jeremy konnte ihn nicht deuten.

»War aber trotzdem ein Schock«, fügte er noch hinzu, um nicht kalt zu erscheinen.

»Scheiße, das ist ja furchtbar. Es war mir nicht klar. Von deinem Onkel hatte ich gehört, aber ich nahm einfach an … Wenn ich jemals wirklich darüber nachgedacht habe, habe ich mir immer vorgestellt, dass alle einfach noch da sind, ganz wie damals.« Er machte ein nachdenkliches Gesicht. »Aber das mit deinem Dad ist wirklich traurig. Es muss hart für dich gewesen sein.«

Es war Jeremy nicht ganz klar, ob er den Verlust des Vaters meinte oder den Umstand, dass er mit seiner Mutter allein zurückgeblieben war.

»Ja, das war es, und Mum ist eigentlich nie über Emily weggekommen. Wenn ich so zurückblicke, muss ich sagen, es waren insgesamt harte Zeiten.«

Wieder huschte dieser Ausdruck über Bens Gesicht. »Kann ich mir vorstellen. Deine Mum hatte sie immer schrecklich gern.« Einen Moment lang sah er verlegen aus. »Ich meine, natürlich hatte sie sie gern, sie war ihre Tochter und das alles. Ich wollte sagen, sie standen einander anscheinend immer besonders nah.«

Jeremy lachte kurz auf und hoffte, dass Ben die Bitterkeit in diesem Lachen nicht hörte. »Du brauchst nicht um den heißen Brei herumzureden. Ich wusste immer, dass sie Em bevorzugte. Das war ja Teil des Problems. Emily zu verlieren hinterließ ein schreckliches Loch bei ihr, und ich war nie in der Lage, es zu füllen.«

Es hatte sie alle zerbrochen, aber das sagte er nicht. Auch wenn die Verbindung noch spürbar war, Ben war dennoch auch ein Fremder.

Ben lächelte. »Ich hatte immer ein bisschen Angst vor deiner Mum, ehrlich gesagt.«

Diesmal lachte Jeremy richtig. »Glaubst du, ich nicht?«

»Mein Gott, weißt du noch, wie sie war, wenn du mal zu spät nach Hause kamst? Ich sehe immer noch ihren Gesichtsausdruck vor mir, der dir genau verriet, was jetzt kommen würde.«

Den sah Jeremy auch vor sich, aber das wollte er nicht sagen. Überhaupt wollte er nicht länger über seine Familie reden, also lenkte er das Gespräch auf die McLeishs.

»Apropos Familie, wie ich höre, geht's eurem Dad gut. Laura sagt, er ist zu Geld gekommen und hat sich eins von den Apartments gekauft, an denen wir auf der Fahrt hierher vorbeigekommen sind.«

Bens Blick fiel auf die Tischplatte. »Ja. Ja, das hat er. Nummer sechs, The Buttery. Nicht, dass ich besonders oft hingehe.«

Jeremy wechselte wieder das Thema. Er spürte die gleiche Feindseligkeit, die er bei Laura bemerkt hatte, und begriff, dass Ben genauso wenig Lust hatte, über seine Familie zu reden, wie er über seine. Sein Ton vermittelte eine Endgültigkeit, die von weiteren Fragen absehen ließ.

»Hör mal, wenn du es ernst meinst mit deiner Hilfe für den Dachboden, käme mir das natürlich sehr entgegen. Da oben ist mehr Zeug, als ich zunächst dachte, und ich werde auf jeden Fall ein zweites Paar Hände brauchen, um die Möbel herunterzuschaffen. Und natürlich würde ich mich auch über deine Gesellschaft riesig freuen.«

»Ich meine es todernst. Wir hätten Gelegenheit, uns in Ruhe alles zu erzählen, und ich hätte gleichzeitig etwas Sinnvolles zu tun. Ich hasse die Wartezeit zwischen zwei Projekten. Mark sitzt mir ständig im Genick, und dann lande ich jeden Mittag mit ihm im Pub, worauf ich gut verzichten könnte.« Er klopfte sich mit der flachen Hand auf den Bauch, wo kein Gramm Fett zu sehen war.

»Na, dann komm. Wenn du nichts anderes vorhast, kann ich dir gleich zeigen, worauf du dich einlässt.«

Zusammen gingen sie die Treppe hinauf und stiegen auf den Dachboden, und mit einem Anflug von Verzweiflung betrachteten sie das Gerümpel.

»Und ich dachte, du machst Witze. Wer um alles in der Welt kam bloß auf die Idee, das alles hier oben zu stapeln? Ein Wunder, dass die Decken nicht eingestürzt sind.« Vorsichtig trat Ben auf eine der Bodendielen. »Das hat doch sicher nicht alles deine Mutter getan?«

»Nein, ich glaube, das muss George gewesen sein. Wahrscheinlich wusste er nicht, was er mit dem ganzen Zeug anfangen sollte, und ich bezweifle, dass meine Mutter ihm eine große Hilfe war. Aber egal – wie immer es hier heraufgekommen ist, es muss alles wieder runter.«

»Dein Onkel und George ... Ich habe mich immer gefragt, waren sie so was wie ... wie ein Paar oder was? Die Leute haben alles Mögliche erzählt, nachdem er gestorben war, aber ich glaube nicht, dass irgendjemand was Genaues wusste.«

Jeremy verspürte leisen Ärger, durchzogen von Beschützerdrang. Es ging niemanden etwas an außer die beiden, und der Gedanke daran, dass die Klatschbasen des Dorfes darüber spekulierten, war ihm zuwider. Es war wie im finsteren Mittelalter hier, und er musste an das denken, was Laura gesagt hatte. Wohin der Finger des Argwohns wohl sonst noch gedeutet hatte?

»Ja, das glaube ich schon, aber das habe ich erst begriffen, als ich sie später zusammen sah. Es ist komisch, Kids heutzutage würden sofort erkennen, dass sie schwul waren, und sich wahrscheinlich nichts dabei denken, während wir damals in mancher Hinsicht so unschuldig waren, dass wir überhaupt nicht auf diesen Gedanken kamen.« Er grinste Ben an. »Andere Zeiten, würde ich sagen.«

Ben erwiderte das Grinsen nicht, sondern sagte: »Du bist also schon öfter zurückgekommen?«

Er klang gekränkt.

»Nein, nicht hierher. Das war damals, als Ian seinen ersten Herzinfarkt hatte. Er lag im Royal Hospital, und ich bin allein mit dem Zug gekommen, um ihn dort zu besuchen. Gott, das ist Jahre her. Ich muss siebzehn oder achtzehn gewesen sein, auf jeden Fall ging ich noch zur Schule. Ich war nur im Krankenhaus und bin dann gleich wieder nach Hause gefahren.«

Er wollte sich nicht an diesen Besuch erinnern. Stattdessen dachte er an das, was Mark gesagt hatte.

»Hör zu, es tut mir leid, dass ich mich nicht bemüht habe, Kontakt zu halten, nachdem ... du weißt schon, nach der ganzen Sache mit Em. Es war nicht so, dass ich nicht wollte, aber in meiner Familie ging es allen ziemlich schlecht. Meine Eltern entschieden, nie wieder herzukommen, und das war's, soweit es mich betraf. Ich hatte in der Angelegenheit nichts zu sagen, und außerdem hatte ich ... ich hatte eigene Probleme. Ich konnte nicht mal an dieses Haus denken, ohne mir in die Hose zu machen, wenn ich ehrlich bin.« Er schwieg kurz. »Mark hat mich gestern Abend deshalb attackiert, aber es war nicht so, wie er es angedeutet hat. Dass ich auf eine feine Schule gegangen bin und mit euch nichts mehr zu tun haben wollte und so.«

Es klang kindisch, was er da sagte, aber Jeremy wollte, dass Ben ihn verstand. Er brauchte ihn auf seiner Seite, wenn er Zugang zu seinen Erinnerungen haben wollte. Einen Moment lang schwiegen sie beide.

»Schon gut, ehrlich. Mark sollte aufhören, in der Vergangenheit herumzurühren. Das ist Jahre her, und wir waren Kinder, und der Himmel weiß, was ihr durchmachen musstet. Vergiss es. Das ist Schnee von gestern.«

»Okay. Ich wollte nur, dass du es weißt. Das ist alles.«

Beide schauten weg, erfüllt von Unbehagen, wie es nur Männer sein können, wenn sie einen Hauch von Intimität wahrnehmen. Für Jeremy fühlte es sich fast so an, als hätte er etwas Unpassendes ausgeplaudert, das er jetzt nicht mehr zurücknehmen konnte.

Als er das Gefühl hatte, wieder gefahrlos sprechen zu können, schlug er einen Aktionsplan vor. »Ich denke, wir müssen ein bisschen Platz freiräumen. Wenn wir einen Teil dieser Möbel hinunter und aus dem Weg räumen können, hätten wir Raum, um uns systematisch durch die Kisten zu arbeiten.«

Ben zog die Jacke aus, krempelte die Ärmel hoch und sah auf die Uhr.

»Ich habe nicht viel Zeit, und ich darf mich nicht schmutzig machen, weil ich Laura versprochen habe, mich zum Mittagessen mit ihr zu treffen, aber lass uns ruhig schon mal anfangen. Wenn du dann für morgen ein Seil besorgst, könnten wir anfangen, Sachen hinunterzulassen.«

Eine Zeit lang arbeiteten sie in geselligem Schweigen, schoben Kisten hin und her und verrückten Möbel. Bald wurde es Mittag, und Ben warf wieder einen Blick auf die Uhr.

»Ich sollte lieber gehen, sonst meckert Laura. Sie hat nur in den Schulferien Gelegenheit, wochentags im Pub zu Mittag zu essen, und das nutzt sie gern aus. Ihre Freundinnen müssen alle arbeiten oder sitzen zu Hause mit den Kindern fest. Also muss ich meine brüderliche Pflicht tun und mit ihr gehen, wenn ich kann.«

»Dann ist sie Lehrerin oder was?«

»Ja, sie unterrichtet hier in der Grundschule, die Drittklässler. Aber ich sag dir was. Komm doch einfach mit. Laura wird nichts dagegen haben. Sie hatte eh immer eine Schwäche für dich.«

Jeremy sah sie plötzlich vor sich, wie sie nackt in seinem Bett lag, und er empfand plötzlich schuldbewusste Lustgefühle bei dem Gedanken, sie wiederzusehen – trotz des peinlichen Abschieds am Abend zuvor.

»Okay, wenn du sicher bist, dass sie nichts dagegen hat, wenn ich mich in eure Verabredung dränge.«

»Mein Gott, nein, bestimmt nicht. Sie wird sich freuen.«

19

Sie gingen ins Carpenter's Arms, wo im Kamin ein Holzfeuer brannte und wo man vor dem Essen noch auf einem der Sofas etwas trinken konnte. Laura war noch nicht da, also holten die beiden Männer sich ihre Getränke vom Tresen ab und setzten sich in die Nähe des Feuers mit seinen knisternden Holzscheiten und dem anheimelnden Duft von Holzrauch.

»Und«, fragte Jeremy, »was ist mit den anderen? Was ist aus Nathan, Josh und Andy geworden?«

Ben nahm einen Schluck von seinem Bier und wischte sich sorgfältig den Schaum von der Oberlippe. »Nathan wohnt immer noch oben in Schottland, glaube ich. Er hat ein schottisches Mädchen geheiratet, und sie sind da wieder hingezogen, als die Kinder kamen. Wollten näher bei ihrer Familie sein, nehme ich an. Das Letzte, was ich gehört habe, war, dass er auf den Ölplattformen gearbeitet hat, aber ich habe seit ein paar Jahren nicht mehr mit ihm gesprochen. Was Andy betrifft, der hat das Geschäft seines Vaters übernommen.«

Jeremy runzelte die Stirn und versuchte sich zu erinnern, um was für einen Laden es sich handeln mochte.

»Durrant's, weißt du? Der Haushaltswarenladen in der High Street.«

Jetzt fiel es ihm ein. Durrant war der Name, der ihm entfallen war. Der Asthmatiker Andy, ein blasser, stiller

Junge, immer ein bisschen am Rand der Truppe. Auch an den Vater erinnerte er sich jetzt, an Mr Durrant aus dem Haushaltswarengeschäft, der angeblich nie seinen braunen Overall auszog, nicht mal, wenn er ins Bett ging.

»Er ist auch verheiratet«, fuhr Ben fort. »Mit Joshs kleiner Schwester Ellie.« Sein Gesicht verfinsterte sich. »Wahrscheinlich hast du es nicht gehört, aber Josh weilt nicht mehr unter uns. Ist bei einem Autounfall gestorben. Das muss jetzt so sieben oder acht Jahre her sein.«

Die Trauer versetzte ihm einen Stich, als Jeremy begriff, dass einer von ihnen schon nicht mehr da war. Immerhin, zumindest war er keines »natürlichen Todes« gestorben. Wenn das erst anfing, wusste man, dass man auf der Zielgeraden angekommen war.

»Scheiße, das ist schlimm. War er auch verheiratet?«

»Nein, nicht mehr. Er und seine Frau hatten sich ein paar Jahre zuvor getrennt. Sie war trotzdem am Boden zerstört, aber zumindest waren sie nicht mehr zusammengewesen. Und Kinder gab es zum Glück auch keine.«

Ben blickte auf und lächelte jemandem hinter Jeremy zu. Die düstere Stimmung verflog.

Atemlos ließ Laura sich neben Ben auf das Sofa fallen. »Entschuldige die Verspätung. Ich dachte, ich komme zu Fuß, dann kann ich ein oder zwei Gläser trinken, aber das hat ein bisschen länger gedauert als gewöhnlich. Liegt wohl an denen hier.« Sie wackelte mit einem Fuß, der in einer hochhackigen Stiefelette steckte. »Nicht so richtig vernünftig.« Lächelnd blickte sie zu Jeremy hinüber. »Noch mal hallo, Jay. Du isst mit uns?«

»Ja, wenn es dir recht ist. Ben hat mich eingeladen.«

Sie lächelte zustimmend und schien sich ehrlich über seine Anwesenheit zu freuen. Die Peinlichkeit des vergangenen Abends war offensichtlich vergessen. Jeremy betrachtete sie, die dunkle, hautenge Jeans und den cremefarbenen weichen Pullover. Ihr Haar wurde locker von einem Clip zusammengehalten, und ihre Augenlider waren mit einem bronzenen Schimmer überstäubt. Er merkte, dass er sie wie ein Idiot angrinste, weil er so außerordentlich froh war, sie zu sehen.

»Ich hole dir was zu trinken«, sagte er mit peinlichem Übereifer. »Gin Tonic?«

»Nein, ich glaube, diesmal nehme ich ein Glas Wein, bitte. Pinot Grigio, wenn sie welchen haben.«

Er hüpfte zur Bar, als hätte sie ein Bällchen für ihn geworfen. War er wirklich so oberflächlich, dass er, kaum war er allein, dem ersten hübschen weiblichen Wesen lüstern hinterherhechelte? Anscheinend ja, und er erinnerte sich an seine leeren Versprechungen, ein besserer Mann zu werden. Ungebeten ertönte die Stimme seiner Mutter wieder in seinem Kopf: *Deine Versprechungen bedeuten gar nichts, Jeremy, sie sind wie Pastetenkrusten: dazu gemacht, gebrochen zu werden.* Er sah das humorlose Kräuseln ihrer Lippen über diesen Witz, der keiner war.

»Bitte sehr.« Er stellte Laura das Glas hin und erwiderte ihren Blick mit einem trotzigen Lächeln. Seine Mutter war nicht mehr da, also brauchte er auch nie wieder auf sie zu hören.

Er hatte die Speisekarte von der Bar mitgebracht, und nachdem sie bestellt hatten und zu ihrem Tisch gegangen waren, drehte sich das Gespräch um Leute, die er nicht kannte, und Ereignisse, bei denen er keine Rolle gespielt hatte. Ben und Laura plauderten, und er lächelte und nickte und tat sein Bestes, um interessiert zu erscheinen, bis sie schließlich bemerkten, dass sie ihn ausschlossen. Zwei bernsteinfarbene Augenpaare richteten sich auf ihn, und unerklärlicherweise war ihm dabei unbehaglich zumute.

»Warum eigentlich London? Was hat dich veranlasst, dich dort niederzulassen?«

»Die Arbeit, denke ich. Dort sitzt die Unternehmensleitung, und mir war klar, wenn ich vorwärtskommen will, muss ich dort sein. Außerdem habe ich Sarah in London kennengelernt, und so sind wir einfach dageblieben.«

»Und was genau machst du?«

Laura beugte sich vor, und er fühlte sich ermutigt, ihr mehr zu erzählen.

»Ich bin Architekt, hauptsächlich im kommerziellen Bereich, also nicht das, was ich idealerweise machen wollte. Ich würde immer noch gern Wohnhäuser entwerfen, wenn ich könnte. Ihr wisst schon, diese exklusiven Villen, wie man sie im Fernsehen sieht. Das ist wirklich mein Traum.«

Laura strich sich mit der Zunge über die Lippen und nickte, als könne sie ihn zu hundert Prozent verstehen.

»Es ist wichtig, einen Traum zu haben, Jay. Dass man versucht, etwas zu tun, das man liebt.«

»Ben sagt, du bist Lehrerin geworden. Ich weiß nicht, ob das was für mich wäre. Scharen von kreischenden Kindern, tagaus, tagein – die Hölle. Sag nicht, dass dir das wirklich Spaß macht.«

»Doch, das tut es, sehr sogar«, sagte sie. »Die Kids sind wunderbar. Die meisten sind absolute Schätzchen, meistens jedenfalls.« Sie lächelte, aber sie schien sich mehr dafür zu interessieren, ihn reden zu hören, statt von sich selbst zu erzählen. »Und Sarah? Ist sie auch berufstätig?«

»Sie ist eigentlich Rechtsanwältin, aber sie hat eine Auszeit genommen, solange Lucy so klein ist. Aber so allmählich habe ich das Gefühl, die Herausforderung fehlt ihr. Deshalb vermute ich, dass sie bald wieder arbeiten gehen wird. Ich glaube, ständig mit den Kindern zu Hause zu sein genügt ihr nicht.«

Jeremy sah, wie ein Schatten über Lauras Gesicht zog. Sie schaute weg, und er beobachtete, wie sie sorgfältig eine verirrte Haarsträhne, die ihr ins Gesicht gefallen war, zur Seite und hinter das Ohr strich. Langsam fuhr ihr Finger an der Ohrmuschel entlang. Sein Mund wurde trocken, als er versuchte, seinen Blick loszureißen von der schlanken Kurve ihres Halses und dem zierlichen Wirbel ihres kleinen Ohres, der samtigen Rundheit des winzigen, rosafarbenen Ohrläppchens. Verzweifelt unterdrückte er den Drang, einen Finger auszustrecken und sanft über das Ohr zu streicheln, ein Gedanke, bei dem sich tief in seinem Bauch plötzlich etwas anspannte. Sie sah ihn wieder an, und ihm wurde heiß, als ein Raunen seines Traums vorbeiwehte. Sie lächelte, und in ihrem Blick lag etwas Wissendes.

»Wir haben uns manchmal gefragt, wie es mit dir wohl weitergegangen ist, nicht wahr, Ben?« Sie legte ihm eine warme Hand auf den Arm. »Nicht oft, aber gelegentlich im Sommer haben wir an alles gedacht und uns gefragt, was aus euch geworden sein mochte. Wie du einfach so verschwunden bist, hat ein richtiges Loch in unserem Sommer hinterlassen, besonders für Ben und mich. Wir haben dich vermisst.«

»Wir hatten jedenfalls eine Menge Spaß damals.« Ben grinste bei den plötzlich aufkommenden Erinnerungen, ohne etwas von den Unterströmungen zwischen ihnen beiden zu bemerken. »Jay, weißt du noch, wie wir Joshs Trainingsanzug angezündet haben?«

Die Erinnerung rauschte über ihn hinweg und vertrieb

jedes Prickeln des Verlangens – Josh, wie er umhersprang und versuchte, sich von dem glimmenden Ärmel seines Hoodies zu befreien, während die anderen sich lachend auf dem Boden wälzten.

»Gott, ja! Wie haben wir das bloß angestellt?«

»Wir wollten eine Armbrust bauen, weißt du noch? Jemand hatte die glänzende Idee, eine Rinne in ein Stück Holz zu brennen, für die Furche, in der der Bolzen liegen sollte. Hat aber nicht ganz funktioniert.«

»Genau! Wir waren im Schuppen von Joshs Dad. Ich erinnere mich, Josh hatte irgendwo ein bisschen Benzin gefunden und auf das Holz geträufelt, um es dann anzuzünden. Ein Wunder, dass wir nicht die ganze Hütte abgefackelt haben.«

Ben fing an zu lachen. »Weißt du noch, wie der Ärmel einfach geschmolzen ist? Das war Nylon oder so was, und es hat echt widerlich gestunken.«

»Ja, und erinnerst du dich an das Gesicht seiner Mum? Ich dachte ehrlich, sie dreht gleich durch. Ich sehe ihn noch vor mir – seine Hände waren schwarz, weil er versucht hatte, das Feuer auszuschlagen, und in seiner Panik hatte er sich damit durch das Gesicht gerieben.«

»Du warst aber auch keine große Hilfe, oder? Wenn ich mich recht erinnere, bist du nach Hause geflitzt und hast uns alleingelassen.«

Ben hatte ja keine Ahnung, wie viel Angst Jeremy vor wütenden Müttern gehabt hatte und wahrscheinlich immer noch hatte.

»Der gute alte Josh. Ein schrecklicher Gedanke, dass er nicht mehr da ist.«

»So was passiert«, sagte Laura, und ihr harter Ton erschreckte ihn.

»Erinnerst du dich noch, als Scotty den Rollstuhl dieser Frau angepinkelt hat?« Jeremy lachte bei dem Gedanken daran. »Wie die geguckt hat!«

Ben hörte auf zu lachen, und sein Gesicht verdunkelte sich. »Nicht«, sagte er nur, »nicht Scotty.«

Die Wunde war nach dreißig Jahren immer noch offen, und noch etwas anderes – vielleicht Zorn – lauerte unter der Oberfläche. Ben und Laura wechselten einen Blick, den Jeremy nicht deuten konnte.

»Entschuldige, Mann«, sagte er. »Ich wusste nicht, dass dich das immer noch trifft.«

»Ja, okay, tut es aber.«

Einen Augenblick lang schwiegen sie beklommen.

»Sag, Jay, wie lange bist du noch hier?«, sprang Laura ihnen bei.

Dankbar sah Jeremy sie an. »Geplant war eigentlich nur diese Woche, aber nachdem ich gesehen habe, was da noch auf dem Dachboden ist, wird es wohl ein bisschen länger werden. Sarah ist zu ihren Eltern gefahren und wollte mich am Wochenende abholen, aber ich glaube, es ist besser, wenn sie die Kinder nach Hause bringt und irgendwann nächste Woche noch mal herkommt.« Er sah Ben an. »Ich nehme an, dein Hilfsangebot steht noch?«

»Ja, natürlich.« Ben lächelte, und der Augenblick der Beklommenheit war vorüber. »Wir dürften aber nicht mehr als zwei oder drei Tage brauchen. Dann klappt es vielleicht immer noch mit dem Wochenende.«

Wieder streckte Laura die Hand aus, aber diesmal berührte sie Ben. Dabei rutschte der Ärmel ihres Pullovers hoch und entblößte den Unterarm. Jeremy sah ein feines Netz alter Narben, die sich kreuz und quer über die Haut zogen, und begriff entsetzt, dass sie sich ritzte oder es früher zumindest getan hatte. Sie sah seinen Blick, nahm die Hand zurück und zog in einer defensiven Gebärde den Ärmel herunter. Ihre Blicke trafen sich, und sie sah plötzlich wachsam und feindselig aus, als sollte er es nur wagen, eine Bemerkung zu machen.

»Hat Jay dir gesagt, warum er wirklich hier ist?«, wandte sie sich an ihren Bruder.

»Ja, natürlich.« Ben klang verwirrt. »Er räumt das alte Haus seines Onkels aus und regelt die Hinterlassenschaft seiner Mum. Warum?«

»Nein, ich meine, hier bei uns. Warum er so erpicht darauf war, dich zu treffen.«

Ben sah Jeremy fragend an, und Jeremy wusste nicht, was er sagen sollte. So hatte er die Sache nicht zur Sprache bringen wollen, und er spürte eine Absicht in Lauras Worten, als wollte sie ihn bestrafen, weil er ihre Narben bemerkt hatte.

»Ich wollte hören, was es Neues gibt, das ist alles – bei euch und bei den anderen, wenn ich schon die Gelegenheit dazu habe. Wäre doch bescheuert hierherzukommen, ohne euch zu besuchen. Ich wünschte nur, ich hätte es schon früher getan.«

Er warf Laura einen erbosten Blick zu, und sie errötete zumindest.

»Was Laura meint, ist, dass ich mich kaum an den Tag erinnern kann, an dem Emily gestorben ist. Meine Mutter wollte nie mit mir darüber sprechen, und was ich den Zeitungen entnehmen konnte, war nicht viel. Ja, ich gebe zu, ich wollte dich irgendwann danach fragen, aber das ist nicht der Hauptgrund, weshalb ich dich sehen wollte. Ganz und gar nicht.«

Das stimmte. Als er angefangen hatte, sich an die guten

alten Zeiten zu erinnern, hatte er Ben um seiner selbst wiedersehen wollen. Sie alle, genau gesagt. Er hatte eine Zuneigung empfunden, eine Nostalgie, bei der es um sehr viel mehr ging als nur darum, herauszufinden, was sie wussten.

Er sah Ben in die Augen. »Das ist die Wahrheit, Alter. Ich hätte dich auch so wiedersehen wollen.«

Bens Wangen begannen zu glühen, zwei leuchtend rote Flecke.

»Willst du mich verarschen? Du kannst dich an nichts mehr erinnern?«

Seine Stimme klang ungläubig, aber da war noch etwas, etwas wie Eifer.

»Nein, eigentlich nicht. Ehrlich gesagt erinnere ich mich praktisch an gar nichts. Selbst nach so langer Zeit ist nichts davon zurückgekommen.«

Er wollte es nicht erklären müssen, wollte nicht beschreiben, wie es für ihn war, seit Emilys Tod. Deshalb war er dankbar, als Ben langsam nickte.

»Das ist okay. Du brauchst es nicht zu erklären. Es ist irgendwie verrückt, aber ich verstehe es, ich habe gehört, dass der Schock merkwürdige Dinge tun kann, und ich habe mich immer gefragt, wieso du …« Er hielt inne, ohne den Satz zu beenden. »Die Sache ist nur, ich bin nicht sicher, ob ich dir eine große Hilfe sein kann.« Er sah Jeremy an. »Es ist Jahre her, und ich hatte schon damals nichts Nützliches beizutragen, von heute ganz zu schweigen.«

Er sah so verstört aus, dass Jeremy sich genötigt fühlte, ihn zu beruhigen. »Ben, Alter, ich erwarte doch nicht, dass du plötzlich irgendein großes Geheimnis aufklärst. Füll ein paar Lücken für mich aus, wenn du kannst, das ist alles. Es ist unheimlich, so ein … so ein weißes Blatt vor mir zu haben.« Er hatte plötzlich den Drang, ehrlich zu sein. »Ich habe in letzter Zeit angefangen, so was wie ... Flashbacks zu erleben, und das ist schon etwas beunruhigend. Ich dachte, wenn ich mich erinnern kann oder wenigstens ein bisschen Kontext habe, würden sie mich nicht so sehr stören.«

Erneut musterten ihn zwei Paar bernsteinfarbene Augen. Bens waren vor Sorge weit aufgerissen.

»Ich weiß nicht, ob es Erinnerungen sind oder nur Zufallsideen, die mein Hirn aus dem zusammensetzt, was man mir erzählt hat. Deshalb will ich versuchen, ein bisschen Klarheit zu bekommen. Wenn ich mich nur erinnern könnte ...«

»Ich will tun, was ich kann, um dir zu helfen, wirklich, aber meinst du nicht, dass man manche Dinge am besten auf sich beruhen lässt? Es ist Jahre her, und nichts wird sich mehr ändern, indem du alles wieder ausgräbst.« In Bens Stimme lag eine gewisse Zurückhaltung, eine wachsame Vorsicht.

»Ich weiß, aber da war immer dieses Loch, und ich glaube, wenn ich es mit *irgendetwas* füllen könnte, wäre ich glücklicher damit.« Auch wenn »glücklicher« es vielleicht nicht so recht traf.

»Okay ...«, antwortete Ben langsam. »Was willst du wissen?«

»Nicht hier, nicht jetzt. Es eilt nicht. Wir können ein andermal darüber sprechen. Wenn wir im Haus sind.« Plötzlich wollte er das Thema beenden. »Hey, will noch jemand was trinken?«

Ben lehnte ab. Sein Wagen stand auf dem Parkplatz. Aber Laura nahm noch ein Glas Wein, und sie plauderten über andere Dinge. Es war eine entspannte Runde, und

Jeremy wünschte plötzlich, Sarah wäre bei ihm. Mit diesen Leuten könnten sie beide befreundet sein – solange es ihm gelang, sein Testosteron unter Kontrolle zu halten.

Nach dem Essen gingen sie hinaus auf den Parkplatz, wo Bens Cabrio parkte.

»Netter Wagen. Da muss es jemandem gut gehen.«

»Er ist nicht schlecht«, sagte Ben. »Mir gefällt er jedenfalls. Wenn du nichts dagegen hast, dich auf den Rücksitz zu zwängen, können wir Laura zu Hause absetzen und dann mit dem Dachboden weitermachen. Sonst hänge ich nur den Rest des Nachmittags vor dem Fernseher.«

»Ich kann mich auf deinen Schoß setzen, wenn du willst, damit du dich nicht auf den Rücksitz zwängen musst«, schlug Laura vor. »Ich muss ja nur um die Ecke.«

Jeremy dachte an den warmen Druck von Lauras Hintern auf seinem Schoß, und Panik flammte auf.

»Nein, danke!« Das kam vielleicht ein bisschen zu hastig. »Das wäre zu gefährlich. Ich kann gut hinten sitzen.«

Das Haus der Geschwister war ein saniertes Reihenendhaus mit einem hübsch gestalteten Garten an der Seite. Es sah aus wie ein Zuhause. Die Schiebefenster waren blassgrün angestrichen, passend zur Haustür.

»Hier wohnen wir.« Laura lehnte sich zu ihrem Bruder hinüber und drückte ihm rasch einen Kuss auf die Wange, bevor sie ausstieg und ihren Sitz nach vorn schob, um Jeremy umsteigen zu lassen. Als er draußen stand, streckte sie sich hoch und küsste auch ihn mit einer zarten Berührung seiner Wange, wie ein Schmetterling.

»Bye, Jay.«

Er nahm ihren Platz auf dem Vordersitz ein, und es war ihm bewusst, dass sein Gesicht glühte. Sie hatte ihn überrascht, und seine Wange brannte wie Feuer, dort, wo ihre

Lippen sie berührt hatten. Ben warf einen besorgten Blick zu ihm herüber, als er die Wagentür schloss, und Jeremy hätte gern eine Erklärung abgegeben, aber er wusste nicht, wie. Stattdessen ließ er die Röte abklingen und blickte starr geradeaus auf die Straße.

Es war fast halb vier, als sie wieder beim Haus waren, zu spät, um noch ans Arbeiten zu denken.

»Ben, danke für das Angebot, aber wenn ich so auf die Uhr sehe, glaube ich nicht, dass wir heute noch viel geschafft kriegen. Wie wär's, wenn wir morgen weitermachen? Wäre das okay?«

Ben gähnte, als der Wagen stand. »Ich muss zugeben, das Essen liegt mir schwer im Magen. Ich muss morgen als Erstes zu Mark, aber dann komme ich vorbei. Wie hört sich das an?«

»Perfekt. Bis dann also, und danke für's Fahren.«

Jeremy blieb auf dem Gartenweg stehen und sah Ben noch einen Moment lang nach. Doch als er die Haustür hinter sich schloss, war er in Gedanken bereits bei dem halb gelesenen Thriller, der aufgeschlagen auf seinem Nachttisch lag.

20

»Das hatten wir an dem Tag geplant«, sagte Ben. »Wir wollten bei Josh im Schuppen an der Armbrust arbeiten, aber dann hieß es, du musst Emily mitnehmen, und da ging das nicht.« Sein Blick war in die Vergangenheit gerichtet. »Gott, du hattest vielleicht eine Laune. Ich weiß noch, wie wütend du auf sie warst, wütender als je zuvor.«

Die beiden Männer hatten eine Pause eingelegt und saßen auf zwei Kisten auf dem Dachboden, wo die schwüle Hitze allmählich unerträglich wurde. Ihre Körperwärme erfüllte den Raum, und scharfer Schweißgeruch hing in der Luft. Trotz der Wärme gefror etwas in Jeremy, wenn er daran dachte, dass er an diesem Tag wütend auf Emily gewesen war. War er wütend genug gewesen, um etwas wirklich Furchtbares zu tun?

»Wenn du ›wütend‹ sagst, was meinst du damit? Was habe ich getan?«

»Du hast nichts *getan*. Du warst nur ungeduldig mit ihr und hast klargemacht, dass sie absolut lästig war.« Ben sah Jeremys Gesicht. »Jetzt guck nicht so. Du hast nichts massiv Falsches getan. Es war einfach manchmal so, und ich kann verstehen, warum. Mir wäre es genauso gegangen, wenn sie meine Schwester gewesen wäre. Mein Gott, ich hätte sie regelrecht gehasst.«

Der gefrorene Teil in seinem Innern knisterte wie Eiswürfel im Whiskyglas. Gehasst?

»Ich habe meine Schwester nicht gehasst. Ich habe Emily geliebt. Wie wir alle.«

»Ich meinte nicht buchstäblich ›gehasst‹, aber es hätte mich gestört, wie alle sie behandelten.« Ben machte ein nachdenkliches Gesicht. »Nach all der Zeit sehe ich es vielleicht aus der Perspektive eines Erwachsenen, aber mir schien, dass alle sich auf Emily konzentrierten und du immer im Hintergrund standest. Das hätte keinem Kind gepasst, zu sehen, wie alle Aufmerksamkeit und Liebe woanders hingingen.«

Sie schwiegen beide eine Zeit lang und hingen wehmütig ihren Erinnerungen nach.

Er sah zu, wie sie das Haar des Mädchens zurückstrich und ihre roten Lippen sanft die Wölbung der kleinen Stirn mit einer Zärtlichkeit küssten, die an seinem Innersten zerrte. Er erinnerte sich, wie er selbst so klein gewesen war, und er gestattete sich die Vorstellung, wie sie ihn auf diese Weise an sich zog und mit liebevollem Blick in die Arme schloss. Fast konnte er diese weichen Hände fühlen und das sanfte Lächeln sehen, das nur ihm gehörte. Obwohl er wusste, dass es niemals passieren würde, sah und hörte er es, und er sehnte sich schmerzlich danach. Tief in seiner Brust vibrierte das Verlangen immer noch wie eine Stimmgabel, aber unter diesem Verlangen lag noch etwas anderes. Es durchzog ihn wie eine stählerne Rute, hart und kalt, und ihr Name war Groll. Groll gegen die Welt, Groll, weil andere geschätzt und geliebt wurden und er nicht. Groll nährte Wut, und Wut nährte dieses namenlose Bedürfnis, und dann war alles verloren.

Jeremy erinnerte sich an diese unerklärlich aufblitzende Bitterkeit, die er in Ians Wohnzimmer empfunden hatte, als er Lucy auf Sarahs Schoß sitzen sah. Das Kitzeln und das Lachen und seinen scharfkantigen Groll gegen das alles. Jetzt fragte er sich, ob sich dieser Groll gar nicht gegen Lucy gerichtet hatte, sondern ein Echo der Vergangenheit gewesen war, in den Vordergrund gerückt durch die Anwesenheit in diesem Haus, in diesem Raum, in dem seine Mutter gesessen hatte, mit Emily auf den Knien. Er hatte sich immer mit einer Art zerrissener, tragischer Liebe an seine Schwester erinnert, aber vielleicht hatte er die Teile, an die er sich nicht erinnern wollte, auch nur zur Seite geschoben, all die Dinge, die seine Schuldgefühle wegen der Vergangenheit noch vergrößerten. Vielleicht hatte er seine Kindheitserinnerungen ja so geformt, dass sie seinem Gefühl Nahrung gaben, Unrecht erlitten zu haben.

Ben sah die Emotionen, die über Jeremys Gesicht huschten. »Hey, um Gottes willen, Jay, mach nicht so ein verdammt tragisches Gesicht, sonst wünsche ich mir noch, du hättest nie davon angefangen. Natürlich hat sie dich manchmal geärgert – es wäre nicht normal gewesen, wenn ihr einander nicht manchmal auf die Nerven gegangen wärt. Laura und ich, wir haben uns manchmal *gehasst*, aber das heißt nicht, dass ich sie nicht geliebt hätte, dass ich nicht alles in meiner Macht Stehende getan hätte, um sie zu beschützen.«

Das war eine merkwürdige Wortwahl – als wäre Laura etwas Schlimmes zugestoßen. Jeremy hätte fast nach ihren Narben gefragt, aber das wäre zu aufdringlich gewesen, und außerdem interessierte ihn im Moment vor allem seine eigene Vergangenheit.

»Ich weiß, das ist mir klar. Ich denke nur immer, dass wir beide uns wirklich nahestanden und ich ihr Beschützer war.«

Ben warf ihm einen seltsamen Blick zu. »Erinnerst du dich wirklich an nichts von alldem? An gar nichts?«

»Doch, natürlich – an einiges jedenfalls. Du stellst meine Erinnerungen gerade nur ein bisschen auf den Kopf, das ist alles. Eigentlich liegt nur der Tag selbst im Nebel. Der Moment des Auffindens. Nach Hause zu meinen Eltern zu laufen und … und es ihnen zu erzählen.« Ihn schauderte. »An diesen Teil habe ich kaum eine Erinnerung.«

An einige Dinge erinnerte er sich allerdings schon: an die dumpfen Schläge, mit denen der Kopf seiner Mutter auf den Türrahmen traf, immer wieder, bis sein Vater sie wegzog. Der rot verschmierte Fleck, den ihre Stirn dort hinterließ. Seine Familie, treibend in Raum und Zeit.

Ben sah ihn traurig an. »Hör zu, Mann, ich weiß nicht, weshalb du dir Vorwürfe machst. Nach allem, was ich in Erinnerung habe, wart ihr zwei ganz normale Geschwister mit einem etwas zu großen Altersunterschied. Die meiste Zeit seid ihr gut miteinander zurechtgekommen, aber manchmal ist sie dir halt auch auf die Nerven gegangen.« Er zögerte. »Du nimmst es mir hoffentlich nicht übel, wenn ich das sage, aber sie war ein seltsames kleines Ding. Die meiste Zeit driftete sie umher wie ein verlorenes kleines Gespenst und sah nur zu.«

Die Vorstellung von seiner kleinen Schwester als einem kleinen verlorenen Gespenst schmerzte ihn tief in der Brust – eine Windung der Schraube, eine Drehung des Messers –, denn genau das war sie am Ende geworden.

»Da hat es auch nichts geholfen«, fuhr Ben fort, »dass deine Mutter regelrecht vernarrt in sie war und Emily nichts falsch machen konnte. Ich war vielleicht noch ein Kind, aber sogar ich konnte sehen, dass deine Mutter dir ständig im Nacken saß, als ob sie nur darauf wartete, dass du einen Fehler machtest, damit sie ihren Zorn an dir auslassen konnte. Ich hatte ernsthaft Angst vor ihr. Sie hat auf mich immer den Eindruck gemacht, als ob sie jeden Augenblick explodieren könnte.«

Hauptsächlich wiederholte Ben nur Dinge, die Jeremy schon wusste, aber die Vorstellung, er könnte einen Groll gegen Emily gehegt haben, schmerzte. Ihm war plötzlich elend zumute. Und er brannte vor Sehnsucht danach, sich seine geheime Angst von der Seele zu reden.

»Ich wünschte nur, ich wüsste, wie es am Ende dazu kam, dass ich sie gefunden habe. Ich ertrage es nicht, dass niemand wirklich weiß, wie sie ertrunken ist, und ich habe Angst, ich könnte in irgendeiner Weise dafür verantwortlich sein …« Das war nichts, was man anderen Leuten anvertraute, und sofort schüttelte er den Kopf. »Entschuldige, ich weiß nicht, was ich da rede. Es ist nur, dass diese Flashbacks mir das Gefühl geben, als stünde ich kurz davor, mich an etwas Schreckliches zu erinnern.«

Ben war blass geworden und starrte Jeremy mit großen Augen an. »Scheiße, Jay, was redest du da? Dass du glaubst, du hattest etwas damit zu tun? Oder dass jemand anderes dahintersteckte? Glaubst du, du hast tatsächlich jemanden gesehen?« Sein Blick fiel auf Jeremys Hände, als stellte er sich vor, wie diese Hände Emily unter Wasser drückten. »Und was sind das für Flashbacks, von denen du redest? Heißt das, du *siehst* Dinge, sozusagen?«

Er schaute Jeremy wieder in die Augen, und in seinem Blick lauerte das Grauen.

»Nein, das nicht gerade. Es ist mehr wie Träume, würde

ich sagen. Ich bin nicht mal sicher, ob es überhaupt Erinnerungen sind oder ob mein Verstand mir etwas vorspielt.«

Ben lachte gezwungen. »Du musst wirklich damit aufhören, Jay. Natürlich hattest du nichts damit zu tun. Gott, ich kann mich nicht erinnern, dass du als Kind solchen Mist geredet hättest. Was ist schiefgegangen?«

Sein Blick fiel wieder auf Jeremys Hände, und Jeremy spürte den Drang, sie zu verstecken. Plötzlich sah er Wasser und dieselben Hände am Hals eines Kindes, sah seine Hand auf Lucys Rücken, und seine Panik schwoll an. In jenem einen, gleißenden Augenblick hatte er sie in den Verkehr hinausstoßen wollen. Hatte er mit Emily am selben Kreuzweg gestanden und den gleichen Zwang gespürt? Hatte er *sie* in seiner Fantasie unter den Bus gestoßen, um sie ein für alle Mal loszuwerden? Taumelnd kam er auf die Beine, wankte zur Luke und ließ sich auf die Leiter hinunter. Bens sorgenvolle Stimme drang an sein Ohr. Er musste weg. Er rannte die Treppe hinunter und durch die Küche, riss die Hintertür weit auf und sog die kühle Luft in seine Lunge. Langsam normalisierte sich seine Atmung wieder, und das überwältigende Grauen ließ nach.

Ben erschien an seiner Seite, und seine Stimme klang gepresst vor Sorge. »Jay, Alter, was ist los? Geht's dir gut?«

Tief ausatmen. Atmen.

»Puh! Entschuldige. Das passiert in letzter Zeit manchmal, aber jetzt ist wieder alles okay. Ehrlich. Ich hab nur für einen Augenblick keine Luft gekriegt. Kein Grund zur Sorge.«

»Okay, wenn du es sagst.« Ben klang nicht überzeugt und sprach erst nach einer kurzen Pause weiter. »Jay, ich weiß, es geht mich nichts an, aber wäre es nicht besser, jemanden dafür zu bezahlen, dass er die Arbeit hier zu

Ende bringt, und einfach nach Hause zu fahren und das alles zu vergessen? Es kann dir doch nicht guttun, die Vergangenheit auf diese Weise aufzuwühlen.«

Er legte Jeremy beruhigend eine Hand auf den Arm. »Wenn du anfängst zu reden, wie du es gerade getan hast, lässt du nur all den Mist wieder aufleben, über den die Leute damals getratscht haben. Lass das sein, Mann. Fahr nach Hause und leb dein Leben weiter.«

Jeremy antwortete nicht. Er hatte dreißig Jahre damit zugebracht zu vergessen, und jetzt war es Zeit, die Wahrheit herauszufinden. Nur aus diesem Grund war er hier.

»Jay, hörst du mir zu? Ich hatte selbst hin und wieder ein paar Probleme. Es tut nicht gut, über Dinge nachzugrübeln, die du nicht ändern kannst.«

Jeremy brachte ein mattes Lächeln zustande. »Ich weiß, aber ich grüble nicht aus freien Stücken. Ich kann nicht anders. Ich kann nicht nach Hause, solange ich nicht alles Menschenmögliche getan habe, um mich wieder zu erinnern. Hey, tu mir den Gefallen und erzähl mir nur ein einziges Mal, was du über den Tag weißt, an dem Emily gestorben ist. Dann lasse ich es gut sein. Ich werde es nie wieder erwähnen. Und mach dir keine Sorgen, dass ich von den Gerüchten hören könnte, die damals die Runde machten. Laura hat bereits angedeutet, was die Leute da geredet haben. Ich weiß, es ist Mist, und du weißt, es ist Mist. Das ist in Ordnung.« Er schaute seine Hand an und sah, dass es keine mörderische Pranke mehr war. »Du warst immer ein guter Freund, Ben. Danke dafür.«

Ben erzählte, und Jeremy sog jedes Wort in sich auf.

»... wie gesagt, wir wollten zu Josh, aber deine Mutter bestand darauf, dass du Emily mitnimmst. Sie sagte,

Emily hätte Langeweile, du solltest mehr mit ihr spielen. Das weiß ich, weil ich am Vormittag gekommen war, um dich abzuholen, wie wir es verabredet hatten, sie mich aber wegschickte.«

Das Echo des tadelnden Tons seiner Mutter hallte in seinem Ohr wider. »Was für ein grässlicher Bruder bist du, dass du nie mit deiner kleinen Schwester spielen willst? Du musst dich doch nicht ständig mit diesen Jungs herumtreiben! Und ich bitte dich ja nicht mal, im Haus zu bleiben. Du kannst bis auf die Wiesen gehen, aber sieh zu, dass du auf sie aufpasst und dass ihr nicht in den Wald geht.« Widerspruch war unmöglich gewesen, und Jeremy erinnerte sich plötzlich, wie er mit Emily im Schlepptau aus dem Haus getrottet war.

»Ich dachte, wir hätten uns morgens früh getroffen. Gleich nach dem Frühstück?«, hakte er nach.

»Nein, bestimmt nicht. Es war eher gegen elf. Ich war zuerst bei Nathan gewesen, und der wartete draußen auf mich. Wir haben am Ende des Fahrwegs herumgelungert, um zu sehen, ob du kommst, und dann bist du mit Emily aufgekreuzt, und wir sind auf die Wiesen gezogen.« Er überlegte kurz. »Ich weiß nicht mehr, ob Andy dabei war, aber es kann sein. Josh war auf jeden Fall da. Er kam uns suchen, als wir nicht wie geplant bei ihm zu Hause erschienen.« Er grinste bei der plötzlichen Erinnerung. »Du warst ein echtes Arschloch. Du hast uns gezwungen, mit Emily ›Wie spät ist es, Mr Wolf‹ zu spielen, obwohl du wusstest, dass sie eine Höllenangst vor Wölfen hatte, und du hast extra viel geknurrt und gekläfft. Du hast uns ganz hinten anfangen lassen, und das bedeutete, dass Emily fast jedes Mal gefangen wurde. Aber sie war keine Spielverderberin, obwohl du sie nie hast Wolf sein lassen. Sie hat brav mitgespielt, halb verängstigt, halb entzückt, wie kleine Kinder es tun, und hat dabei immer gequiekt wie ein Schweinchen.« Ein Schatten zog über sein Gesicht. »Laura war auch eine Zeit lang dabei, und ich weiß noch, das gefiel Emily, dass da noch ein Mädchen war, auf ihrer Seite sozusagen.«

Wie Ben es erzählte, klang es, als wäre Jeremy ein gemeiner, rachsüchtiger Bengel gewesen.

»Irgendwann hatten wir keine Lust mehr und haben lieber Fußball gespielt. Gott, das ist alles so lange her ...«

»Ich weiß, aber erzähl mir einfach alles, was dir noch einfällt.«

Ben dachte nach. »Genau, Andy *war* da. Er kam später dazu, und er war es, der den Ball mitbrachte. Wir kickten eine Weile herum, und Emily sah zu, aber als Laura ging, wurde es ihr langweilig, und sie fing an zu heulen und sagte, sie würde eurer Mum erzählen, dass du nicht mit ihr spielen wolltest.«

Er schwieg und musterte Jeremy ernst. »Das alles ist Jahre her, Jay. Das meiste habe ich der Polizei schon damals erzählt, aber seitdem habe ich eigentlich nicht mehr daran gedacht, und deswegen kann ich nicht garantieren, dass alles so stimmt.«

»Schon in Ordnung. Ich erwarte ja nicht, dass du dich haargenau an alles erinnerst. Du sollst mir nur helfen, ein paar Lücken auszufüllen. Vielleicht hilft das ja meinem Erinnerungsvermögen.«

Plötzlich fiel Jeremy auf, das Ben »das meiste« gesagt hatte. »Was hast du damit gemeint? ›Das meiste‹? Hast du der Polizei nicht alles erzählt?«

»Doch, natürlich. Nur nicht, dass du wütend auf sie warst.« Er sah ihn verständnisheischend an. »Vergiss nicht, wir waren noch Kinder, und du warst mein Kumpel. Ich wollte nicht, dass du Ärger kriegst oder in ein schlechtes Licht gerätst. Es hätte schlimmer geklungen, als es war.«

Er sah weg, und Jeremy hatte plötzlich den Verdacht, dass es doch schlimmer gewesen war. Dass Ben hatte lügen, etwas weglassen müssen, um ihn irgendwie zu schützen, und mit einem Mal fragte er sich, ob es doch mehr gab, als Ben ihm erzählte.

»Es war ein glühend heißer Tag, und irgendwann sind wir zurück zum Hof, um etwas zu trinken und ein Sandwich zu essen. Ich weiß noch, dass der Alte meckerte, weil wir so viel Dreck hereinschleppten. Und danach beschlossen wir, in den Wald runterzugehen. Du warst nicht scharf drauf, weil deine Mum es dir offenbar verboten hatte, aber wir gingen dann trotzdem.«

Der Blick, den er Jeremy zuwarf, war voller Schmerz und Reue. »Von da an ging alles schief. Emily bekam Angst und fragte, ob im Wald Wölfe wären, und du sagtest, da wären riesengroße Wölfe, die kleine Mädchen wie sie fressen würden. Verständlicherweise fing sie an, sich zu sträuben, und wollte nicht mitgehen, und da sagtest du, *du* wärest der große böse Wolf und würdest sie holen kommen.«

Jeremy spürte, dass sein Puls schneller schlug. »Also habe ich ihr absichtlich Angst eingejagt. Gott, das ist ja furchtbar.«

»Ich denke nicht, dass sie dir auch nur eine Minute geglaubt hat, aber sie lief weg, und wir alle verfolgten sie. Am Ende haben wir sie in den Wald gejagt.«

Jeremy sah Jack und Lucy vor sich, wie sie über die ausgebleichten Winterwiesen rannten, das Rotkäppchen ein Kontrast zu der sepiabraunen Erde, und jetzt verstand er auch den Kontext. Er hatte absichtlich ein verängstigtes kleines Mädchen in den Wald gejagt, wo es gestorben war. Blieb noch die Frage, *wie* es gestorben war. Er hatte Angst, das herauszufinden.

»Und dann? Was ist passiert?« Er musste es wissen, ganz gleich, wie schlimm es war.

»Anfangs fanden wir es witzig.« Ben sah beschämt aus. »Wir jagten sie bis zum Wald, aber dann kriegtest du Angst und wolltest, dass wir nicht weiterlaufen. Du hast gerufen, sie solle zurückkommen, wir hätten nur Spaß gemacht, aber sie rannte weiter. Ich glaube, inzwischen hatte sie richtig Panik und fing an zu glauben, sie würde tatsächlich von Wölfen verfolgt.« Gedankenverloren schüttelte er den Kopf. »Sie ist in den Wald hineingerannt, und du hast ihr immer wieder hinterhergerufen, sie solle zurückkommen, aber sie rannte ins Gebüsch, und da haben wir sie verloren. Weil sie viel kleiner war als wir, kam sie durch Lücken, bei denen wir Mühe hatten. Deshalb wurden wir immer langsamer, und irgendwann war sie weg.«

Jeremys Herz schlug einen Trommelwirbel, und in seinen Gliedern kribbelte das Adrenalin. Er war nicht sicher, ob er noch mehr ertragen konnte, aber Bens Worte bohrten sich unerbittlich in seinen Kopf.

»Erst warst du wütend, weil sie weggelaufen war, aber dann bist du in Panik geraten, Jay. Du warst normalerweise nicht so gemein zu ihr. Ich glaube, an diesem Tag warst du besonders sauer, weil wir ja die Armbrust hatten fertig machen wollen.«

»Willst du mir sagen, sie ist gestorben, weil ich eine gottverdammte Armbrust fertig machen wollte?«

»Als du sie nicht finden konntest, warst du richtig aus dem Häuschen, weil dir klar war, dass du jetzt wirklich in der Tinte sitzen würdest. Ich weiß noch, wir haben sie eine Ewigkeit gesucht, du, Nathan und ich. Andy und Josh hatten nach Hause gehen müssen – Andys Eltern wollten weg, und er hatte immer noch Hausarrest wegen der Nummer mit dem Trainingsanzug –, deshalb waren wir nur zu dritt.« Er hielt kurz inne, konzentrierte sich darauf, weitere Teile der Vergangenheit zu bergen. »Im Wald trafen wir Mark, aber er hatte nichts gesehen oder gehört, und schließlich bist du nach Hause gelaufen, um Hilfe zu holen. Das hast du wenigstens gesagt.«

Jeremys wahre Absichten schienen mit einem Fragezeichen versehen, aber er hakte nicht nach. Weit mehr interessierte ihn der Umstand, dass Mark dort gewesen war und dass er später das Bedürfnis gehabt hatte, Gerüchte und Verdächtigungen zu verbreiten.

»Was hat Mark denn dort gemacht? Warum war er da?«

Zum ersten Mal zeigte Ben sich von einer anderen Seite. Ärger verfinsterte seine Züge.

»Er hat gar nichts *gemacht*. Wenn du andeuten willst, dass er etwas mit der Sache zu tun hatte, liegst du weit daneben. Er war mit seinem Kumpel David da, mit Sally und einem anderen Mädchen, glaube ich. Sie hingen unten bei der Schaukel ab.«

Jeremy hob beschwichtigend die Hände. »Ich wollte nichts andeuten.« Das stimmte nicht ganz. »Ich wollte mir nur ein umfassendes Bild machen – von dem, was wir getan und wen wir gesehen haben.«

Bens Ärger verflog so schnell, wie er gekommen war. »Schon okay. Ich dachte nicht ernsthaft, dass es so gemeint war. Es ist nur, weil viele Leute hier anscheinend ein Problem mit Markie haben, und er ist eigentlich ein guter Kerl. Er würde alles für dich tun, wirklich alles, aber die Leute sehen nur seine spöttische Art.«

Etwas anderes hatte auch Jeremy nicht gesehen, aber er verkniff sich lieber jeden Kommentar. »Und wie ging es weiter, nachdem ich nach Hause gelaufen war?«

»Nathan und ich haben sie noch eine Weile gesucht, aber schließlich haben wir auch aufgegeben und sind nach Hause gegangen.«

»Was, zusammen?«

»Ja, so ziemlich, glaube ich. Mehr konnten wir nicht tun, und wir waren uns sicher, dass deine Eltern sie bald fänden, wenn ihr sie zusammen im Wald suchen würdet. Wenn sie die Stimme eurer Mum hörte, würde sie sofort aus ihrem Versteck kommen.«

Im Wald roch es grün und lebendig, und das Sonnenlicht, das den Weg durch das hohe Blätterdach fand, war getönt von Chlorophyll. Es flutete die Räume zwischen den Bäumen mit grünem, wässrigem Licht, das sich kräuselte und veränderte. Winzige Insekten tanzten funkelnd in den Lichtstrahlen, schwammen in der Luft und gaben dem Jungen das Gefühl, durch eine geheime Unterwasserwelt zu waten.

Das alles hatte angefangen wie ein kleiner Scherz. Er hatte sie mit Geschichten vom großen, bösen Wolf geneckt und sich an ihrer Angst vor dem altehrwürdigen Märchen geweidet. Insgeheim erinnerte er sich, wie gut es sich angefühlt hatte und wie er ihre Angst genossen hatte. Doch dann hatte sich alles geändert, sie war in Panik geraten und in den Wald gerannt, und sie hatte alle Rufe ignoriert und war nicht stehen geblieben. Sie hatte den Pfad verlassen und war ins dichte Dornendickicht gelaufen, wo sie versucht hatten, ihr zu folgen, aber sie hatten sie im Dschungel des Unterholzes verloren. Jay hatte geschrien und geschrien, bis seine Kehle wund war und seine Stimme voller Panik. Aber der Wald hatte jedes Wort verschluckt, und obwohl sie angestrengt nach einer Antwort gelauscht hatten, hatte er ihnen nichts zurückgegeben als den Klang der Stille.

Bens Hände zitterten, und er sah fast so bestürzt aus, wie Jeremy sich fühlte. »Weißt du, Jay, mir ist wirklich scheußlich zumute, wenn ich daran denke, was damals passiert ist, und wenn ich jetzt noch einmal darüber rede, wird mir klar, dass ich ebenfalls ein Teil davon war. Wenn wir sie nicht gejagt hätten, wäre das alles nicht passiert, und das ist ein schlimmes Gefühl. Wenn ich daran denke, dass du ... dass wir ihr solche Angst eingejagt haben, dass sie bis zum See gerannt ist und dort ... hineingefallen ist ... Das ist schrecklich.«

Er schien davon überzeugt zu sein, dass sie einfach ins Wasser gefallen und ertrunken war.

»Sei nicht albern, Ben. Nichts davon war irgendwie deine Schuld. Wenn jemand Schuld hat, dann ich. Ich war ihr Bruder und alt genug, um zu wissen, dass das, was ich getan habe, bösartig und falsch war. Hey, ich bin dir dankbar, dass du mir das erzählst, und es tut mir wirklich leid, wenn du jetzt ein schlechtes Gewissen hast.«

Für diesen Tag waren sie fertig. Keiner von ihnen hatte den Mut, noch einmal auf den Dachboden zu steigen und noch mehr Staub von der Vergangenheit zu blasen. Der Überseekoffer ragte irgendwo über Jeremys Kopf in die Höhe, in seinen Tiefen lag die graue Pelzstola zusammengerollt, und es war fast, als hörte er sie murmeln, ein bedrohliches Summen, das durch das Haus hallte: *Wer hat Angst vorm bösen Wolf?*

Als Ben gegangen war, beschloss Jeremy, einen Spaziergang zu machen, um noch ein wenig frische Luft zu schnappen und einen klaren Kopf zu bekommen. Er ging in Richtung des Waldes und nahm denselben Weg, den er nur ein paar Tage zuvor mit Sarah und den Kindern genommen hatte. Doch heute war es kein sonniger Tag, und der Himmel lag flach und schwer über dem zerfurchten Boden. Jeremys Glieder waren bleiern, aber er zwang sich, mit zügigen Schritten durch die kahlen Felder auf die Straße zuzugehen. Er musste diesem Wald entgegentreten und die Dämonen austreiben, die dort im stillen Unterholz lauerten. Heute waren keine Flugzeuge am Himmel, keine bellenden Hunde warfen ihn zurück in die Vergangenheit, aber noch immer barg die Dunkelheit unter den Bäumen etwas Bösartiges. Die Stämme am Waldrand standen in unregelmäßigen Reihen und warteten auf sein Kommen, und ein Frösteln durchlief ihn, als er vorwärtsstrebte und dem Pfad folgte, den sie als Jungen gegangen waren. Astwerk wölbte sich über ihm, und die Bäume rückten immer näher, je weiter er kam. Stille umfing ihn, das Raunen des Winterwaldes. Er ging weiter, obwohl seine Muskeln widerstrebten, und ignorierte die erwartungsvolle Atmosphäre, von der die Luft vibrierte. Er merkte, dass seine Atmung flacher geworden war, und er unternahm die bewusste Anstrengung, seine Glieder zu lockern und tiefer zu atmen.

Er erreichte die Lichtung, wo die Jungen einmal eine Seilschaukel aufgehängt hatten, die längst verrottet und verschwunden war. Es war ein melancholischer Ort, zum Teil von Dornen und Stechpalmen überwuchert. Die Kinder aus dem Ort spielten hier anscheinend nicht mehr. Warum sollte man zwischen echten Bäumen herumlaufen, wenn solche Freuden durch die virtuellen Welten von Xbox und PlayStation ersetzt werden konnten?

Jeremy ließ die Lichtung hinter sich und ging weiter zum See. Sein Herz schlug umso lauter, je näher er kam. Das Pochen übertönte den Klang seiner Schritte und dämpfte das Rascheln des Laubs unter seinen Füßen. Mit schwachen Knien erreichte er das Ufer und schaute über den See hinaus. Dunkel und flach lag das Wasser vor ihm, und kaum eine Welle kräuselte die Oberfläche. Da war keine Woge des Wiedererkennens; seine Erinnerungen blieben still wie der See selbst. Selbst die Stelle, wo er seine tote Schwester gefunden hatte, blieb rätselhaft. Alles sah gleich aus – ein unebenes Oval aus Erde, umgeben von Bäumen, deren Äste hier und da das Wasser berührten. Ihre Zweige trugen Girlanden aus Seegras, und Dämme aus Laub umgaben sie. Jeremy starrte in die Tiefe, aber auch dort sah er keine Geheimnisse, nur abgestandenes Nass, braun und von Humus gesättigt. Undurchdringlich wie die Vergangenheit.

Sie machte kaum ein Geräusch. Nur ein angstvolles Schnappen nach Luft, ein kurzes Platschen, und dann schloss sich das Wasser über ihrem Gesicht, und ihr Haar breitete sich aus zu einem goldenen Gewirr. Nach und nach hörte sie auf, um sich zu schlagen, und eine Kette von winzigen Luftblasen zerplatzte im Seegras an der Oberfläche. Sie war fort und nahm das dunkle Geheimnis ihres Todes mit ins Wasser. Der Wind raschelte noch immer in den obersten Ästen, die Vögel sangen noch immer ihr Lied, und dort, an dem See im Wald, schauten die Bäume zu und schwiegen.

Die Zeit drehte sich um sich selbst und schwoll an, bis Jeremy ein unbestimmtes Prickeln auf der Haut zwischen seinen Schulterblättern spürte, das Gefühl, beobachtet zu werden. Ein Reiher stieg lautlos zwischen den Bäumen auf und glitt über dem Wasser dahin. Sein Spiegelbild erhob sich wie ein wässriger Doppelgänger, und seine Flügelspitzen streiften den Wasserspiegel. Der Bann war gebrochen. Erschrocken merkte Jeremy, dass er den Atem angehalten hatte, und er sog die Lunge voll mit Luft, als bunte Flecken vor seinen Augen zu tanzen begannen. Seine Sicht klärte sich, und er sah, dass da nichts war, keine Antworten. Es war nur ein Ort, vertraut und zugleich fremd.

Plötzlich fühlte er sich alt und müde und beschloss, umzukehren und seinen Weg zurück in das willkommene Licht und die Luft der Felder zu gehen. Einen Moment lang hörte er eine rufende Jungenstimme, aber es war nur der Wind in den Bäumen, eine Täuschung, die sein Herz schneller schlagen ließ. Als er aus dem Schutz der Bäume hervortrat, sah er in einigem Abstand eine einsame Gestalt auf dem zerfurchten Weg vor ihm. Es war Mark. Er ging schnell und mit gesenktem Kopf, und Jeremy verlangsamte seinen Schritt. Er hatte keine Lust, Mark einzuholen und sich womöglich weiteren Sticheleien auszusetzen. Marks Anwesenheit hier verwunderte ihn. Der Mann war kaum der Typ für einen einsamen Spaziergang auf dem Lande, sondern eher einer, der das Bier des vergangenen Abends beim Hanteltraining in irgendeiner Steroid-Show männlicher Dominanz ausschwitzte. Jeremy fragte sich kurz, was er hier wohl tat.

21

Die beiden standen vor der Tür, und es war Ben, der das zunehmend verlegene Schweigen beendete.

»Ich dachte, ich bringe Markie mit, damit er uns hilft, wenn das okay ist. Die letzten Möbelstücke sind ziemlich schwer, und zu dritt schaffen wir es leichter. Ist dir das recht?«

Als könnte Jeremy nein sagen. »Ja. Ja, klar.« Seine Worte glitzerten vor Kälte.

Er trat einen Schritt zurück, um sie hereinkommen zu lassen, und Adrenalin beschleunigte seinen Puls. *Rat-a-tat-tat*, kleine Fäuste, die an seinen Herzbeutel hämmerten. Es war, als wollte sein Herz Mark am liebsten mit einem harten Schlag zwischen die Augen begrüßen. Jeremy wollte ihn nicht im Haus haben. Nicht so sehr wegen seines spöttischen, hämischen Benehmens im Pub, sondern eher, weil Jeremy wusste, dass er versucht hatte, seinen Namen zu beschmutzen, und weil er an jenem Tag im Wald gewesen war. Was hast *du* wohl zu verbergen, he, *Markie*?

Als Mark sich an ihm vorbeidrängte, roch Jeremy den Geruch von abgestandenem Bier und billigem Aftershave. Es war ein Trigger, und er spürte, wie eine wilde Wut sich in den Vordergrund drängte. Er wollte ihm wehtun. Er wollte fühlen, wie der Nasenknorpel unter den Knöcheln seiner Faust knackte. Es erschreckte ihn bis ins Innerste, aber zu wissen, dass Mark und sein Vater Gerüchte verbreitet und impliziert hatten, dass Jeremy beim Tod seiner eigenen Schwester die Hand im Spiel gehabt hatte, ließ den Zorn in seiner Kehle brennen.

Mark drehte sich zu ihm um, als spürte er seine Feindseligkeit, und sah ihn zerknirscht an. »Hör mal, Jay, ich wollte sowieso noch mit dir reden. Es tut mir leid wegen neulich Abend, okay? Ich hatte ein paar Gläschen intus und war ein bisschen auf Krawall gebürstet. Du hattest recht, ich hab mich wie ein Arschloch benommen.«

Jeremy misstraute dieser männlichen Variante einer Entschuldigung. Im Gegensatz zu Bens offensichtlicher Aufrichtigkeit klang sie nicht ehrlich. Tatsächlich war es schwer zu glauben, dass diese beiden Männer wirklich Brüder sein sollten, denn sie hätten unterschiedlicher nicht sein können. Sie hatten nichts miteinander gemeinsam, von der Kleidung bis zum Unterschied in Größe und Haltung. Jeremy sah die schweren Stiefel und die Oversize-Jacke, die Mark trug, und auch die klobigen Taschen, die seinen ohnehin schon beeindruckenden Oberkörper noch massiver wirken ließen. Anders als bei Ben hatte sein Auftreten etwas Einschüchterndes und maskulin Bedrohliches, als ob ihm das Testosteron aus allen Poren dampfte.

»Schon okay«, sagte er mit viel zu hoher Stimme. »Hatten wir alle schon mal.« Hatten sie nicht. Nur Arschlöcher wie Mark.

Er wollte fragen, warum Mark die Notwendigkeit verspürt hatte, seinen Namen in den Dreck zu ziehen. Was hatte er da versucht abzuwehren oder zu verbergen? Aber er stellte die Frage nicht – nicht, weil er im Inneren seines Wesens ein Feigling war, sondern weil er nicht wusste, wie es enden würde, wenn er erst einmal damit anfinge. Stattdessen holte er ein paar Mal tief Luft und dämpfte seine Antipathie, bis sie nur noch ein Hintergrundsummen war. Eine hämische Bemerkung, eine falsche Bewegung, und er wusste, sie würde wieder hervorbrechen, doch im Augenblick war er der bessere Mann. Aber Kaffee bot er nicht an. *So* weit reichten seine guten Absichten nicht.

Oben auf dem Dachboden arbeiteten die drei beinahe schweigend. Sie ließen die Einzelteile des Esstischs hinunter, danach die Stühle und ein schweres Eichenholzsofa. Schließlich kraxelte Jeremy noch einmal die Leiter hinauf, wo nur noch die beiden letzten kleinen Kisten und der Überseekoffer warteten. Mark schob den Heber an den Deckel des Koffers, aber Jeremy stoppte ihn.

»Nein! Nicht den! Helft mir nur, ihn runterzubringen. Ich schaue später hinein.«

Es war plötzlich wichtig, dass niemand außer ihm den Koffer berührte, so wichtig, dass ihm das Herz bis zum Hals klopfte. In dem Koffer waren Erinnerungen an seine Familie, an Emily und an Onkel Ian. Jeremy wollte allein hineinschauen, um sich den Emotionen zu stellen, die der Inhalt ins Leben rufen konnte. Hier wollte er es nicht tun, nicht einmal vor Ben, und schon gar nicht unter den spöttischen Blicken seines Bruders.

Mark hob die Hände in der gleichen Gebärde, die er auch im Pub vor Laura gezeigt hatte. »Ho! Okay, Alter, ist ja recht. Wir helfen dir, die letzten paar Teile runterzuschaffen, und dann sind wir weg.«

Als die Kisten auf dem Treppenabsatz standen und der Koffer wohlbehalten in einem der Schlafzimmer verstaut war, sah Jeremy sich ein letztes Mal auf dem leeren Dachboden um. Er hörte, wie die Brüder auf dem Absatz unter ihm leise miteinander sprachen, und ein Funke des

Argwohns glühte auf. Er fragte sich, worüber sie redeten. Etwas in Marks Ton klang nach Uneinigkeit.

Jeremy ließ sich zum letzten Mal durch die Luke hinunter, suchte mit dem Fuß fuchtelnd nach der obersten Leitersprosse.

Er begann mit dem Abstieg, und da geschah es. Der untere Teil der Leiter brach in seinem Scharnier weg, die unteren Sprossen falteten sich ein und gerieten außer Reichweite, und er hing in der Luft, klammerte sich an die Leiter und strampelte mit den Füßen. Er hörte, wie jemand »Scheiße!« rief, und Hände griffen nach ihm, aber es war zu spät. Seine Hand rutschte ab, und er prallte schmerzhaft gegen den Geländerpfosten oben an der Treppe. Es verschlug ihm den Atem, und bevor er reagieren konnte, fiel er die steile Treppe hinunter. Hastig streckte er den Arm aus, um das Geländer zu fassen, als er vorbeiflog, denn ihm war nur allzu klar, wie das Ergebnis aussehen würde, wenn er mit dem Kopf auf dem harten Boden der Diele aufschlug. Zum Glück fand seine Hand einen Halt, und ein letzter Überschlag beendete seinen Sturz, wobei er sich fast den Arm aus dem Schultergelenk riss. Schmerz und Schock ließen ihn aufschreien, und das Erste, was ihm durch einen roten Nebel ins Bewusstsein drang, war eine kleine geschnitzte Maus auf dem Geländer, die ihn passiv betrachtete. Das selbstgefällige kleine Miststück. Langsam wurde ihm das Poltern von Schritten auf der Treppe über ihm bewusst, und dann schwebte Marks Gesicht vor ihm und gleich darauf auch das seines Bruders.

»Scheiße, verdammt! Jay, alles okay? Mein Gott, Mann, hast du uns einen Heidenschrecken eingejagt! Was zum Teufel ist passiert?«

Jeremy konnte nicht antworten. Der Schmerz war so heftig, dass er kurz davor war, sich zu übergeben.

»Jemand hat die Sicherheitsverriegelung nicht richtig einrasten lassen, das ist passiert«, erklärte Ben in vorwurfsvollem Ton. »Mein Gott, Jay, du musst besser aufpassen. Du hättest leicht zu Tode kommen können. Tatsächlich hätte jeder von uns da abstürzen können und vielleicht weniger Glück gehabt.«

Wenn es als »Glück« gelten konnte, mit gebrochenen Rippen und einem herunterhängenden Arm hier zu liegen, dann hatte er in gewisser Weise recht, aber so fühlte es sich für Jeremy nicht an. Es war schon merkwürdig, wie sie es beide geschafft hatten, wohlbehalten herunterzukommen, und auch, dass alles in Ordnung gewesen war, bis Mark dazugekommen war.

»Ich bin sicher, der Riegel war ordnungsgemäß eingerastet«, krächzte er schließlich. »Bist du sicher, dass keiner von euch beiden beim Runterklettern dagegengestoßen ist?«

Die Brüder wechselten einen Blick.

»Ich nicht, da bin ich ziemlich sicher.« Ben half ihm beim Aufstehen. »Es sei denn, er ist an einem Möbelstück hängengeblieben.« Er sah ihn an. »Scheiße, Jeremy, du bist weiß wie ein Laken. Meinst du nicht, du solltest dich untersuchen lassen?«

Jeremy spannte die Schulter, und der Schmerz schoss wie ein Blitz durch seinen Arm und quer durch die Brust.

»Es fühlt sich an, als hätte ich was ziemlich Endgültiges mit meiner Schulter gemacht, und ich glaube, ich habe eine Rippe brechen gehört. Aber fürs Krankenhaus brauche ich einen Fahrer.«

Behutsam halfen die Brüder ihm in Bens Cabrio, das

jetzt ziemlich albern und unpraktisch aussah – komisch, wie schnell solcher Glanz verblasste –, und hievten ihn auf den Beifahrersitz. Er war sicher, dass ihm schlecht werden würde, aber in diesem Augenblick war es ihm egal. Scheiß auf Bens Polster. Er konzentrierte sich mehr auf das sehr reale Unbehagen, das über sein malträtiertes Rückgrat rieselte. Er hätte schwören können, dass die Leiter fest eingerastet gewesen war.

Es war spät, als Jeremy und Ben aus dem Krankenhaus zurückkamen. Das Haus wirkte kalt und spartanisch, und Jeremy dachte beklommen an den einsamen Abend, der vor ihm lag. Seine Schulter tat ihm weh, und die Rippen taten weh, trotz der Medikamente, mit denen man ihn im Krankenhaus vollgepumpt hatte. Gebrochen war nichts, und auch sonst lag nichts vor, was nicht durch Zeit, Ruhe und Schmerzmittel behandelt werden konnte. Trotzdem tat es höllisch weh.

Ben bemerkte seine Stimmung. »Hey, Jay, warum kommst du heute Abend nicht zu uns nach Hause? Keiner von uns hat irgendwas vor. Wir könnten uns vielleicht Essen und ein paar Bier kommen lassen. Was meinst du?«

»Ich weiß nicht, ich bin wahrscheinlich keine gesellschaftliche Bereicherung. Aber schon okay, ich komm klar.«

»Nein, tust du nicht. Na los, sag ja – ich würde dich gerne im Auge behalten.«

Jeremy war gerührt von so viel Fürsorglichkeit, aber er brauchte keinen Babysitter.

Über Bens Gesicht ging plötzlich ein Strahlen. »Ich weiß was. Ich könnte Andy anrufen, wenn du möchtest, und fragen, ob er Lust hat, auch dazuzukommen. Wäre ja eine Schande, wenn du ihn nicht wenigstens einmal triffst, solange du hier bist.«

Jeremy dachte an das leere Haus und merkte, wie er schwach wurde. Vielleicht hatte Ben recht, und es wäre gut, den alten Freund wiederzusehen.

Das Haus, in dem Ben und Laura wohnten, war warm und einladend. Durch die Haustür betrat man eine schmale Diele mit dunkelblauer Täfelung und gebeizten Holztüren, und an den Wänden hing eine Vielzahl von Drucken in nicht zusammenpassenden Rahmen. Das Wohnzimmer im vorderen Teil des Hauses war in einem satten Aubergine-Ton gestrichen, was den Wänden eine samtene Erscheinung verlieh, fast so, als wären sie weich, wenn man sie berührte. Zwei elegant erschlaffte und verblichene Sofas standen einander gegenüber vor dem Kamin, in den sich ein Holzofen schmiegte, flankiert von zwei Stapeln Feuerholz. Das Sims darüber stand voller Kerzen, manche in Messingleuchtern, andere frei, elfenbeinfarbene Säulen in verschiedenen Stadien des Verfalls. Das Wachs vergangener Generationen hatte laufen dürfen, es bedeckte den Sims mit verschlungenen Falten und Rinnsalen und rann über die Ränder in spitzenfeinen Wasserfällen und Stalaktiten, die spröden Geister vergangener Kerzen. Er sah Pflanzen, mit Blumen bedruckte Fußbodenkissen, einen Batikteppich und Tagesdecken in lebhaften Smaragd- und Goldtönen. Das Ganze war eine eklektische Mischung, die sich warm und wundervoll zusammenfügte.

Ben hatte angerufen, und jetzt kam Laura aus der Küche, um sie zu begrüßen. Ein Lächeln ging über ihr Gesicht. Jeremy merkte, dass er ebenfalls lächelte, und plötzlich war er froh, hier zu sein und nicht allein mit seinen Gedanken.

Eine entspannte, gesellige Atmosphäre erfüllte den Abend. Andy kam später dazu und brachte das Essen vom indischen Take-away und einen Zwölferpack Bier. In den letzten Jahren schien er sich zu seinem Vater entwickelt zu haben, nur in einer jüngeren, glücklicheren Version. Die Ähnlichkeit lag in der Neigung seines Kopfes und in den Falten und Runzeln seines schmalen Gesichts, die aussahen, als hätten sich die väterlichen Züge auf seine eigenen gelegt. Die Zeit hatte ihm den größten Teil seines Haars gestohlen, und nur ein paar optimistische Strähnen waren sorgfältig quer über den Schädel arrangiert worden, eine Maßnahme, die Jeremy mit leiser Verlegenheit erfüllte.

Andys Blick war offen und freundlich, und anscheinend war er vorbehaltlos glücklich, seinen Kindheitsfreund wiederzusehen. Begeistert schüttelte er Jeremys Hand wie einen Pumpenschwengel, sodass die Nerven in Jeremys gezerrten und verletzten Muskeln vor Schmerz aufschrien. Aber er ließ sich nichts anmerken und erwiderte die Begrüßung tapfer.

»Andy, wie schön, dich zu sehen.«

»Jay«, sagte Andy, »guter Gott, Mann, ich kann es kaum glauben. Nach all den Jahren.« Er musterte Jeremy von oben bis unten. »Aber ich hätte dich überall erkannt. Du hast dich kaum verändert – im Gegensatz zu manch anderen.« Er grinste und deutete mit einer bescheidenen Geste auf sich selbst. »Und, was hast du in den letzten Gott weiß wie vielen Jahren angestellt?«

Ein Schatten huschte über sein Gesicht, und Jeremy wusste, er dachte an Emily. Aber dieses Fass wollte er nicht aufmachen, und so erfreute er ihn rasch mit Einzelheiten über Sarah und die Kinder, über die Arbeit und die Umstände, die ihn hergeführt hatten. Dann befragte er Andy über sich selbst.

»Da gibt's nichts allzu Aufregendes, fürchte ich. Ich habe das Geschäft übernommen, als Dad sich zur Ruhe setzte, und seitdem führe ich es.« Ein stolzer Unterton schlich sich in seine Stimme. »Es geht uns ganz gut. Tatsächlich haben wir sogar ein bisschen expandiert und einen zweiten Laden drüben in Pewsey aufgemacht, und vielleicht sehe ich mir nächstes Jahr einen dritten an. Mal sehen.« Sein Gesicht wurde sanft. »Ich habe Ellie geheiratet, und sie ist sicher das Beste, was mir je passiert ist. Erinnerst du dich an Ellie, Joshs kleine Schwester? Wir haben jetzt zwei Jungs, Aaron und Joshua, und es geht uns ziemlich gut, wenn ich das so sagen darf.«

Etwas musste sich in Jeremys Gesicht gezeigt haben, oder Andy hatte es sich eingebildet, denn er ging plötzlich in die Defensive, als sei er irgendwie beurteilt und als Spießer befunden worden.

»Glücklich zu sein ist alles, worauf es ankommt. Wir werden nicht alle die Welt verändern oder ein Mittel gegen Krebs finden. Manche von uns sind zufrieden mit dem, was sie haben, und daran ist nichts auszusetzen.«

Jeremy lächelte. »Wem sagst du das? Ich bin ganz deiner Meinung.«

Doch in Wahrheit war er das nicht. Er hatte immer das Bedürfnis gehabt, sich zu bemühen und besser zu sein, aber vielleicht kam das daher, dass er sich von Anfang an als mangelhaft empfunden hatte. Eine Sekunde lang beneidete er Andy um seine Zufriedenheit.

Laura hatte den Holzofen und die Kerzen angezündet, und die Wärme und das milde Licht verstärkten die gemütliche Atmosphäre. Jeremy streckte sich auf einem Fußbodenkissen aus, um die Anspannung in seiner Schulter zu lindern, und er lächelte ihnen zu, seinen lieben Freunden.

Ein unerwartetes Schuldgefühl kroch in ihm herauf, aber er ignorierte es. Es war ja nicht so, als täte er irgendetwas Unrechtes. Er entspannte sich mit ein paar alten Freunden, und das hatte er sich weiß Gott verdient.

Ben brachte das Essen auf den Tisch, und der Duft von Kardamom und Kreuzkümmel mischte sich in den Wachsduft der Kerzen. Die vier saßen in geselligem Schweigen am Tisch und aßen stark gewürztes Balti und süßes Peschwari-Naan, knusprige Zwiebel-Bhajis und goldenen Pilaw. Jeremy lehnte sich gesättigt zurück, und Essen und Bier stimmten ihn milde. Zum ersten Mal seit Monaten fühlte er sich vollkommen entspannt, fast als sei er für ein paar kostbare Augenblicke sich selbst entkommen.

Laura brachte das Geschirr in die Küche und kehrte mit einer Flasche Whisky und einer Flasche After Shock zurück, und dann holte sie noch etwas – einen fiesen, zähflüssig aussehenden Tequila.

»Na los, Leute, es wird Zeit, dass ihr euch dem ernsthaften Stoff zuwendet, nachdem ihr euch den Magen gekachelt habt.«

Sie ließ den Whisky in großen Portionen in die Gläser schwappen und drückte Jeremy eins in die Hand, und ihr Blick kam einer Herausforderung gefährlich nah. Und da war noch etwas, etwas wie Gier, und er fühlte sich dadurch erregt und unbehaglich zugleich. Der Alkohol glitt durch seine Kehle wie Feuer, glättete die Falten in seiner Seele und betäubte den Schmerz, der an seinen Rippen nagte. Laura schenkte ihm nach, ohne zu fragen, und ließ sich neben ihm auf das Bodenkissen fallen.

»Schade, dass wir Nathan und Josh nicht hier haben«, sagte sie. »Dann wären wir alle wieder zusammen, wie in alten Zeiten.«

In ihrer persönlichen Neufassung der Wahrheit sah sie sich als Mitglied der Truppe. In Wirklichkeit war sie so viel jünger und ein Mädchen gewesen, und deshalb hatte sie nur gelegentlich und als großzügiges Zugeständnis dabei sein dürfen. Jeremy erinnerte sich, wie niedergeschlagen sie an den Tagen ausgesehen hatte, an denen sie sie ausgeschlossen hatten, und wie diese Niedergeschlagenheit von einem wilden kleinen Zorn durchschossen gewesen war.

Der Alkohol floss, und bald hatten Jeremys Augen Mühe, noch scharf zu sehen, und er sprach langsamer und übermäßig präzise. Irgendwie hatte Lauras Kopf den Weg auf seinen Schoß gefunden, und er musste dem Drang widerstehen, seine Finger in ihr Lockengewirr zu flechten, und zugleich den Druck ihrer warmen Wangen an seinem Unterleib ignorieren. Er war immer noch nüchtern genug, um die Gefahr zu wittern. Deshalb nutzte er den Drang zur Toilette, um sich aus dieser Situation zu befreien.

Das Bad im Erdgeschoss war eine Offenbarung, ein kleiner Raum, vollständig mit einer fast schwarzen, mit einer Explosion von blühenden Rosen bedeckten Tapete ausgekleidet. Üppige dunkelrote und pinkfarbene Blüten, dornige Stiele und tiefgrüne Blätter rankten sich in strotzenden Massen über Wände und Decke. Das Licht war gedämpft, und ein blasiger, goldumrandeter Spiegel beleuchtete Jeremys Gesicht mit güldenem Glanz. Er sah, dass er ein bisschen verwahrlost aussah, und war froh, dem beunruhigenden Bild rasch wieder zu entkommen.

Bei seiner Rückkehr nahm er das Bodenkissen wieder in Besitz, aber er achtete darauf, sich so zu positionieren, dass er es Laura schwer machte, ihre vorige Lage wiedereinzunehmen, so aufreizend sie auch gewesen war. Der After Shock war in seiner Abwesenheit geöffnet worden, und jetzt mischte sich der Duft von Zimt unter die übrigen Aromen der Luft. Ben reichte ihm ein Schnapsglas, und Jeremy sah, dass auch seine Augen glitzerten und unscharf blickten.

Der After Shock brannte auf gute Art, und bald schwamm Jeremy in nebelhafter Leutseligkeit. Die Stimmung wurde ein wenig weinerlich und nostalgisch, und jetzt fing Ben an, die Geschichte von Josh und seinem brennenden Trainingsanzug noch einmal zu erzählen. Irgendwie klang sie weit komischer als beim ersten Mal, bis Jeremy die Stimmung verdarb.

»Es ist eine merkwürdige Vorstellung, dass er nicht mehr hier ist. Ich bekomme Gänsehaut, wenn ich länger darüber nachdenke. Nicht einen Moment lang habe ich mir vorgestellt, dass einer von euch … weg sein könnte.«

»Ich weiß. Manchmal erwischt es mich immer noch ziemlich schlimm, besonders wenn Ellies Mum die Familienfotos herausholt. Man kann es irgendwie nicht fassen.«

»Ja, schön, aber du und er, ihr wart immer die besten Kumpel. Wahrscheinlich mehr als wir anderen.«

Andy nickte. »Er war ein guter Freund, und er fehlt mir.«

Eine unwillkommene Melancholie legte sich über die Gruppe.

»Erinnert ihr euch noch an die grässlichen Witze, die er so komisch fand?« Ben versuchte verzweifelt, die Stimmung zu retten.

»Was steht auf dem Grabstein eines Lokführers?«, fragte Jeremy.

»Der Zug ist abgefahren!«, krähten die anderen wie aus einem Mund.

»Kennt ihr noch den mit dem verstopften Mathematiker?« Ben schnaubte. »Das war einer von Joshs Lieblingswitzen.«

»Er hat es mit einem Bleistift gelöst!« Und dann lachten sie, als wäre es verdammt noch mal das Witzigste, das ein Erwachsener jemals gehört hatte.

»Der Witz hat mich immer besonders mitgenommen«, sagte Andrew. »Weil meine Mum immer wie eine Besessene kontrolliert hat, ob wir auch regelmäßig Stuhlgang hatten.« Er verzog keine Miene, aber Ben und Jeremy fingen wieder an zu kichern.

»Dafür gibt es eine Bezeichnung«, erklärte Ben.

»Ja, Skatologie«, antwortete Jeremy, und jetzt liefen ihm die Tränen über das Gesicht. »Darauf steht deine Mum?«

»Vielleicht hat sein Dad deshalb auch immer einen Overall an«, erwiderte Ben.

»Bitte, Kinder, keine schmutzigen Reden«, sagte Laura im Tonfall gespielter Missbilligung, und gleich johlten sie wieder los. Andy machte ein verwirrtes Gesicht, aber die anderen bekamen hysterische Anfälle und waren wieder die zotigen Teenies von früher. Irgendwie landete noch mehr After Shock in Jeremys Glas, und er hustete und prustete, als das Zimmer zu kippen anfing.

»Jemand Lust, was zu rauchen?«, fragte Ben, und dann erschien aus dem Nichts eine Rollbox.

Mit kundiger Hand zerrieb er die Knospen, faltete das Papier und rollte einen sauberen, dicken Joint. Das Ende verzwirbelt und an einer der vielen Kerzen angezündet, und es ging los. Bens geschickter Umgang mit dem Dope ließ darauf schließen, dass er öfter mal kiffte. Nach einem kurzen Moment der Überraschung sog Jeremy den erdigen Rauch in die Lunge, bevor er den Joint an Laura weiterreichte. Ihre Glieder waren bereits entspannt, ihr Blick leer, und wieder schmiegte sie sich an seinen Körper. Ihre Abneigung gegen Berührungen hatte der Alkohol anscheinend vertrieben. Sie zögerte kurz und warf Ben einen besorgten Blick zu, aber dann gab sie nach und nahm den Joint zwischen ihre schlanken Finger.

Das Dope begann zu wirken, und Jeremy fühlte sich in seine Studentenzeit zurückgetragen, als er in einem spartanischen Studentenzimmer kauerte und alle Sorgen wegen Examen und Zukunft in den Schleiern von moschusduftendem Rauch verwehen ließ. Er lehnte sich an das Sofa, und das Bodenkissen verschluckte ihn wie ein dickes Marshmallow. So etwas sollte er eindeutig öfter tun.

22

Weitere unzusammenhängende Kindheitserinnerungen machten die Runde, wehten in Jeremys Bewusstsein ein und aus. Plötzlich klopfte es laut an der Tür. Ben stand auf, um zu öffnen, und kam mit Mark im Schlepptau zurück. Mit Marks Erscheinen wurde die Stimmung deutlich rauer, aggressive Schwingungen umgaben ihn, und Jeremy war mit einem Mal hyperwachsam. Die Kerzen ließen warnende Fähnchen von dunklem, schwefligem Rauch aufsteigen, und Jeremys Haut kribbelte.

Mark sah sich grinsend im Zimmer um, bevor er sich auf eins der Sofas fallen ließ.

»Sieht aus, als käme ich ein bisschen spät zur Party.« Er sah zu Ben auf. »Bring uns was zu trinken, Bruder. Wo bleiben deine Manieren?«

Er pflückte den Joint aus Lauras schlaffen Fingern und nahm einen langsamen, tiefen Zug. Dann nickte er weise, als fände die Mischung seinen Beifall, und lehnte sich in die Polster zurück. »Und, was läuft hier?«

»Wir quatschen nur ein bisschen über die alten Zeiten.« Andys Worte endeten in einem erstickten Schluckauf. »Über das Zeug, das wir so getrieben haben, und den Scheiß, den wir damals so witzig fanden … So was eben. Nichts Besonderes.«

Sie bemühten sich verzweifelt, die Stimmung von zuvor wiederzufinden, aber etwas hatte sich verschoben.

»Ich hab einen Witz, der euch bestimmt gefällt«, sagte Mark schließlich, und seine kalten Augen fixierten Jeremy. »Was sind zwei schwule Gespenster?«

Niemand antwortete, und Mark starrte weiter Jeremy an. »Komm schon, Jay. Bei deinem Onkel und all dem solltest du die Antwort ja wohl kennen.«

Noch immer antwortete niemand, und Ben rutschte unbehaglich auf dem Sofa hin und her.

Er griff nach dem Joint, aber sein Bruder zog ihn weg.

»Nein, Ben, lass, du hast genug.« Seine Stimme klang beinahe väterlich, und er warf Laura einen besorgten Blick zu. Seine Züge wurden für einen Augenblick milder. Aber dann wandte er sich wieder Jeremy zu, und der hämische, feindselige Ausdruck kehrte zurück.

»Sie sind zu schwul für diese Welt!«, schrie Mark und feixte, aber sein Lachen klang gezwungen und unecht.

Plötzlich wollte Jeremy nur noch weg. Er wusste nicht genau, ob Mark witzig sein wollte oder ob es eine Stichelei gegen ihn war oder beides, aber es gefiel ihm nicht, so oder so.

»Komm schon, Mr Memory, hast du jetzt auch noch deinen Humor verloren?«, fragte Mark, und empört begriff Jeremy, dass Ben und Laura offensichtlich über ihn geredet hatten.

Jetzt hielt ihn nichts mehr. Der Rausch war vorbei, und er kratzte sich die Arme, die von einer nervösen Paranoia kribbelten. Die auberginefarbenen Wände hatten mit einem Mal etwas bedrohlich Bedrückendes, sie schienen anzuschwellen und zurückzuweichen, als ob sie atmeten. Widerlich! Er stolperte aus dem Zimmer und suchte Zuflucht auf der Toilette, wo er einen Augenblick der Stille zu finden hoffte, um sich zu beruhigen. Ihm war bewusst, es war nicht real, was er da fühlte, aber das machte es nicht besser. Er setzte sich auf die Klobrille und stützte den Kopf auf die Hände, um das Gefühl der Bedrohung zurückzudrängen. Es ging nicht. Die Rosen schlängelten sich aus der Tapete, ihre Stiele krümmten und wanden sich und umschlossen ihn mit einer Dornenhecke wie aus einem Fiebertraum.

Es war, als kräuselte und faltete sich die Zeit. Was immer er geraucht hatte, es war ein stärkerer Stoff als das Gras, das er an der Uni gepafft hatte. Plötzlich verzehrte ihn ein rasender Hunger, und er überlegte gerade, die Seife zu essen, als es zögerlich an der Tür klopfte.

Lauras Stimme. Dünn. Sorgenvoll.

»Alles okay da drin, Jay? Du bist seit einer halben Ewigkeit weg.«

Er nickte. Sein Kopf war ein riesiger Kuhschädel, der auf einem gertendünnen Stiel hin und her wackelte.

»Jay, bist du da drin?«

Natürlich, sie konnte ihn ja nicht sehen. Er umklammerte das Waschbecken, zog sich auf die Beine und öffnete die Tür zur schmalen Diele. »Ich hab Hunger.«

Laura lächelte und nahm seine Hand. »Ich werde dich gleich versorgen. Aber jetzt muss ich erst mal wissen, ob mit dir alles okay ist. Du Federgewicht.« Sie grinste anzüglich.

Ihr Gesicht schwamm zwischen Schärfe und Unschärfe, und Jeremy war unversehens hypnotisiert von den Sommersprossen auf ihrer Nase.

»Danke, dass du mich rettest«, sagte er. »Ich wäre sonst vielleicht tagelang hier eingesperrt gewesen.« Er schüttelte sich theatralisch. »Diese Rosen waren schon sehr nah, weißt du. Bald hätten sie mich gehabt.«

Sie schüttelte den Kopf. »Komm schon, du, und lass uns zu den anderen gehen. Und achte nicht auf Mark. Er meint es nicht so, er bemüht sich immer nur so schrecklich, der Leitwolf zu sein. Alphamännchen und dieser ganze Macho-Scheiß.« Sie lächelte, aber hinter ihren Lippen verbarg sich noch etwas anderes. »Versuch, es als das zu sehen, was es ist: sein Verteidigungsmechanismus. Er wird auch gleich wieder gehen. Er ist auf dem Heimweg vom Pub vorbeigekommen.«

Sie hielt immer noch seine Hand, und es fühlte sich an wie ein wohliges kleines Echo aus der Kinderzeit. Das bedrohliche Gefühl wich allmählich zurück. Er ließ sich von ihr ins Wohnzimmer zurückführen, wo inzwischen Andy zur Zielscheibe von Marks »Humor« geworden war.

»Scheiße, Mann, warum rasierst du es nicht einfach ab, Alter? Du siehst aus wie dieser fette Kerl aus dem Fernsehen, damals in den Neunzigern.«

Die Stimmung hatte sich wieder gebessert. Alle lachten, auch der arme Andy, der Resthaarkünstler.

»Ach ja!«, rief Ben. »Der Glatzenmann. Erinnerst du dich noch, Andy? Der Typ mit der rotblonden Quersträhnenfrisur?«

»Leckt mich doch am Arsch, ihr zwei«, gab Andy zurück, gutmütig bis zuletzt. »Ellie liebt mich, wie ich bin.«

»Weiß der Himmel, warum. Sie ist etliche Nummern zu gut für dich, Mann.« Mark sah Jeremy an, und sein Gesicht war jetzt offen und freundlich. »Hast du seine Alte schon mal gesehen, Jay? Sie ist verdammt umwerfend.«

Jeremy schüttelte den Kopf.

»Na, solltest du aber. Ein reizendes Mädel, nicht wahr, Andy? Ein schmerzhaft schönes Gesicht.«

Er sah Jeremys verwirrte Miene. »Was ist? Hat sie wirklich. Immer wenn ich sie sehe, werden meine Eier stramm.«

Jeremy wurde von einem chemisch herbeigeführten Stimmungswandel erfasst und musste einen Drang zu respektlosem Gelächter unterdrücken, während Andy sein Telefon aus der Tasche wühlte und herüberreichte. Jeremy betrachtete pflichtschuldig das Foto auf dem Display. Ellie war dunkelhaarig und elfenhaft, hübsch genug, um schön zu sein, und als er ihr Gesicht anstarrte, war sein benebeltes Hirn überzeugt, sie habe ihm zugezwinkert. Ein Schatten von Josh war in ihren funkelnden braunen Augen zu sehen, und Jeremy überkam eine Woge der Melancholie.

Mark lehnte sich herüber und betrachtete das Foto mit einem geilen Grinsen.

»Wär's möglich, dass du mir eine Kopie davon schickst, Andy? Ich brauche mal was Neues für mein Wichsalbum.«

Andy antwortete nicht, aber etwas Animalisches glitt unter seine Gesichtszüge, ein Schimmer, beschützerisch und tödlich. Es dauerte nur eine Sekunde, dann verschwand es hinter dem gespannten Ausdruck, mit dem er auf Jeremys Reaktion wartete.

»Sie ist hinreißend, Andy«, sagte er, und er meinte es ernst.

»Und das sind meine Jungs.«

Stolzgeschwellt zeigte Andy ein Foto von zwei dunkelhaarigen Jungen, der eine vielleicht zwei Jahre jünger als der andere. Beide hatten die Haut- und Haarfarbe ihrer Mutter und ihre gleichmäßigen Züge, aber auch die gutherzigen Augen ihres Vaters. In einer sentimentalen Anwandlung dachte Jeremy an Sarah und an Jack und Lucy, und gefühlsduselige, bekifft-betrunkene Tränen glänzten in seinen Augen.

»Ich zeig dir meine.« Er ignorierte Marks kindisches Kichern und wand sich eine Zeit lang hin und her, um das Telefon in der Gesäßtasche seiner Jeans zu finden, ein Telefon, das mysteriöserweise ständig die Seiten zu wechseln schien.

»Hier ist meine Sarah.« Er betrachtete ihr Gesicht, die intelligenten Augen und die weichen, blonden Locken. »Und das sind die Kinder. Das ist Jack« – er reichte das Telefon herum –, »und das ist die kleine Lucy.«

Ben war bleich geworden, und Schweißperlen glitzerten auf seiner blassen Stirn. Das Telefon bebte in seiner Hand, und seine Augen weiteten sich, als erkenne er das Mädchen wieder. Mit einem Mal sah er zittrig und krank aus.

Er starrte das Foto von Lucy an. »Aber«, sagte er, »aber das ist, das ist Emily ...« Er sah Jeremy an, und Panik flackerte in seinem Blick. »Das ist Emily!«

»Ich weiß«, sagte Jeremy. »Unheimlich, oder? Die kleine Em, zum zweiten Mal.«

»Das ist mir auch sofort aufgefallen, als ich sie neulich im Supermarkt gesehen habe«, sagte Laura. »Aber auf dem Foto ist es noch viel offensichtlicher. Sie ist Emily, bis aufs i-Tüpfelchen. Gott, wenn man es nicht besser wüsste, könnte sie es *sein.*«

Sie reichte Jeremy das Telefon zurück, und es wurde still im Zimmer, als sie alle an das eine Stückchen ihrer gemeinsamen Vergangenheit dachten, das sie lieber vergessen wollten. Sogar Mark war stumm geworden. Er warf einen sorgenvollen Blick auf seinen Bruder, der immer noch das Telefon anstarrte, als grübelte er über das Bild nach, das dort gespeichert war. Plötzlich meldete sich Jeremys Magen mit einem monumentalen Knurren – sein Heißhunger war zurückgekehrt.

»Essen«, flüsterte er Laura zu. »Du hast mir was zu essen versprochen.«

»Ja, das hab ich. Komm, ich mach dir was.« Wieder griff sie nach seiner Hand.

Er war so sehr konzentriert auf seine Fressgier, dass er nicht bemerkte, wie Mark und Ben ihnen hinterherstarrten, als sie das Zimmer verließen.

Laura ging voraus in die Küche, und verschwommen nahm er gebeizte Holzmöbel zur Kenntnis, die irgendwie nicht zueinander passten, dunkle Fliesen, Kupfertöpfe und Girlanden von getrocknetem Hopfen, die den Türrahmen umgaben.

»Feuergefährlich«, sagte er blöde und zeigte auf die Girlanden.

Laura schüttelte den Kopf. »Gott, du bist wirklich mies drauf. Komm, du musst was essen.«

Sie sägte eine dicke Scheibe von einem dunklen, nussigen Brot und beschmierte sie mit Butter und goldenem Honig. Jeremys Speicheldrüsen schalteten in den Overdrive bei dem Gedanken an diese Süße, und er verschlang das Brot wie ein Verhungernder. Sofort fühlte er sich besser, klarer und mehr wie er selbst.

Er lächelte sie an. »Nochmals danke für deine Fürsorge.«

Sie stand dicht bei ihm, zu dicht. Er sah jede Linie, jeden Punkt in ihrer goldenen Iris, und ihre Wimpern streiften seine Wange. Der Zimtduft ihres Atems mischte sich mit dem erdig-scharfen Grasgeruch, und er fühlte die feuchte Wärme, die sie auf seine Haut atmete. Sie trat ganz an ihn heran, und dann waren ihre Lippen auf seinen, und der Geschmack ihrer Zunge und die Süße des Honigs füllten seinen Mund mit Sünde. Sie schlang die Arme um seinen Nacken, und er umschloss ihre schlanke Gestalt, zog sie näher zu sich heran. Sie fühlte sich so anders an als Sarah.

So zart. So schlank, dass er spürte, wie ihre Knochen unter der Haut vibrierten. Ihr Mund bewegte sich an seinem, ihre Hüften drängten sich an seinen Unterleib, und eine Hand wanderte dahin, wo sein Fleisch sich bebend regte. Und dann traf es ihn wie ein Blitzschlag. Das Unrecht. Der Verrat, die Verletzung. Seine Liebe zu Sarah erfüllte ihn wie ein körperlicher Schmerz, und sofort war er nüchtern und wieder voll und ganz hier, in dieser Küche. Panisch löste er seinen Mund von ihrem und trat zurück, strich mit flachen Händen an ihren Armen herunter, um ihre Hände zu fassen. Die Narben auf ihrer Haut waren wie ein Barcode unter seinen Fingerspitzen, der ihre Zerbrechlichkeit buchstabierte und die Botschaft, dass er ein widerlicher Dreckskerl war.

»Laura, es tut mir leid, ich kann das nicht.«

Sie zog die Hände weg und schaute ihm in die Augen.

»Nicht, weil ich es nicht will. Ich will es. Du bist so schön, und wenn die Umstände andere wären ...«

Er begriff, dass nicht einmal das die Wahrheit war. Ja, er fühlte sich zu ihr hingezogen, aber mehr zu der Idee, die sie verkörperte, zu dem Gedanken von etwas Illegalem und Verbotenem. Jetzt, da er die Realität buchstäblich in den Händen hielt, wollte er sie nicht. Er hatte sie nie gewollt, und jetzt schämte er sich. Mehr als alles andere sehnte er sich nach seiner Frau. Er wollte nicht hier sein, halb von Sinnen, zusammen mit einer Handvoll von beinahe Fremden. Er wollte seine Familie um sich haben, sich von ihrer Liebe umhüllt fühlen. Aber er musste freundlich bleiben. Schließlich hatte er die entsprechenden Signale ausgesendet, die zu dieser Situation geführt hatten, und er hatte geglaubt, er wollte es, und deshalb war er es Laura schuldig, zumindest die Zurückweisung sanft zu gestalten.

»Es tut mir so leid. Wenn ich nicht verheiratet wäre, wäre es etwas anderes, aber ich kann nicht …«

Sie schnitt ihm das Wort ab, und ihr Blick verhärtete sich. Einen Moment lang hatte sie mehr Ähnlichkeit mit Mark als mit Ben.

»Ist okay, ich verstehe schon. Du liebst deine Frau, und das ist in Ordnung.« Ihre Stimme klang schroff.

»Laura, ich …«

»Hey, bilde dir nichts ein. Gott, ich bin ja nicht *verliebt* in dich oder so was. Du brichst mir nicht das Herz. Ich dachte einfach, wir sind beide hier und wir sind erwachsen, also warum nicht? Es hätte vielleicht Spaß gemacht, das ist alles. Keine große Sache. Nur ein One-Night-Stand, den es nicht geben wird. Also beruhig dich.«

Sie verschränkte die Arme und starrte ihn an. In ihrem Blick lag mehr Verachtung als Enttäuschung, und eine Sekunde lang glaubte Jeremy, noch etwas anderes zu sehen. Eine mörderische Wut.

Es war geplant gewesen, dass er über Nacht blieb, behaglich zugedeckt in ihrem Gästezimmer, aber jetzt war dieser Gedanke unerträglich.

»Hör zu, es tut mir leid, ich glaube, ich gehe jetzt besser. Das ist keine gute Idee hier.«

Sie würdigte ihn keiner Antwort. Also wandte er sich ab, um die Küche verlassen, aber in der Diele stand plötzlich Ben vor ihm. Er war immer noch blass und sah ihn mit einem funkelnden, blindwütigen Blick an.

»Habe ich richtig gehört?« Er packte Jeremy beim Arm. »Du willst gehen? Ich dachte, du wolltest hierbleiben, mit deiner Schulter und so weiter? Du kannst noch nicht gehen. Der Abend hat gerade erst angefangen, und außerdem muss ich wirklich mit dir reden.«

Die anästhesierende Wirkung des Alkohols hatte jeden Gedanken an seine Verletzung aus Jeremys Hirn gelöscht – bis jetzt, als er ruckartig seinen Arm zu befreien suchte. Keine gute Idee.

»Das ist okay, ehrlich, und ich schlafe viel besser in meinem eigenen Bett. Es war ein toller Abend, aber ich schätze, für heute war's genug.« Er hatte seine Fähigkeiten wieder hinreichend unter Kontrolle, um ein betretenes Grinsen zustande zu bringen. »Um ehrlich zu sein, ich bin es nicht mehr gewohnt, so viel Spaß zu haben. Besser, ich gehe, bevor ich noch irgendwelchen Blödsinn anstelle.« Den hatte er zwar bereits angestellt, aber das brauchte Ben nicht zu wissen.

»Aber wie willst du nach Hause kommen? Niemand ... keiner von uns kann dich fahren.« Was auf der Hand lag, so lallend und stockend, wie Ben redete.

»Das macht nichts. Ich gehe zu Fuß. Die frische Luft wird mir guttun, den Kopf ein wenig durchpusten. Das kann ich wirklich gut gebrauchen.«

Jeremy schaute ihm geradewegs ins Gesicht, aber er hatte das verstörende Gefühl, ihn vom Ende eines langen Tunnels aus zu sehen. Einen Moment lang stand er wie hypnotisiert da und beobachtete die pulsierenden Wirbel, die da auf ihn zukamen, bis ihm klar wurde, dass Ben immer noch sprach.

»Aber das sind ein paar Meilen. Vier oder fünf mindestens. Das schaffst du um diese Zeit nicht zu Fuß.«

»Es geht schon, ehrlich, Ben. Lass gut sein.«

Er musste hier raus. Er riss seine Jacke vom Kleiderhaken in der Diele und streckte den Kopf durch die Wohnzimmertür.

»Ich ziehe jetzt los, glaube ich.« Er wandte sich hauptsächlich an Andy, aber er spürte Marks wachsamen Blick. »Ich muss jetzt nach Hause, aber vielleicht können wir noch mal versuchen, uns vernünftig zu unterhalten, bevor ich abreise. Ben hat meine Nummer, falls ihr sie braucht.« Ihm war klar, dass sein Abschied überstürzt wirkte, aber das war nicht zu ändern. »Wir sehen uns.« Auch wenn er damit ganz sicher nicht Mark meinte.

Bevor er die Tür schließen konnte, rief Andy ihm nach: »Warte, ich hab den gleichen Weg, also kann ich mit dir gehen, wenn es dir recht ist. Ich sollte jetzt auch verschwinden, sonst muss ich mir später noch endlose Vorwürfe anhören. Wir haben morgen eine Menge auf dem Programm, und ich habe Ellie versprochen, nicht allzu spät zu Hause zu sein.« Schwerfällig kam er durch die Tür. »Nur einen Augenblick, bitte. Ich muss noch mal rasch pinkeln, bevor ich irgendwo hingehen kann.«

Er schwankte durch die Diele und ließ Jeremy bei Ben zurück, der noch rastloser und aufgebrachter wirkte als zuvor. Sein Blick war wild, und er trat mit ruckhaften, nervösen Bewegungen von einem Fuß auf den anderen. Jeremy hatte das bange Gefühl, dass sein Freund gesehen oder wenigstens gehört hatte, was in der Küche vorgegangen war.

»Und was hast du jetzt vor?«, fragte er wissend und verstärkte damit Jeremys Verdacht noch.

»Wegen was?« Am besten, er tat unschuldig.

»Wegen ihr, verdammt, was denn sonst ...«

Ben erschien manisch, und selbst in seinem derzeitigen Zustand machte Jeremy sich Sorgen um ihn. Der Schweiß lief ihm in Rinnsalen über die Schläfen, und er atmete tief und erschauernd ein und aus. Einen Moment lang befürchtete Jeremy, er werde sein Abendessen auf den Fußboden in der Diele erbrechen.

»… Schwester …«, brachte er murmelnd hervor.

Es hatte keinen Sinn, es zu leugnen.

»Nichts, Ben, ich habe nichts vor. Du hättest nichts davon sehen sollen, und es ist ohnehin nicht das, was du denkst. Lass es uns einfach vergessen. Es ist nichts passiert.«

Bens Stimme wurde lauter, und die Tonlage klang ein wenig hysterisch. Gott, jemand musste ihm sagen, dass er besser nicht mehr kiffte. »Was soll das heißen, ich sollte es nicht sehen? Hattest du vor, es mir zu verheimlichen? Und wie soll ich es vergessen? Scheiße, das ist doch eine heftige Sache.«

Er wippte erregt von einem Fuß auf den anderen, außerstande stillzustehen.

»Wer weiß, was sie jetzt tun wird. Wozu sie fähig ist. Ich wusste, dass etwas Schlimmes passieren würde, als ich hörte, dass du hier bist. Es ist deine Schuld, weil du zurückgekommen bist. Also ist es auch deine Sache, es in Ordnung zu bringen.«

»Hör zu, es ist alles okay mit ihr. Mit uns allen. Sprich einfach mit ihr, wenn du wieder nüchtern bist, dann wirst du schon sehen.«

Bens Blick zuckte panisch hin und her. »Ich soll mit ihr sprechen? Nie im Leben. Ich kann nicht mit ihr sprechen!«

Er sah verängstigt aus. Jeremy schüttelte den Kopf. Sein alter Freund war echt auf einem Horrortrip.

»Hör zu, Ben, es geht mich vielleicht nichts an, aber ich finde wirklich, du solltest Schluss machen für heute. Schmeiß Mark raus und pack dich ins Bett. Schlaf ein bisschen, um Gottes willen, und rede morgen mit Laura.«

Zum Glück erschien jetzt Andy wieder, und hastig öffnete er die Haustür.

»Da ist Andy, also danke für einen großartigen Abend, Ben, und lasst mich wissen, was ich euch für das Essen schuldig bin.«

Ben antwortete nicht, und als die beiden Männer gingen, starrte er mit leerem Blick auf die Straße hinaus.

23

Die frische Luft traf Jeremy wie eine Bowlingkugel, und die Straße kippte und rollte. Der Himmel war bedeckt, kein Mond beschien den Asphalt, die Februarluft war kalt. Er war froh über seine dicke Jacke, gab aber bald jeden Versuch auf, seine Oktopushände in die Handschuhe zu wursteln, die er in den Taschen gefunden hatte. Lauter Fischfinger, oder … waren Oktopusse Mollusken? Andy schien es sehr viel besser zu gehen: Er plauderte vergnügt. Das meiste von dem, was er sagte, drang kaum zu Jeremy durch, denn er musste sich darauf konzentrieren, sich aufrecht zu halten und entschlossen einen Fuß vor den anderen zu setzen. Die Konzentration half ihm, die irrationalen Ideen in seinem Hinterkopf zu ignorieren. Schließlich aber erreichten Andys Worte ihn doch, und er gab die Herausforderung auf und sah ihn an.

»… ich wollte nur, dass du das weißt, für den Fall, dass wir uns nicht wiedersehen, das ist alles.«

»Verzeihung?« Das Wort zog sich in Jeremys Ohr in die Länge wie eine Schallplatte bei falscher Geschwindigkeit. Er klang wie eine 78er-Platte, die mit 45 Umdrehungen pro Minute abgespielt wurde.

»Da bin ich. Hier.« Andy deutete in eine baumgesäumte Seitenstraße mit adretten Einfamilienhäusern. »Ich sagte nur gerade, ich wollte es vorhin nicht ansprechen, aber es hat mir leidgetan, was mit deiner Schwester passiert ist, und den Mist, den die Leute damals erzählt haben, habe ich mir nie angehört.«

Andys Züge waren im Dunkeln kaum zu erkennen. Jeremy hatte nur eine Ahnung von seinem langen Gesicht, buchstäblich und bildlich gesprochen, und er sah seine Stimme in einer Dunstwolke durch die Nachtluft wehen.

»Es war schrecklich, was passiert ist, und ich wollte nur, dass du weißt, ich habe damals oft an dich gedacht.«

Jeremy war plötzlich den Tränen nahe und legte ihm eine Hand auf den Arm. »Du bist ein guter Kerl, Andy«, sagte er mit schwerer Zunge. »Aber nach allem, was ich in letzter Zeit gehört habe, war ich die meiste Zeit ein mieses kleines Dreckstück ihr gegenüber und habe sie praktisch umgebracht.«

Andys Stimme troff von Empörung. »Na, ich weiß nicht, wer dir das erzählt hat, aber nach allem, was ich in Erinnerung habe, warst du ein ziemlich guter Junge und immer liebevoll zu Em. Okay, vielleicht warst du an dem Tag ein bisschen sauer auf sie, aber normalerweise warst du das nicht, und woher zum Teufel sollte irgendjemand wissen, dass es dann so enden würde, wie es geendet hat?«

Einen Augenblick lang standen sie schweigend da, und dann gab Jeremy ein leichtes Schluchzen von sich, ein erbärmliches, betrunkenes Schniefen.

»Bist du sicher, dass du von hier aus allein zurechtkommst?«, fragte Andy besorgt.

Jeremy nickte nur. Er traute sich nicht zu sprechen.

»Du kennst den Weg?« Andy spulte eine Reihe von Richtungsanweisungen herunter, die in die Nacht hinauswehten, und dann klopfte er Jeremy einmal auf die Schulter und bog in seine Straße ab, wo er zwischen den Lichtkegeln der Straßenlaternen erschien und wieder verschwand.

Jeremy stand da und starrte ausdruckslos hinter ihm her, selbst als er längst nicht mehr zu sehen war.

Die frische Luft machte alles noch schlimmer und gab dem Gras und dem Alkohol in seinen Adern frische Kraft. Er ging, aber er schien nicht voranzukommen; seine Beine bewegten sich, aber es war, als stehe er still. Er versuchte, mit geschlossenen Augen zu gehen, um zu sehen, ob das half, den Weg schneller zurückzulegen, aber immer wenn er sie wieder öffnete, war er noch auf demselben endlosen Stück Straße. Eine milde Panik erfasste ihn, das Gefühl, er könne in alle Ewigkeit auf dieser Straße voranstapfen, und wieder schloss er die Augen und entschied, stattdessen seine Schritte zu zählen.

Er war bei 432, als er einen Wagen hinter sich herankommen hörte. Er bremste hinter ihm auf Schritttempo ab, und Jeremy spürte unbehaglich die Scheinwerfer in seinem Rücken, die ihn fixierten wie Raubtieraugen. Es war die Veränderung im Motorgeräusch, was ihn alarmierte, der Wechsel von einem trägen Schnurren zu einem rasenden Dröhnen, begleitet vom Kreischen der Reifen, als das Gaspedal durchgetreten wurde. Selbst in seinem derzeitigen Zustand registrierte ein hartverdrahteter urzeitlicher Teil seiner selbst die Gefahr, und er sah, wie der Winkel der Scheinwerferstrahlen sich verlagerte, als der Wagen auf den Bordstein sprang. Das Licht strahlte jetzt direkt hinter ihm, und sein Schatten war ein lang gestreckter dunkler Fleck, wie eine Gestalt auf dem Asphalt vor ihm. Gerade noch rechtzeitig konnte er sich zur Seite werfen, als der Wagen kreischend vorbeischoss, so dicht, dass der Außenspiegel seine Jacke erfasste. Es ging so schnell, dass er die Marke des Autos nicht erkennen konnte, und in der Dunkelheit war auch das Kennzeichen nicht zu lesen. Aber undeutlich hörte er raues Gelächter, bevor der Wagen wieder auf die Straße fuhr und in die Nacht hinausraste. Er verlor das Gleichgewicht und fiel, und plötzlich stürzte sich jemand auf ihn. Hilflos schlug er um sich, aber jetzt schienen sie aus allen Richtungen zu kommen und bohrten ihre Klauen in seine Haut.

Es dauerte ein paar Augenblicke, bis er begriff, dass er in eine Hecke gefallen war, und er kam taumelnd auf die Beine. Adrenalin rauschte in seinen Adern und verstärkte die ohnehin schwindelerregende Wirkung des Drogenmixes. Vom Schock war ihm schwindelig, und sein Magen krampfte sich zusammen und ergoss einen Strom von Alkohol und Curry auf den Gehweg. Er zitterte vor Wut. Diese betrunkenen Idioten – sie hätten ihn umbringen können. Der Gedanke entzündete einen Funken seiner früheren Paranoia, und er fragte sich, ob das die ganze Zeit beabsichtigt gewesen war. Er dachte daran, wie feindselig die Dorfbewohner von Anfang an gewirkt hatten, dachte an die Schmierereien auf seinem Wagen. Plötzlich schwebte eine Warnung in der Luft, und die Nacht flüsterte ihm zu: *Geh nach Hause, du bist hier nicht willkommen.*

Es war irrational, aber der Gedanke blieb hartnäckig und ließ seine Kopfhaut prickeln. Er war in Gefahr. Er musste von jetzt an die Augen offen halten. Der Ausdruck war verstörend. Er stellte sich vor, wie er die Augen mit beiden Händen offen hielt, als wären die Lider zwei Schaufensterjalousien, die andernfalls herunterrasseln würden, und er rief sich in Erinnerung, dass es die Drogen waren, die ihn so denken ließen. Er musste sich konzentrieren und wachsam bleiben, sollte der Wagen zurückkommen.

Andy hatte etwas von einem Weg durch die Siedlung

erwähnt. Also bog er dort ein, denn er dachte sich, dass der Wagen ihn dort nicht finden würde, aber bald hatte er sich zwischen den schattenhaften Konturen der klobigen Neubauten verirrt. Schließlich fand er sich an der Rückseite eines kleinen Einkaufszentrums wieder. Die Hintereingänge der Geschäfte gähnten wie Höhlen in der Dunkelheit, und Müllcontainer flossen über von platt gedrückter Pappe und aufgeblähten Plastiksäcken, die sich in der Brise raschelnd blähten. Sie wirkten lebendig, und er bekam ein mulmiges Gefühl. Irgendwo tief im Innern war er nüchtern genug, um zu wissen, dass seine Entscheidung, die Hauptstraße zu verlassen, nicht klug gewesen war. Nichts an diesem Abend war klug gewesen. Jetzt bog er um eine Ecke, und aus Geschäften wurden Häuser, und unter einer einsamen, noch funktionierenden Straßenlaterne lungerte eine Gruppe Jugendlicher in Kapuzenshirts. Sie hatten schattenhafte Gesichter und wachsame, glänzende Augen. Wilde Nachtgeschöpfe. Es lief ihm kalt über den Rücken, als er ihre latente Brutalität spürte.

»Oi-oi!«, rief einer von ihnen, aber er hielt den Kopf gesenkt. Schwankend und stolpernd offenbarte er seine Verletzlichkeit, seinen bedröhnten, betrunkenen Zustand.

»Hast du Feuer, Alter?«, rief ein anderer, und sie kicherten und pfiffen, als er vorbeiging. Er dachte an den Wagen und wäre gern gerannt, aber das überstieg seine Kräfte, also ging er nur so schnell, wie er konnte. Nicht klug. Auf dem brüchigen Randstein verlor er den Halt und fiel auf die Straße. Mit einem übelkeiterregenden Knirschen landete er hart auf einem Knie. Instinktiv streckte er die Hände aus, um sich zu stützen, der Schmerz schoss durch seine Schulter, und er würgte heißen Alkohol herauf. Die Niederlage übermannte ihn, und am liebsten wäre er einfach liegen geblieben, um sich am nächsten Morgen von einem Lieferwagen überfahren zu lassen – falls der Wagen ihn nicht vorher erwischte, aber natürlich erst, nachdem sie ihm Brieftasche und Armbanduhr geklaut hätten. Was war er nur für ein Glückspilz. Er schloss die Augen in Erwartung der kommenden Tritte, aber da kam nichts außer weiterem Geschrei und Gejohle.

»Hast du ein paar Bierchen inhaliert, Alter?«

»Wichser!«

Schließlich rappelte er sich wieder auf. Das Knie seiner Jeans war feucht, wo er gelandet war, und irgendetwas stank. Er saß in der Scheiße, in mehr als einer Hinsicht, und Selbstmitleid überkam ihn, als er weiterhumpelte.

Er stapfte an endlosen Reihen ausdrucksloser Hausfassaden entlang und kam dann auf einer Straße heraus, die ihm bekannt vorkam. Wieder erwachte neue Hoffnung. Schließlich entdeckte er den Kirchturm, der über die Dächer der Häuser ragte, machtvoll wie eine Bekehrung. Er war wiedergeboren: Wenn er die Kirche sehen konnte, konnte er auch den Weg nach Hause finden.

Die Wolken rissen auf, und wässriges Mondlicht beschien das Friedhofstor und die Kirche dahinter, und als Jeremy dort vorbeikam, erfasste ihn plötzlich der betrunkene Drang, das Grab seines Onkels zu finden und sich bei ihm für sein Benehmen vor all den Jahren zu entschuldigen.

Die bestandenen Gefahren waren vergessen, als er das Tor aufstieß und auf den Friedhof trat. Torkelnd und schwankend wankte er an den nächstgelegenen Gräbern entlang wie ein Untoter. Der Mond leuchtete mal auf, mal verschwand er hinter den Wolken, die einander im Nachtwind jagten, überstrahlte die Grabsteine wie das Flackerlicht in einer Szene aus einem Horrorfilm. Unbestimmt war ihm bewusst, dass er eine Blumenvase umstieß und in trunkener Missachtung der Seele, die darunter schlummerte, mit knirschendem Schritt über grüne Granitsplitter schlurfte. Es war vergebens und beschämend und zu dunkel, um die Grabinschriften zu lesen – nicht, dass er in seinem derzeitigen Zustand viel damit hätte anfangen können. Also taumelte er zurück zum Tor und ließ sich auf eine Holzbank fallen. Es war windgeschützt dort, und als er saß, überkam ihn eine überwältigende Müdigkeit, sodass die letzten paar Meter bis zu Ians Haus mehr waren, als er sich zutraute. Er zog seine Jacke fest um sich, schob die Hände tief in die Taschen und versank in der Besinnungslosigkeit.

Die unerbittliche Kälte weckte ihn. Die matte Februar-Dämmerung warf graues Licht auf die Steinplatten, aber das genügte schon, um seine Augäpfel pochen zu lassen. Einen Augenblick lang war er desorientiert, aber dann kehrte der Abend in Bruchstücken zurück, die so entsetzlich und schamrotpeinlich waren, dass sich ihm die Fußnägel aufrollten. Er war in der Nacht zur Seite gefallen, und als er vorsichtig in eine sitzende Position zurückkehrte, schrie seine Schulter protestierend auf. Ein dumpfes Pochen hallte in seinen Schläfen, und er kämpfte mit dem Drang, sich zu übergeben, obwohl er in der Nacht weniger Zurückhaltung gezeigt hatte, wie eine Pfütze auf den Steinplatten zu seinen Füßen bewies. Im Mund hatte er den Geschmack von süßem Zimt und schalem Erbrochenem, und während er schlief, war auf seinen Zähnen ein Pelz gewachsen.

Er erinnerte sich, dass er auf der Suche nach Ians letzter Ruhestätte zwischen den Gräbern umhergestolpert war, und er schämte sich. Zitternd und schwitzend vor Anstrengung trat er hinaus in die kühle Morgenluft des Friedhofs. An den Büschen hingen Spinnennetze voller Tautropfen, die im sanften Morgenlicht funkelten. Die Welt duftete nach Eiben, aber er war noch immer viel zu hinüber, um ihre duftende Schönheit zu genießen. Dicht über dem Boden wirbelten Nebelschleier zwischen den Steinen und gaben der Szene etwas Ätherisches, Friedliches. Durch die Schleier sah Jeremy umgeworfene Vasen und verstreute Blumen, die auf seinem nächtlichen Weg zurückgeblieben waren. Noch einmal erfüllte ihn Scham, als er die Blumen vom Boden aufsammelte, die Vasen aufstellte und die Blumen mit zitternden Fingern hineinstopfte.

»Entschuldige, Elsie Morris«, geliebte Frau und Mutter, »ich bitte um Verzeihung, Harry Grant«, niemals weit weg von unseren Gedanken.

Als er sein klägliches Gewissen versorgt hatte, richtete er sich auf und bog sich mit den Händen in den Hüften zurück, bis seine Wirbelsäule knackte. Hier waren Hunderte von Seelen zur letzten Ruhe gebettet, und die Vorstellung, er hätte rein zufällig über Ians Grab stolpern können, erschien ihm im kalten Tageslicht noch törichter. Trotzdem wurde er die Hoffnung nicht los, dass er es finden würde, und so folgte er dem grasbewachsenen Weg, der zu der aus Ziegeln und Feuersteinen gemauerten Kirche führte. Er betrachtete die Grabsteine im Vorbeigehen und versuchte, sich zu erinnern, in welchem Jahr Ian gestorben war. Er selbst war damals neunzehn gewesen, also musste es um 1997 herum gewesen sein. Die Gräber schienen ungefähr nach Daten geordnet zu sein. Er spazierte von den 2000ern zurück durch die 99er und 98er Jahre. Und rein zufällig entdeckte er es: Adretter als die anderen ragte es unter ihnen hervor. Frisch getrimmtes Gras, glatt wie ein Bowlingrasen, eine Granitvase, randvoll mit Inkalilien, fast ausgeblüht, aber immer noch ein Farbklecks inmitten des dunstigen Grüns. Ian Cahill, geliebter Bruder, Lehrer, Freund.

Die Gefühle ließen eine Eisenkugel in seine Kehle steigen. Das Grab zu finden rührte ihn auf unerträgliche Weise an, und es beschwor das Bild seines Onkels um so viel lebhafter herauf, als sein Haus es tat. Jeremy las die Inschrift auf dem Grabstein ein zweites Mal. Von einem »geliebten Onkel« war nicht die Rede. Diese Auslassung, die mangelnde Kenntnisnahme all dessen, was er für ihn gewesen war, trieb ihm die Tränen in die Augen. Er kniete sich vor das Grab, ließ seinen dröhnenden Schädel ins kühle Gras sinken und weinte bitterlich vor Schmerz und Verzweiflung, gab sich seinem Katzenjammer hin, seinem Selbstmitleid.

Er hörte niemanden kommen, so tief war das Elend, in dem er sich suhlte. Dass jemand anwesend war, merkte er erst an einem vornehmen Hüsteln. Er blickte auf, und seine Trauer verwandelte sich auf der Stelle in Verlegenheit. Vor ihm stand ein vertraut aussehender Fremder mit einem Strauß Anemonen in der Hand. Ein älterer Mann, groß und elegant, mit dichtem weißem Haar und hellen Paul-Newman-Augen. Er trug einen Cashmere-Kurzmantel, und sein Gesichtsausdruck war halb verwirrt, halb wachsam und mit einer großzügigen Portion Argwohn ausgestattet.

»Kann ich Ihnen helfen?« Eine Aussprache wie geschliffenes Glas. Gebieterisch.

Sie musterten einander in unbeholfenem Schweigen.

Die Erscheinung des Mannes stand in starkem Kontrast zu Jeremys, dem sein kotzfleckiger, zerzauster Zustand schmerzlich bewusst war. Sie erkannten einander gleichzeitig. Teils war es die Stimme, teils die auffälligen Augen, die Jeremy jetzt mit zunehmendem Erstaunen ansahen.

»Guter Gott, Jeremy Horton!«, sagte der Mann. »Bist du es wirklich?«

Jeremy genoss die kleine Freude, seinen richtigen Namen zu hören. Er hieß nicht Jay, er hieß Jeremy.

Seine Stimme versagte, und er nickte nur.

»Guter Gott«, wiederholte der Mann. »Was um alles in der Welt tust du hier, mein Junge?«

»Ich wollte ihn besuchen«, krächzte Jeremy. »Ich musste es erklären.«

Der Mann sah sein Aussehen, und sein Gesichtsausdruck veränderte sich.

»Ist alles in Ordnung?«, fragte er. »Du siehst überhaupt nicht gut aus.«

»Es geht mir bestens«, erwiderte Jeremy, auch wenn das offensichtlich nicht der Fall war. »Ich habe gestern Abend ein paar alte Freunde getroffen, das ist alles.« Als ob das genügte, um seinen Zustand und seine Anwesenheit auf dem Friedhof am frühen Morgen zu erklären.

»Aber was tust du *hier*? Ich meine, hier im Dorf?«

Natürlich konnte George das nicht wissen.

»Letztes Jahr vor Weihnachten ist meine Mutter gestorben, und jetzt bin ich hier und räume das Haus, damit zur Testamentseröffnung alles in Ordnung ist.«

»Tut mir sehr leid, das zu hören, Jeremy«, sagte George, aber sein munterer Ton passte nicht recht zu seinen Worten. Schon als Kind hatte Jeremy eine gewisse Kühle zwischen dem Freund seines Onkels und seiner Mutter wahrgenommen. »Ich nehme an, du sprichst von Ians Haus«, fügte George hinzu. »Dann hat sie es am Ende behalten? Guter Gott, ich hatte keine Ahnung. Ich dachte, sie hätte die alte Hütte schon vor Jahren abgestoßen.« Er sah forschend Jeremy an. »Es ist sicher ziemlich schwer für dich, nach so langer Zeit wieder hier zu sein. Wie verkraftest du es?«

»Ich kann …«

Ich kann damit leben, wollte er sagen; er sei ja jetzt erwachsen und komme zurecht, aber die Worte ließen ihn im Stich. In Georges Blick lag Mitgefühl, und Jeremy erkannte diesen Blick aus seiner Kindheit wieder. Er brachte einen kleinen, vergessenen Teil seiner selbst zum Klingen, und er fühlte sich seltsam verloren.

»Es war schwer«, bekannte er schließlich. »Es bringt irgendwie vieles wieder hoch – und ich will nicht lügen, aber es ist nicht annähernd so einfach, wie ich dachte.« Er war selbst überrascht von seiner Ehrlichkeit gegenüber diesem Fremden, den er einmal gekannt hatte. Vielleicht waren es noch die Folgen des Rauschs, die ihn dazu brachten.

»Du musst diese Riesenarbeit doch nicht ganz allein bewältigen, oder? Du hast hoffentlich wenigstens ein bisschen Hilfe?«

»Sarah … meine Frau war mit mir hier, und sie hat Großartiges geleistet, aber sie musste die Kinder nach Hause bringen. Sie müssen Montag wieder in die Schule, deshalb musste sie abreisen und mich allein lassen.« Er hörte selbst, wie klagend seine Stimme klang.

Wieder wanderte Georges Blick kurz über Jeremys Kleidung. Ohne zu urteilen, betrachtete er die schmutzigen Knie der Jeans und die trocknenden Reste des Currys auf dem Kragen seiner Jacke. Er musterte ihn und traf dann eine Entscheidung.

»Wenn es dir nichts ausmacht zu warten, bis ich hier fertig bin, würde ich gern mit dir zum Haus spazieren. Okay? Es wäre gut zu hören, was du getrieben hast in den letzten ... Gott weiß, wie lange das her ist.« Er lächelte, aber diesmal reichte sein Lächeln nicht bis zu den Augen. »Ian mochte dich sehr, und er hätte sicher gern gehört, was du mit deinem Leben angefangen hast.« Er sah plötzlich schockiert aus. »Guter Gott, es sind ja wirklich Jahrzehnte vergangen!«

»Das sind es, und, nein, es würde mir nichts ausmachen.«

Es würde ihm tatsächlich gefallen. George war immer ein liebevoller Teil dieser wundervollen, längst vergangenen Sommer gewesen. Die vergangene Nacht hatte jede Widerstandskraft, die Jeremy einmal besessen hatte, zerstört, und bei den aufkeimenden Erinnerungen fingen seine Augen wieder an zu brennen. George schaute taktvoll weg und machte sich an seine Arbeit. Plaudernd tauschte er die Inkalilien gegen frische Blumen aus und zupfte verirrtes Laub aus dem Gras rund um Ians Grabstein. Jeremy schaute ihm zu, wie gelassen, beinahe jugendlich er seine Arbeit verrichtete. Er war immer noch derselbe. Alt, aber unverwechselbar.

»Ich schaffe hier praktisch jeden Samstagmorgen Ordnung. Es zeigt, dass er nicht vergessen ist und dass noch jemandem etwas an ihm liegt.«

Klare blaue Augen schauten Jeremy an, und einen Moment lang fragte er sich, ob er sich die leichte Herausforderung in Georges Blick nur einbildete.

»Bei jedem Wetter. So bin ich aus dem Haus und

bekomme ein bisschen Bewegung und frische Luft.« Er richtete sich auf. »Lass mich das hier in die Tonne werfen, und dann können wir gehen.« Er lächelte wissend. »Du siehst aus, als könntest du ein ordentliches Frühstück und ein bisschen Gesellschaft gebrauchen.«

»Ich habe mich gestern Abend mit Ben und Andy getroffen, und die Sache ist ein bisschen aus dem Ruder gelaufen«, sagte Jeremy betreten. »Normalerweise mache ich so was nicht, ehrlich nicht.«

George tätschelte Jeremys Arm an einer sauberen Stelle. »Du brauchst mir nichts zu erklären, mein Junge. Ich erinnere mich an die Schrammen, die ihr als Jungs dauernd hattet. Deshalb kann ich mir ungefähr vorstellen, wie es war, euch nach all der Zeit wiederzutreffen.«

Sie machten sich auf den Weg zum Haus. Statt dass er langsamer gehen musste, damit der alte Mann mitkam, hatte Jeremy eher Schwierigkeiten, mit ihm Schritt zu halten. Georges Gang war sicher, seine Haltung aufrecht, und Jeremy erkannte in ihm noch den erfolgreichen Anwalt, der er einmal gewesen war. Erst als sie beim Haus ankamen, zeigte er so etwas wie Verwundbarkeit: Er blieb kurz am Tor stehen, als habe er Angst einzutreten. Jeremy erkannte, dass das Haus für George sehr viel mehr Erinnerungen barg als für ihn. Also wartete er schweigend, während der Mann sich fasste.

24

Als sie drin waren, schüttelte George den Kopf und atmete einmal tief und schaudernd durch. Danach wirkte er vollkommen gefasst. Sollte es ihn aufregen, wieder hier zu sein, ließ er es sich jedenfalls nicht anmerken.

»Geh duschen und mach dich frisch«, sagte er. »Ich koche uns Kaffee, falls ich mich hier noch zurechtfinde. Kann nicht behaupten, diese neue Küche wäre eine Verbesserung. Die alten Eichenmöbel waren mir lieber.«

Jeremy überließ es George, sich auf die Suche nach den übrig gebliebenen Bechern und dem Wasserkocher zu machen. In der Dusche ließ er das Wasser über seinen Körper strömen, um die Schuldgefühle der Nacht abzuspülen und den Schmerz zu lindern. Aber was er innerlich empfand, konnte er nicht wegwaschen. Er hatte den Drang, Sarah davon zu erzählen und ihr alles zu gestehen, aber er wusste, das war selbstsüchtig. Es würde nur bedeuten, dass er sein Gewissen erleichterte, während er sie verletzte. Vielleicht konnte er nicht ungeschehen machen, was er gedacht und gefühlt hatte, aber zumindest hatte er keine Taten folgen lassen. In Gedanken ließ er Revue passieren, was er von dem Abend noch in Erinnerung hatte, und ihm dämmerte, dass da noch etwas war, das nicht im Lot war, abgesehen von dem Zwischenfall mit Laura. Er fühlte sich gereizt und unbehaglich. Er war nicht sicher, ob es nur die Restwirkung des Joints oder die Katerstimmung vom

Alkohol war, aber mit schleichendem Unbehagen spürte er, dass ihm etwas Wichtiges entgangen war.

Er zog ein frisches T-Shirt und eine Trainingshose an und ging zu George in die Küche, wo es herrlich nach Toast duftete. George stellte ihm einen Teller mit frischem Rührei und einen dampfenden Becher Kaffee hin. So war er immer gewesen: ein instinktiv Nährender des Lebens.

»Bitte sehr«, sagte er lächelnd. »Ich habe mir die Freiheit genommen, dir ein Frühstück zusammenzusuchen, während du oben warst. Glaub mir, du wirst dich besser fühlen, wenn du erst ein bisschen was im Magen hast.«

»Diese Mühe hättest du dir wirklich nicht machen müssen, aber danke.«

George nahm ihm gegenüber Platz. Seine Finger schlangen sich um den Becher.

»So«, sagte er, »du räumst also das Haus aus. Das muss ja eine Herkulesaufgabe sein.« Sein durchdringender Blick strafte seinen beiläufigen Ton Lügen.

»Es war nicht allzu schlimm. Weil hier niemand mehr gewohnt hat, gab es auch nicht viel Durcheinander und persönliches Zeug. So sah es zumindest aus.« Jeremy seufzte. »Wir dachten, wir wären vor zwei Tagen fertig gewesen, bis ich dann auf den Dachboden gestiegen bin und gesehen habe, was uns entgangen ist. Unmengen von Ians Sachen, die seit seinem Tod da oben gewesen sein müssen.«

»Guter Gott, und ist das alles noch da oben?«

Jeremy sah Georges Überraschung und noch etwas anderes: ein plötzliches, waches Interesse.

»Deine Mutter hat es mir überlassen, mich um Ians persönliche Habe zu kümmern«, erklärte George. »Sie hatte kein großes Interesse an seinen Sachen. Ich habe es nicht übers Herz gebracht, alles abholen zu lassen, und alles behalten konnte ich nicht. Also habe ich alles, was irgendetwas wert war, notiert und auf dem Dachboden gelagert.« Sein Blick wurde traurig. »Neben ein paar Möbelstücken waren es hauptsächlich seine Bilder und Bücher und ein paar Objekte, die er im Laufe seines Lebens zusammengetragen hatte.«

»Ich weiß, ich habe einiges davon durchgesehen.«

»Ich hatte immer mit ihr sprechen und verabreden wollen, dass ich zurückkomme, sobald ich mich besser in der Lage fühlte, mich darum zu kümmern, aber die Zeit verging, und schließlich habe ich es auf sich beruhen lassen. Ich nahm an, sie hätte das Haus irgendwann verkauft und alles hätte sich von selbst erledigt.«

»Hat es anscheinend nicht, und ich habe erst aus ihrem Testament davon erfahren.«

George seufzte. »Es wäre so viel einfacher gewesen, wenn Ian ein Testament verfasst hätte, denn dann wäre ich befugt gewesen, mich um alles so zu kümmern, wie er es gewollt hätte.« Er schüttelte den Kopf bei dem Gedanken daran. »Ich habe nach dem ersten Herzinfarkt ständig auf ihn eingeredet, er solle seine Angelegenheiten regeln, aber er wollte nicht hören. Für einen intelligenten Mann konnte er bemerkenswert unzugänglich für vernünftige Argumente sein, wenn es etwas war, womit er sich nicht befassen wollte.«

Darauf wusste Jeremy nichts zu erwidern, also aß er stumm sein Rührei.

»Nun«, fuhr George fort, »die Sachen auf dem Dachboden – willst du die wirklich alle Stück für Stück durchgehen?«

»Ja. Ich habe bereits mit den Kisten angefangen. Ich finde, das bin ich ihm schuldig.«

George nickte. »Na, dann weißt du, was du zu tun hast.« Nach einem Moment des Schweigens fügte er hinzu: »Und hast du schon was Interessantes gefunden?«

Es war schwer, seinen Gesichtsausdruck zu deuten. Da war wieder dieses wache Interesse, aber auch eine gewisse Zurückhaltung, die Jeremy vermuten ließ, dass es unter Ians Sachen Dinge gab, die George gern hätte, aber nach denen zu fragen ihm unangenehm war.

»Hör mal, George, du weißt doch wahrscheinlich besser als ich, was da oben ist. Wenn es unter seinen Sachen also etwas gibt, das du vielleicht gern hättest, dann brauchst du nur zu fragen. Ich werde sicher nicht alles behalten.«

»Danke, das wäre schön. Damals konnte ich nicht mehr geradeaus denken, aber jetzt würde ich mich über eins seiner Bilder freuen oder über seine Bücher. Er hat die Bücher so sehr geliebt.«

Langsam bekam Jeremy wieder einen klaren Kopf, sein Körper erwachte zum Leben, und schließlich hörte er die Frage, die er erwartet hatte.

»Was genau hast du eigentlich auf dem Friedhof gewollt? Du hast ausgesehen, als wärst du die ganze Nacht da gewesen.«

»War ich auch. Allerdings nicht absichtlich. Es war eine dieser Ideen, die man auf den ersten Blick ganz gut findet, die aber dann irgendwie außer Kontrolle geraten.« Er zwang sich, George in die Augen zu sehen. »Es war der Alkohol, nehme ich an, aber ich hatte das Bedürfnis, Onkel Ians Grab zu sehen.« Sein Blick wich flackernd zur Seite aus. »Um mich zu entschuldigen.«

Jetzt war eine Erklärung dringend notwendig. »Weißt du, wie ich mich aufgeführt habe, als ich ihn damals im Krankenhaus besucht habe, das war unverzeihlich. Ich habe mich benommen wie ein komplettes Arschloch, und das tut mir leid.«

George sagte nichts, aber ihm war anzusehen, dass auch er sich noch daran erinnerte.

»Ich glaube, mehr als alles andere war ich eifersüchtig, aber das entschuldigt nichts. Es war dumm und verletzend, und die Tatsache, dass ich ihn danach nie wiedergesehen habe, macht alles nur noch schlimmer. Ich habe immer wieder daran gedacht, und es gehört zu den Dingen, die ich gern ungeschehen machen würde, aber« – er stockte – »ich habe ihn geliebt, als ich klein war, er war gut zu mir, und es war furchtbar, ihn so zu behandeln.«

George streckte die Hand aus und legte sie auf Jeremys Arm. »Er hat dir verziehen«, sagte er. »Er wusste, dass du es nicht so gemeint hast. Er war sehr viel scharfsinniger, als du es ihm zutraust. Du warst der Sohn, den er nie hatte, und es hätte sehr viel mehr als das erfordert, um ihn dazu zu bringen, dich nicht mehr zu mögen. Falls er überhaupt jemandem etwas vorwarf, dann deiner Mutter – sie weckte ja kaum Zuneigung bei irgendjemandem.« Sein Gesicht umwölkte sich plötzlich, und er sah Jeremy beinahe enttäuscht an. »Das hätte dir nach seinem Brief klar sein müssen. Das hat ihn *wirklich* gekränkt, dass du nie geantwortet oder sein Angebot angenommen hast.«

»Was für ein Brief? Ich habe nie einen Brief bekommen.« Jeremys Puls schlug schneller. »Was für ein Angebot?«

»Das war ein paar Monate nach seiner Entlassung aus dem Krankenhaus. Er hat dir eine Karte zum achtzehnten Geburtstag geschickt, und dazu einen Brief mit einer Einladung hierher. Er hat daraufhin nie etwas gehört, und deshalb nahm er an, du wärest immer noch böse auf ihn, aber er hat immer gehofft, du würdest es dir irgendwann überlegen.«

Jeremy spürte ein hohles Gefühl im Magen, und das Klopfen hinter seinen Schläfen war mehr als nur der Kater. »Ich habe nichts bekommen. Keine Karte, nichts.« Er sah, dass George ihm glaubte, aber er wiederholte es trotzdem noch einmal. »Ehrlich, das habe ich nicht bekommen. Nie.«

Ein hässlicher Verdacht nahm Gestalt an. George überlegte laut, ob er er vielleicht in der Post verloren gegangen war, aber Jeremy ahnte, seine Mutter hatte ihm den Brief absichtlich vorenthalten. Sie würde ihn geöffnet und gesehen haben, was darinstand, und sie dürfte wütend gewesen sein, weil er ohne ihr Wissen bei Ian gewesen war. In seiner Brust schmerzte etwas wegen der Grausamkeit, mit der sie ihren eigenen Bruder verletzt hatte, um ihrem Sohn wehzutun. Der Gedanke, dass Ian in dem Glauben gestorben war, Jeremy habe seinen Brief ignoriert, war unerträglich traurig.

»Der Brief hat mich nie erreicht. Es tut mir leid.«

Der vertraute Zorn gegen seine Mutter sprudelte an die Oberfläche, und wieder verschlug es ihm den Atem, das Wissen, wie sehr sie ihn gehasst hatte. Seit er hier war, hatte er kaum an sie gedacht, aber jetzt schnürte ihm die Erinnerung an sie die Brust zusammen.

»Sschh«, sagte George, der seinen Schmerz spürte. »Nimm es nicht so schwer. Es ist nicht mehr wichtig. Es ist alles Vergangenheit.«

»Aber es ist schrecklich, dass er gestorben ist, ohne zu wissen, dass mir etwas an ihm lag.«

»Er *hat* es gewusst, tief in seinem Herzen, und er hat dich geliebt.«

Die Art und Weise, wie das alte Haus sich um sie herabsenkte, ermutigte zu Vertraulichkeiten, wie man sie normalerweise nicht aussprach. Als George fortfuhr, klang seine Stimme plötzlich alt und müde.

»An manchen Tagen, auch heute noch, fehlt er mir so sehr.« Ein trauriges Lächeln berührte seine Lippen. »Weißt du, es ist schön, mit jemandem über ihn sprechen zu können. Seit Jahren gab es niemanden, weißt du, niemanden, mit dem ich wirklich reden konnte, und obwohl wir ein Leben miteinander verbracht haben, fühlte es sich manchmal an, als hätte er in Wirklichkeit gar nicht existiert. So viel Zeit ist vergangen, dass sich fast niemand mehr an ihn erinnert.«

Seine Stimme war leise, und er sprach seine Worte in stillschweigender Anerkenntnis all dessen, was sie füreinander gewesen waren.

»Es tut mir leid«, sagte Jeremy. »Wirklich leid. Ich erinnere mich an euch beide, und ihr habt immer so glücklich miteinander ausgesehen. Es muss unerträglich schwer sein, den Menschen zu verlieren, den man … den man liebt.«

Auch er musste ihnen diese Anerkenntnis geben, musste George zeigen, dass er in Wirklichkeit nicht der vorurteilsbesessene, verbitterte Junge war, dass er nie so gewesen war.

George nickte und nahm damit stillschweigend an, was unausgesprochen blieb. »Ich bin dankbar für das, was wir hatten, und es gab niemanden vor ihm und niemanden nach ihm.« Plötzlich stahl sich ein Grinsen auf sein Gesicht, und die Jahre fielen von ihm ab. »Du kannst dir also vorstellen, wie bestürzt ich zunächst war, einen jungen Mann weinend an seinem Grab zu finden.«

Jeremy spürte, wie eine Last von ihm genommen wurde, indem er hier mit George zusammensaß und die Chance bekam, wenigstens ein Unrecht wiedergutzumachen. Er begann zu verstehen, wie sonderbar sein Leben gewesen war, fast ohne eine Vergangenheit. Ohne Eltern, ohne ältere Verwandte, ohne jemanden hinter ihm, dem etwas an ihm lag oder der wusste, wer er einmal gewesen war. Nur er in der Gegenwart mit Sarah und den Kindern, seine Vergangenheit eine verschlossene Tür hinter seinem Rücken. Er hatte den Trost einer Familie vermisst, ohne es je zu wissen.

Sie plauderten noch eine Weile, und wieder einmal präsentierte Jeremy sein Leben in Kurzfassung, bis das Gespräch zu seinem Onkel zurückkehrte.

»Ich kann nichts daran ändern, dass ich ihm am Ende wehgetan habe, auch wenn es nicht allein meine Schuld war. Manchmal habe ich das Gefühl, als ob alles, was ich anfasse, schiefgeht.«

»Wie um alles in der Welt kommst du darauf?«

»Ach, ich weiß nicht. Ich sollte auf Emily aufpassen, und was ist daraus geworden? Und jetzt sieht es so aus, als wäre ich dabei, meine Ehe zu ruinieren. Sogar die Beziehung zu meiner Tochter scheint mir verkorkst zu sein.«

Er wusste nicht genau, warum er George das alles erzählte. Es war sonst nicht seine Art. Entweder lag es an dem Mitgefühl, das George ausstrahlte, oder daran, dass George jemand war, der ihn einmal gemocht hatte – ein Bindeglied zu seinem Onkel und zu glücklicheren Zeiten.

George zögerte mit seiner Antwort. »Jeremy, du kannst dir nicht die Schuld an dem geben, was deiner Schwester zugestoßen ist, und du darfst auch dein Leben nicht davon überschatten lassen. Niemand konnte voraussehen, was mit ihr passieren würde. Du warst immer ein guter Bruder und hast auf sie achtgegeben, was immer auch passiert ist.« Einen Moment lang machte er ein nachdenkliches

Gesicht. »Um ehrlich zu sein, es wäre verständlich gewesen, wenn du ihr übelgenommen hättest, wie eure Mutter euch beide behandelt hat.«

»Ich glaube nicht, dass unsere Mutter mich je besonders mochte.«

»Du warst wahrscheinlich zu jung, um das zu wissen, aber das war etwas, das eine tiefe Kluft zwischen ihr und Ian aufgerissen hat. Er hatte für die Art, wie sie dich behandelte, nichts übrig, milde ausgedrückt. Du warst ein guter Junge, und er konnte nie verstehen, wieso sie das nicht sah.« Er lächelte bei der plötzlichen Erinnerung. »Ich glaube ehrlich, er hätte dich adoptiert, wenn er es gekonnt hätte. Wie gesagt, du warst für ihn der Sohn, den er nie hatte, und du hast ihm viel Freude gebracht, also hör auf mit deinen Schuldgefühlen. Er hat gelebt für die Sommer, in denen wir dich bei uns hatten.«

Schweigen senkte sich auf sie herab, als jeder seinen Erinnerungen an jene friedvollen Tage nachhing, und Jeremy fragte sich, wer er wohl geworden und ob er ein besserer Mensch geworden wäre, wenn er in Georges und Ians liebevoller Obhut aufgewachsen wäre.

George sah plötzlich auf die Uhr. »Guter Gott, ist es schon so spät? Dann muss ich jetzt zurück zu Gracie.«

»Gracie?«

»Mein Hund. Sie kommt in die Jahre – wie ich, fürchte ich –, und ihre Hüften sind nicht mehr das, was sie mal waren. Normalerweise nehme ich sie auf meinem Morgenspaziergang mit, aber die feuchte Kälte wird allmählich ein bisschen viel für sie, deshalb habe ich sie heute Morgen zusammengerollt im Warmen gelassen.«

»Wo wohnst du denn jetzt? Immer noch im selben Haus?«

»Ja, immer noch in demselben alten Haus. Nach all der Zeit kann ich mir nicht vorstellen, woanders zu wohnen. Ich würde zu viele Erinnerungen zurücklassen, glaube ich.«

Jeremy sah das elegante Town House vor sich, die hohen Fenster und die luftigen Decken. Ein Haus wie der Mann selbst, und es gefiel ihm, dass George dort noch wohnte. Es war etwas Dauerhaftes – das Gefühl, dass etwas unverändert geblieben war. Als George ging, bat Jeremy ihn um seine Telefonnummer, denn diesmal musste er in Verbindung bleiben. Er durfte nicht noch einmal zulassen, dass ihm seine Vergangenheit durch die Finger rieselte.

25

Als George gegangen war, zog Jeremy sich in sein Bett zurück, kroch unter das Federbett und versank in einem tiefen, traumlosen Schlaf. Jetzt, als die Wintersonne den Kopf zum Horizont sinken ließ, weckte ihn ein hartnäckiges Klopfen an der Haustür, ein stakkatohaftes Hämmern, das die Stille im Haus zerbrechen ließ.

Ben stand draußen, grau und abgespannt, und zuckte nervös zusammen, als Jeremy öffnete.

»Hi«, sagte er und wich Jeremys Blick aus. »Ich hab ein paar Mal angerufen, aber niemand hat sich gemeldet. Da wollte ich mal nachsehen, ob du letzte Nacht heil nach Hause gekommen bist. Du warst in keiner guten Verfassung, als du von uns weggegangen bist …«

In seinem Benehmen lag etwas Lauerndes. Jeremy hoffte, dass es an seinen Gewissensbisses lag, weil er Mark von seinem Erinnerungsverlust erzählt hatte, und schon wieder erwachte seine Wut über die hämische Bemerkung des älteren Bruders. Er hatte nicht gesagt, dass diese Information vertraulich war, aber trotzdem …

»Nein, ich meine, doch. Doch, es geht mir gut.« Er strich sich eine schlaffe Strähne aus der Stirn. »Tut mir leid, ich habe tief und fest geschlafen, und mein Telefon lag unten, deshalb hab ich nichts gehört.« Als seine Lippen sich bewegten, erinnerte er sich an die Berührung von Lauras Mund auf seinem, und er war plötzlich so verlegen, dass es knisterte. »Du hättest dir nicht die Mühe machen müssen herzufahren, um nach mir zu sehen, aber trotzdem danke.«

Ben rührte sich nicht, und Jeremy bemühte sich, die Schwingungen zu deuten, die von ihm ausgingen. Irgendetwas war immer noch nicht im Gleichgewicht, ein Überbleibsel seines verrückten Benehmens am Abend zuvor.

»Hey, komm doch für einen Moment herein, wenn du schon mal hier bist.«

Er hatte das Gefühl, es sei nötig, Ben zu erklären, dass das, was er zwischen ihm und Laura mit angesehen hatte, nicht war, was es zu sein schien. Er trat von der Tür zurück und winkte Ben herein. Er sah, dass sein alter Freund zögerte, bevor er eintrat.

In der Küche ließ er Wasser in den Kocher laufen, und die ganze Zeit spürte er Bens Blick unbehaglich in seinem Rücken. Das Gefühl weckte einen Rest der Paranoia von letzter Nacht, und es überlief ihn kalt.

»Mein Gott.« Er grinste gezwungen. »Ich weiß nicht, wie es dir geht, aber ich muss nach gestern Abend immer noch meinen Verstand in Ordnung bringen. Danke für die Einladung. Es gab viel zu lachen, und es war gut, mit Andy ein paar Neuigkeiten auszutauschen. Auf alle Fälle besser, als allein hier zu hocken.«

Am Ende eher nicht, aber wer wollte schon wie ein undankbarer Arsch aussehen? Er stellte Ben einen Becher Kaffee hin, ohne zu fragen. Sein alter Freund konnte ihn wahrscheinlich gut vertragen. Er sah immer noch verkatert und krank aus, und da war noch etwas anderes, Undefinierbares. Er sah, wie nervös Ben war, wie er mit den Füßen tappte und die Beine abwechselnd übereinanderschlug. Sein Blick war seltsam einwärtsgerichtet, als sei er mit den Gedanken ganz woanders. Jeremy beschloss, die Initiative zu ergreifen. Bens Benehmen war verstörend, und er wünschte, er würde einfach den Mund aufmachen und sagen, was er auf dem Herzen hatte.

»Ben, wegen gestern Abend – ich weiß nicht, was du gesehen hast, aber ich möchte nicht, dass du einen falschen Eindruck hast. Es ist mir wirklich unangenehm, und ich wollte nicht, dass es dazu kam – na ja, eigentlich ist es ja auch zu nichts gekommen –, aber trotzdem möchte ich, dass du weißt, da läuft nichts zwischen mir und Laura. Es war nur eine dumme, spontane …«

Er merkte, dass er ins Plappern gekommen war, also brach er ab und zwang sich, Ben ins Gesicht zu sehen.

Ben sah ihn fragend an, und wieder zögerte er, bevor er antwortete. »Na, es freut mich, das zu hören.« Er zupfte an einem Fingernagel, und das Schweigen wurde bedeutungsschwanger. »Dir ist klar, dass sie dich mag, oder?«, sagte er schließlich. »Und versteh mich nicht falsch, aber es wäre nicht recht, wenn du …«

»Gott, nein«, fiel Jeremy ihm hastig ins Wort. »Da ist nichts dergleichen auf meiner Seite, überhaupt nicht. Ehrlich, du hast absolut keinen Grund zur Sorge, ich würde Sarah so etwas niemals antun … und Laura auch nicht. Mein Gott, nein.«

»Dann ist ja gut.« Ben nahm einen Schluck Kaffee. Jeremy konnte seine Miene immer noch nicht deuten und befürchtete, ihn mit seinem heftigen Protest beleidigt zu haben. Sie war schließlich seine Schwester, und sie war alles andere als abstoßend.

»Nicht, dass Laura nicht hübsch wäre. Ich wäre verrückt, wenn ich das nicht bemerkt hätte, aber ich interessiere mich ehrlich nicht auf diese Weise für sie – nicht mit Sarah und den Kindern.«

Er erinnerte sich an ihre schmalen Arme, an die Grate des Narbengewebes, wispernd unter seinen Fingerspitzen, und er konnte nicht umhin zu fragen.

»Ben, ich weiß, es kommt mir wahrscheinlich nicht zu, das zu fragen, und du kannst mir das auch sagen, aber geht es Laura gut? Die Narben an ihrem Arm waren nicht zu übersehen.«

Ben zögerte, und zuerst glaubte Jeremy, er werde nicht antworten, aber dann nickte er ruckhaft und blinzelte schnell hintereinander, als wolle er einen unangenehmen Gedanken abschütteln.

»Es würde ihr nicht gefallen, wenn ich darüber rede, aber vielleicht ist es das Beste, wenn du Bescheid weißt. Ich möchte nicht, dass du etwas Unbedachtes tust und sie verletzt.«

Jeremy wollte erneut protestieren, aber Ben ließ es nicht zu. »Du darfst nichts davon weitererzählen, hörst du, niemandem. Aber sie hat ziemlich harte Zeiten hinter sich.«

Er ging nicht weiter ins Detail, und jetzt war Jeremys Interesse geweckt.

»In meiner Erinnerung war sie immer ein vergnügtes kleines Ding, viel mehr als manch anderer, und da ist es traurig, wenn etwas passiert ist, was das geändert hat.«

Ben nickte langsam. »Ja, als sie diesem Haus entkommen war, wirkte es zunächst, als könnte sie es in den Hinterkopf verbannen und vergessen, aber ich glaube, das war nur ihre Art, es zu verkraften. Deshalb hat niemand bemerkt, was da vorging, zumindest niemand von außen.«

Redeten sie hier von etwas, das in ihrer *Kindheit* passiert war? Jeremy bekam Herzklopfen, als hätte er ihr etwas angetan und könnte sich nicht mehr erinnern.

Ben atmete tief aus. »Sie konnte es allerdings nicht

die ganze Zeit unter Verschluss halten. Das könnte niemand. Ich weiß noch, wie sie diese Ausbrüche hatte, richtige, unkontrollierte Wutanfälle, mit denen sie den Leuten auf die Nerven ging, weil die dachten, dass sie nur Aufmerksamkeit suchte oder so was, aber sie hatten ja keine Ahnung.« Sein Blick kehrte verstohlen zurück zu Jeremy. »Irgendwann musste sie deshalb die Schule wechseln – wegen eines Zwischenfalls, bei dem ein Mädchen verletzt wurde.«

»Laura hat jemanden verletzt? Schlimm?« Jeremy konnte sein Entsetzen nicht verbergen.

Ben sah zu Boden und ruderte zurück. »Nein, natürlich nicht, ich hätte das nicht sagen sollen. Ich war ja selbst noch ein Kind, und deshalb hab ich es nicht in allen Einzelheiten mitbekommen, aber ich glaube, so ernst war es nicht.« Er versuchte zu lächeln, aber es kam nicht überzeugend rüber. »Ich vermute, die Eltern des anderen Mädchens haben einen übertriebenen Wirbel veranstaltet, aber am Ende musste Laura eben trotzdem die Schule wechseln.« Er schüttelte den Kopf bei der Erinnerung daran. »Sie war verdammt gut darin, Sachen zu verbergen, aber vermutlich musste es irgendwie doch alles ans Licht kommen.«

Jeremy war verwirrt. Laura war ein fröhliches Kind gewesen. Er erinnerte sich an ein kleines Energiebündel mit lockigem Haar und einem strahlenden Lachen, überall dabei, mit ihrer Hand in seiner. Dass dieses kleine Mädchen ein anderes Kind verletzt haben sollte, konnte er sich beim besten Willen nicht vorstellen.

»Wovon redest du, Ben? Mir kam sie immer ganz in Ordnung vor.«

»Das mit dem Schneiden begann erst später«, sagte Ben,

als hätte er Jeremy nicht gehört. »Aber das war nur der Anfang von allem. Am Ende war sie in völliger Auflösung, und das ist einer der Gründe, warum ich zurückgekommen bin. Und dann … dann ist alles aus ihr herausgesprudelt.« Er lächelte schmal. »Nicht, dass ich nicht schon vor Jahren daraufgekommen wäre. Keiner von uns hat mehr viel mit dem Alten zu tun, wenn wir es vermeiden können. Außer Markie, der sieht ihn noch ab und zu, aber so ist er eben. Er war schon immer weicher, als gut für ihn ist.«

Weich? *Markie*? Jeremy ließ es so stehen, weil ihm unversehens ein Licht aufging.

»Was denn? Euer *Vater* …?« Es war zu schrecklich, als dass er es über die Lippen gebracht hätte.

»Ich weiß nicht, warum ich dir das überhaupt erzähle. Gott, sie würde mich verfluchen, wenn sie es wüsste, aber sie war immer ein bisschen verknallt in dich, und ich möchte, dass du vorsichtig mit ihr umgehst. Manchmal ist sie nicht ganz … sie ist ein bisschen verletzlich, und um deine Frage zu beantworten: Ja.«

Bens Gesicht war plötzlich hart und kalt. »Sagen wir einfach, dass Dad in manchen Nächten, wenn er ein oder zwei Glas mehr getrunken hatte, als er sollte, unsere Mutter schlimmer vermisste, als er ertragen konnte.« Er spuckte die Worte aus, seine Worte trieften von Verbitterung, und seine Hände fingen an zu zittern.

Jeremy war übel – um ihretwillen und wegen seiner lasziven Gedanken zuvor. »Scheiße, Ben, das ist … Gott, ich weiß nicht, was ich sagen soll. Das ist schrecklich. Entsetzlich. Hat denn niemand etwas … unternommen? Ist niemand zur Polizei gegangen oder so was?«

»Das wollte sie nicht. Sie wollte nicht, dass es jemand erfährt. Deshalb darfst du nie durchblicken lassen, dass ich dir davon erzählt habe, und du darfst niemals darüber reden. Sie tut so, als wäre das alles nie passiert. Sie würde sich zu Tode schämen, wenn sie wüsste, dass du es weißt.«

Das kannte Jeremy nur allzu gut: Man stopfte den ganzen Mist in eine Kiste und versuchte, ihn zu ignorieren. Aber das funktionierte wohl nie so richtig.

»Ich erzähle dir das nur«, fuhr Ben fort, »weil ich gesehen habe, wie sie sich in deiner Anwesenheit benimmt. Und wie du sie ansiehst, trotz allem, was du mir hier erzählst. Und weil mir das nicht gefällt.«

Sein Ton klang vorwurfsvoll. »Es wird ihr wieder gut gehen, sobald du abgereist bist, aber im Moment mache ich mir Sorgen um sie.«

Jetzt war es Jeremy, der den Kopf schüttelte. »Ben, ich habe dir schon gesagt, da wird nichts passieren, du brauchst dir wirklich keine Sorgen zu machen. Und weißt du, du hättest mir das alles nicht erzählen müssen, aber jetzt hast du es getan, und ich werde kein Wort darüber verlieren. Versprochen. Weder ihr gegenüber noch sonst jemandem.«

»Okay, okay, ich glaub's dir ja. Ich wollte nur, dass du weißt, wie die Dinge stehen, das ist alles. Wie sie sein kann …«

Er wirkte immer noch angespannt und mit den Gedanken woanders, obwohl er sich alles von der Seele geredet hatte. Jeremy versuchte vergeblich, wieder ein Gespräch in Gang zu bringen, aber Ben ging nicht darauf ein. Sein Blick wanderte suchend in der Küche umher.

»Du hast also immer noch vor, dieses Wochenende nach Hause zu fahren? Ich wette, du bist froh, das alles so bald wie möglich hier hinter dir zu lassen.«

Jeremy hatte mit einem Mal den Eindruck, Ben versuche,

ihn loszuwerden, als betrachte er ihn jetzt als eine Art sexbesessenes Raubtier. Das klang ganz und gar nicht mehr nach dem alten Freund, der so erpicht darauf gewesen war, ein bisschen Zeit miteinander zu verbringen. Jeremy versetzte das einen Stich.

»Nein, ich habe Sarah vorläufig vertröstet. Ich schätze, ich brauche noch mindestens zwei Tage, um hier fertig zu werden. Deshalb habe ich ihr vorgeschlagen, dass sie mit den Kindern nach Hause fahren und sie am Montag zur Schule bringen soll. Wir werden uns etwas für Mitte der Woche überlegen.«

Er erinnerte sich an sein Gespräch mit Sarah und an ihre überraschte Stimme, als er ihr gesagt hatte, er brauche noch ein paar Tage. Es ging nicht um sie, das hatte er ihr gesagt, sondern eher um sein Bedürfnis nach einem Abschluss, den er noch nicht gefunden hatte – und an dessen Existenz er allmählich zweifelte.

»Wir sollen die Kinder eigentlich nicht aus der Schule nehmen, aber sie wird sie am Mittwoch in der Mittagspause abholen und dann am Nachmittag mit dem Wagen herkommen.«

»Dann werden sie alle kommen? Auch die ... die beiden Kinder? Aber für dich wäre es doch sicher einfacher, mit dem Zug zurückzufahren, statt sie den weiten Weg hierher machen zu lassen?«

Jeremy verspürte einen Anflug von Verärgerung, weil Ben sich plötzlich so für die Pläne seiner Familie interessierte. Ob sie kommen würde oder nicht, hatte der wohl kaum zu entscheiden.

»Wir werden sehen«, sagte er. »Es hängt davon ab, ob der Schaden am Wagen bis dahin behoben worden ist.«

Er hatte den Vandalismus an seinem Wagen nicht

erwähnt, aber Ben fragte nicht nach. Er wirkte noch immer abgelenkt, hörte nur mit halbem Ohr zu.

Obwohl Ben sich im Moment sehr merkwürdig benahm, spürte Jeremy noch immer den Sog ihrer alten Freundschaft. »Vielleicht hättest du ja Lust, Sarah kennenzulernen?«, schlug er deshalb spontan vor. »Ihr würde es bestimmt gefallen. Sie sagt immer, dass sie nie etwas über meine Kindheit hört oder meine alten Freunde kennenlernt. Sie weiß, warum, aber sie findet es trotzdem merkwürdig. Vielleicht könnten wir alle ein bisschen Zeit miteinander verbringen, wenn du nichts weiter vorhast. Was meinst du?«

Ben sah ihn verblüfft an. »Ja«, sagte er. »Ja, ich glaube, das könnte nett sein.« Er wirkte plötzlich eifrig, als wäre das wirklich eine gute Idee. »Sag mal, könntest du mir die Fotos von deinen Kindern noch mal zeigen? Ich war gestern Abend ziemlich hinüber und hab gar nicht richtig hingesehen.«

Ein solches Interesse von einem Mann, der selbst keine Kinder hatte, war ein bisschen ungewöhnlich, aber pflichtschuldig griff Jeremy nach seinem Telefon und scrollte durch seine Fotos, bis er Jack und Lucy gefunden hatte. Ben warf einen flüchtigen Blick auf Jack, aber Lucys kleines Gesicht studierte er eingehend. Jeremy ahnte, was kam, und wappnete sich genervt. Alle machten so viel Aufhebens um ihre Ähnlichkeit mit Emily. So frappant fand er sie gar nicht, aber alle Welt schien sie zu sehen. Sogar die Frau im Supermarkt hatte sie angestarrt, als hätte sie ein Gespenst gesehen.

Wie aufs Stichwort hob Ben den Blick. »Hat sie immer schon so ausgesehen?«, fragte er. »So wie … wie sie?«

»Als Baby? Keine Ahnung. Ich war zu jung, um mich

an Klein-Emily zu erinnern, für mich sahen sowieso alle Babys gleich aus.«

Er nahm Ben das Telefon aus der Hand und betrachtete das Bild seiner Tochter. Sie schaute geradewegs in die Kamera, und ein strahlendes Lächeln nahm ihr Gesicht ein. Für ihn sah sie einfach aus wie Lucy, und er verspürte das vertraute Wispern einer zwiespältigen Liebe.

»Ich habe erst vor Kurzem überhaupt mitbekommen, dass sie aussieht wie Emily. Bis vor zwei Monaten ist es mir nicht aufgefallen, deshalb denke ich, es prägt sich mehr aus, je älter sie wird.«

»Dann hat sie sich verändert?« Ben klang interessiert. »Ist sie wie sie?«

»Was meinst du – wie Emily, was die Persönlichkeit angeht? Nein, überhaupt nicht. Wie gesagt, ich erinnere mich noch, dass Emily ein stilles kleines Ding war, während Lucy das genaue Gegenteil ist. Sie ist eine richtige Quasselstrippe. Manchmal ist es schwer, sie zum Schweigen zu bringen.«

Ben erwiderte nichts, und Jeremy sah ihm an, dass er über irgendetwas intensiv nachdachte. Jeremy musste daran denken, wie Mark seinen Bruder am Kiffen gehindert hatte, und fragte sich, ob er vielleicht kein Marihuana vertrug, denn jetzt war er entschieden eigenartig: Erst erzählte er all die Dinge über Laura, obwohl es nicht nötig war, und jetzt fragte er ihn über Lucy aus.

»Dann glaubst du nicht an Reinkarnation?«

Bei diesen Worten zuckte Jeremy zusammen, und er schaute Ben forschend an, um zu sehen, ob sein alter Freund einen Witz gemacht hatte. »Scheiße, nein, was redest du für einen Quatsch? Du solltest die Finger vom Cannabis lassen, Alter, wenn du davon solchen Blödsinn redest.«

Ben grinste schief, sah aber dennoch beunruhigt aus. »Du hast recht. Es ist nur, dass Laura und ich gestern Abend noch über diesen Unsinn geredet haben, als alle gegangen waren. Sie steht auf dieses Zeug, Geister, Karma und so weiter, und das alles wurde ein bisschen heavy. Ist einfach richtig unheimlich, diese Ähnlichkeit, mehr nicht.«

Jeremy schloss die Foto-App und legte das Telefon zur Seite. Es war ihm unangenehm, Lucy mit seiner toten Schwester zu vergleichen, und er wünschte, sie könnten damit aufhören. Ihm gefiel das Gerede über die angebliche Ähnlichkeit nicht, und was die Reinkarnation betraf – was für ein Blödsinn. Ihn gruselte normalerweise nicht, aber seit er wieder hier war, schien irgendetwas in ihm aus dem Gleichgewicht geraten zu sein.

»Na, egal. Ich sehe die Ähnlichkeit nicht, aber wenn du meinst …«

Ben entging der gereizte Unterton nicht, und er schien es plötzlich eilig zu haben. »Wie auch immer, ich sollte mich wohl wieder auf den Heimweg machen. Ich bin ja nur vorbeigekommen, um zu sehen, ob alles okay ist.« Er stand auf und wandte sich zur Tür. »Ich schätze, wir sind hier mehr oder weniger fertig, aber wenn es noch etwas gibt, wobei du Hilfe brauchst, melde dich morgen. Andernfalls sehen wir uns im Laufe der Woche. Sag einfach Bescheid, wenn du willst, dass ich vorbeikomme.« Er blieb noch einmal kurz in der Tür stehen. »Bis später dann, Jay. Ach, und nochmals danke für den Kaffee.«

Jeremy sah ihm nach, bevor er die Tür vor der traurigen grauen Welt schloss. Was er soeben erfahren hatte, erschütterte ihn. Es war, als stellte alles, was Ben ihm erzählt hatte, irgendetwas aus seiner Kindheit auf den Kopf. Die guten Zeiten vor Emilys Tod waren bereits befleckt von dem

Gedanken, dass er ein bösartiger, eifersüchtiger Bruder gewesen war, und jetzt auch noch von der Erkenntnis, dass Lauras Tage von Grausamkeit und Missbrauch überschattet gewesen waren. Er dachte an ihre Abneigung, ohne ihre Erlaubnis von anderen Menschen berührt zu werden, und jetzt verstand er sie – wie auch Bens Reaktion auf den vergangenen Abend. Im Kontext dessen, was er eben gehört hatte, ergab das alles Sinn. Er sah Mr McLeish vor seinem geistigen Auge, sein Lächeln und seine Leutseligkeit, und ihn schauderte bei dem Gedanken daran, wie er ihn seinem lieben Dad vorgezogen hatte.

Das Dorf war voll von dunklen Geheimnissen und versteckten Grausamkeiten: Laura, die eine Mitschülerin verletzt hatte und so schmerzerfüllt war, dass sie sich ins eigene Fleisch schnitt, während ihr Vater ein sexuelles Raubtier der abscheulichsten Art war. Ein kalter Finger strich über seinen Rücken, als er an Emily dachte, ganz allein im Wald, aber er schüttelte den Gedanken mit einem Achselzucken ab. Er durfte nicht zulassen, dass ihm dieses Haus unter die Haut ging. Auch wenn die Polizei von Mr McLeishs Vorlieben nichts gewusst hatte, dürften sie ihn unter die Lupe genommen haben, zumal da sein Hof dem Wald am nächsten war. Daran musste Jeremy glauben, wenn er nicht den Verstand verlieren wollte.

Jeremy klappte den Deckel hoch, und in einem Hauch von Muff wehte ihm die Vergangenheit entgegen. Er hatte für den Rest des Tages nichts mehr zu tun, warum sich also nicht dem Überseekoffer widmen? Noch viel tiefer konnte seine Stimmung nicht sinken. Der mottenzerfressene Pelz lag obenauf, und er scheute sich davor, ihn anzurühren. Er löste Ekel aus. Der Gedanke daran, dass er

Emily damit geängstigt hatte, war jetzt von einer gespenstischen Bedeutung erfüllt. Es war nicht länger eine kindliche Neckerei, sondern hatte einen bösartigen Subtext, der von etwas Dunklerem raunte. Mehr denn je befürchtete er, dass er nicht der Junge gewesen war, an den er sich erinnerte. Ganz und gar nicht. Sein Selbstbild von einem stillen, gefassten Jungen, berührt von Traurigkeit, war durch etwas Härteres ersetzt worden, durch einen niederträchtigen Jungen von verschlagener Bösartigkeit, zerfressen von Eifersucht. Jeremy mochte ihn noch weniger als den, den es zuvor gegeben hatte.

Unter der Stola lagen Capes und Masken, eine Piratenflagge und ein Cowboyhut und ein schmuddeliges, in eine Plastiktüte gewickeltes Bündel. Jeremy förderte Gürtel mit goldenen Schnallen und fransenbesetzte Hosen zutage, und er fragte sich, woher das alles kam. Ohne eigene Kinder musste Onkel Ian das alles nur für die Sommer mit Emily und ihm gesammelt haben. Er hob ein Kinderkleid heraus, ein Feenkostüm aus hellblauem Tüll und mit Flügeln aus Drahtkleiderbügeln. Beklommenheit stieg damit herauf, denn er sah Emily darin. Ihre pummeligen Beine und schneeweißen Knöchelsöckchen schauten unter den Falten hervor, und die spitzenbesetzten Flügel flappten schief auf ihrem Rücken. Mit ruckhaften Bewegungen schüttelte er einen Müllsack auf – dies war kein Ort für weinerliche Sentimentalität. Alles musste weg. Er stopfte den Fuchspelz in den Sack und raffte die Kostüme und das kleine Bündel zusammen. Darin war anscheinend noch ein zweites hartes Bündel eingewickelt. Behutsam zog er den Klebestreifen ab, der das Plastik zusammenhielt. Der Plastikbeutel war vergilbt und vom Alter spröde. Er riss ihn auf, und unter seinen Fingerspitzen trat ein fest gewickeltes Stück Stoff zutage. Der Stoff lockerte sich, und ein Gegenstand rollte über die Dielen und blieb kullernd liegen. Seine Verwirrung dauerte eine Sekunde und hörte dann auf – so wie sein Herz für einen Moment zu schlagen aufhörte.

Es war ein Kinderturnschuh, und bei seinem Anblick spannte seine Haut sich kribbelnd. Jeder Follikel prickelte in plötzlichem Entsetzen. Es war ein kleiner Mädchenschuh, stockfleckig und schmutzig. Instinktiv wollte seine Hand danach greifen, aber sein Gehirn ließ es nicht zu. Stattdessen starrte er ihn an, den winzigen Turnschuh, der einmal rosa gewesen war, wie er wusste. Dieses Wissen war in ihm, genau wie er wusste, dass Emilys Turnschuhe verschwunden gewesen waren. Dass man sie mit nackten Füßen gefunden hatte. Das Segeltuch mochte wasserfleckig und verblichen sein, die Lichter in der Sohle waren längst erloschen, aber er wusste, was es war. Er betrachtete den Schuh mit ehrfürchtigem Grauen, und dann sprang er auf und begann, auf und ab zu gehen, auf und ab, auf und ab, als könnte die Bewegung den Schuh zum Verschwinden bringen.

Die Bedeutung seines Funds überrollte ihn wie eine eiskalte Woge. Tief im Innern hatte er insgeheim gehofft, es gebe gar kein Geheimnis zu entwirren, Em sei tatsächlich nur tragisch gestolpert und ertrunken, aber dies änderte alles, und das Wissen verflüssigte seine Eingeweide.

Seine ersten Gedanken flogen zu Onkel Ian – dies war schließlich sein Haus, sein Dachboden, sein Zeug. Er betrachtete die Truhe voller Schätze, und zum ersten Mal sah er sie in weniger wohlwollendem Licht. Es war vielleicht eine seltsame Sammlung für einen alleinstehenden, kinderlosen Mann, und er überlegte, ob sich hinter dem

Lächeln seines Onkels eine dunklere Absicht verborgen hatte, etwas Unheimliches, das hinter seinem nachsichtigen Blick lauerte, wenn er den Kindern beim Spielen zusah. Doch noch während diese Idee ihn durchzuckte, verwarf er sie schon. Jeremy *erinnerte* sich an seinen Onkel, und er bereute den bloßen Gedanken. So oder so, Ian war an jenem Tag die ganze Zeit mit seinen Eltern hier gewesen, und Jeremy erinnerte sich, wie die Erwachsenen Stunden hinter geschlossenen Türen verbracht hatten, erinnerte sich an das Gemurmel ihrer Stimmen, während die Polizei jedem denkbaren Weg gefolgt war. Nein, nicht Ian.

Wie von Sinnen ging er auf und ab und kämpfte gegen die Panik an, vermied es, den Gegenstand auf dem Boden anzusehen, und ließ den Blick blindlings darüber hinweggleiten.

Er dachte an George, der so erpicht darauf gewesen war, noch einmal ins Haus zu kommen. Er sah seine langfingrigen Hände vor sich, wie sie sich um den Kaffeebecher krümmten, und erinnerte sich an seine Fragerei. War da ein Hauch von Unbehagen gewesen, ein Wispern der Angst, als ihm klar geworden war, dass Jeremy die Sachen auf dem Dachboden sichten würde? Er konnte es nicht sagen.

Jeremy schaute zurück in die Vergangenheit und hielt Ausschau nach allem, was nicht im Gleichgewicht, was unheilvoll war, aber alles, was er fand, waren goldene Tage und gemütliche Abende, geradewegs aus den Seiten eines Märchenbuchs für Kinder. Wenn es je etwas zum Erinnern gegeben hatte, dann war es verloren, verschleiert von den Nebeln der Zeit und von seiner Sehnsucht nach etwas Vollkommenem in seiner Vergangenheit.

Langsam und vorsichtig hob er den Turnschuh auf und

drehte ihn hin und her. Das Leinengewebe war rau an seiner Handfläche. Der Klettbandverschluss war spröde vom Alter, und eine braune Flutmarke befleckte den Stoff, der einmal vom Wasser des Sees durchtränkt gewesen war. Er trug den Schuh hinunter in die Küche, zusammen mit dem Tuch und dem Plastik, in das er gewickelt gewesen war. Er hatte die Wahrheit wissen wollen, aber das hier machte ihm Angst, und er erinnerte sich daran, wie er plötzlich darauf bestanden hatte, allein in den Überseekoffer zu schauen. Aus irgendeinem Grund erschien es ihm wie ein Geheimnis, aber er wusste, dies durfte er nicht ignorieren, er musste zur Polizei, ungeachtet der Konsequenzen.

Plötzlich sehnte er sich danach, heimzufahren. Er wollte weg von diesem Ort, wollte die Vergangenheit wieder in ihre Truhe packen und nie wieder daran denken müssen.

26

Der Turnschuh war so bedeutungsgeladen, dass er wie Blei in Jeremys Händen lag. Ben hatte ihn gefragt, ob er an Reinkarnation glaube, und auch wenn er darüber gelacht hatte, schien es, als kehre die Vergangenheit zurück, um ihn zu verfolgen. In der Nacht hatte er von dem Turnschuh geträumt, und er war das Erste gewesen, woran er beim Aufwachen gedacht hatte. Selbst bei seinem morgendlichen Lauf hatte er ihn nicht vergessen können. Normalerweise bekam Jeremy vom Laufen einen klaren Kopf, und der Rhythmus der Schritte auf dem Asphalt war sein Mantra, um alle Gedanken abzuschalten. Aber nicht heute. Der simple Akt des Anziehens seiner Laufschuhe ließ das Bild des Mädchenschuhs krachend in seinem Kopf explodieren, und das Klatschen seiner Sohlen auf dem Asphalt klang wie das Echo, mit dem der Turnschuh auf dem Boden landete.

Als jetzt sein Blick darauf ruhte, wurde ihm nach und nach klar, dass es nicht das erste Mal war. Er hatte den Schuh schon einmal so gesehen, nicht an Emilys Fuß, sondern verwaist, fleckig und schmutzig. Er ließ zu, dass die Erinnerung herankroch und die Zeit ins Fließen geriet wie Sand, bis der Schuh nicht mehr in erwachsenen Händen lag, sondern in den dürren Fingern eines Jungen – ein Turnschuh, triefend nass und mit immer noch fröhlich blinkenden Lichtern am Absatz. Die Erinnerung war nadelspitz und erschreckend lebendig. Die Hände waren braun. Es waren Sommerhände, kleine Hände, zitternd vor Angst. Er sah den Schmutz unter den Nägeln, die Grasreste in den Falten der Fingerknöchel, und er spürte die Regungen, die alles begleiteten: Angst und Entsetzen, die das Herz stehen bleiben ließen und den Magen umdrehten. Es war real. Er erinnerte sich an diese Gefühle, und in jäher Panik schleuderte er den Turnschuh durch das Zimmer und sprang vom Hocker, der daraufhin polternd umfiel. Nein, nicht das! Der anklagende Ton seiner Mutter dröhnte in seinem Schädel, und er spürte, wie er die Beherrschung verlor.

Sein Blick fiel auf die zerknüllte Plastiktüte und das Tuch, in dem der Turnschuh eingewickelt gewesen war. Nein! Abwehrend schüttelte er den Kopf: Er hatte das alles noch nie gesehen! Zögernd strich er das graue Stück Stoff auf der Küchentheke glatt. Jetzt sah er, dass es ein schlichtes baumwollenes T-Shirt war. Widerstrebend raffte er den Halsausschnitt hoch, suchte nach einem Etikett, und von schrecklichen Vorahnungen erfüllt, las er: *M&S Boy, Alter 10-12*. Seine Fingerspitzen prickelten, und er wich zurück, bis er mit dem Rücken an der Wand stand. Seine Wirbel stießen gegen den Putz, und er rutschte zu Boden. Er zog die Knie an, umschlang sie mit beiden Armen, und dann hockte er da und starrte den Turnschuh an, als rechnete er damit, er werde jeden Augenblick zum Leben erwachen und ihn tottreten.

Er wollte schreien, um dem Grauen Luft zu machen, das ihn erfüllte, aber er blieb stumm und still und wartete, dass ihm eine Lösung einfiel. Er riskierte noch einen Blick auf den Turnschuh, der vorwurfsvoll auf dem Rand der Badewanne lag. Adrenalin durchströmte ihn, und er fühlte sich zittrig und schwach. Er hätte ihn nie ins Haus lassen dürfen, aber jetzt hatte er es getan, und er wusste nicht, was er damit anfangen sollte. Schon beim bloßen Gedanken daran wollte er wieder klein sein und heulen wie ein Baby. Wie das Baby, das sie gewesen war – aber nein, daran durfte er nicht denken, er durfte nicht an sie denken, nicht daran, wie ihr Gesicht ausgesehen hatte, als das Wasser sich darüber kräuselte und die Seegraswedel sich in den Wimpern ihrer blicklosen Augen verfingen. Er musste ihn erst einmal verstecken, ihn zu vergraben oder zu verbrennen wagte er nicht, zumindest noch nicht, denn wenn er dabei erwischt würde, wäre der bloße Akt der Beseitigung ein schreiendes Schuldbekenntnis, und in Wirklichkeit war nichts von alldem seine Schuld.

Als er sicher war, dass niemand draußen war, drückte er auf die Spülung und wusch sich die Hände, auch wenn er nicht wusste, warum er sich die Mühe noch machte: Seine Hände waren besudelt in Ewigkeit. Er griff in den Schmutzwäschekorb und zog ein T-Shirt heraus, ein schlichtes altes, das hoffentlich niemand vermissen würde. Er ging zurück auf sein Zimmer und wickelte den Turnschuh ein, damit er ihn nicht mehr ansehen musste, öffnete den Kleiderschrank und schob das Bündel so weit wie möglich nach hinten. Das musste vorläufig genügen. Morgen würde er sich ein besseres Versteck ausdenken, bis er den Schuh endgültig loswerden könnte. Er schloss die Schranktür und wandte sich ab. Seine Seele schrumpfte in seiner Brust zusammen. Verdammt, es wurde Zeit, dass er erwachsen wurde.

Jeremy betrachtete seine zunehmende Angst, er könnte seine Schwester ertränkt haben, von allen Seiten. Hatte seine Mutter recht gehabt, und er war es gewesen, niemand anderes? Er erprobte den Gedanken, malte ihn neben das Bild von Emily im Wasser, das er entworfen hatte, mit dem goldenen Fächer ihres Haars unter dem Kopf. Doch es kam nichts dabei heraus, keine Erinnerung flackerte auf, die Vergangenheit blieb verschlossen. Verdammt, irgendwo tief in seinem Inneren musste dieses Wissen doch versteckt sein! Er betrachtete das T-Shirt und den Plastikbeutel und suchte beides nach einem Anflug der Vertrautheit ab, aber da war nichts außer diesem schwelenden Unbehagen und dem schändlichen Verlangen, das alles geheim zu halten – für alle Fälle.

Am Rand der Arbeitsplatte stand eine Flasche Rotwein. Er öffnete sie. Sämtliche Gläser waren verpackt und weggeschafft – wie gern würde er das auch von sich sagen –, und so spülte er einen Kaffeebecher aus. Das flaue »nie wieder« von vor zwei Nächten verflüchtigte sich, als er den ersten Schluck nahm und darauf wartete, dass er ihm half, leichter zu atmen und der Panik zu entkommen, die ihn zu überwältigen drohte. Er musste nachdenken.

Die Flashbacks duldeten keinen Widerspruch, ebenso wenig wie das boshafte Gefühl, das er bei seinem Flug über die Felder verspürt hatte, oder das Entsetzen, als er seiner Tochter die Haare gewaschen hatte. Er dachte an Lucy und an die seltsame Ambivalenz seiner Gefühle für sie, und endlich ging ihm ein Licht auf. Es war das unterbewusste Echo seiner Gefühle für Emily, eine verborgene Schuld an dem, was er getan hatte, kam blubbernd an die Oberfläche, heraufbeschworen durch Lucys Ähnlichkeit mit Emily. Er erinnerte sich an den Drang, sie auf die Straße und in den Verkehr zu stoßen, und das Grauen erfasste ihn von Neuem. Es war im Kribbeln der Härchen an seinen Unterarmen, in seinem Atem, der in der Kehle stecken blieb. Er durfte nicht zulassen, dass Sarah sie herbrachte. Er war eine Gefahr. Alles – sein Schweigen vor all den Jahren, der Gedächtnisverlust, der ihn seitdem plagte, das alles war nicht mehr als sein verhasstes, solipsistisches kleines Ich, das log, um seinen kläglichen Arsch zu retten. Die letzten Worte seiner Mutter fielen ihm wieder ein: *Warum verstellst du dich, Jeremy?* Ja, warum?

Er trank einen weiteren Becher Wein auf nüchternen Magen, und seine Gedanken überschlugen sich. Er konnte den Turnschuh verschwinden lassen, konnte ihn verbrennen, zusammen mit dem Zeug, in das er verpackt war, als hätte es ihn nie gegeben. Der Selbsterhaltungstrieb übernahm für einen Moment die Kontrolle über ihn. Ja, es wäre leicht, so zu tun, als hätte er den Schuh nie gesehen, leicht, seine Gedanken zu verschließen und weiterzumachen wie zuvor.

Doch zwei Dinge hielten ihn davon ab. Erstens: Wenn er es nun doch nicht gewesen war, dann musste der Mörder seiner Schwester noch da draußen sein. Zweitens: Wenn er es gewesen war, wie konnte er dann mit diesem Wissen leben und sich den Konsequenzen entziehen, die er verdiente?

Einige Zeit und noch mehr Wein später rief er Sarah an. Er war einem Zusammenbruch nahe, und er brauchte sie.

»Sarah«, fing er an, »Sarah, ich muss mit dir reden.«

»Jez …« Sie war außer Atem, und er begriff, dass sie gerannt war. »Hat das nicht Zeit, bis ich zu Hause bin? Ich laufe gerade eine Runde. Hör zu, ich rufe dich an, wenn ich zurück bin.«

»Ja, ich denke, ich will nur … ich weiß es nicht …«

Er hörte, wie der gedämpfte Verkehrslärm in den Hintergrund trat. Sie war anscheinend stehen geblieben, vermutlich in einem Geschäftseingang, damit sie ihn besser hören konnte.

»Was ist denn? Ist etwas nicht in Ordnung?«

Plötzlich ergriff ihn wieder die Panik. Er hatte Angst, sie zu verlieren, seine Familie zu verlieren. Ins Gefängnis zu kommen. Das war nicht das, was er hatte sagen wollen. Er hatte nur ihre Stimme hören wollen, um sich daran zu erinnern, wer er in Wirklichkeit war, aber irgendwie kamen ganz andere Worte aus seinem Mund.

»Sarah, ich muss es wissen. Würdest du mich noch lieben, wenn du herausfändest, dass ich etwas Schreckliches getan habe? Würdest du bei mir bleiben?«

»Jez, was um alles in der Welt redest du da?« Ihre Stimme bekam einen gereizten Ton.

»Ich muss nur wissen, dass du mich nicht verlassen würdest.«

»Was ist los, Jeremy?« Jetzt klang sie nicht mehr gereizt, sondern beunruhigt, und ihre Tonlage wurde höher. »Was hast du getan?«

Der Hauch von Misstrauen in ihrer Stimme weckte die Erinnerung an Lauras Kuss. Alles war schiefgegangen, und jetzt würde er sie verlieren.

»Nichts. Ich *weiß* nicht, ob ich etwas getan habe. Aber wenn, würde das etwas ändern?«

»Was denn ändern? Wovon sprichst du?«

»Ich habe nur … Ich habe etwas gefunden.«

»Was denn gefunden?« Jetzt zögerte sie. »Jeremy, sprich mit mir. Was ist passiert?«

Diesmal war er nicht zu überhören, der Zweifel in ihrer Stimme.

»Sarah, ich habe etwas gefunden, was bedeuten könnte, dass ich es gewesen bin. Ich fürchte, ich habe etwas Schlimmes mit ihr gemacht, aber ich kann mich nicht erinnern, dass ich es getan habe.«

»Wem getan? Jez, du redest wirres Zeug. Worum geht es denn?«

»Was ist, wenn ich es getan habe? Wenn ich sie ertränkt habe?«

»Was denn – *Emily*? Jez, sei nicht albern, natürlich hast du es nicht getan. Wie um alles in der Welt kannst du so etwas auch nur denken?«

Er spürte ihren Zweifel, der jetzt stärker wurde. Er wusste, sie liebte ihn, aber sie war nicht dumm, sie hatte Dinge in den Fernsehnachrichten gesehen, genau wie er. Frauen, die mit Mördern gelebt hatten, anscheinend ahnungslos, während diese Ehemänner gemordet und vergewaltigt hatten und dann nach Hause zu ihren Kindern kamen und ihren liebenden Frauen einen Gutenachtkuss gaben. Diese Frauen, die immer die Letzten waren, die es erfuhren ... Fast hörte er ihre Gedanken. *War Jeremy eine Gefahr, für sie, für die Kinder?*

»Ich weiß nicht, ob ich es getan habe, aber ...«

»Warum sagst du es dann? Jeremy, was ist los?«

»Gar nichts. Ich muss nur mit dir reden ...«

»Jetzt machst du mir Angst. Ich werde kommen und ...«

Gott, er wollte nicht, dass sie herkamen, nicht, solange er nicht wusste, womit er es zu tun hatte. Solange er nicht wusste, was für ein Ungeheuer er war.

»Nein, mir geht's ja gut, ich werde das klären. Ich wollte nur mit dir reden, aber es ist nicht wichtig. Mir geht's gut. Vergiss es.«

»Vergiss es? Hör zu, du musst nach Hause kommen.

Ich hab ja gesagt, es ist keine gute Idee, wenn du allein dableibst. Ich komme gleich morgen früh ...«

»Nein! Nein, Sarah, ich brauche nur noch ein wenig länger. Ich bin so nah dran, es herauszufinden.«

»Was herauszufinden?«

»Was mit ihr passiert ist. Ich bin näher daran als je zuvor. Ich brauche nur noch zwei Tage.«

Sie seufzte auf ihre vertraute, resigniert-frustrierte Art. »Wann wirst du endlich aufgeben, Jeremy?«

»Wenn ich die Wahrheit kenne. Bitte komm noch nicht. Es ist alles okay. Ich muss nur herausfinden, was ich tun soll.«

»Jez, warum willst du mich nicht dahaben? Ich verstehe das nicht.«

»Bitte, Sarah, bleib einfach weg. Ich hätte dich nicht anrufen sollen. Es tut mir leid.«

Er legte auf und vergrub das Gesicht in den Händen: Jetzt hatte er alles nur noch schlimmer gemacht. Wütend starrte er die Weinflasche an, packte sie und schleuderte sie gegen die Wand, wo sie in tausend dunkelgrüne Glassplitter zerbrach – ein Regen von Smaragden. Eine rosarote Blüte breitete sich auf dem Boden aus, aber nichts davon bewirkte, dass es ihm besser ging.

Er wurde aus einem tiefen und überraschend traumlosen Schlaf heraufgezogen, einem kleinen Tod durch Rotwein. Was ihn geweckt hatte, wusste er nicht, und so lauschte er in die Dunkelheit und spitzte die Ohren, um jedes Geräusch einzufangen, das noch in der Nachtluft vibrierte. Da war nichts außer dem Ächzen des alten Hauses, und er war eben dabei, wieder dahin zu sinken, wo er hergekommen war, als er es erneut hörte: das Klirren von zerbrochenem Glas. Adrenalin schwirrte durch seinen Körper, und er war mit einem Mal hellwach. Instinktiv griff er nach seinem Telefon, bevor ihm klar wurde, dass es nicht da war. Er hatte es unten ans Stromnetz gehängt, und als es ihm einfiel, durchfuhr ihn noch einmal ein Ruck. Erneut drang von unten ein leises Geräusch herauf, und er überlegte, von wo es kommen könnte. Vielleicht aus dem Esszimmer, wo die Terrassentüren auf den Rasen hinausführten. Er schwenkte die Beine aus dem Bett und glitt lautlos zur Tür, dankbar dafür, dass die kalte Luft ihn veranlasst hatte, in T-Shirt und Jogginghose zu schlafen, nicht halb nackt wie sonst. Die Galerie vor dem Schlafzimmer lag im Dunkeln. Er blieb oben an der Treppe stehen und spähte in die Diele hinunter. Im Halbdunkel konnte er das schwarzweiße Schachbrettmuster der Bodenfliesen und die dunklen Umrisse der Kisten und Möbelstücke vom Dachboden sehen, Schachfiguren, die auf den nächsten Zug warteten.

Er packte die Stange, mit der die Dachluke geöffnet wurde, und fühlte die beruhigenden Zacken der Weizenähre am Griff unter den Fingerspitzen. Eine Waffe war es kaum, aber er wollte sich nicht mit bloßen Händen hinunterwagen. Langsam ging er die Treppe hinunter und hielt sich dicht an der Wand, um die Belastung der Stufen zu verringern, damit sie nicht knarrten. Mit angehaltenem Atem schob er erst den einen, dann den anderen Fuß auf die Stufen. Es war ein zittriger, geriatrischer Abstieg.

Als er unbemerkt unten angekommen war, blieb er stehen und überdachte seine Möglichkeiten. Vielleicht hätte er wohlversteckt in seinem Schlafzimmer bleiben können, aber die Vorstellung, wie eine Schildkröte auf dem Rücken in seinem Bett überrascht zu werden, gefiel ihm nicht. Seine Decke bot keinen Schutz vor irgendwelchen

Angriffen. Andererseits hatte er auch keine Lust, jemandem entgegenzutreten und den Helden zu spielen. Sein Telefon hatte oberste Priorität. Er musste es an sich nehmen, bevor der Einbrecher ihn fand.

Leise tappte er durch die Diele und weiter in die Küche. Er wusste genau, wo das Telefon lag. Wenn er es nur unbemerkt erreichte, um die Polizei rufen zu können. Sein Herz schlug so laut, dass er sicher war, der Eindringling müsste es hören. Gedämpfte Stimmen wehten aus dem Esszimmer herüber und bestätigten ihm, dass mehr als ein Einbrecher im Haus war, was die Dringlichkeit nur noch erhöhte und seine Entschlossenheit bekräftigte, das Telefon an sich zu reißen, zur Hintertür hinauszuflüchten und vom Garten aus anzurufen.

Am Ende der Diele drückte er die Küchentür auf, gerade so weit, dass er durchschlüpfen konnte. Er tastete sich in der Dunkelheit an der Arbeitsplatte entlang, bis seine Hand das Telefon berührte und die Erleichterung ihn wieder atmen ließ. Doch als er den Stecker des Netzteils abzog, erwachte sein Handy zum Leben – es stieß einen schrillen Pfiff aus, und das Display tauchte die Küche in ein blauweißes Licht. Jeremy steckte es in die Tasche und stürzte zur Tür. Er hörte den Aufruhr in der Diele hinter ihm und vergaß darüber die Glasscherben, die noch immer auf dem Boden lagen. Ein Splitter zerschnitt seinen Fußballen, und er schrie vor Schmerz auf.

»Schnell, er ist in der Küche!«, sagte jemand, und dann stürzten sie sich auf ihn.

Nebelhaft sah er drei dunkel gekleidete Gestalten, bevor sie ihn so hart gegen die Tür stießen, dass es ihm den Atem verschlug und ihm die provisorische Waffe aus der Hand flog. Jemand zog ihm etwas über den Kopf, einen rauen

Stoff, der erdig und feucht roch und den Schrei dämpfte, den die Angst ihm über die Lippen trieb. Er schlug mit beiden Armen um sich, ohne auf den Schmerz zu achten, der seine verletzte Schulter durchzuckte, hieb blindlings nach seinen Angreifern. Ein Arm schlang sich um seinen Hals, schnürte ihm die Luft ab und erstickte jeden Versuch zu schreien. Er wollte sich loswinden, aber das brachte ihm nichts als einen brutalen Schlag in den Solarplexus. Wieder krümmte er sich vor Schmerz zusammen. Einen Moment lang bekam er keine Luft, er rang nach Atem und hatte Angst, sich in den Sack zu übergeben, der sein Gesicht bedeckte. Die Angst machte seine Knie weich, und ein blökendes Wimmern kroch über seine Lippen.

Fremde Lippen drückten sich an sein Ohr. »Hat sie auch so ein Geräusch gemacht, du Dreckschwein?«

»Nicht hier«, sagte jemand, vermutlich der Anführer, »sonst bekommen die Nachbarn noch etwas mit.« Jeremy meinte Begeisterung herauszuhören, als ob derjenige die Situation genießen würde.

Mit einem flauen Gefühl begriff er, dass die drei nicht hier waren, um etwas zu stehlen. Sie waren seinetwegen gekommen. Die Angst weckte ein Gurgeln in seinen Eingeweiden.

Er hörte, wie die Haustür geöffnet wurde, dann schlug ihm die Kälte der Nacht entgegen und schnitt durch sein dünnes T-Shirt. Der Kies war scharfkantig, und Schmerz schoss durch seine verletzte Fußsohle, während eine Hand den groben Stoff an seinen Mund drückte. Eine Wagentür öffnete sich, und er wurde in einen kleinen Raum gestoßen, wo er die harten Grate des Bodenblechs unter den Knien spürte. Die Luft roch beißend nach Motoröl und Staub.

Mindestens einer seiner Entführer kroch zu ihm in den

Laderaum, drückte seine Arme auf den Rücken und sein Gesicht auf den Boden. Es war verstörend, wie genau er zu wissen schien, was er tat, es hatte etwas beinahe Militärisches. Mit neuer, aus der Panik geborener Kraft drehte Jeremy sich zur Seite und versuchte, seinen Entführer abzuwerfen. Er durfte nicht zulassen, dass sie ihn wegbrachten. Der Mann war massiger als er; er spürte sein muskulöses Gewicht in seinem Rücken. Als Reaktion auf Jeremys Widerstand packte er einfach Sack und Haar mit einer Faust, hob Jeremys Kopf und ließ ihn auf das Bodenblech hinunterkrachen.

»Scheiße, hör auf, dich zu wehren, du Pädo. Du gehst nirgendwohin.«

Du Pädo? Was redete er denn da? Wofür hielten sie ihn? Sterne sprühten am Rand seines Gesichtsfelds, und ein gleißender Schmerz schoss wie ein Blitz durch seine Stirn. Das konnte nicht wahr sein. Er lebte nicht in einer Welt, in der solche Dinge passierten. Er war *Architekt*, verdammt noch mal!

Vor Angst konnte er kaum noch denken, aber er lauschte angestrengt, um herauszufinden, wie viele es waren und was sie beabsichtigten. Nichts Gutes offenbar, und einen irrationalen Moment lang fragte er sich, ob sie vorhatten, ihn umzubringen. Der Anführer schien ihm jedenfalls bereit dazu, und mit einem mulmigen Gefühl erinnerte Jeremy sich an die Begeisterung in seiner Stimme. Um seine Panik niederzukämpfen, versuchte er, sich auf die anderen Stimmen zu konzentrieren – vielleicht würde er ja irgendetwas Wichtiges erfahren. Aber seine Ohren waren von dem rauen Stoff bedeckt, und die dröhnenden Vibrationen im Bodenblech waren zu stark.

Der Lieferwagen bewegte sich in gleichmäßigem Tempo

durch das Dorf, ohne zu rasen oder sonst wie Aufmerksamkeit zu erregen. Jeremy versuchte, sich die Kurven und Abzweige zu merken, die sie nahmen, aber es waren zu viele, als dass sein angstvolles Gehirn sie sich hätte merken können. Irgendwann fragte er laut, was sie von ihm wollten, aber das brachte ihm nichts weiter ein, als dass sie sein Gesicht noch härter auf den geriffelten Boden drückten und ihm ein Knie ins Kreuz stießen.

Irgendwann bog der Wagen von der Straße ab und kam auf unebenes Gelände. Rumpelnd ging es durch Schlaglöcher, bis sie stehen blieben. Die vorderen Türen öffneten und schlossen sich, dann wurde die Hecktür des Lieferwagens aufgerissen, und jemand zog Jeremy ohne feierliche Umstände heraus und ließ ihn auf den kalten, nassen Boden fallen. Dann begann der Schmerz. Er wurde auf die Beine gezogen und gegen die Seitenwand des Lieferwagens geworfen. Etwas Hartes, das er nicht sehen konnte, traf seinen Bauch und seine ohnehin lädierten Rippen. Mit Schaudern sah er seine Leber vor sich, seine Milz, all die zarten, von Blut geschwollenen Innereien. Er versuchte sich zu schützen, aber Hände hielten ihn fest, während es Schläge regnete. Manche waren nur halbherzige Klapse, aber einer der Männer legte Leib und Seele in seine Fäuste und ermunterte die beiden anderen, es ihm nachzutun. Er fühlte das stechende Knirschen von Knorpel, und Blut schoss ihm aus der Nase und rieselte heiß und salzig in seinen Mund und an seinem Kinn hinunter. Er würgte. Seine Lippe platzte an seinen Zähnen.

Eines, was ihm die ganze Zeit bewusst war, war der Hass. Diese Fremden hassten ihn, und er wusste nicht, warum.

»Geh noch einmal in die Nähe des Jungen, und wir bringen dich um, du mordgeiler Drecksack. Wir wissen, was du getan hast. Ja, du warst vielleicht selber noch ein Kind, aber Scheiße, das ist völlig egal.«

Welcher Junge? Wovon redete er? Selbst durch den dreckigen Stoff, der seinen Kopf umhüllte, konnte Jeremy Biergeruch riechen, heiß und schal, und darunter noch etwas Schärferes, Whisky oder Brandy. Sie hatten sich Mut angetrunken, die Feiglinge.

Er wollte sich wehren, aber er war kein Fighter. Er entwarf Gebäude, er verletzte keine Menschen. Mit zitternden Muskeln schlug er auf sie ein, krallte sich in Arme, ruderte blindlings in der Dunkelheit, und bei jeder Bewegung schrie seine Schulter vor Schmerzen. Durch die anschwellende Schockwelle erreichten ihn Worte, unzusammenhängende Fragmente.

»Scheiße, du bist gewarnt worden ... wir wollen dich hier nicht ...«

»Ein kleines Mädchen, du kranke Sau ...«

»Wir müssen an die Kinder denken ...«

»Pädo ...« Wieder dieses Wort.

»Mörderisches Stück Scheiße ... Warum gehst du nicht dahin, wo du hergekommen bist?«

Schließlich gaben seine Knie nach, und er landete hart im Dreck. Er versuchte wegzukriechen, und er fühlte Steinchen und nasse Erde unter Handflächen und Knien.

Jemand knurrte: »Kommt, lasst es gut sein, er ist es nicht wert.« Zögern lag in dieser Stimme, vielleicht sogar Angst bei dem Gedanken, sie könnten zu weit gegangen sein. Hastig sprangen sie in den Lieferwagen, Kies prasselte, Reifen drehten durch, und Jeremy war allein in Stille und Dunkelheit.

Ruhig lag er da, und ein kalter Wind schrammte über

ihn hinweg. Er war zu geschockt, zu verletzt, um sich zu rühren. Ihm war schneidend bewusst, dass seine Tränen flossen. Nicht, dass er weinte – es war eher ein unwillkürlicher Tränenfluss, eine Reaktion auf diese nackte Gewalt. Es war so schnell gegangen, so brutal, dass ein Teil seiner selbst immer noch im Haus war, immer noch wohlbehalten im Bett.

Irgendwie gelang es ihm, den Sack zu fassen und sich vom Kopf zu reißen. Es war ein Leinensack von der Sorte, die man für Getreide oder Viehfutter benutzte, und selbst im Halbdunkel konnte er die Blutflecke erkennen, dunkel und klebrig unter seinen Fingerspitzen. Behutsam tastete er mit einer Hand dahin, wo sein Gesicht gewesen war. Die Nase war ganz sicher gebrochen, und seine Zunge fand einen Riss in der Lippe, salzig, brennend, eisenhaltig. Taumelnd kam er auf die Beine, die Welt kippte kreiselnd zur Seite, und vorsichtig betastete er Rippen und Bauch. Alles war empfindlich, aber auch ein wenig taub, und er befürchtete, der schlimmste Schmerz werde erst kommen, wenn das Adrenalin verebbt war. Eine Woge von Schwindel überkam ihn, und seine Beine gaben nach. Er fiel auf die Knie und übergab sich klatschend auf den Boden vor ihm.

Der Morgen dämmerte, graues Licht zerschnitt den unteren Rand des Himmels. Allmählich bekam er einen klaren Kopf, und er betrachtete seine Umgebung. Berge von Metall ragten zu allen Seiten auf, Autowracks türmten sich aufeinander, Ersatzteile und gepresster Stahl. Fossilien, bedeckt mit rostfleckigem Lack. Ein Pfad führte zu einem hohen Drahtzaun mit einem zweiflügeligen Tor, das offen in den Angeln hing. Dahinter lag die Straße. Er war auf einem Schrottplatz und hatte keine Ahnung, wie er nach Hause kommen sollte. Der Schock hatte jetzt in vollem Umfang eingesetzt, und seine Zähne klapperten heftig.

Das Wichtigste war jetzt, Hilfe zu finden. Sein Blick wanderte über das Gelände. Ein Bürocontainer duckte sich im Zwielicht. Langsam und unter Schmerzen bewegte er sich darauf zu, hinkend und stolpernd auf dem unebenen Boden, keuchend vor Anstrengung. Zu dieser frühen Stunde war alles dunkel, aber er rüttelte trotzdem an der Tür und hoffte auf Schutz und ein Telefon. Die Tür war fest verschlossen, und ein Schild warnte vor patrouillierenden Wachhunden. Dieser Hinweis weckte neue Angst. Er dachte an sabbernde Kiefer, zähnefletschend und bereit zu vollenden, was die Entführer angefangen hatten. Aber soweit er sehen konnte, waren keine Hunde da, und auch keine Überwachungskameras, die den Überfall hätten beweisen können. Etwas Hartes in seiner Jogginghose erinnerte ihn an sein Telefon, und er griff in die Tasche und betete, es möge noch funktionieren. Erleichterung flutete in abgehackten, bebenden Atemzügen in seine Lunge.

Mit beinahe unbrauchbaren Fingern fing er an zu wählen: neun, neun ... und dann zögerte er. Ja, er sollte den Notruf wählen, aber irgendetwas hinderte ihn daran. Er dachte an das, was sie gesagt hatten, an die Sicherheit in ihrem Ton. Ein mörderisches Stück Scheiße hatten sie ihn genannt, und mit einem Mal begriff er, dass sie von Emily gesprochen hatten. Jetzt verstand er die Warnung, die man ihm ins Ohr gezischt hatte: Sie hatten den Jungen in der High Street gemeint. Der Himmel wusste, was die Frau ihnen erzählt hatte, aber sie hielten ihn für eine Gefahr für ihre *Kinder*. Eine kalte, rationale Stimme sprach mit ihm, eine, die er nicht kannte, und wies auf die möglichen Implikationen hin, die es für ihn haben würde, wenn er die Polizei ins Spiel brächte. Wenn alles wieder ans Licht gezerrt werden sollte und er vor Gericht käme, hätte er keine Möglichkeit, sich gegen den Vorwurf zu verteidigen, ein Verbrechen begangen zu haben, an das er sich nicht erinnern konnte. Er dachte an den Turnschuh im Haus seines Onkels. Er hatte ihn angefasst und mit seiner DNA verunreinigt, und er hatte Sarah mehr oder weniger von seinem Fund erzählt.

Die unmittelbare Bedrohung hatte diesen Gedanken verdrängt, aber jetzt betrachtete er die Möglichkeit seiner Schuld von Neuem, mit leiser Resignation diesmal, als habe er es tief in seinem Inneren die ganze Zeit gewusst und als sei sein Enttäuschungspotenzial endlich ausgeschöpft. Mit kraftlosen Fingern löschte er die Ziffern, die er gedrückt hatte. Jetzt musste er irgendwohin, wo er in Sicherheit war, wo er seine Verletzungen versorgen und seine Optionen betrachten konnte. Er wollte Sarah anrufen, aber er konnte ihr so nicht entgegentreten. Er musste alles haargenau planen – was er ihr sagen und wie viel er ihr erzählen würde –, bevor er sie wiedersah.

Er fühlte, wie sein altes Leben unter seinen Fingerspitzen zersplitterte. Vielleicht sollte er fliehen.

27

Es war ein majestätischer alter Mercedes, und wenn Jeremy noch einen Rest Humor gehabt hätte, hätte er wohl gelächelt, weil er so passend war. Er beobachtete, wie er langsam um die Schlaglöcher herumnavigierte und jeden Buckel, jede Mulde vorsichtig meisterte. Vielleicht war es ein Fehler gewesen, aber er hatte keine andere Möglichkeit gesehen, und jetzt war es zu spät, sich den Kopf darüber zu zerbrechen. Er bewunderte die Unerschütterlichkeit dieses Mannes angesichts eines Anrufs im Morgengrauen von einem stammelnden Beinahe-Fremden; wie er nur kurz innegehalten hatte und dann sofort bereit gewesen war zu helfen. Während der Wagen näher kam, ließ Jeremy sich seine Erwägungen noch einmal durch den Kopf gehen. Ja, es konnte durchaus George gewesen sein, der den Turnschuh versteckt hatte, aber es war ziemlich unwahrscheinlich. Selbst ohne die Ereignisse des vergangenen Tages wäre das nicht logisch. Warum sollte er ihn behalten, warum in ein Jungen-T-Shirt einwickeln? Und warum – das war das Unwahrscheinlichste – sollte er ihn im Haus des Mannes verstecken, den er liebte? Das ergab keinen Sinn, ganz zu schweigen von der Frage, warum er Emily überhaupt etwas hätte antun sollen. Nein, Jeremy selbst war als Verdächtiger viel naheliegender – der bösartige, eifersüchtige Bruder. Und genau aus diesem Grund musste er dem alten Mann und seinen Erinnerungen vertrauen, damit er für ihn die Lücken ausfüllte und ihn mit seinem juristischen Wissen beriet.

George hielt neben ihm an, und Jeremy hatte plötzlich den Drang, davonzustolpern und sich zwischen den Autoskeletten zu verkriechen. Seltsam, wie schnell er einen kriminellen Sinn für Selbsterhaltung zu entwickeln schien. Aber er tat nichts. Er blieb, wo er war, an einen Lieferwagen gelehnt, der sich jetzt im Hellen als ein alter Eiscremewagen erwies, in Pink und Weiß – zumindest da, wo die Lackierung den Kampf gegen den Rost noch nicht verloren hatte – und mit Luftschlangen und blöde grinsenden Kühen bemalt. Es war ein merkwürdiges Bild, der zerschlagene, blutige Mann vor diesem munteren Hintergrund. In der Zeit, die er hier angelehnt verbracht hatte, hatte Jeremy einen irrationalen Hass gegen diesen Eiswagen entwickelt, und jetzt wollte er am liebsten mit den Fäusten darauf einschlagen.

Er fühlte sich unzurechnungsfähig, seltsam unverbunden, und er fragte sich, ob die Schläge gegen den Kopf irgendeinen dauerhaften Schaden hinterlassen hatten.

George stieg aus seinem Wagen und kam mit wachsamem Blick heran. Er war also doch nicht ganz und gar unerschütterlich.

»Du lieber Gott, wer hat dir das denn angetan?« Mit schlecht verhülltem Entsetzen starrte er Jeremy an. »Was ist denn mit deinem Gesicht passiert? Das muss sich jemand ansehen!«

»Nein«, antwortete Jeremy schroffer als beabsichtigt. »Bring mich einfach nach Hause. Ich komme zurecht.«

»Sei nicht albern. Du musst zum Arzt.«

»Nein, George, bitte. Ich muss nur nach Hause.« George wollte seinen Arm nehmen, aber er zog ihn weg. »Kein

Krankenhaus, ich kann nicht ins Krankenhaus.« Er kannte die Prozedur für solche Situationen nicht, aber er befürchtete, dass sie automatisch die Polizei informieren würden.

»Aber Jeremy«, sagte George verwirrt, »da könnte etwas gebrochen sein ...« Ihm war nicht entgangen, dass Jeremy den anderen Arm um den Leib schlang, als wolle er verhindern, dass seine Innereien herausschlappten und im Dreck baumelten. »Oder du könntest innere Blutungen haben oder weiß Gott was für andere Verletzungen. Sei doch vernünftig.« Er sah ihm in die Augen. »Ich nehme an, du hast die Polizei angerufen, wie ich es gesagt habe?«

Jeremy schüttelte den Kopf. »Nein, noch nicht.«

»Warum nicht, um alles in der Welt? Du musst sofort Anzeige erstatten. Wo ist dein Telefon?«

»Nein, du verstehst das nicht. Ich kann nicht. Noch nicht. Bitte bring mich nach Hause, und ich erkläre dir alles. Es geht mir gut, ehrlich. Es sieht schlimmer aus, als es ist. Ich muss mich nur waschen, dann ist alles in Ordnung.«

George sah aus, als wollte er widersprechen, schüttelte aber schließlich nur den Kopf.

»Na, da bin ich anderer Meinung. Ich halte das für absolut unvernünftig, aber so ist es nun mal, wir können das später diskutieren. Komm, steig erst mal ein.«

Er nahm Jeremy wieder beim Arm und führte ihn zur Beifahrertür. Jeder Knochen, jeder Muskel schrie bei jedem Schritt. Jeremy achtete darauf, sich nicht allzu schwer auf George zu stützen, aber der war überraschend stark für sein Alter, und seine Bewegungen hatten nichts Gebrechliches. Er öffnete die Tür und offenbarte die buttergelbe Innenausstattung des Wagens.

»George, ich kann nicht ... dein Wagen ...«

Jeremy deutete auf das Blut an seinen Händen und vorn an seinem T-Shirt, auf seine dreckige, nasse Hose, aber George schien das nichts auszumachen.

»Kümmere dich nicht darum. Steig ein, bevor du noch umfällst.«

Mit Georges Hilfe ließ er sich ins Warme sinken, dankbar für den heißen Luftstrom, der aus der Lüftung kam. Klassische Musik lief, beruhigend und rhythmisch, und Jeremy ließ den Kopf an die Kopfstütze sinken und schloss die Augen. Er spürte den Schmerz bei jedem Einatmen, ein beharrliches Pochen in Nase und Lippe, und ein dumpfer Kopfschmerz irgendwo hinter seinen Augäpfeln nahm langsam zu. Jeremy war am Ende seiner Kräfte. Er biss die Zähne aufeinander, presste die Augen fest zu und kämpfte um die Kontrolle über sich selbst. Er spürte, wie sich tief in ihm etwas in Auflösung befand, und seine Zähne setzten ihr rastloses Klappern fort – während George keinen Laut von sich gab. Während der ganzen Fahrt sagte er kein einziges Wort, drehte nur die Musik ein wenig leiser. Das sanfte Schnurren des Wagens trug sie nach Hause.

Der Wagen bog in eine Einfahrt und hielt an, aber als Jeremy schließlich die Augen öffnete, sah er Georges elegantes Town House.

Überrascht drehte er sich zu ihm um. »Warum …?«

»Wenn du denkst, ich bringe dich in diesem Zustand in das leere Haus zurück, dann irrst du dich. Außerdem bin ich sicher, dass dort nichts ist, womit man dich zusammenflicken kann, und wenn du darauf bestehst, nicht geradewegs in die Notaufnahme zu fahren, dann müssen wir dich zumindest säubern und uns ein Bild von deinen Verletzungen machen.«

Jeremy erhob keine Einwände, als George ihm beim Aussteigen half und ihn die Stufen hinauf in sein Haus führte, in die Ruhe seines Wohnzimmers. Auf der einen Seite wurde ein cremefarbener Regency-Kamin von Bücherregalen flankiert, auf der anderen Seite stand ein Sofa. Ein Bergère-Rohrstuhl mit einem offenen Buch auf der Armlehne stand vor dem Kamin, und auf einem Bidjar-Teppich warteten zwei Chesterfields mit einem Intarsientisch dazwischen auf Gäste. Jeremy kannte diesen Einrichtungsstil aus Sarahs besessener Lektüre von *House & Home*, und jetzt bot es ihm einen willkommenen Fokus für seine Gedanken, der ihn von den Schmerzen und der rauen Wirklichkeit der Situation ablenkte. Tatsächlich war dies ein Look, den seine Mutter immer angestrebt, aber nie ganz zustande gebracht hatte.

»Setz dich da hin«, befahl George.

Er hatte Jeremys Versorgung restlos übernommen, und Jeremy war es ganz recht, die Kontrolle über alles – seine Verletzungen, sein Leben, seine Zukunft – in Georges fähige Hände zu geben. Er war dankbar dafür, dass George ohne weitere Fragen beschlossen hatte, ihm zu helfen, obwohl er fast nichts über ihn wusste. In den Jahrzehnten seit ihrer letzten Begegnung hätte Jeremy sonst wer werden können, aber George akzeptierte ihn ohne Argwohn, als wäre er immer noch ein harmloser Junge. Bei dem Gedanken schauderte ihn: Vielleicht war er am Ende doch nicht so harmlos.

Geschäftig ging George hinaus und kam mit einem marineblau gestreiften Bademantel zurück. Eine alte Hündin folgte in seinem Schlepptau. Ihre Schnauze war weiß gesprenkelt, und sie bewegte sich steifbeinig in einer hoffentlich unbeabsichtigten Imitation des qualvollen Gangs, mit dem Jeremy hereingekommen war. Sie blieb in der Tür stehen und schnupperte misstrauisch. Ihre tränenden Augen suchten das Zimmer nach dem Eindringling ab. Als sie Jeremy erblickte, sträubte sich ihr Nackenfell, und ein dunkles Grollen kam aus ihrer Kehle.

»Gracie!«, mahnte George. »Es ist sehr unhöflich, unseren Gast anzuknurren.« Er sah Jeremy an. »Ich weiß nicht, was in sie gefahren ist. Das tut sie sonst nie.«

Jeremy glaubte es zu wissen. Sie besaß gute Menschenkenntnis und konnte das Böse wittern.

»Vielleicht liegt es an meinem Gesicht«, erwog er und hielt der Hündin ein ungewöhnlich hohes Maß an Intelligenz und Beobachtungsfähigkeit zugute. Immer noch besser, als zu mutmaßen, sie könne seine Mörderseele wittern.

»Komm, zieh erst mal diese Sachen aus«, sagte George. In Anbetracht dessen, dass der Hund nichts anhatte, nahm Jeremy an, dass George ihn selbst meinte.

Eine humorvolle Erwiderung überstieg seine Kräfte. Gehorsam ließ er seine Jogginghose herunter und kämpfte sich aus dem T-Shirt. Die Anstrengung, es über den Kopf zu ziehen, ließ ihn aufschreien. Bei dem plötzlichen Geräusch knurrte Gracie ein zweites Mal, und wieder sträubte sich ihr Nackenfell. Vielleicht roch sie das Blut. George trug die anstößigen Kleidungsstücke hinaus, und Mann und Hund musterten einander wachsam. Jeremy glaubte nicht, dass er einem weiteren Angriff gewachsen sein würde, auch wenn Gracies fortgeschrittenes Alter es wahrscheinlich machte, dass er zumindest in diesem Fall als Sieger hervorgehen würde.

Aber ein Nahkampf Arme gegen Zähne erwies sich als unnötig, denn George kam schon nach kurzer Zeit zurück und brachte ein Handtuch und eine Schüssel warmes Wasser, Watte, Desinfektionsmittel und Verbandmaterial mit. Er legte alles auf den Intarsientisch und forderte Jeremy auf, sich auf das Sofa zu legen.

Jeremy protestierte kraftlos. »Nein, nicht hier. Ich ruiniere deine Polster.«

»Herrgott noch mal! Ich kann mich nicht erinnern, dass du als Kind schon so bockig warst. Wenn du nicht ins Krankenhaus willst, lass mich wenigstens tun, was ich kann.«

George legte ihm das Handtuch über die Brust und machte sich an die Arbeit. Er tupfte ihm das getrocknete Blut aus dem Gesicht. Jeremy zuckte zusammen, als George den Nasenknorpel berührte, und der alte Mann schnaubte und schnalzte, als weitere Verletzungen zutage traten.

»Du wirst morgen ein ordentliches Veilchen haben«, prophezeite er. »Zwei, wenn ich mich nicht irre. Deine Nase ist gebrochen, da bin ich sicher. Ich bringe dir gleich ein bisschen Eis dafür.«

Er beugte sich vor, um die geplatzte Lippe zu untersuchen, und der harzige Duft seines Dunhill-Cologne drang Jeremy in die Nase. Es war verrückt, wie sein Gehirn sich mit irrelevanten Details befasste und um die größeren Fragen, nämlich wer ihn warum überfallen hatte, leichtfüßig herumwieselte. Jetzt erfüllte plötzlich Kindheit seine Nasenlöcher.

»Warum tust du das für mich, George? Warum hilfst du mir? Du kennst mich doch kaum noch.«

George unterbrach seine fürsorglichen Handlungen und machte ein nachdenkliches Gesicht. »Wenn ich es mir recht überlege, ist es wahrscheinlich für ihn. Er hat dich immer so schrecklich gerngehabt.« Er wandte seine Aufmerksamkeit wieder der zerschlagenen Lippe zu und wurde plötzlich nervös. »Das muss geklammert werden, sonst bleibt eine Narbe zurück. Ich finde, du solltest das Krankenhaus doch noch in Betracht ziehen, Jeremy.«

Jeremy kümmerte das nicht. Im Gefängnis erwartete ihn wahrscheinlich noch sehr viel Schlimmeres. Bei dem Gedanken daran zog er den Kopf zwischen die Schultern. Gott, wie er sich verabscheute für seine Fähigkeit, immer wieder das Opfer zu spielen.

»Lass es gut sein, George. Es ist okay.«

Nachdem George den Dreck aus Jeremys verletztem Fuß entfernt hatte, strich er sich das Haar aus der Stirn und sah ihm in die Augen.

»Hast du wirklich keine Ahnung, wer das getan hat, Junge?«, fragte er kopfschüttelnd. »Ich begreife beim besten Willen nicht, warum du nicht die Polizei gerufen hast. Ich hätte gute Lust, sie selbst anzurufen.«

»Nein.« Jeremy hielt seine Hand fest. »Bitte, noch nicht. Ich brauche Zeit zum Nachdenken.«

George antwortete nicht, seine Aufmerksamkeit richtete sich bereits auf die Verletzungen an Jeremys Oberkörper. Vorsichtig betastete er die roten Flecken auf Rippen und Bauch und tastete und drückte mit seinen langen Fingern fachmännisch darauf herum. »Tut das weh?«

»Au!«

»Ich nehme an, das heißt ja. Und hier?«

Er handelte mit einer Sicherheit, die Jeremy vermuten ließ, dass er so etwas nicht zum ersten Mal tat.

»Sanitätstruppe beim Militär«, beantwortete er die ungestellte Frage. »Nur in einer Unterstützungseinheit, aber trotzdem ...« Er seufzte. »Ich war gerade alt genug, um das Ende des Wehrdienstes noch zu erleben, und ich konnte mir nicht vorstellen, irgendjemanden zu töten.«

Er beendete seine Tastuntersuchung und richtete sich auf. »Ich nehme an, eine oder zwei sind Rippen gebrochen, aber etwas Ernsteres kann ich nicht erkennen.« Er betrachtete Jeremy eingehend. »Du kannst noch gut atmen – ohne Blut zu husten oder so etwas?«

»Gott, ja, mir tut nur alles höllisch weh. Ich fühle mich, als wäre ich von einem Lastwagen überfahren worden.«

Letzten Endes wäre das wahrscheinlich weniger schmerzhaft gewesen als das hier und der Sturz vom Dachboden zusammen.

»Mir wäre deutlich wohler, wenn du dich in die Notaufnahme bringen ließest, aber wenn ich dich dazu nicht überreden kann, dann bleib doch bitte die nächsten vierundzwanzig Stunden hier. Du hast Schläge auf den Kopf bekommen, Jeremy, und hier kann ich dich zumindest im Auge behalten.«

Er öffnete den Mund und wollte widersprechen, aber dann klappte er ihn wieder zu, denn er stellte sich vor, ins Haus seines Onkels zurückzukehren und in seinem verletzlichen Zustand dort allein zu sein. »Danke.«

Vorsichtig stemmte er sich in eine sitzende Position hoch und band den Bademantel zu, bevor er den Kopf in die Hände sinken ließ. George ging kurz hinaus und brachte ihm ein paar Eiswürfel in einem Küchentuch, bevor er sich auf dem Sofa gegenüber niederließ.

»So, Jeremy, glaubst du, du bist jetzt bereit, mir zu erzählen, was wirklich passiert ist?«

Jeremy schaute ihn an und sah die aufrichtige Sorge in dem alten Gesicht. Er hatte keine Ahnung, wo er anfangen sollte.

»Wie wär's«, schlug George vor, »wenn du mir als Erstes erzählst, wie du überhaupt auf diesen Schrottplatz gekommen bist?«

Als Anfang war es so gut wie alles andere. Also nahm Jeremy den Eisbeutel aus seinem malträtierten Gesicht und erzählte ihm von den Einbrechern und der nächtlichen Entführung. George hörte leidenschaftslos zu, ganz der Anwalt, der er einmal gewesen war. Doch als er zu den Schlägen kam und zu den Dingen, die die Männer zu ihm gesagt hatten, brach Jeremy ab. Sein Kopf schreckte davor zurück.

»Und du bist sicher, du hast keine Ahnung, wer sie waren? Ihre Stimmen kamen dir nicht bekannt vor, und da war kein Hinweis in dem, was sie über ihre Gründe gesagt haben?«

»Nein, es ging alles zu schnell, zu unerwartet. Gerade lag ich noch im Bett und schlief, und dann … Ich war zu geschockt, um viel mitzubekommen …«

Bei der Erinnerung fing er an zu zittern, und seine Knie wippten unkontrolliert auf und ab. Er konnte nicht wiederholen, was sie zu ihm gesagt hatten, und dabei zusehen, wie sich auch auf Georges Gesicht das Misstrauen ausbreitete. Stattdessen konzentrierte er sich auf die andere Frage, die in seinem Kopf herumkreiste: Was würde aus ihm werden, wenn er schuldig wäre?

»George, ich muss dich etwas fragen …« Er zögerte, und seine Kehle schnürte sich zusammen. Einen Augenblick dachte er, er brächte kein Wort hervor, und hustete nervös.

»Wenn zum Beispiel jemandem, wenn jemandem … der jetzt erwachsen ist, etwas zur Last gelegt würde, das er getan hat … ein Verbrechen, das er als Kind begangen hat, was würde dem passieren?«

George kommentierte die Frage nicht, sondern betrachtete sie nur gebührend, als wäre Jeremy ein Mandant. »Von was für einem Verbrechen würden wir da reden?«

Wieder blieb Jeremy die Stimme im Halse stecken, aber er zwang sie hervor. »Ich bin nicht sicher …« Er brachte es kaum über sich, die Tat beim Namen zu nennen. »Jemanden umzubringen. Mord, nehme ich an, oder Totschlag, vielleicht war es aber auch ein Unfall …«

Georges Augen vergrößerten sich für einen Moment, und Jeremy fragte sich, was er wohl dachte. Die bisherige Unerschütterlichkeit war jedenfalls ernstlich erschüttert.

»Ich rede von etwas, das vielleicht vor Jahren passiert ist, damals, als … als sie Kinder waren.«

George räusperte sich, und er schaute Jeremy unverwandt an. »Na ja, zunächst einmal – es kommt nicht darauf an, wie lange es her ist.«

Das wusste Jeremy schon, aber sein Puls schlug trotzdem schneller.

»Denn anders als in den meisten anderen Ländern gibt es in Großbritannien keine Verjährung, und bei Mord oder Totschlag gäbe es sie sowieso nicht.«

Jeremy nickte, um zu zeigen, dass er verstanden hatte. Er wagte nicht zu sprechen.

»Aber dann kommen wir zu dem heiklen Thema des fraglichen Kindes.« Er wartete darauf, dass Jeremy diese Lücke ausfüllte, und als er es nicht tat, fuhr er fort. »In England und Wales liegt das Strafmündigkeitsalter bei zehn. Das gilt schon lange und ist niedriger als in jedem anderen europäischen Land, aber so ist es nun mal. Jedes Kind von zehn oder mehr Jahren gilt als fähig, die Implikationen seines Handelns zu verstehen und folglich dafür verantwortlich zu sein. Ist ein Kind jünger als zehn, hält man es moralisch und intellektuell für unfähig, ein Verbrechen zu begehen, und zwar auf Grund seines Alters.« Das juristische Thema brachte ihn allmählich in Schwung. »Früher gab es eine Art Grauzone zwischen zehn und vierzehn, weil man *Doli incapax* bei Kindern bis zu vierzehn anwenden konnte, aber gegen Ende der Neunziger wurde das abgeschafft.« Er machte ein nachdenkliches Gesicht. »Du bist wahrscheinlich zu jung, um dich zu erinnern, aber es gab da einen schrecklichen Fall in den frühen Neunzigern, der die Öffentlichkeit auf das Thema Alter und Verantwortung aufmerksam machte. Venables und Thompson? Der Fall James Bulger?«

Angst strömte durch Jeremys Adern. Er mochte erst fünfzehn gewesen sein, aber er konnte sich gut an diesen schrecklichen Fall erinnern. War es das, was er war? Ein Ungeheuer wie diese beiden Jungen? Er hatte Mühe, Ruhe zu bewahren. Er wusste nicht, ob es so war. Es war die geheime Angst, die er sein Leben lang mit sich herumgeschleppt hatte und die die dunkelsten Winkel seines Wesens bewohnte. Aber ob es wahr war, wusste er nicht.

George schien seine Panik nicht zu bemerken und redete weiter. »Zwischen zehn und siebzehn werden die Fälle normalerweise vor einem Jugendgericht verhandelt. Aber bei einem Schwerverbrechen kann ein Kind in diesem Alter auch vor dem Krongericht landen.« Jetzt bemerkte er es endlich. »Du lieber Gott, Jeremy, du bist ja weiß wie ein Laken.«

Jeremy fragte sich, ob er es jetzt sah, das erste Wispern des Verdachts, aber George ließ sich nichts anmerken.

»Ich nehme an, in der Situation, die du hier beschreibst, würde der Jugendliche als Erwachsener vor Gericht gestellt, aber sein Alter zum Zeitpunkt des Vergehens würde bei der Urteilsfindung berücksichtigt werden – vorausgesetzt natürlich, er ist schuldig.«

Das war es dann. Herunter mit dem Kopf.

»Jeremy, darf ich fragen, worauf du mit alldem hinauswillst?«

Er durfte fragen, aber Jeremy hatte nicht die Absicht, es ihm zu sagen. »Auf nichts weiter. Reine Spekulation, das ist alles. Ein paar Dinge, die ich gehört habe, seit ich wieder hier bin, haben mich nachdenklich gemacht.«

»Worüber denkst du nach?«

»Über nichts Konkretes, aber anscheinend haben eine Menge Gerüchte die Runde gemacht, als Emily ertrunken ist, und ich habe mich gefragt, ob jemand versucht, den Verdacht von sich abzulenken. Und jetzt das hier ... Vielleicht hat jemand etwas dagegen, dass ich Fragen stelle und in der Vergangenheit herumstochere.«

»Hast du das denn getan? Fragen gestellt?«

»Na ja, schon, aber eher Fragen allgemeiner Natur, über mich hauptsächlich. Meine Erinnerungen an diesen Tag waren immer schon ein bisschen nebelhaft, und deshalb habe ich Ben nach ein paar Dingen gefragt. Nichts Besonderes.« Er brachte ein gequältes Grinsen zustande. »Ich glaube, meine Fantasie geht etwas mit mir durch, wenn ich ehrlich bin.«

George schien damit zufrieden zu sein, zumindest oberflächlich. Jeremy entspannte sich und gähnte. Er war plötzlich unglaublich müde.

George stand auf. »Ich glaube, du musst dich ein bisschen ausruhen. Wir können uns morgen weiter unterhalten. Ich gebe dir etwas gegen die Schmerzen, und dann solltest du versuchen zu schlafen, wenn du kannst.«

Er kam zurück mit einem Glas Wasser und hielt ihm

zwei grellrosa Tabletten hin. »Hier, bitte, die werden dir helfen. Ich habe sie vom Arzt bekommen, als ich mir den Rücken gezerrt hatte. Fabelhafte Dinger, die wirken Wunder.«

Vertrauensvoll schluckte Jeremy die Tabletten und ließ sich in die Polster sinken. Er schloss die Augen.

»Danke für das, was du hier tust, George. Ich weiß nicht, was ich ohne deine Hilfe angefangen hätte.«

Eine warme Hand tätschelte die seine.

»Das war das Mindeste, mein Junge. Jetzt versuch, dich auszuruhen.«

Georges Schritte entfernten sich, und Jeremy hörte das leise Klicken der Tür, bevor er in einen tiefen Schlaf versank.

Als er aufwachte, fühlte er sich schwerelos und warm, dank der wunderbaren rosa Tabletten, die George ihm gegeben hatte. Die Tür war noch geschlossen, das Haus still. Versuchsweise setzte er sich auf, spannte die Muskeln und machte sich auf den Schmerz gefasst, der sicher kommen würde, aber er fühlte sich hauptsächlich steif. Jeder Muskel hatte sich in sich zusammengezogen, und vorsichtig streckte er sich, um seine Gliedmaßen zu lockern. Er arbeitete sich vom Sofa hoch und bewegte sich auf die Tür zu. Bei jedem Schritt tat ihm die Seite weh, und er bekam kaum Luft. Er öffnete die Tür und trat hinaus in den Flur. Die Bodenfliesen waren kalt unter seinen nackten Fußsohlen. Er hörte George, der in dem Raum am Ende des Korridors hantierte, und als Jeremy dort eintrat, fand er sich in einer hellen, geräumigen Küche wieder. George stand am Fenster und schaute hinaus in den Garten, und er drehte sich um, als er Jeremy hereinkommen hörte.

»Ah, du bist wach. Wie fühlst du dich?«

»Zerschlagen, steif, aber nicht annähernd so schlecht, wie ich dachte.« Er streckte seinen Rücken. »Meine Rippen sind das Schlimmste, und der Bauch fühlt sich wund an, aber ansonsten bin ich hauptsächlich steif.«

»Ich habe ja gesagt, die Tabletten sind gut. Du hast fast vier Stunden geschlafen. Deine Kleider sind im Trockner. Ich habe mir die Freiheit genommen, sie durchzuwaschen, während du geschlafen hast, und sie sollten bald fertig sein.«

Erschrocken sah Jeremy auf die Uhr. George hatte recht, es war kurz vor Mittag.

»Setz dich. Ich mache dir einen Kaffee und etwas zu essen, wenn du genug Appetit hast.« George zeigte auf einen blankgeschrubbten Holztisch mit sechs passenden Stühlen. »Bitte«, sagte Jeremy, »eine Scheibe Toast genügt. Mach dir keine großen Umstände.«

Er setzte sich an den Tisch. Seine Beine fühlten sich wacklig an, und er war durchtränkt von einer angenehmen, milden Benommenheit. Der Himmel wusste, was das für Tabletten gewesen waren, aber ihre Wirkung gefiel ihm. Wie durch einen warmen Nebel sah er zu, wie George ein paar Scheiben von einem krustigen weißen Brot abschnitt. Die Klinge des Brotmessers blitzte silbern im wässrigen Sonnenlicht, das durch das Fenster hereinfiel.

»Und«, fragte George, »worüber sprachen wir? Über die Rechtsfragen im Zusammenhang mit Kinderkriminalität?«

Er sah sich um, und der Blick seiner hellblauen Augen durchbohrte den Dunstschleier der Liebenswürdigkeit, den das Medikament über alles gebreitet hatte.

»Ach, keine Ahnung. Ich glaube, ich habe nur spekuliert und mir Gedanken über die Implikationen gemacht, wenn … wenn eins der Kinder damals etwas mit Emilys Geschichte zu tun gehabt haben sollte. Eigentlich habe ich nur versucht, einen Grund dafür zu finden, dass jemand mich zusammenschlagen will.«

»In meinen Augen ist das ein ziemlicher Aufwand«, bemerkte George. »Ins Haus einzubrechen und dich zu entführen. Lieber Gott, Jeremy, so etwas sieht man doch eher im Kino als im wirklichen Leben. Wenn sie wollten, dass du aufhörst, Fragen zu stellen, haben sie es jedenfalls völlig falsch angestellt. Es ergibt keinen Sinn – und ich habe immer noch nicht verstanden, warum du nicht zur Polizei gehen willst.«

Etwas an der Wärme in der Küche und den Nachwirkungen der Schmerztabletten brachte Jeremy dazu, seine Deckung sinken zu lassen, und drängte ihn zu einem vertrauensvollen Bekenntnis.

»Ich glaube, sie haben etwas falsch interpretiert. Anscheinend hielten sie mich in irgendeiner Angelegenheit für schuldig.« Mit einem leisen Lachen versuchte er, die Albernheit dieser Annahme zu unterstreichen.

George schaute ihm in die Augen, und Jeremy sah Gracie sich um das Tischbein herumdrücken, um bei ihm zu sitzen. »Wie um alles in der Welt kommen die bloß auf so eine Idee?«

»Sag du es mir. Anscheinend haben damals eine Menge Gerüchte die Runde gemacht, in denen ich eine wichtige Rolle gespielt habe.«

George nickte verständnisvoll, was Jeremy dazu ermunterte fortzufahren. »Weißt du, ich hatte tief im Innern immer das Gefühl, mehr zu wissen, als ich noch erinnern kann, und dass sich hinter Emilys Tod mehr verborgen hat als ein Unfalltod durch Ertrinken, und jetzt habe ich etwas gefunden …«

George wandte sich von der Arbeitsplatte ab, auf der er das Brot schnitt – eine flinke, fließende Bewegung, die nicht zu seinem Alter passte. Er hielt das Messer noch immer in der Hand, und in seinem Gesicht lag etwas Verstörendes – etwas Begieriges, übermäßig Eifriges, Forschendes. Die Hündin witterte die Veränderung in der Atmosphäre, und wieder kam ein leises Knurren aus ihrer Kehle, während George mit dem Messer in die Luft stach und damit seine nächste Frage unterstrich.

»Was gefunden?«, wollte er wissen. »Was hast du gefunden?«

Jeremy hatte plötzlich Angst, zu viel zu sagen, sich selbst zu belasten oder seine Karten auf den Tisch zu legen. Er hatte Georges Unschuld bereitwillig vorausgesetzt – wegen seiner Beziehung zu Ian, aber auch wegen seiner eigenen Erinnerung an diese idyllischen Sommermonate –, doch jetzt zögerte er.

Er war ein Kind gewesen. Was wusste er wirklich über diesen Mann und seine Vorlieben? Alles, was er hatte, waren rosafarbene Erinnerungen an jene Sommer, die ein Hafen des Glücks in einer ziemlich unglücklichen Kindheit gewesen waren. Romantisierte, unzuverlässige Erinnerungen. Bei Georges Anblick beschlich ihn ein beklommenes Gefühl.

Hektisch versuchte er zurückzurudern, sein Verstand arbeitete auf Hochtouren. »Nicht gefunden – etwas *herausgefunden*, das mich verdächtig macht. Anscheinend war Bens Bruder besonders erpicht darauf, mich zu belasten, und da frage ich mich, ob er etwas zu verbergen hatte.« Das war nicht mal gelogen. Er hatte sich tatsächlich gefragt, warum Mark so bereitwillig den Verdacht auf ihn gelenkt hatte.

George sah ihn zweifelnd an. »Du hast gesagt, du hättest etwas gefunden«, beharrte er.

»Nein, das war ein Versprecher. Du hast mich missverstanden.«

Jeremy sah, wie George das Messer hielt. Die Spitze war auf ihn gerichtet. Die Geste hatte etwas unbestimmt Drohendes, und plötzlich erwachte sein Misstrauen. George sah seinen Blick und ließ das Messer sinken. Ein leises Lächeln erschien auf seinen Lippen.

»Du lieber Gott, was musst du von mir denken. Da richte ich das Messer auf dich! Wie ungehörig – bitte verzeih mir.«

Ein verlegenes Schweigen trat ein, während er Toast machte und einen Becher Kaffee aufbrühte. Jeremy spürte, wie gern er die Befragung fortsetzen würde, und er versuchte, es dem Beruf des Mannes zuzuschreiben – eine eingefleischte Neigung zum Verhör, zum Ermitteln von Fakten. Aber das half nichts. Ihm war unbehaglich, und er wollte so rasch wie möglich nach Hause. Er wusste nicht mehr, wem er noch vertrauen konnte, weder George noch sich selbst, und er brauchte Zeit, um über alles nachzudenken.

Er aß seinen Toast auf, dann sagte er: »George, ich habe darüber nachgedacht. Es ist nicht nötig, dass du dir die Mühe machst, mich für die Nacht hier unterzubringen, ein Gästezimmer vorzubereiten und so weiter. Nachdem ich geschlafen und ein bisschen gegessen habe, geht es mir schon wieder ganz gut, bis auf ein paar Stellen, an denen es drückt und schmerzt. Sarah wollte heute im Laufe des Tages kommen, also bin ich versorgt.« Das war nur halb gelogen. Sie *sollte* kommen.

»Sei nicht albern. Du bist hier mehr als willkommen, und es ist nicht gut, wenn du allein in diesem Haus bist. Bleib wenigstens noch ein bisschen länger. Du hast mir noch nicht zu Ende erzählt, was passiert ist.«

Jeremy hoffte, dass es nur die Einsamkeit war, die Georges Hartnäckigkeit befeuerte. Das hatte er schon auf dem Friedhof gespürt – Georges Bedürfnis nach Gesellschaft, nach jemandem, mit dem er reden konnte –, aber er ließ sich nicht umstimmen.

»Ich möchte nicht undankbar erscheinen, aber ich glaube, es wäre besser für mich, wenn ich gehe. Sobald meine Sachen trocken sind, rufe ich ein Taxi. Ich habe dich schon mehr als genug in Anspruch genommen.«

George antwortete nicht, sondern nickte nur stumm. Jeremy konnte nicht erkennen, ob er enttäuscht oder verärgert war, und stand auf. Er wollte sein Telefon zur Hand nehmen, als ihm aufging, dass er ja noch Georges Bademantel trug.

»Hast du mein Telefon gesehen? Ich hatte es zuletzt, als ich dich angerufen habe, also muss es in meiner Hosentasche gewesen sein.«

George schüttelte den Kopf.

»Nein«, sagte er. »Ich habe in beiden Taschen nachgesehen, bevor ich die Hose in die Wäsche getan habe, und beide waren leer. Sieh doch mal auf dem Sofa nach, vielleicht ist es da ja herausgerutscht.«

Zusammen kehrten sie ins Wohnzimmer zurück, wo George gewissenhaft zwischen den Polstern suchte, aber da war kein Telefon. Jeremy dachte noch einmal an den Anruf zurück. Er konnte sich nicht bewusst daran erinnern, aber er war sicher, dass er das Telefon automatisch wieder eingesteckt hatte.

»Bist du sicher, dass es nicht da ist?«

»Ja. Da ist nichts.« George zog die Sitzpolster demonstrativ auseinander. »Aber keine Sorge, es wird sicher wieder auftauchen. Es muss ja irgendwo sein.« Er richtete sich auf und lächelte, aber Jeremy spürte, wie in ihm das Misstrauen rumorte. »Hör mal«, fuhr der alte Mann fort, »ich sehe doch, dass du halb tot bist. So ist das manchmal nach so einem Erlebnis. Damit sagt dein Körper dir, dass er alles abschalten und sich auf die Erholung und Heilung konzentrieren muss. Ich weiß, du hast es eilig zurückzukommen, aber das Haus geht nirgendwohin. Dir ist besser gedient, wenn du dich wieder hinlegst und dir ein bisschen Zeit gibst, um wieder auf die Beine zu kommen.«

Er hatte recht, was die Müdigkeit anging. Jeremy war plötzlich erschöpft bis auf die Knochen, als hätte der Ausflug in die Küche und zurück alle seine Reserven aufgebraucht. Sein Körper sehnte sich danach, alles zu vergessen. George nahm ihn beim Ellenbogen, und Jeremy sträubte sich nicht dagegen. Seine Energie war verbraucht, und er fragte sich, ob er es überhaupt schaffen würde, allein nach Hause zu kommen.

»Na komm. Das Gästezimmer ist bereits fertig. Du bereitest mir also wirklich keine Umstände.« George sah auf die Uhr. »Du kannst ruhig noch zwei Schmerztabletten nehmen, und dann solltest du dich ins Bett legen. Inzwischen suche ich im Wagen nach deinem Telefon. Da ist es wahrscheinlich herausgefallen. Wenn du aufwachst, kannst du dir ein Taxi rufen. Glaub mir, alles sieht besser aus, wenn du dich erst mal ausgeruht hast.«

Jeremy ließ sich von George die Treppe hinaufführen und bemühte sich, das Gefühl zu ignorieren, er sei in eine Falle gelockt worden – hoffentlich mit guten Absichten.

Was George über das Gästezimmer gesagt hatte, stimmte allerdings. Das Bett war gemacht, wie er es versprochen hatte, und Jeremy schlüpfte dankbar zwischen die kühlen Baumwolllaken. Sie fühlten sich leicht klamm an, wie Bettwäsche, die längere Zeit nicht benutzt worden war, aber das machte ihm nichts. Er war noch nie zuvor verprügelt worden, und er musste diese Erfahrung sicher nicht wiederholen. In der Schule hatte er ein paar wohlverdiente Schläge kassiert, mehr nicht. Er wollte sich die Ereignisse der Nacht noch einmal durch den Kopf gehen lassen, aber sein Gehirn verweigerte ihm den Dienst. Als George mit einem Glas Wasser und den Tabletten zurückkam, waren ihm bereits die Lider schwer geworden. Er schluckte die Tabletten und sah zu, wie George mit den Vorhängen hantierte und dafür sorgte, dass sie kein Licht hereinließen, und dann war da nichts mehr.

28

Das Telefon erwachte mit einer Serie von aufgeregten Pieptönen zum Leben, und ein Strom von Nachrichten, Voicemails und entgangenen Anrufen überflutete das Display, die fast alle von Sarah stammten. Jeremy sah sie vor sich, wie sie für den Fall, dass ihr etwas entgangen war, besessen ihr Telefon checkte und dabei ständig das Schlimmste befürchtete.

Sie meldete sich beim zweiten Klingeln. »Jez?« Es war nicht ganz die Erleichterung, die Jeremy erwartet hatte. Ihre Stimme klang ein wenig erstickt, als unterdrückte sie den Drang, ihn durchs Telefon anzuschreien.

»Sarah, ich bin's. Schatz, es tut mir so leid …«

»Jez, wo zum Teufel steckst du? Ich habe die ganze Nacht versucht, dich zu erreichen.« Tränen des Zorns blubberten unter ihrem rauen Ton und drohten an die Oberfläche zu steigen, als sie seine Stimme hörte. »Ich bin krank vor Sorge. Wo steckst du? Warum bist du nicht im Haus?«

»Es ist alles okay, mir geht es gut. Hör zu, ich wollte dich nicht beunruhigen. Ich habe mein Telefon verloren, und der Akku war leer, als ich es wiedergefunden habe. Deshalb habe ich erst jetzt gesehen, dass du mich angerufen hast …«

»Aber wo warst du die ganze Nacht? Warum bist du nicht da?«

»Ich bin bei … Ach, es ist kompliziert. Ich werde …«

Woher wusste sie, dass er nicht in Ians Haus war?

»Sarah, wo bist du?«

»Wir sind hier im Haus, wir alle. Ich musste die Kinder mitschleppen. Als du angerufen hast und am Telefon so komisch warst, habe ich mir Sorgen gemacht und bin hergefahren. Wir sind gestern spät hier angekommen, und ich war die ganze Nacht auf und habe versucht, dich zu erreichen, und mir alles Mögliche ausgemalt …«

»O Gott, es tut mir so leid. Ich komme und erkläre dir alles.«

»Und was ist mit diesen alten Sachen in der Küche, dieses alte T-Shirt und der Turnschuh, und warum liegt überall zerbrochenes Glas auf dem Boden? Und … und *Blut*, Jez, warum ist da Blut? Was war da los?«

»Sarah, das ist … das ist nichts, nur … nur irgendwelches Zeug, das ich auf dem Dachboden gefunden habe. Und das Blut ist da, weil ich eine Weinflasche habe fallen lassen. Ich habe mir in den Fuß geschnitten, weiter nichts.« Er sah sie plötzlich vor sich, wie sie aufräumte und alles wegwarf. »Hör zu, rühr nichts an, okay? Ich komme, so schnell ich kann, und erkläre dir alles, aber du brauchst dir keine Sorgen zu machen, ehrlich nicht.« Noch nicht.

Er stand in Georges Arbeitszimmer und drückte sich das Telefon ans Ohr. George hatte es im Wagen gefunden und an das Ladegerät angeschlossen, während Jeremy schlief – was er den restlichen Tag und fast die ganze Nacht hindurch getan hatte. Erst gegen drei Uhr morgens hatte ein jäher Schmerz ihn schließlich geweckt, allein in einem fremden Bett, erhitzt, desorientiert und mit drückender Blase. Dennoch war es ihm gelungen, wieder einzuschlafen, und erst gegen elf am nächsten Morgen war er wieder aufgewacht, schmerzgeplagt an all den Stellen, bei denen er es erwartet hatte, und erfüllt von einem verzweifelten, rasenden Hunger.

Sein paranoides Misstrauen vom Tag zuvor war ihm im kalten Licht des Tages fehl am Platz erschienen, erst recht, als George ihm nicht nur sein Telefon, sondern auch einen Riesenteller Eier mit Speck und einen Stapel Buttertoast präsentiert hatte.

Jetzt stand George in der Tür mit einem Becher frischem Kaffee in der Hand und beobachtete ihn. Er wartete, bis das Telefongespräch beendet war, bevor er Jeremy den Kaffee reichte.

»So, bitte sehr. Trink, bevor er kalt ist. Dann fühlst du dich wieder ein bisschen mehr wie ein Mensch.« Er legte den Kopf schräg und musterte Jeremys Gesicht. »Wie geht's dir inzwischen?«

Jeremy nahm den Kaffee entgegen, aber er war zu aufgewühlt, um etwas zu erwidern. Sein Leben zerbröselte um ihn herum, weggeschwemmt in einer Flut von Fragen, die er nicht beantworten konnte. George rührte sich nicht. Er stand einfach da, den Kopf ein wenig schräggelegt, und starrte Jeremy durchdringend an – wie eine Möwe, die ein Eis am Stiel gesehen hat. Eins von Jeremys Augen war zugeschwollen, und die Haut ringsum war grellviolett und gespannt wie bei einer Zwetschge. Die Nase sah nicht viel besser aus; sie war irgendwie verformt und fühlte sich, wie er vorhin entsetzt festgestellt hatte, beunruhigend matschig an. Er hielt sich eigentlich auf eine zurückhaltende Weise für gut aussehend, und in einem Augenblick der Oberflächlichkeit fragte er sich, ob das Polizeifoto jetzt noch schön anzusehen sein würde. Vielleicht wäre er aber auch besser dran, wenn es nicht so wäre.

George fixierte ihn mit seinen erstaunlich blauen Augen. Er mochte alt sein, aber er war alles andere als dumm, und er spürte, dass Jeremy ihm etwas vorenthielt. Etwas Bedeutsames, das er wissen musste.

»Was?«, fragte Jeremy. »Was ist?« Der zunehmende Stress ließ seine Worte knapp und vorwurfsvoll klingen, und unter dem forschenden Blick des alten Mannes kehrte das Misstrauen des vergangenen Tages zurück an die Oberfläche.

George kam ins Zimmer und machte sich daran, die Stifte auf seinem Schreibtisch zu ordnen und sie auf der polierten Oberfläche aufzureihen. Er blickte nicht auf, als er sprach, aber Jeremy fühlte, dass jedes Atom seiner Aufmerksamkeit auf ihn gerichtet war.

»Ich wollte nicht lauschen, aber ich konnte nicht umhin zu hören, dass du sagtest, du habest auf dem Dachboden etwas gefunden.«

Die steigende Intonation seiner Worte machte den Satz zu einer Frage, und der kühle Finger des Zweifels strich durch Jeremys Nacken. Was war los mit dem Mann? Wieso interessierte er sich für die Sachen auf dem Dachboden?

»Ja, aber nichts Wichtiges.«

Selbst in seinen eigenen Ohren klang diese Antwort unaufrichtig, und Jeremy fühlte sich durch Georges festen Blick aufgespießt wie eine Motte.

»Wirklich nicht, Jeremy? Gestern hast du es auch schon erwähnt, und was immer du danach noch gesagt hast, du schienst deshalb ziemlich aus dem Häuschen zu sein. Ich wäre dankbar, wenn du mir einfach erzählen könntest, was los ist.«

»Nein, ich war nicht aus dem Häuschen, eigentlich gar nicht, und wie gesagt, es war ja auch nichts Wichtiges.«

Fragen. Alle hatten Fragen an ihn.

»Verzeih mir, Jeremy, aber so hörte es sich nicht an – nicht, als du mir all diese Fragen gestellt hast. Es schien dich wirklich sehr zu beunruhigen. Vielleicht bin ich einfach übermäßig neugierig, aber ich würde wirklich gern wissen, was du gefunden hast.«

Was er sagte, klang beiläufig, aber sein angespannter Gesichtsausdruck sagte etwas anderes.

»Und warum? Was ist daran so wichtig für dich?«

»Nichts, an sich nichts. Ich kann mich nur nicht erinnern, dass unter den Sachen, die ich da hinaufgeschafft habe, irgendetwas Ungewöhnliches war. Aber wie du darüber redest, klingt es, als wäre mir etwas Wichtiges entgangen, und das beunruhigt mich.«

Jeremy antwortete nicht, also fuhr George fort: »Hättest du also etwas dagegen, mir zu sagen, was es war?«

Ja, er hatte etwas dagegen. Es ging um *seine* Familie, *seine* Vergangenheit, und das wollte er ihm sagen, aber Georges Blick hinderte ihn daran. »Hör zu, George, ich habe nichts zu verbergen, aber ich verstehe immer noch nicht, was dich daran so sehr interessiert. Es hat wirklich nichts mit dir zu tun.«

Es kam aggressiver aus seinem Mund als beabsichtigt, und zum ersten Mal verrutschte Georges gleichmütige Maske, und ein stählerner Unterton schlich sich in seine Stimme. »Nicht alles dreht sich nur um dich, Jeremy. So, wie du gestern geredet hast, habe ich angenommen, du glaubst, was immer du da gefunden hast, hat etwas mit dem Tod deiner Schwester zu tun. Nur musst du begreifen, dass es noch andere gab, die von dem, was damals passiert ist, betroffen waren. Und zwar stark betroffen.« Zorn flackerte über seine Züge. »Ich will nicht einen Moment lang andeuten, dass es auch nur annähernd so schlimm war wie das, was deine Familie durchmachen musste, aber trotzdem …«

»Ja, aber …«

»Nein, Jeremy«, unterbrach George ihn. »Du warst nicht der Einzige, der Gerüchte auf sich gezogen hat. Es gab welche, die versuchten, Dinge über Ian anzudeuten, weil … wegen uns. Wahrscheinlich auch über mich. Ignorante, bigotte Leute, die nicht zwischen Ian und mir einerseits und Männern, die sich an Kindern vergreifen, andererseits unterscheiden konnten.«

»Aber das ist doch lächerlich. Ich hatte keine Ahnung …« Jeremy versuchte, nicht daran zu denken, dass auch er sie in Verdacht gehabt hatte, wenn auch nur insgeheim.

»Nein, und das habe ich auch nicht erwartet. Aber du musst verstehen, dass es damals keinen Abschluss für uns gab, und selbst wenn es für Ian nichts mehr bedeutet, ist es noch wichtig für mich. Auch um seinetwillen.«

Jeremy wollte etwas sagen, aber George brachte ihn mit einer Geste zum Schweigen.

»Hör zu, wenn du etwas gefunden hast, das Licht auf die Ereignisse von damals werfen könnte, dann würde ich es gern wissen. All die Fragen, die du mir gestellt hast … Ich bin nicht dumm, Jeremy. Ich glaube, ich weiß, worum es dabei ging.«

Jeremy fügte sich in das Unausweichliche und kapitulierte. Was zählte es noch, *wer* die Sachen versteckt hatte. Es würde doch so oder so alles herauskommen. Er sah Georges erwartungsvolles Gesicht und fragte sich flüchtig, was der Mann tun würde, sobald er es wüsste.

»Ich habe einen von Emilys Turnschuhen gefunden, okay? Einen Turnschuh, den sie an dem Tag getragen hat.« Seine Worte wurden von einem langen Seufzer der Resignation getragen. »Er war ganz schmutzig und war in den Koffer mit Verkleidungssachen gestopft worden, mit denen wir als Kinder gespielt haben. Ich weiß nicht, wie er da hinkam oder was es bedeutet, aber es war eindeutig ihrer, und bevor das hier passiert ist« – er deutete mit einer Handbewegung auf sein Gesicht –, »habe ich versucht zu entscheiden, was ich damit anfangen soll.«

George war blass geworden, und seine Pupillen hatten sich vor Schreck geweitet. Dann verwandelte sich der Schreck in tiefe Ratlosigkeit.

»Aber das ist unmöglich!«

»Mag sein, aber da war er, eingewickelt in ein altes T-Shirt. Ich konnte es zuerst auch nicht glauben.«

»War jemand dabei, als du ihn gefunden hast?« George klang zweifelnd, als sei er noch nicht überzeugt.

»Nein, ich war allein, aber ich habe …«

»Das verstehe ich nicht … Er kann nicht da gewesen sein.«

»Na, er war aber da, ob du es mir glaubst oder nicht. Das ganze Päckchen war in einer Plastiktüte, mit Klebestreifen verschlossen.« Jeremy sah George den Kopf schütteln. »Warum sollte ich so etwas erfinden?«, beharrte er.

»Du verstehst nicht … Ich habe diese Truhe durchgesehen. Ich habe all diese Kostüme zusammengefaltet und in den Koffer gelegt. Ich erinnere mich noch daran. Es war einer der schlechten Tage, es gab einfach zu viel Traurigkeit, und ich konnte es nicht mehr ertragen, ich konnte seine Sachen nicht weiter wegwerfen.« Er stieß mit einem Zeigefinger in Jeremys Richtung. »Ich sage dir, da war nichts in Plastik Gewickeltes, weder ein Turnschuh noch sonst etwas. Wenn er da gewesen wäre, hätte ich ihn gesehen.«

»Aber George, er war da. Ich habe ihn selbst gefunden, mitten zwischen …«

Und dann dämmerte es ihm, begleitet von einem verzögerten, ungläubigen Zorn, der eine Weile brauchte, um die Zähne in sein Fleisch zu schlagen.

Er war nicht der Einzige, der auf dem Dachboden gewesen war.

»Bist du sicher, dass er nicht da war? Würdest du es vor Gericht bezeugen?«

»Da war nichts dergleichen. Nichts.«

Jeremy dachte an Mark, der diese Gerüchte verbreitet hatte, Mark, der so grundlos feindselig und aggressiv gewesen war. Er dachte an seinen unerwarteten Besuch im Haus, vorgeblich um zu helfen, und eine wilde Wut erfasste ihn und ließ jede Erleichterung darüber verfliegen, dass er oder jemand aus seiner Familie vielleicht doch nichts damit zu tun hatte.

»Er hat den Schuh hineingelegt. Mein Gott, das war *er*.«

»Wer? Jeremy, von wem sprichst du?« George packte ihn beim Arm und drückte so fest zu, dass es wehtat. »Bitte sag mir, wovon du redest.«

»Nicht jetzt, George, ich muss erst mal nach Hause.« Jeremy sah ihn an. »Du musst mich fahren!«

»Jeremy, was glaubst du, wer den Schuh dort versteckt hat? Von wem sprichst du?«

»George, bitte! Bring mich einfach nach Hause. Du wirst es bald genug erfahren, wenn ich recht habe. Bald wird das ganze verdammte Dorf es wissen.«

George wollte ihn ausfragen, wollte, dass er sich hinsetzte und ihm erzählte, was er wusste, aber stattdessen machte er sich auf die Suche nach seinem Schlüsselbund.

»Hast du irgendetwas für meine Füße? Egal, was, und vielleicht könnte ich mir auch eine Jacke borgen …?«

Jeremy schob die nackten Füße in das Paar Schuhe, das George ihm brachte, und zog eine Fleece-Weste über. Ungeduldig ging er in der Diele auf und ab. Seine Wut mischte sich mit fieberhafter Erregung: Es war so weit, endlich würde er es erfahren.

Der Tag war überraschend klar und hell. Dünne Wolkenstreifen wehten über einen hellblauen Himmel wie Rauchfahnen, und Vögel malten Kommata ins Blau. Die Luft roch frisch, als hätte der Winter sich dem Frühling ergeben, während Jeremy schlief, und so hatte er den Eindruck, er sei viel länger bei George gewesen als nur diese eine Nacht. Das Gefühl, in einer Zeitschleife zu sein, war immer noch gegenwärtig, als sie bei Ians Haus ankamen, und er empfand das Gleiche wie bei seiner ersten Ankunft hier: das Gefühl, lange weg gewesen und durch die Zeit gereist zu sein. Alles schien verschoben und auf den Kopf gestellt worden zu sein, als wäre die Welt nicht ganz der Ort, der sie zuvor gewesen war. Sein Wagen parkte in der Einfahrt, und als er den Streifen an der Seite sah, versetzte die Ungerechtigkeit ihm erneut einen Stich, verstärkt durch die neuerliche Möglichkeit seiner Unschuld.

George setzte ihn am Straßenrand ab. Auf der Fahrt hierher war er schweigsam gewesen. Auch er spürte die potenzielle Tragweite, die Jeremys Fund haben konnte.

»Danke, George, für alles. Dafür, dass du mir geholfen hast, als du es nicht musstest. Ich werde es nicht vergessen, und ich werde … ich werde dich wissen lassen, wie es weitergeht, das verspreche ich.«

»Kann ich irgendetwas tun? Ich … ich könnte mitkommen, wenn du möchtest.«

Jeremy verstand, warum George gerne dabei sein wollte. Endlich die Rechtfertigung derer hören wollte, die all die Jahre so hinterhältig getuschelt hatten, sie beschämen wollte. Das musste eine große Genugtuung für ihn darstellen, auch in Gedenken an den Mann, den er so sehr geliebt hatte.

»Nein, ehrlich, George, ich kann das allein.«

»Okay, wenn du absolut sicher bist.« Noch immer wollte er seine kleine Rolle in dem Ganzen nicht aufgeben. »Aber du bist vorsichtig, ja? Du tust nichts Unüberlegtes?«

Jeremy schüttelte den Kopf. Er wagte nicht zu antworten. Möglicherweise war er im Begriff, die größte Dummheit seines Lebens zu begehen.

Auf sein Hämmern hin öffnete Sarah die Tür, bereit, ihm Vorwürfe zu machen. Doch die Worte erstarben auf ihren Lippen. Sie atmete nur mit lautem Zischen ein, und einen Moment lang stand sie bewegungslos da, bevor sie langsam die Hand zu dem runden O ihrer Lippen hob. Er hatte ganz vergessen, wie er aussah. Die plötzliche Erinnerung, begleitet von einem Adrenalinstoß, hatte alle anderen Gedanken aus seinem Kopf vertrieben und den Schmerz betäubt. Aber jetzt sah er den ganzen Schrecken seines Aussehens, denn er spiegelte sich in Sarahs Gesicht.

»Lieber Gott, Jeremy«, flüsterte sie wie vom Donner gerührt. »Was ist mit dir passiert?«

»Keine Panik, Sarah«, beruhigte er sie hastig. »Es sieht schlimmer aus, als es ist, ehrlich. Mir fehlt nichts. Es sind nur ein paar blaue Flecken, nichts Ernstes. Ich bin untersucht worden, da ist alles in Ordnung.«

»Aber was um alles in der Welt ist passiert? Wer hat das getan?«

Ihr entsetzter Blick bewegte etwas in seinem Inneren, und er wollte sie in die Arme nehmen. Er musste sie spüren. Aber sie wich zurück und legte ihm eine Hand auf die Brust. Jeremy schnappte unwillkürlich nach Luft, kam ins Taumeln und stolperte gegen sie.

»Nichts ist in Ordnung«, sagte sie. »Du bist verletzt. Lieber Gott, sieh dich doch an, dein Gesicht! Komm rein, bevor du umkippst.«

Sie nahm seinen Arm und half ihm ins Haus und fragte ihn immer wieder, was passiert und wo er gewesen sei. Die Angst ließ die Worte unaufhörlich aus ihrem Mund strömen, und die ganze Zeit überlegte Jeremy, wie viel er ihr erzählen sollte. Wenn er zu viel sagte, würde sie die Polizei rufen wollen – aber zuerst musste er Mark zur Rede stellen. Er wollte es ihn sagen hören.

»Sarah, ich weiß, es ist schwer, aber du musst mir vertrauen. Ich werde dir alles erzählen, aber vorher muss ich mit jemandem reden. Ich bin gekommen, damit du weißt, dass mit mir alles in Ordnung ist, aber jetzt muss ich wieder gehen. Ich erkläre dir alles, wenn ich zurück bin.«

»Nein, Jez, du gehst in diesem Zustand nirgendwohin, und auch nicht, bevor du mir gesagt hast, was los ist. Wo du gewesen bist und wer das getan hat – und wer da eben im Wagen saß.«

»Das war George. Er war Ians ... der Mann meines Onkels, und er hat mir geholfen. Er war fabelhaft, er hat mich wieder zusammengeflickt und sich vergewissert, dass alles okay ist.« Er nahm ihre Hände in seine. »Hör zu, ich bleibe nicht lange weg, und wenn ich zurückkomme, erzähle ich dir alles. Versprochen. Ich muss das tun, Sarah, und dann ist es auch vorbei. Ich bitte dich nur noch dieses eine, letzte Mal.«

Sie riss die Hände weg, und er sah, wie bleich sie war, sah die dunklen Ringe unter ihren Augen und den harten Blick.

»Nein, Jez. Wenn du zu dieser Tür hinausgehst, ohne vorher mit mir zu sprechen, werde ich nicht mehr hier sein, wenn du zurückkommst. Ich lasse mich von dir nicht aussperren wie ein ... wie ein Kind.« Sie wich vor ihm zurück und sah ihn mit flammendem Blick an. »Ich habe unsere Kinder aus der Schule geholt und bin durchs halbe Land gefahren, weil ich mir Sorgen um dich mache, und dann komme ich hier an und finde« – sie wedelte mit der Hand in seine Richtung – »das! Also entweder erzählst du mir jetzt, was zum Teufel hier los ist, oder das war's. Ich habe genug.«

Das Beben in ihrer Stimme und ihre schmalen Lippen warnten ihn davor, es darauf ankommen zu lassen. Sie funkelte ihn entschlossen an.

Er zögerte, während seine Zukunft im Wind flatterte. Er wusste instinktiv, wenn er sie ohne ein Wort verließe, wäre es höchstwahrscheinlich das Ende für sie. Er hatte dreißig Jahre damit gewartet, die Wahrheit herauszufinden. Da kam es doch sicher auf eine Stunde nicht an, wenn es darum ging, seine Ehe zu retten.

»Okay, okay.« Er kapitulierte. »Ich erzähle dir alles, aber du musst mir versprechen, dass du mich tun lässt, was ich vorhabe. Was immer ich dir erzähle, du musst zulassen, dass ich es zu Ende bringe.«

Sarah nahm seine ramponierte Hand und führte ihn in die Küche. Sie war leer, und Jeremy durchschoss eine heiße Panik, als ihm die Kinder einfielen.

»Die Kinder, Sarah, wo sind die Kinder?«

»Denen geht's gut. Es ist ein schöner Tag, und sie sind draußen im Garten, also sollten wir sie nicht stören. Außerdem muss ich mit den beiden reden, bevor sie dich so sehen dürfen.« Sie musterte wieder sein Gesicht und zuckte kurz zusammen. »Bist du sicher, dass alles in Ordnung ist? Dass du nicht ins Krankenhaus musst oder so etwas?«

Er schüttelte den Kopf. »Vielleicht lasse ich mich später gründlich untersuchen, aber vorläufig geht es mir gut. Setz dich, Sarah ...«

Und er fing an zu erzählen.

Bisher hatte er das Konzept der Katharsis nie richtig verstanden, aber jetzt spürte er sie, die Erleichterung beim Loslassen, als die Worte aus seinem Mund strömten. Er erzählte ihr alles, füllte die Lücken in der Geschichte, die er ihr schon erzählt hatte, und brachte sie auf den neuesten Stand all dessen, was sich in den paar Tagen seit ihrer Abreise zugetragen hatte – bis zu seiner Entdeckung auf dem Dachboden und seinem Verdacht in Bezug auf Mark. Lauras Kuss erwähnte er nicht; der würde nichts beitragen als eine weitere Verletzung, und von der Ambivalenz seiner Gefühle für Lucy und seinen dunklen Gedanken sprach er auch nicht. Der Schatten, den das über seine Familie legen könnte, würde sich vielleicht nie mehr verziehen, und er wusste instinktiv, Sarah würde Mühe haben, so etwas zu verzeihen.

Anfangs blieb sie stumm, verarbeitete still, was er ihr erzählte, und entschied, wie viel sie ihm glauben sollte.

»Das heißt, in all den Jahren hattest du diese ... diese Sache im Kopf? Die Angst, die Schuldgefühle, weil du etwas mit dem Tod deiner Schwester zu tun haben könntest?« Sie klang ungläubig und beinahe enttäuscht, als hätte sie erfahren, dass er ein geheimes Leben geführt hatte.

»Lieber Gott, nein, nicht die ganze Zeit. Die meiste Zeit habe ich nicht mal daran gedacht, außer wenn mich etwas daran erinnerte, aber seit dem Urlaub und diesen ... Flashbacks, die dann anfingen, ja. Seitdem war es so ziemlich immer im Hintergrund.«

»O Jez ...«

Er dachte an seine Mutter und ihren Verdacht. »Mums Tod und die Dinge, die sie zu mir gesagt hat, haben das Ganze noch verschlimmert, und auch die Art und Weise, wie sich alle hier benehmen, seit ich zurückgekommen bin.«

Ihn schauderte bei dem Gedanken an das nächtliche Grauen, das ihn seit seiner Kindheit plagte. »Ich glaube, wenn ich ehrlich bin, war es immer irgendwie da. Nicht unbedingt, dass *ich* es getan habe, aber dass da *etwas* war. Es ging mir zwar nicht täglich durch den Kopf – aber in letzter Zeit habe ich nicht mehr aufhören können, daran zu denken.«

Sarah schüttelte den Kopf. »Ich kann mir nicht mal annähernd vorstellen, wie es sein muss, du zu sein, mit all der Vergangenheit, diesen Fragen.«

Sie schwieg kurz, als fasste sie einen Entschluss, und legte ihm dann eine Hand auf den Arm. »Weißt du, jede Kleinigkeit, die du mir je über deine Schwester erzählt hast, verrät mir, wie sehr du sie geliebt hast. Deshalb verstehe ich nicht, wie du auch nur einen Moment lang glauben kannst, du hättest etwas mit ihrem Tod zu tun.« Sie holte tief Luft. »Du warst doch selbst noch ein kleiner Junge, Jeremy, und ich glaube, das verlierst du immer wieder aus den Augen.«

Ein Kind zu sein war keine Entschuldigung; das hatte George ihm erklärt. Selbst seine Entführer hatten ihn daran erinnert.

»Verstehst du nicht? Es ist das Nichtwissen. Ich fing an, mich zu fragen, *warum* ich mich nicht erinnern kann und ob es daran liegt, dass ich etwas so Schreckliches getan habe. Und als ich den Turnschuh fand, dachte ich, was ist, wenn meine Mutter die ganze Zeit recht hatte und ich mich wirklich verstellte? Wenn ich absichtlich die Erinnerung an meine Tat unterdrückte.« Er sah ihr Gesicht und fügte betreten hinzu: »Ich habe im Laufe der Jahre alles Mögliche über Gedächtnisverlust gelesen, und so etwas kann passieren.«

»Ich weiß, aber warum glaubst du, es gilt für dich? Du hast Emily geliebt.«

»Ja, aber ich war auch eifersüchtig auf sie, und deshalb dachte ich, vielleicht habe ich …«

»Herrgott, Jeremy, unzählige Geschwister sind eifersüchtig, aber sie bringen einander deshalb doch nicht um.«

»Ich weiß, aber …«

Er brach ab. Laut ausgesprochen, klangen seine Ängste töricht.

»Okay, du hast recht, aber jetzt ist da draußen anscheinend jemand anders, der sie vielleicht ermordet *hat* und damit die ganze Zeit davongekommen ist. Ich brauche ein paar Antworten von Mark.«

»Und was hast du vor?«, fragte sie, und er war überrascht, wie nüchtern sie klang. Er hatte etwas anderes erwartet, Widerspruch vielleicht oder Unglauben. »Sollten wir das alles nicht zur Polizei bringen« – sie zeigte auf den Turnschuh und das T-Shirt – »und sie entscheiden lassen, was als Nächstes passieren muss? Es kommt dir nicht zu, mit ihm zu reden. Sie müssen den Fall wiederaufnehmen und richtig ermitteln.« Ein Schauder überlief sie. »Jez, bist du absolut sicher, dass es überhaupt ihr Schuh ist?«

Es war eine rhetorische Frage; sie wusste die Antwort, das hörte er. Die Liebe zu ihr, zu ihrem ungebrochenen Vertrauen, überwältigte ihn.

»Also, was wollen wir tun?«, fragte sie noch einmal. »Du wirst keine Dummheit begehen. Das lasse ich nicht zu.«

Nicht sie auch noch.

»Ich muss nur sicher sein, das ist alles. Ich will verstehen, was passiert ist, und darum muss ich mit ihm sprechen.«

»O Gott, da fällt mir ein, hier war jemand, der zu dir wollte. Ein großer Mann mit glattem dunklem Haar. Seinen Namen hat er mir nicht genannt. Aber das war er nicht, oder? Das war nicht Mark?«

»Nein, das klingt eher nach Ben. Was wollte er denn?«

»Das hat er nicht gesagt. Er hat nach dir gefragt, und ich habe gesagt, du bist nicht da. Um ehrlich zu sein, er war ein bisschen merkwürdig. Er wirkte nervös, und er stand länger vor der Tür, als nötig war. Und er starrte dauernd Lucy an, mit einem komischen, durchdringenden Blick, bei dem wir ganz anders wurde.«

Jeremy erinnerte sich, wie merkwürdig Ben sich benommen hatte, als er Lucys Foto gesehen hatte, und was für seltsame Fragen er danach gestellt hatte. Seine Wut erwachte von neuem bei dem Gedanken, dass Ben vielleicht die ganze Zeit wusste, was Emily passiert war, aber das Gerücht gestreut hatte, ihr eigener Bruder habe sie so sehr gehasst, dass er ihr etwas angetan habe. Und das alles nur, um Mark zu schützen.

»Er wird sich noch unbehaglicher fühlen, wenn ich ihn finde. Er muss mir sagen, wo Mark wohnt.«

»Nein! Ich finde immer noch, wir sollten zur Polizei gehen, denn wenn du recht hast und dieser Mark etwas mit Emilys Tod zu tun hat, dann weiß der Himmel, wozu er sonst noch fähig ist.« Sie zwang ihn, sie anzusehen. »Jez, hör auf mich, er könnte gefährlich sein. Du bist bereits verprügelt worden.«

»Ich muss ihn zur Rede stellen, Sarah. Ich muss sicher sein, bevor wir zur Polizei gehen, nur für den Fall, dass George gelogen hat, oder …« Wieder flackerte ein Zweifel in ihm auf. »Außerdem bin ich ziemlich sicher, dass Mark keiner von denen war, die mich überfallen haben. Ich glaube, seine Stimme hätte ich erkannt.« Trotz Hitze und Schmerz und durch den Sack auf seinem Kopf? »Zumindest glaube ich nicht, dass er es war.

»Ach komm, Jez. Du hast mir doch erzählt, dass einer von ihnen militärisch ausgebildet sein könnte, und Mark ist früher Soldat gewesen. Vielleicht war er ja nicht selbst hier, aber er kann die Männer angestiftet haben.« Es klang knapp und genervt. »Was ist mit dem Vater des Jungen, mit dem du gesprochen hast? Wer, glaubst du, hat da noch Öl ins Feuer gegossen? Es wäre doch ein allzu großer Zufall, wenn noch jemand anderes seine Finger im Spiel hätte.«

»Ich verstehe das nicht. Ich dachte, Marks Feindseligkeit beruht darauf, dass er glaubt, *ich* hätte Emily umgebracht, aber wenn es das nicht ist, was ist es dann? Ich bin ja kaum eine Gefahr für ihn, mein Gott – ich habe in dreißig Jahren nicht ein einziges Mal an ihn gedacht.« Er sah Sarah ratlos an. »Und warum sollte er riskieren, diesen … diesen Schuh in Ians Haus zu bringen? Was wollte er damit erreichen?«

»Jez, vielleicht bist du eine Gefahr, ohne es zu ahnen. Was ist, wenn du wirklich etwas gesehen hast?« Sie nahm seinen Arm und drückte ihn eindringlich. »Hast du jemals einem von denen von deinem Gedächtnisverlust erzählt? Von deiner Angst, vielleicht verantwortlich zu sein? Hast du ihnen irgendeinen Grund gegeben zu glauben, sie könnten dir einreden, dass du es gewesen bist?«

Sie wussten alle davon. Er hatte es Laura und Ben erzählt, und einer von ihnen hatte es an Mark weitergegeben. Vielleicht wussten alle, was damals passiert war, und hatten sich miteinander verschworen, ihn von seiner Schuld zu überzeugen. Das ultimative Ablenkungsmanöver.

»Mag sein, dass ich es erwähnt habe, ja, aber ich hätte mir nicht träumen lassen, dass sie es gegen mich verwenden.«

»Hör zu, Jez, wenn du so sehr darauf bestehst, mit ihnen zu sprechen, dann möchte ich, dass du vorsichtig bist. Du kannst nicht sicher sein, dass dieser Ben nicht beteiligt ist, und du kannst keinem von ihnen vertrauen. Also versprich mir, dass du vorsichtig bist.«

»Ich versprech's. Und du brauchst dir keine Sorgen wegen Mark zu machen. Er ist nicht so dumm, am helllichten Tag irgendetwas zu versuchen. Dafür werde ich sorgen.«

Die Worte waren mutiger als ihr Sprecher. Sarah sah angstvoll zu, wie Jeremy sich umzog.

»Wenn du in einer Stunde nicht wieder hier bist, rufe ich die Polizei, egal, was du sagst.«

29

Es nagte an ihm. Es schwebte am Rande seines Bewusstseins, ein kleines Stäubchen, das fast in Reichweite herandümpelte, bis der Versuch, es zu greifen, es wieder weiter wegtrieb. Das Gefühl war stark, dass jemand ihm etwas Bedeutsames erzählt hatte – wenn er sich nur erinnern könnte, was es gewesen war. Als er am Haus ankam, hielt Jeremy hinter Lauras Wagen und ging auf die Haustür zu. Bei allem Zorn verspürte er doch auch ein wenig die Sorge, er könnte sich in allen Punkten irren.

Laura öffnete ihm die Tür, und er zuckte bei ihrem Anblick zusammen. Ihr Haar klebte ihr glatt und strähnig am Kopf, als komme sie gerade aus dem Bett. Ihre Lider waren rot und geschwollen, und die Haut darunter sah wund aus, als habe sie geweint. Doch er war viel zu wütend, um Mitgefühl für sie aufzubringen. Sie sah gehetzt aus und spähte an ihm vorbei, als ob sie erwartete, dass ihm noch jemand folgte.

»Wo ist er?« Zum Teufel mit einer Begrüßung. »Wo ist Ben?«

»Dann ist er nicht bei dir?« Sie ließ resigniert die Schultern hängen.

»Nein. Wo ist er? Ich muss ihn sprechen.«

»Er ist nicht hier. Ich habe ihn seit Sonntag nicht mehr gesehen, und ich mache mir Sorgen.« Sie sah noch gequälter aus als zuvor. »Mark meint, dass er wahrscheinlich nur ein bisschen Zeit für sich braucht, aber ich habe schreckliche Angst, er könnte sich wieder krank gemacht haben. Hast du ihn gesehen, war er bei dir, oder so?«

Jeremy war überrascht, als sie davon sprach, dass Ben krank sei – »sich krank gemacht habe«, was immer das bedeuten sollte –, aber er war zu sehr mit seiner eigenen Mission beschäftigt, um nachzufragen. Der Anblick ihres kläglichen Gesichts nahm seiner Wut ein wenig von ihrer Schärfe. Statt also unverzüglich nach Marks Adresse zu fragen, packte er sie beim Ellenbogen und steuerte sie zurück ins Haus. Im harten Nachmittagslicht fehlte dem Wohnzimmer der Charme des Abends. Auf dem Kaffeetisch waren Kringel und Flecken, gesprenkelt von Asche, und das Sofa war bedeckt von einer Schneewehe aus gebrauchten Kleenex-Tüchern. Eine Wolldecke lag zerknüllt auf dem Boden zwischen einem Paar Socken und zwei leeren Gläsern mit klebrigen Weinresten. Die Luft im Zimmer war schwer von abgestandenem Zigarettenrauch, und die glänzenden Blätter der Pflanzen welkten in ihren Töpfen.

Jetzt erst sah Laura ihn richtig an, und bei seinem Anblick fuhr sie zurück.

»O Jay, dein Gesicht! Ich habe ihm gesagt, er soll aufhören ... am Ende würde noch jemand verletzt werden.« Sie wandte das Gesicht ab. »Ich weiß nicht, was in letzter Zeit in ihn gefahren ist ... Es tut mir leid.«

Jeremy stockte der Atem. »Wem hast du das gesagt?«, fragte er, als ob er es nicht wüsste, und seine Wut flackerte wieder auf. Er musste sich beherrschen, um sie nicht bei den Schultern zu packen und zu schütteln. »Wem hast du es gesagt? Redest du von Mark?«

Sie nickte düster.

»Dann *war* er es also, der das getan hat?« Er deutete auf sein zerschlagenes Gesicht. »Das habe ich mir schon gedacht, auch wenn er nicht den Mumm hatte, mir sein Gesicht zu zeigen. Verdammt, wo *ist* er, Laura?« Er wusste, sie hatte von einem der Bauernhöfe gesprochen, aber er wusste nicht mehr, von welchem. »Du musst mir sagen, wo er wohnt.«

»Was? Nein, nein, du verstehst nicht. Mark hätte das nicht getan. Das habe ich nicht gemeint. Ich meinte, wenn er weiter solche Dinge über dich erzählt, passiert so etwas zwangsläufig.«

Er brauchte nicht zu fragen, was sie mit »solche Dinge« meinte. »Gib mir seine Adresse, Laura. Ich muss mit ihm sprechen.«

»Nein!« Sie schüttelte den Kopf, und ihre Locken erwachten wieder zum Leben. »Nein, ich gebe sie dir nicht. Hör zu, er hat dir nichts getan. Er hat vielleicht Dinge über dich erzählt, aber so etwas hat er nicht getan. Nie im Leben.«

Sie fing an zu weinen, rau und wund, und nur zum Luftholen unterbrach sie ihr Schluchzen. »Jay, ich muss Ben finden. Hast du ihn wirklich nicht gesehen?«

»Vergiss Ben. Ich habe ihn seit zwei Tagen nicht gesehen, okay? Ich brauche Marks Adresse ...«

»Jay, du verstehst nicht! Ben geht es nicht gut. Er hat ... er hatte solche ... Zusammenbrüche schon mal in der Vergangenheit. Er dreht dann einfach durch, und in letzter Zeit war etwas ... etwas nicht in Ordnung mit ihm, und ich habe Angst, dass es wieder passiert. Ich muss wissen, wo er ist und dass alles okay ist.« Sie funkelte ihn vorwurfsvoll an, als wäre das alles seine Schuld. »Alles ist verrückt, seit du wieder hier bist.«

»Laura, Ben ist dein Problem. Es interessiert mich nicht. Aber ich gehe erst weg, wenn du mir sagst, wo ich Mark finde …«

»Nein, du musst ihn in Ruhe lassen …«

Plötzlich fiel es ihm wieder ein – sie hatte gesagt, er habe eine Wohnung auf Blundells Hof. »Vergiss es. Ich brauche dich nicht. Ich finde ihn allein.«

Er wandte sich zum Gehen, aber sie packte ihn mit knochigen Fingern beim Arm. »Bitte, Jay, tu ihm nichts.«

»Ich *ihm* etwas tun? Sieh dir doch an, was er mir bereits angetan hat! Ich glaube, ich bin eher derjenige, der sich Sorgen machen müsste, dass man ihm etwas tut, meinst du nicht?«

»Jay, er war das nicht. So ist er nicht. Ich weiß nicht, was er gegen dich hat, aber …«

Dass sie Mark so blind verteidigte, machte ihn wütend, und er platzte heraus, ohne nachzudenken: »Anscheinend hat er eine Menge gegen mich. Wie wär's damit, dass er Angst hat, ich könnte herausfinden, was *wirklich* mit Emily passiert ist? Ich könnte herausfinden, was er getan hat?«

Erschrocken hörte sie auf zu weinen, und vehement schüttelte sie den Kopf. »Was? Nein! Wie kannst du es wagen, so etwas über ihn zu sagen? Ich weiß nicht, was los ist mit euch allen, dass ihr diese schrecklichen Behauptungen übereinander verbreitet.« Sie wurde lauter. »Ich verstehe nicht, warum du alles aufwühlen musst. Warum du es nicht einfach auf sich beruhen lässt. Mark hat Emily nichts getan, und du bist verrückt, wenn du das wirklich glaubst. Er würde niemandem ein Haar krümmen, schon gar nicht einem Kind. Vielleicht mag er dich nicht besonders, aber er ist ein guter Mensch. Er gibt acht auf uns, und er *beschützt* uns. Immer schon.«

Beschützen. Das Wort hatte sie schon einmal benutzt.

»Wen beschützt er, Laura? Warum braucht jemand Schutz?« Er schaute ihr in die Augen. »Sag's mir, Laura. Warum braucht jemand Schutz?«

Ihr Blick wich ihm aus, und ihre Wagen bekamen rote Flecken. »Er hat ein Auge auf Ben und achtet darauf, dass es ihm gut geht, das ist alles. Und er achtet auf mich …«

Ihre Worte erinnerten ihn an das, was Ben ihm erzählt hatte, und plötzlich begriff er. Das war es, das Stäubchen, nach dem er gegriffen hatte. Vielleicht hatte er wirklich alles falsch gedeutet – vielleicht war *sie* es, die sie alle beschützten. Er sah sie mit neuen Augen an und bemerkte ihren schuldbewussten Blick. Ihr derangiertes Aussehen bekam eine neue Bedeutung, und als er jetzt in ihre bernsteinfarbenen Augen schaute, war ihm, als sehe er dort etwas Totes, das ihn frösteln ließ.

»Wenn er es nicht war, dann bist *du* es, die sie beschützen?« Er merkte, dass er die Kontrolle verlor. »Hast … hast du meine Schwester ertränkt?« Seine Stimme zitterte.

Sie reagierte, als hätte er sie geschlagen, ihre Augen wurden groß vor Staunen und Kränkung, und rote Flecken breiteten sich in ihrem Gesicht aus. Einen Moment lang war sie hässlich.

»Nein! Wie kannst du so etwas nur glauben! Ich war doch noch ein Kind, als sie starb, ich hatte nichts damit zu tun, natürlich nicht – und Mark auch nicht. Keiner von uns.« Panisch sog sie Luft in die Lunge. »Das ist Wahnsinn, Jay, was du da redest, und ich finde, du solltest jetzt gehen.«

Als der Gedanke einmal Gestalt angenommen hatte, gewann er an Fahrt wie ein Eisenbahnzug, der ihn hinter sich her schleifte. Es würde den grauenhaften Zustand erklären, in dem sie sich befand, ihr panisches Verhalten.

»Ich glaube, du weißt, was passiert ist, und du musst mir jetzt die Wahrheit sagen.« Ohne nachzudenken, streckte er die Hand aus, packte sie beim Arm und schüttelte sie. »Laura, du musst es mir sagen.«

»Ich weiß nicht, wovon du redest. Ich habe nichts getan, ich war selbst ein Kind, um Gottes willen, nicht viel älter als Emily.« Sie war jetzt panisch und wütend. »Fass mich nicht an! Lass meinen Arm los und verschwinde! Du machst mir Angst!«

»Ja, genau wie du auch ein Kind warst, als du dieses andere Mädchen verletzt hast? Was glaubst du, wie viel Angst sie hatte?«

Das wirkte auf der Stelle. Jeremy sah, wie ihr Gesichtsausdruck gefror. Sie wollte zurückweichen, und ihre Sommersprossen, die ihr so viel Ähnlichkeit mit Ben verliehen, standen in hartem Kontrast zu der plötzlichen Blässe ihres Gesichts. Sie schnappte nach Luft wie ein Fisch auf dem Land, und Jeremys Wut geriet vollends außer Kontrolle.

»Ja, Ben hat mir alles erzählt«, schrie er. »Was dir passiert ist und dass du Wutanfälle bekommen hast.« Er packte ihren Arm fester, drehte ihn um und entblößte die kreuz und quer verlaufenden Narben. »Du bösartiges kleines Biest! Hast du erst andere Kinder verletzt, bis du gelernt hast, dir selbst wehzutun?«

Ihr anderer Arm bewegte sich so schnell, dass er es erst mitbekam, als ihre Hand den Kontakt mit seinem Gesicht fand. Vor Schmerz schrie er auf, wieder hatte es seine Nase erwischt. Geschockt ließ er sie los, und sie funkelten einander an, als könnten sie beide nicht glauben, welche Linien sie gerade überschritten hatten. Sie fasste sich als Erste, und ihr Gesicht loderte vor Wut.

»Du bist irre. Ich habe deine Schwester nicht angerührt. Du hast kein Recht, so mit mir zu reden – über Dinge, von denen du einen Scheißdreck weißt.«

Er streckte die Hand nach ihr aus, aber sie wich zurück, bis sie sich rückwärts an den Kamin presste. Ihre Hand tastete blind nach dem Kerzenleuchter. Sie umklammerte das schwere Messingteil und starrte ihn an.

Jeremy sah auf ihre Hand mit den weißen Fingerknöcheln und dann in ihr Gesicht, und er versuchte ihren Blick zu deuten. Etwas Unergründliches in ihren Augen ließ ihn zögern, und unversehens wich er vor ihr zurück, gerade noch rechtzeitig, als sie mit dem Kerzenleuchter in seine Richtung ausholte. Er spürte den Lufthauch an seiner Wange, als der Leuchter an seinem Kopf vorbeisauste. Abwehrend, kapitulierend hob er die Hände. Er musste die Situation entschärfen, bevor einer von ihnen etwas Unwiderrufliches tat.

»Laura, es tut mir leid, ich hätte dich nicht anfassen dürfen. Ich weiß nicht, was ich mir dabei gedacht habe.«

»Ich möchte, dass du jetzt gehst. Ich schwöre, ich habe deiner Schwester nichts getan, und Mark auch nicht.« Ihr Blick war kalt und entschlossen. »Ich meine es ernst, Jay. Mach, dass du rauskommst!«

Ihm blieb nichts anderes übrig, als zu gehen, aber es war nicht mehr wichtig. Er brauchte Laura nicht – nicht, nachdem ihm eingefallen war, wo Mark wohnte. Was immer irgendjemand getan haben mochte, für sie oder für Mark, es würde bald vorbei sein.

An der Tür drehte er sich um. »Ich werde die Wahrheit herausfinden, und weiß Gott, ich hoffe, du hast recht, Laura, denn ihr werdet der Polizei alles erzählen müssen.«

Ihre letzten Worte richteten sich an ein leeres Zimmer,

aber sie erreichten ihn, als er die Haustür öffnete, und durchbohrten ihn wie ein Pfeil.

»Wenn jemand deiner Schwester etwas getan hat, Jay, dann warst es höchstwahrscheinlich du.«

Jeremy fuhr aus dem Dorf und nahm die Straße, die an Blundells Hof vorbeiführte. Er war so sehr in Gedanken, dass er beinahe mit einem entgegenkommenden Wagen zusammengestoßen wäre, wenn ihn die wütende Hupe nicht rechtzeitig in die Wirklichkeit zurückrissen hätte. Er versuchte herauszufinden, was genau er eigentlich empfand, aber er hatte keinen Namen dafür. Er hatte eine wunde, wütende Trauer erwartet, aber alles war zu weit weg, zu lange her, als dass er etwas so Unmittelbares empfinden konnte. Was er empfand, war hauptsächlich befriedigte Rache und eine brennende Neugier. Wenn es Laura gewesen war, dann höchstwahrscheinlich als Resultat dessen, was sie durchgemacht hatte. Aber Mark? Der hatte kaum Kontakt mit Emily gehabt, kaum Notiz von ihr genommen. Also warum? Das ergab keinen Sinn.

Er fuhr auf den Hof, wo ein Rotziegelwohnhaus der Einfahrt gegenüberstand, zu beiden Seiten flankiert von lang gestreckten Stallungen und mehreren Außengebäuden. Draußen waren zwei Männer mit einem Schlauch dabei, den Schlamm vom Fahrgestell eines Traktors abzuspritzen. Jeremy bemühte sich, ein etwas weniger bedrohliches Gesicht zu machen, bevor er sie ansprach, aber die Mühe hätte er sich sparen können. Der eine blickte auf, als er herankam, und zog kurz die Brauen hoch, als er sein Gesicht sah, aber das war alles.

»Hallo, ich hoffe, Sie können mir helfen. Ich suche Mark McLeish. Seine Schwester sagt, ich finde ihn vielleicht hier.«

Er erwähnte Laura, um seiner Frage einen Anschein von Legitimität zu verleihen, falls einer der beiden misstrauisch werden sollte.

»Hinten rum«, sagte der eine Mann und deutete unbestimmt auf das Scheunengebäude auf der anderen Seite. »Da stehen zwei Mobilheime – seins ist das mit der grünen Zierleiste.« Er wandte sich wieder seiner Arbeit zu. Sein Interesse war offensichtlich erschöpft.

Ein Weg an der Seite der Scheune führte zu einem unebenen Stück Land. Dahinter erstreckte sich ein weites, offenes Feld. Er ging an einem Stapel Bruchholz vorbei und blieb kurz stehen, um einen Knüppel aufzuheben. Er wog ihn wie eine Waffe in der Hand, obwohl er nicht genau wusste, was er damit tun wollte. Vielleicht hätte er Laura fragen sollen – in Anbetracht dessen, wie geschickt sie mit dem Kerzenleuchter umgegangen war. Er erreichte einen holprigen Schotterparkplatz, auf dem zwei feststehende Wohnwagen standen. An dem einen prangte der versprochene grüne Zierstreifen. Er verbrachte einen fruchtlosen Augenblick damit, die drei Autos zu betrachten, die dort parkten, um zu sehen, ob sie Ähnlichkeit mit dem hatten, das versucht hatte, ihn zu überfahren. Mit zunehmender Beklommenheit ging er auf Marks Wohnwagen zu. Der Schotter unter seinen Füßen knirschte laut durch die ländliche Stille.

Laura hatte schon angerufen. Die Tür wurde aufgerissen, und Mark stand da mit bloßen Füßen und verschränkten Armen. Ein böse grinsender Totenschädel starrte Jeremy von seinem Oberarm an und gab den Ton vor. Jeremy musterte den unerfreulichen Umfang von Marks Oberkörper und Bizeps, nicht zum ersten Mal zweifelte er an der Klugheit dessen, was er hier tat. Von ihrer erhöhten Warte aus beobachteten Mark und der Totenschädel, wie er herankam, und beide schienen auf eine plötzliche Bewegung nur zu warten. Jeremy spürte die Wachsamkeit seines Gegenübers und dachte an die aufflackernde Angst, die er bereits bei ihrer ersten Begegnung an Mark wahrgenommen hatte.

Es hatte keinen Sinn, um den heißen Brei herumzureden. »Ich weiß, was du getan hast«, sagte Jeremy und war selbst überrascht davon, wie fest seine Stimme klang.

»Was willst du?« Mark bemühte sich um einen aggressiven Ton, wie Jeremy es bei ihm schon kannte, doch er war anscheinend nicht mit dem Herzen dabei. Er wusste genau, warum Jeremy hier war. Es hatte etwas Unausweichliches, beinahe Erleichterndes, denn er trug diese Bürde schon viel zu lange.

»Warum hast du es getan?«

Das war plötzlich das Wichtigste für Jeremy – zu verstehen, warum.

»Damit du verschwindest«, sagte Mark. »Damit du dich verpisst und die Dinge auf sich beruhen lässt.«

»Das habe ich aber nicht …«

Mark unterbrach ihn. »Komm besser rein.« Er warf einen Blick hinüber zum Hof, als wollte er sich vergewissern, dass niemand zuhörte. »Und das Ding da solltest du lieber wegwerfen, es sei denn, du willst es benutzen. Oder hast du Angst?«, fügte er hinzu, und seine alte Geringschätzung kam noch einmal zum Vorschein, aber es klang nicht echt. Die aggressive Fassade zeigte Risse, und darunter schimmerte etwas Wundes hervor, zusätzlich zu einem Hauch von Resignation, den Jeremy nicht erwartet hatte. Jedes Zögern bei dem Gedanken daran, mit ihm in einem engen Raum zu sein, allein auf Marks Territorium, löste sich auf.

»Du solltest wissen, dass ich die Polizei informiert habe«, sagte er, für alle Fälle. Aber Mark nickte nur.

»Dachte ich mir irgendwie.«

Jeremy warf seinen Knüppel weg, und seine Füße stiegen die drei Stufen zum Wohnwagen fast von allein hinauf. Endlich würde er es wissen. Mark trat zurück, als er oben ankam, und dann war er drin, und in seinem Kopf summte etwas, das fast wie Begeisterung klang.

Ähnlich wie Marks Benehmen stand auch das Innere des Wohnwagens im Gegensatz zu Jeremys Erwartungen. Er hätte mit überall verstreuten Bierdosen und schmutziger Wäsche gerechnet, mit stickiger Luft, von Schweiß und Fürzen geschwängert, muffiger Bettwäsche. Stattdessen wirkte der Innenraum sauber und aufgeräumt, und der karierte Vorhang am offenen Fenster wehte in der Brise. Das sparsam eingerichtete Wohnabteil war frei von herumliegendem Zeug, abgesehen von der zerlegten Schrotflinte auf dem Klapptisch an der Wand. Bei ihrem Anblick machte sein Herz einen Satz, bis er den Lappen und die Dose mit dem Waffenöl sah. Dies war ein Bauernhof, und hier gehörte eine Flinte dazu. Außerdem war sie in ihre Einzelteile zerlegt. Wenn Mark nicht vorhatte, ihn mit dem Kolben totzuschlagen, drohte ihm von ihr kaum eine Gefahr. Mark sah seinen Blick, und leiser Spott huschte über seine Züge. Für einen Moment sah er wieder so aus, wie Jeremy ihn kannte.

»Laura hat mir gesagt, dass du kommst«, sagte Mark. »Anscheinend ist also alles vorbei.«

Er sah ihn beinahe bedauernd an, und wieder wirkte er auf Jeremy wie ein anderer Mann als der, dem er schon begegnet war. Es war verstörend.

»Das sollte nicht passieren, weißt du. Die sollten dich

nur warnen, vielleicht ein bisschen aufmischen, wenn du auf gutes Zureden nicht hörst. Aber du solltest nicht verletzt werden.« Bevor Jeremy antworten konnte, fuhr er fort: »Du wolltest einfach nicht hören, stimmt's? Den Hinweis, dass du hier nicht willkommen bist, dass du dich verpissen sollst – den wolltest du nicht annehmen. Nein, du musstest weiter herumschnüffeln und Ben ausfragen.« Er schüttelte den Kopf. »Du konntest es einfach nicht gut sein lassen.«

»Dann warst du das alles? Die Schmiererei an meinem Wagen, der Überfall, alles ... das alles warst du.« Er brachte es nicht über sich, nach Emily zu fragen. Noch nicht.

»Nicht das mit dem Wagen. Diese Ehre kommt mir nicht zu. Das war einer der Kids, aber ich schätze schon, dass *ich* dem kleinen Scheißer diesen Floh ins Ohr gesetzt habe.«

Er wirkte so sachlich, so gelassen angesichts all dessen, was er getan hatte.

»Aber du hast versucht, mich umzubringen, verdammt! Von wegen, mir ist nichts passiert – du hast versucht, mich zu überfahren, hast an der Dachbodenleiter herumgespielt. Ich nehme an, das warst du auch, also, wo war die Fürsorge da?«

Wieder schüttelte er den Kopf. »Ihr anderen wart vielleicht total zugedröhnt, aber ich war an dem Abend ziemlich nüchtern. Ich hätte dich niemals überfahren. Ich wollte dir nur ein bisschen Angst einjagen, das war alles. Und was die Dachbodenleiter angeht, damit hatte ich nichts zu tun. Das war wirklich ein Unfall. Ben muss beim Runtersteigen drangekommen sein. Ein Unfall.«

Er redete zu nachdrücklich, fast als wolle er sich selbst überzeugen. »Das kann nicht absichtlich passiert sein.

Er muss versehentlich mit der Jacke an die Verriegelung gekommen sein.«

Jeremy sah die dicke wattierte Jacke vor sich, die Mark an dem Tag getragen hatte, und das Päckchen, das darin versteckt gewesen war.

»Es ist vorbei, ist dir das nicht klar? Es ist jetzt alles in den Händen der Polizei, der Turnschuh, alles. Die Sachen sind bei Sarah, sie erzählt ihnen alles. Und du gehst ins Gefängnis für das, was du getan hast.« Er verstand immer noch nicht, was Mark sich dabei gedacht hatte, den Turnschuh zu verstecken. »Warum hast du den Turnschuh versteckt? Ich weiß nicht, was du damit erreichen wolltest – außer dem hier. Dachtest du, ich kapiere nicht, dass ihn jemand dort deponiert hat?«

»Sie haben mir erzählt, du könntest dich an nichts erinnern und hättest Angst, irgendwie für den Tod deiner Schwester verantwortlich zu sein, und da bin ich auf die Idee gekommen. Ich wusste, er würde immer noch da sein, wo ich ihn versteckt hatte. Also musste ich nur in den Wald gehen und mir dann überlegen, wie ich ihn ins Haus bekomme.« Mark lächelte, als sei er stolz auf seine eigene Cleverness. »Du solltest glauben, du hättest ihn da versteckt, könntest dich aber nicht mehr erinnern – oder, wenn du es nicht warst, würdest du wenigstens den Verdacht haben, dein lieber Onkel hätte die Hände im Spiel gehabt. Ich dachte, du würdest den Schuh vernichten, wenn du ihn findest.« Er sah plötzlich verschlagen aus. »Um sicher zu sein, dass du nicht erwischt wirst.«

Er brach ab, denn jetzt fiel ihm etwas ein. »Woher wusstest du, dass ich ihn da versteckt hatte? Ich war ziemlich sicher, dass der Koffer nie angerührt worden ist. Ich habe sogar Ben gefragt.«

»Ich wusste es einfach, okay? Und als ich es einmal wusste, brauchte ich kein Genie zu sein, um zu wissen, dass du dahintersteckst. Du oder Ben, und du warst die naheliegende Wahl.« Er wollte nicht daran denken, dass auch Ben im Spiel gewesen sein könnte – dieser Verrat war zu verletzend.

Die Andeutung eines Lächelns spielte um Marks Lippen.

»Wie schön, dass du das lustig findest. Dass es dich amüsiert hat, meine Schwester umzubringen.«

Die Gefühle, auf die er gewartet hatte, durchfluteten ihn, und er machte einen Schritt auf Mark zu, getrieben von dem Drang, ihn ernsthaft zu verletzen. Aber Marks verwirrtes Gesicht ließ ihn innehalten.

Mark hob beide Hände. »Nein, nein, das hast du völlig missverstanden, das war ich nicht! Ich dachte, du hättest es rausgefunden, aber du bist immer noch im Irrtum. Ich kam erst nachher dazu – sie war schon tot, als ich dort war.«

»Nachher?« Trauer zerschnitt Jeremys Zorn, zusammen mit der Erkenntnis, dass er gehofft hatte, es sei nicht Laura gewesen, nicht dieses zerbrochene Kind. »Du willst also sagen, du wolltest die ganze Zeit nur als Beschützer …«

»Ich war doch selber noch ein Kind«, unterbrach Mark. »Und damals erschien es wie das Einzige, das ich tun konnte. Ich musste ihm helfen, es zu verheimlichen und aus der Welt zu schaffen.«

Jetzt war Jeremy verwirrt.

»Ihm? Ich verstehe nicht …«

»Ja, *ihm*. Nicht mir. Er hatte nicht gewollt, dass sie stirbt, also egal, was er getan hatte, ich konnte nicht zulassen, dass er verhaftet wird. Es war falsch, das habe ich später eingesehen, und es hat auch nicht geholfen. Am Ende hat es für ihn alles noch schlimmer gemacht.« Ein Ausdruck des Bedauerns huschte über sein Gesicht. »Aber wenn etwas so weit gegangen ist, hast du keine Wahl mehr. Wir steckten zusammen drin, und mein Vater wäre …«

Sein Vater? Die Erkenntnis verschlug Jeremy den Atem, und zum ersten Mal war er den Tränen nahe. Seine Schwester, seine kleine Schwester.

»Dann war er es die ganze Zeit?« Er schrie. Es kümmerte ihn nicht, wer ihn hörte. »Und du hast ihn beschützt, trotz allem, was er war? Scheiße, nach dem, was er Laura angetan hat, hast du ihn immer noch beschützt?«

»Nein, du verstehst nicht …«

Marks Dementi wurde von Jeremys Telefon mit hektischem Schrillen übertönt, und die drängenden Vibrationen pulsierten an seiner Hüfte. Er riss es aus der Tasche und stürzte ins Freie. Er musste weg von Mark und den Dingen, die er ihm erzählte. Dieser Dreckskerl, dieses Tier, hatte die kleine Em angefasst.

»Sarah …«

Er verstand sie nicht sofort. Ihre Worte kamen in einem Schwall, zusammenhanglos und verzerrt von Panik.

»Sarah, Sarah, langsam! Was ist passiert?«

Es war nicht ihre Art, in Panik zu verfallen, und er spürte, wie kalte Finger des Grauens über seine Kopfhaut krochen.

»Sie ist weg …«

»Wer? Was ist passiert?«

Sein erster Gedanke war ihre Mutter: Sarah hatte einen Anruf von ihrem Vater erhalten, der ihr mitgeteilt hatte, sie sei gestorben.

»Ich dachte, sie ist draußen mit Jack, aber da war sie

nicht. Er dachte, sie wäre zu mir hereingekommen, aber ich kann sie nicht finden …«

Langsam fügte er zusammen, was sie ihm erzählte. Lucy hatte im Garten gespielt, und jetzt war sie weg.

»Jez, das Loch hinten im Zaun … Ich habe auf dem Feld nachgesehen, aber sie ist weg … Jez, ich finde sie nicht. Sie würde doch nicht einfach davonspazieren …«

Er schrie ins Telefon: »Er muss sie geholt haben. McLeish hat sie. Sarah, ruf die Polizei an und sag denen, es ist McLeish!«

Dann rannte er zu seinem Wagen, und er hörte Mark hinter sich schreien.

»Nein, nicht Dad!«

Er kam aus dem Wohnwagen und versuchte, ihn aufzuhalten.

»Wer ist McLeish? Jeremy, wer ist das? Wer hat sie?«

»Sarah, hör mir zu, ich werde sie finden, aber du musst die Polizei anrufen. Sag ihnen, McLeish …« Er zermarterte sich das Gehirn nach dem Ort, den Ben erwähnt hatte. »Die Buttery, er wohnt in der Buttery, sag ihnen das.«

Er stürmte über den Weg zum Hof, wo er seinen Wagen geparkt hatte. Mark schrie noch immer hinter ihm her und versuchte, ihn einzuholen, aber er kam auf nackten Füßen nicht so schnell voran. Sarah weinte an seinem Ohr, als der schlimmste Albtraum für alle Eltern sich um sie herum entfaltete, und ihre Stimme übertönte Marks Rufen.

»Sarah, ich verspreche dir, ich werde sie finden.«

Ohne auf die Rufe der Landarbeiter zu achten, rannte Jeremy über den Hof. Dann saß er im Wagen, und seine Finger fummelten mit dem Zündschlüssel. Seine Füße auf den Pedalen waren kraftlos vor Angst. Mark erreichte die

Wagentür, als der Motor zum Leben erwachte. Er packte den Türgriff und kämpfte mit der Tür, doch der Wagen fuhr bereits los. Einen Moment lang presste sich sein schreiendes Gesicht an die Seitenscheibe, und trotz der Panik sah Jeremy Marks Blick. Er war verzweifelt.

30

Und dann rannte er, ohne auf den Schmerz zu achten, sein Herz drohte zu platzen, und er lief über gepflegte Rasenflächen auf die schicken neuen Apartmenthäuser zu, die am Rand des alten Molkereigeländes standen. Am Eingang des ersten flachen Gebäudes überflog er die Nummern auf der Zugangsanlage und suchte nach Apartment Nummer sechs. Er versuchte es an den Türen, rüttelte an den Klinken und hämmerte mit seinen zerschlagenen Fäusten an die Scheiben – vergeblich. Also drückte er planlos alle möglichen Ziffern von eins bis vier und betete darum, dass jemand aufmachen würde. Die Sprechanlage von Apartment vier erwachte knisternd zum Leben, und eine zittrige Stimme tröpfelte aus dem Lautsprecher.

»Hallo? Hallo, wer ist da?«

Jeremy suchte nach einem Grund für sie, ihn hineinzulassen.

»Eine Zustellung«, sagte er schließlich. »Zustellung für McLeish.«

Irgendwo im Haus schnalzte sie missbilligend, offensichtlich ohne von seinem angespannten Ton Notiz zu nehmen. »Könnt ihr Leute nicht lesen? McLeish wohnt oben, in Nummer sechs. Ich bin in Nummer *vier*.«

Ihrem gereizten Tonfall zum Trotz hörte er, wie die Tür summte und die Sprechanlage ausgeschaltet wurde, und dann war er im Haus. So einfach, wie einem Baby den

Schnuller zu stehlen – und der unerwünschte Gedanke brachte ihn fast zum Weinen.

Im Hausflur blieb er taumelnd stehen. Dort, schwermütig am Fuße der Treppe zusammengesunken, lag Fuddlewuddle, Lucys Dinosaurier, und die leuchtenden Perlen seiner Augen beschworen Jeremy, sie zu finden. Wenn es in seiner Liebe je etwas wie Ambivalenz gegeben hatte, irgendeinen Zweifel in seinem Herzen, dann war es damit vorbei, es war vergangen in der Zeit, die er gebraucht hatte, um hierherzufahren. Er würde töten für dieses Kind. Er würde für sie sterben, tausend Mal, wenn es sein müsste. All die törichten Gedanken, all die Geister der Vergangenheit, die sie hatten überschatten dürfen, sie alle bedeuteten jetzt nichts mehr. Sie war es, auf die es ankam, nur sie.

Bevor er bewusst die Entscheidung traf, fingen seine Beine wieder an, sich zu bewegen, sie trugen ihn unter Schmerzen die teppichbelegte Treppe hinauf, immer zwei Stufen auf einmal. Jeder Muskel war angespannt, jede Sehne vibrierte straff, und im Nacken stellten sich ihm die Härchen auf.

Er erreichte einen Treppenabsatz mit einer gedämpften Beleuchtung, die abweisend wirkte. Jetzt war er so nah, dass die Angst seine Glieder langsamer werden ließ. Was, wenn er sich irrte und sie gar nicht hier war? Oder wenn er zu spät kam? Seine Eingeweide brodelten in Erwartung namenloser Grausamkeiten, die bevorstanden. Absichtlich atmete er langsamer und stieß die Flügeltür auf, die in den Korridor dahinter führte. Vier identische Apartmenttüren reihten sich aneinander wie blinde Wachtposten. Der Drang, mit den Fäusten nacheinander an jede Tür zu hämmern, ihren Namen hinauszuschreien, den luxuriösen Frieden dieses Gebäudes zu zerschmettern, war fast überwältigend. Stattdessen schob er sich den Korridor entlang – lautlos, um keinen Alarm auszulösen. Er kam bei Nummer sechs an und sah, dass die Tür nur angelehnt war, eine schreiende Warnung, dass hier etwas ganz und gar nicht in Ordnung war. Sein Magen drohte sich umzudrehen, und er stieß die Tür weit auf. Dahinter lag ein kleiner Korridor mit einer Garderobe auf der rechten Seite. Dem üppigen Teppich und der opulenten Tapete zum Trotz hing in der Luft ein unverkennbarer Geruch von Staub und Urin, von ungelüfteten Kleidern und den Ausdünstungen des Alters.

Und noch ein Geruch erreichte ihn langsam und drang verstohlen in seine Nase wie ein nachträglicher Gedanke: der metallische, eisenhaltige Geruch von Blut, überlagert von Verwesungsgestank. Matt, aber unverkennbar, das ekelhaft süßliche Aroma des Todes. Ein Stöhnen kam ihm spröde über die Lippen, ein Wimmern des puren Grauens, bevor die Logik wieder einsetzte. Ein kühler analytischer Teil seines Verstandes rettete ihn. Das konnte nicht sie sein. Es war zu früh für den Beginn der Verwesung. Er hatte sie ja erst heute geholt.

Jeremy folgte dem Geruch ins Wohnzimmer, reich möbliert, aber übersät von leeren Bierdosen und Flaschen und von überquellenden Untertassen, die als Aschenbecher dienten. Die Luft war heiß und ranzig, dick vom Geruch ungewaschener Körper und Fäulnis. Instinktiv fing er an zu würgen. Galle stieg ihm in die Kehle, als er den Blick durch das Zimmer wandern ließ. In einem imitierten Kamin stand eine Elektroheizung, die ihre Wärme in die ohnehin schwüle Atmosphäre rülpste. Der Gestank von versengter Wolle kam von der Hose des alten Mannes, der zurückgesunken in einem Ohrensessel saß, und Jeremy brauchte nicht nach seinem Puls zu tasten, um zu wissen, dass er mausetot war. Das Gesicht des Mannes verriet es ihm: Eine geschwärzte Masse von geronnenem Blut und Schleim war dort, wo sein Auge sein sollte. Ein Auge, das die Welt getäuscht hatte. Ein Auge, das sein Kind angeschaut und kein vollkommenes, der Liebe wertes Wesen gesehen hatte, sondern ein Geschöpf zu seiner Verfügung. Jeremy wollte sich von dem höllischen Anblick abwenden, um die eingetrocknete Hirnmasse nicht zu sehen, die den Sessel hinter seinem Kopf verklebte, und das Summen der eifrigen Fliegen nicht zu hören, aber für einen Augenblick war er wie gebannt. Er starrte Mr McLeish an, sein wächsernes Fleisch, den bläulichen Schimmer seiner Haut, marmoriert von bleifarbenen Adern, und versuchte stattdessen den jovialen, rotgesichtigen Mann zu sehen, den er zu kennen und zu mögen geglaubt hatte. Aber dieser Mann war nicht da. Da war nichts als das Einschussloch, keine Spur von dem Menschen, der einmal um das Loch herum gelebt hatte. Der Gestank war überwältigend, und Jeremy presste die Hand auf den Mund, um den Bann dieses Albtraums zu brechen.

Dann hörte er es. Ein zartes Rascheln aus dem Nachbarzimmer. Ein ersticktes Wimmern, ein hastiges »Sschh«. Der Adrenalinstoß hätte ihn beinahe umgeworfen, und dann lief die Zeit langsamer. Die Sekunden, die er brauchte, um das Zimmer zu durchqueren, fühlten sich an wie ein Menschenleben. Die Dinge um ihn herum nahmen eine beängstigende Klarheit an: das Muster der Tapete, die Wirbel des Teppichs, der grüngelbe Wellensittich, der starr in seinem Käfig lag. Es gab keine Gelegenheit für Überraschung, keine Chance für Verstohlenheit, also ging er geradewegs ins Schlafzimmer, und die Szene, die sich ihm bot, verschlug ihm den Atem.

Die Vorhänge waren zugezogen, und im Zwielicht sah er seine Tochter auf dem Bett, gefesselt und hilflos, mit einem Lappen im Mund, die Augen weit aufgerissen und blicklos vor Angst, das Gesicht verschmiert von Tränen und Rotz – aber sie war am Leben. Es war unerträglich heiß im Zimmer – eine zweite Elektroheizung spuckte Hitze wie ein Hochofen –, und ihr Haar lag in verfilzten, schweißfeuchten Strähnen auf ihrer Stirn. Eine Erinnerung flackerte hinter seinen Lidern – Emily –, und ihm kamen die Tränen. Er streckte die Hand aus, als wollte er ein verängstigtes Tier beruhigen, und machte einen Schritt auf das Bett zu.

»Nicht!«

Die Stimme klang fest und ruhig, und als er sich umdrehte, sah er Ben im Halbdunkel stehen.

»Ben …«

»Fass sie nicht an. Sie ist nicht von dieser Welt.«

Er trat in das Licht, das zur Tür hereinfiel, und sah aus wie immer: freundlich, mit einem Halblächeln auf den Lippen. Aber der Wahnsinn seiner Worte strafte sein Äußeres Lügen.

Jeremys Blick fiel auf das Gewehr, das auf Lucy gerichtet war. Auf sein kleines Mädchen. Es sah aus wie das alte .22er seines Vaters, und Jeremy wusste, welchen Schaden es anrichten konnte. Das Grauen im Nachbarzimmer legte Zeugnis davon ab.

Die Angst schnürte ihm die Kehle zu und ließ seine Stimme brechen. »Ben, das darfst du nicht tun. Es ist nicht die Antwort. Du musst Lucy gehenlassen.«

Er bemühte sich um einen ruhigen, gleichmütigen Ton, in dem auch Ben redete, als wären sie zwei alte Freunde, die über die alten Zeiten plauderten, als wäre dies die normalste Situation der Welt.

»Sie ist nicht mehr Lucy«, antwortete Ben, und Jeremy sank das Herz in die Hose.

Auf dem Nachttisch lag ein Messer, ein Küchenmesser mit langer Klinge und scharfer Spitze. Jeremy sah es an und fragte sich, ob er es rechtzeitig erreichen könnte. Aber Ben las seine Gedanken, und sein Blick ging in die gleiche Richtung. Entspannt näherte er sich dem Bett, ließ das Gewehr kurz sinken und nahm das Messer vom Nachttisch, um es in die Jackentasche zu stecken. Jeremy taxierte seine Chancen in dem Sekundenbruchteil, in dem das Gewehr heruntersank, aber er wäre zu langsam, und Ben war zu nah bei Lucy, um dieses Risiko einzugehen.

»Ben, bitte …« Seine Stimme klang flehentlich. Die Verzweiflung ließ ihn winseln, und ein Echo der Vergangenheit erfüllte das Zimmer. »Bitte, Ben, sie ist doch noch ein kleines Mädchen – du willst ihr nicht wehtun. Bitte lass sie gehen.«

Leidenschaftslos betrachtete Ben das Kind auf dem Bett.

»Ich kann ihr nicht wehtun, nicht mehr. Alles, was passieren wird, ist schon passiert.«

Er legte den Kopf zur Seite und sah Jeremy an. Seine Ruhe war zermürbend, ein Eiszapfen, der am Rückgrat schmolz.

»Es ist deine Schuld, weißt du. Du warst gewarnt, du hattest die Chance, nach Hause zu fahren, aber du hast sie nicht genutzt. Ich hätte dir nicht klarer sagen können, dass du hier nicht willkommen bist, aber du wolltest nicht gehen. Du hättest alles aus der Welt schaffen können, aber stattdessen musstest du sie zurückbringen.«

Ben nickte, als ob er etwas Unhörbarem zustimmte. »Ja, es ist alles deine Schuld. Du hattest die Chance, es in Ordnung zu bringen, aber nein, du wolltest nicht. Ich habe dich gebeten, ich habe dich angefleht, etwas zu tun, als du mir ihr Bild das erste Mal gezeigt hast, aber du hast nicht zugehört. Du hast gesagt, ich solle es vergessen und es sei nichts geschehen.«

»Ben, wovon redest du?«

Bens wohlwollende Miene zerbröckelte, und seine Stimme bekam einen anklagenden Ton. »Versuch nicht, es zu leugnen. Du hast sie heraufbeschworen, indem du zurückgekommen bist, deshalb war es deine Sache, dafür zu sorgen, dass sie wieder verschwindet. Ich weiß nicht, warum du das nicht sehen konntest, warum du nicht verhindert hast, dass all das passiert.«

»Heraufbeschworen ...?«

Die Frage erstarb auf Jeremys Lippen, als er begriff, dass Ben sie für Emily hielt, die kleine Em. An jenem Tag bei ihm zu Hause hatte er von *Lucy* gesprochen, nicht von Laura – von Jeremys Schwester, nicht von seiner eigenen. Er hatte von dem Foto gesprochen, das er auf dem Telefon gesehen, nie von dem Kuss in der Küche, den er gar nicht gesehen hatte.

»Sie ist eine Erscheinung. Wusstest du das nicht?«

Einen Moment lang glitzerte Bens Psychose in seinen Augen, die ein Fenster zum Wahnsinn waren. Sein prekärer Halt in der Wirklichkeit war gebrochen, und er trieb verloren in der Welt seiner eigenen Wahnbilder. Es war das, was Laura gesagt hatte, aber niemand hatte zugehört. Jeremy wusste, er durfte ihn nicht herausfordern, ihn nicht aufbringen. Das würde alles nur noch schlimmer machen. Also hob er die Hände, vorwärtsgewandt, beschwörend, demütig.

»Ich weiß nicht, was du von mir willst. Ich bin hier, um

zu reden. Was immer du willst, wir können es klären, ohne dass irgendjemandem ...« Seine Stimme stockte. »... ohne dass irgendjemandem etwas passiert.«

Es war, als hätte er gar nicht gesprochen.

»Wenn ich den Kopf schnell drehe, sehe ich das Wasser über ihr. Sie verbirgt es gut, aber ich weiß, es ist noch da.«

Ben drehte den Kopf ruckartig hin und her, warf einen flüchtigen Blick auf Lucy und schaute wieder weg. Das tat er mehrmals, und Jeremy beobachtete ihn mit einem immer tieferen, animalischen Entsetzen über das Ausmaß seines Irrsinns.

»Los, Alter, versuch es«, sagte Ben. »Dann siehst du es auch.«

Jeremy bewegte sich nicht, und plötzlich kreischte Ben los. »Scheiße, du sollst es versuchen, habe ich gesagt! Du sollst sehen, was ich sehe!«

Zum ersten Mal verlor er die Kontrolle. Gehorsam drehte Jeremy den Kopf hin und her. Von der Bewegung wurde ihm schwindelig. Jedes Mal sah er Lucys starren Blick, und jedes Mal wurde das Bedürfnis, Ben zu töten, stärker. Sein alter Freund war wie eine namenlose Kreatur aus einem Albtraum. Nicht sein Vater. Er.

»Ich wollte nicht, dass es passiert«, sagte Ben zu dem verängstigten Kind auf dem Bett. »Ich habe versucht, dich zu retten, ich habe versucht, dich aus dem Wasser zu ziehen und dich wiederzubeleben. Das weißt du. Warum also tust du mir das an?«

Ein angstvoll flatternder Laut drang durch den Lappen, der Lucys Mund verstopfte.

»Widersprich mir nicht! Du weißt, es ist die Wahrheit.«

Er wandte sich zu Jeremy um. »Hör nicht auf sie, sie will uns austricksen. Darin sind sie schlau.« Er stieß mit dem Gewehr in seine Richtung. »Sieh sie an, sieh dir an, was sie ist, was für eine Kreatur sie geworden ist.«

Lucy schaute ihrem Vater beschwörend in die Augen, und er wusste nicht, wie er je an seiner Liebe hatte zweifeln können.

Ben sah seine Tränen, und plötzlich schmolz seine Stimme, wurde weich vor Mitgefühl. »Nicht, Jay. Jetzt komm, reg dich nicht auf. Siehst du nicht, dass es so am besten ist? Sie muss dahin zurück, wo sie hergekommen ist. Ich weiß, du hast sie geliebt und das alles, aber das ist nicht die Antwort. Ich kann nicht zulassen, dass sie hierbleibt und den Leuten erzählt, was ich getan habe. Es wird Zeit, dass sie wieder ins Wasser zurückkehrt.«

Erst jetzt drang Jeremy das Geräusch eines laufenden Wasserhahns aus dem benachbarten Badezimmer ins Bewusstsein. Das Geräusch einer überfließenden Badewanne, des Wassers auf dem Boden, und ihm wurde klar, dass Ben nicht vorhatte, Lucy zu erschießen. Er wollte sie ertränken. Das Grauen, das er an dem Abend empfunden hatte, als er sie badete, kehrte mit Macht zurück, das Bild ihres Gesichts unter Wasser und mit ihm das irrationale Gefühl, dass er es hatte geschehen lassen, dass er irgendwie einen Blick in die Zukunft geworfen hatte. Sein Bedürfnis nach Schuld, sein ich-besessener Wunsch, dass alles seine Schuld sein möge, drängten in den Vordergrund. Aber dicht auf den Fersen dieses Gedankens kam ein zweiter: Diesmal konnte er etwas ändern. Diesmal konnte er verhindern, dass das Furchtbare passierte.

Ohne Zögern senkte Jeremy die Schulter und stürzte sich auf Ben. Der Schrei, der sich in seiner Kehle gestaut hatte, brach hervor und zerriss die glühende Luft, und er sah, wie Ben erschrak und wie seine Pupillen sich weiteten. Die Zeit lief langsamer, und Jeremy sah, wie er das Gewehr hob, und in diesen Augenblick wusste er, er hatte versagt. Zum zweiten Mal hatte er es nicht geschafft, sie zu beschützen.

Der Schuss aus nächster Nähe klang ohrenbetäubend, viel lauter, als Jeremy es erwartet hatte. Ein Adrenalinstoß und ein körperliches Empfinden zerrissen ihm das Trommelfell. Seine Augen schlossen sich, und er wartete auf den Schmerz, der nicht kam. Stattdessen stürmte eine Gestalt an ihm vorbei und stieß ihn zur Seite. Langsam hob er den Kopf und öffnete die Augen, und er sah Ben, der sich beide Hände an den Hals drückte, die Augen weit aufgerissen. Dickflüssiges dunkles Rot quoll zwischen seinen Fingern hervor, und die eine Seite seines Unterkiefers war schwarz und rot gesprenkelt. Unter seinen Händen sah Jeremy einen Brei aus violettem Fleisch, vermengt mit dem zerfetzten Stoff seines Kragens. Das alles sah er in dem Sekundenbruchteil, bevor Bens Bruder ihn erreichte. Mark warf sein Schrotgewehr zur Seite und fing Ben mit beiden Armen auf, bevor er krachend zu Boden fallen konnte. Mit einem Mal verstand Jeremy, und er stürzte zum Bett, riss Lucy an sich und drückte ihr Gesicht an seine Brust, um den Anblick vor ihren Augen zu verbergen.

»Lucy, Lucy! Ich bin ja hier. Daddy hält dich fest, du bist in Sicherheit.«

Er hob sie vom Bett und drückte sie weiter an sich, als er sie aus dem Zimmer trug, vorbei an dem toten alten Mann, der zusammengesunken im Wohnzimmer saß, weiter in den sicheren Korridor. Erst jetzt zog er den Lappen aus ihrem Mund und löste mit fummelnden Fingern ihre Fesseln. Lucys Mund öffnete und schloss sich, aber kein Laut kam heraus, und einen entsetzlichen Augenblick lang fürchtete Jeremy, die Geschichte wiederhole sich und sie könne nicht mehr sprechen. Dann begriff er. Der Knall der Schrotflinte so nah an seinem Gesicht hatte ihn taub gemacht. In seinem Kopf hallte es wie von einer riesigen Glocke, und es fühlte sich an, als habe er Watte in den Ohren.

»Daddy ist hier, Lucy, es ist vorbei. Du bist in Sicherheit, mein Schatz.«

Er brüllte und wiegte sie in den Armen, und seine eigenen Tränen flossen ungehindert.

»Du bist in Sicherheit, er kann dir nichts mehr tun.«

Durch das Klingeln in seinen Ohren hörte er das gedämpfte Klagen der Polizeisirenen. Er spürte die Vibrationen von schweren Schritten auf der Treppe und schloss die Augen, hielt seine Tochter im Arm.

Es war vorbei – sein Zögern in der Liebe zu ihr, seine Angst vor ihr und um sie, all das war vorbei. Es war nicht mehr wichtig, dass er sich nicht erinnern konnte, dass er sich vielleicht nie mehr erinnern würde, was er an jenem Tag gesehen hatte. Wichtig war nur, dass er es diesmal getan, dass er gerettet hatte, was er liebte.

EPILOG

Der Wald roch grün und lebendig, und die Sonnenstrahlen, die den Weg durch das hohe Blätterdach fanden, waren von Chlorophyll gefärbt. Sie durchfluteten das Unterholz und die Zwischenräume zwischen den Bäumen mit ihrem grünen, wässrigen Licht, das sich immer wieder kräuselnd veränderte, wenn das Laubdach sich im Wind bewegte. Winzige Insekten tanzten funkelnd in den Strahlen und schwammen in der Luft wie Baumplankton. Die Schösslinge und tiefhängenden Ranken, die Stechpalmenbüsche und der moosbedeckte Boden dämpften jedes Geräusch, und dem Jungen war, als watete er durch eine Unterwasserwelt.

Das Ganze hatte als Jux angefangen: Sie hatten das kleine Mädchen mit Geschichten vom großen bösen Wolf aufgezogen und ihre Angst vor der altehrwürdigen Geschichte genossen, aber dann war es außer Kontrolle geraten, und bald jagten sie sie über die Felder und weideten sich an ihrer Angst. Er erinnerte sich noch, wie es sich angefühlt hatte. Das befreiende Vergnügen daran, ausnahmsweise derjenige zu sein, der die Angst weckte, und nicht der, den sie packte. Aber dann war sie in Panik geraten und in den Wald gerannt, und als sie gerufen hatten, sie solle stehen bleiben, hatte sie es ignoriert. Sie hatte den Pfad verlassen und war ins dichte Dornendickicht gerannt, sie hatte sich durch das Unterholz gekämpft, und die Angst hatte ihre Flucht beflügelt. Sie waren ihr gefolgt, hatten ihren Namen gerufen, aber im kniehohen Gestrüpp hatten sie sie verloren. Jay hatte geschrien und geschrien, und Panik hatte sich in seine Stimme geschlichen, aber der Wald hatte seine Worte verschluckt. Sie hatten die Ohren gespitzt und gelauscht, ob das Mädchen vielleicht antwortete, aber zurückgekommen war nichts als der Klang der Stille.

Sie hatten Mark und David auf der Lichtung gesehen, wo die Seilschaukel der Jungen lustlos von den Bäumen baumelte. Sie saßen auf einem moosbedeckten alten Baumstamm und lachten und alberten mit zwei Mädchen herum, während ihre Fahrräder verlassen auf dem Boden lagen, Pedale und Räder schamlos gespreizt. Die Mädchen sahen zerzaust aus, kichernd und mit roten Gesichtern, und in der Luft hing Zigarettenrauch und das Wispern der Pheromone. Der sexuelle, unausgesprochene Subtext machte den Jungen verlegen, und er wollte sich unbemerkt vorbeischleichen, aber Mark bemerkte die Gruppe und rief ihnen zu: »Hey, Bruder, wo wollt ihr denn so schnell hin, du und deine kleinen Kumpel?«

Jay erklärte ihm, sie suchten nach Emily, sie hätten sie in den Wald gejagt.

»Okay, wir halten die Augen offen«, sagte Mark und legte den Arm nachlässig um Sallys Schultern, aber der Junge wusste, dass sie es nicht tun würden. Er erkannte es daran, wie das Geheimnis um sie herum sich wieder geschlossen hatte, als die Kleineren weitergelaufen waren. Er erkannte an Sallys kicherndem »Hör auf!«, dass sie in Gedanken schon wieder bei anderen rätselhaften Dingen waren.

Mit bleichem Gesicht und voller Angst war Jay schließ-

lich nach Hause gelaufen, um seinen Eltern alles zu erzählen, und Nathan und Ben hatte er allein zurückgelassen. Bald hatte auch Nathan das Interesse verloren – wie er es immer tat –, und jetzt war nur noch Ben allein zwischen den Bäumen. Er war noch nicht bereit, nach Hause zu gehen. Das war er nie. Stattdessen ging er immer tiefer in den Wald hinein. Die Bäume schienen sich über ihn zu beugen. Sie schlossen ihre Reihen zu Streifen aus Licht und Schatten, aber Ben hatte keine Angst. Die anderen liefen selten so tief in den Wald hinein, aber er schon. Oft war er diesem verborgenen Pfad bis zum See gefolgt, mit Scotty an seiner Seite.

Der Gedanke an seinen kleinen Hund schlang einen Knoten in seine Eingeweide, und etwas Dunkles, Blutiges schwamm hinter seinen Augen. Sein Herz fing an zu rasen, durchtränkt von einem Gefühl, das zu komplex war, um Zorn genannt zu werden, zu qualvoll, um Schmerz zu heißen. Eines Tages würde er mit seinem Vater machen, was dieser Drecksack mit seinem Hund gemacht hatte. In manchen Nächten waren seine Träume erfüllt von Scottys Winseln, als der Lauf sich an sein Auge presste, und dann erwachte er vom Knall des Schusses aus dem Gewehr seines Vaters und roch den beißenden Pulverdampf in der Luft. In manchen Nächten stieg das Bild der letzten Zuckungen aus der Dunkelheit zu ihm herauf und brannte sich in seine Netzhaut. Jetzt glaubte er zu wissen, wie Hass sich anfühlte, und das war ein Geheimnis, das er seinen Freunden niemals anvertrauen würde. Seine Hände steckten tief in den Taschen seiner Shorts, aber seine Finger zuckten erwartungsvoll. Fast fühlte er den Stahl des Abzugs.

Als er sich dem See näherte, hörte er gedämpfte Stimmen, und er wurde langsamer. Er war nicht sicher, ob er seinem Bruder noch einmal über den Weg laufen wollte, jedenfalls nicht, solange die Erinnerung an Scotty noch frisch in seinem Herzen war. Er hatte Mark noch nicht verziehen. Sein Bruder hatte nicht versucht zu helfen. Er hatte bloß ebenso geschockt und verängstigt dagestanden wie Ben, während ihr Vater ihn quälte.

Wieder umfing ihn die Stille, und vorsichtig ging er weiter. Als er sich dem See näherte, sah er zwei Gestalten, seinen Bruder und Sally, die an einer Eiche lehnten, nicht weit von dem baufälligen Vogelbeobachtungsversteck. Er stand da und sah zu, wie sein Bruder die Hand unter Sallys T-Shirt schob und mit tastenden Fingern die Wölbung ihrer Brust nachfühlte. Er sah zu, wie ihre Münder sich fanden. Er sah das Flackern der Zungen und das nasse Glänzen des Speichels, und bittere Galle stieg ihm in die Kehle. Er wollte nicht zusehen, aber sein Blick wurde von ihnen angezogen und gefesselt von dem, was er sah, und er verspürte Erleichterung, als Sally seinen Bruder plötzlich von sich stieß und lachte. Schließlich wandten die beiden sich von dem See ab und verschwanden zwischen den Bäumen. Ben stand da mit einem kribbelnden Gefühl in seinen enggewordenen Shorts – das gleiche Gefühl hatte er jetzt manchmal auch morgens –, und während er dieses Gefühl mochte, hasste er es doch auch, denn es ließ ihn an seinen Vater denken und an die scheußlichen Dinge, die er mit Laura anstellte, wenn er dachte, dass niemand ihn sah oder hörte.

Als er sicher war, dass das Paar verschwunden war, ging er hinunter zum Seeufer. Er hatte keine Ahnung, wohin er wollte oder warum – er wusste nur, er wollte nicht nach Hause. Er ging an den Überresten der Vogelhütte vorbei, von der nicht mehr als ein Gestrüpp geflochtener Zweige übrig war, und dabei hörte er ein Geräusch aus dem Unterstand, ein leises Ausatmen. Er blieb stehen und wartete, bis er es noch einmal hörte, das zittrige Geräusch angstvollen Atmens. Sein Puls machte einen Satz. Vielleicht, vielleicht war es Emily. Er könnte der Held sein, der, von dem sie alle redeten, der, der sie wohlbehalten nach Hause brachte. Er malte sich aus, wie Jays Mutter ihn in einer dankbaren Umarmung an sich zog und festhielt, wie sie es mit Emily immer tat.

Sein elfjähriges Herz krampfte sich plötzlich zusammen, als ihm der Verlust der Mutter ins Bewusstsein kam, an die er sich kaum erinnern konnte, und einen Augenblick lang stand er da und versuchte, ihr sanftes Lächeln vor seinem geistigen Auge heraufzubeschwören. Eine Zeit lang hatte sie in Gestalt eines Engels weitergelebt, den er in den dunklen Ecken seines Zimmers manchmal sah. Ab und zu hatte er mit ihr gesprochen, aber bald war ihm klar geworden, dass sie zwar vielleicht zuhörte und in seinem Kopf sogar mit ihm sprach, aber dass sie nichts tat, um die Kinder vor ihrem Vater zu beschützen.

Ben schüttelte den Kopf und verhärtete sein Herz. Er war kein Baby mehr – daran erinnerte sein Vater ihn oft genug –, und deshalb sollte er sich auch nicht mehr nach mütterlicher Liebe sehnen. Er sollte das dunkle Reißen der Eifersucht nicht mehr fühlen, das er manchmal angesichts seiner Freunde verspürte.

Langsam näherte er sich dem Unterstand. Ein Zweig knackte unter seinem Fuß, und er hörte ein gedämpftes Schluchzen, einen feuchten kleinen Schluckauf, bei dem er an sich selbst in der Nacht denken musste, wenn er sich die Steppdecke über den Kopf zog, und Wut und Scham rieselten ihm über den Rücken. Sie hatte keinen Grund, Angst zu haben. Sie war ein komisches kleines Ding, aber jeder hier liebte Emily. »Ein Engelchen«, hatte jemand sie einmal genannt. Wenn jemand ein Recht darauf hatte, Angst zu haben, dann war er es, nicht sie.

Dieser Gedanke machte ihn böse, und er schob die Hand durch den Fensterschlitz. »Kleines Schwein, kleines Schwein, lass mich rein«, rief er.

Der Schrei des Kindes überraschte ihn. Er war laut und schrill und begleitet vom plötzlichen Aufflattern der Vögel in den Bäumen. Ben wippte auf den Fersen zurück, und er verlor das Gleichgewicht, als etwas Rotes erschrocken aus dem Verschlag an ihm vorbei und zum See rannte. Er rappelte sich auf.

»Emily, warte! Emily, ich bin's, Ben!«

Blinde Panik trug das Mädchen ans Ufer, wo Moos und ein Gestrüpp aus Binsen und Seegras die Grenze zwischen Erde und Wasser maskierten. Wie angewurzelt blieb sie stehen, gefangen zwischen der Wasserfläche und dem Jungen in ihrem Rücken. Sie fuhr herum und starrte ihn an, und Angst blitzte in ihren Augen. Ben betrachtete sie von Kopf bis Fuß und streckte vorsichtig eine Hand aus.

»Emily, ich bin's, Ben. Bleib, wo du bist, beweg dich nicht, bis ich bei dir bin.«

Er schaute ihr ins Gesicht, wo die Angst flackerte, während ihr Blick hin und her huschte wie der eines in die Enge getriebenen Tiers.

Ben spürte, wie etwas in ihm auf ihre Angst reagierte, sich entfaltete und tief in seinem Innern zu winden begann. Er war plötzlich wie der See: ruhig und klar an der Oberfläche, aber darunter ein dunkles Gewirr von Emotionen wie das Seegras. In einem blendenden Augenblick der Klarheit verstand er seinen Vater. Er verstand, wie er sich fühlte, wenn er seine Zigarette dicht an Bens Gesicht hielt oder den Abdruck seiner Hand auf seiner Wange hinterließ. Was er nachts mit Laura tat, bis sie schluchzte, und wenn er schließlich abdrückte und das Leben des armen Scotty beendete. Es war Macht, und jetzt fühlte Ben es auch. Er war zu jung, zu unerfahren, um den Namen dafür zu kennen, aber da war es in Emilys geblähten Nasenflügeln, im nackten Entsetzen in ihren Augen. Er hatte Macht über sie. Er konnte sie auf den Arm nehmen und wohlbehalten nach Hause tragen, oder er konnte sie den letzten Schritt ins tiefe, dunkle Wasser tun lassen.

Emily wimmerte. Der kraftlose Klagelaut gab Bens Machtgefühl neue Nahrung. Bösartigkeit umschlang sein Herz wie ein dunkles Wesen. Anders als er wurde sie geliebt und geschätzt, aber wenn er wollte, konnte er ihr das alles nehmen. Wieso hatte sie es verdient, aber nicht er? Wenn er verschwände, würde ihn wahrscheinlich niemand suchen kommen, und niemand würde den Wald durchkämmen, um ihn sicher nach Hause zu bringen. Er machte einen Schritt auf sie zu und sah, wie ihr Fuß – der, an dem der Turnschuh fehlte – gleichzeitig einen Schritt rückwärts machte. Langsam schluckte der Schlamm ihre Ferse, und das kalte Wasser färbte ihren Strumpf braun, als der Fuß unter Wasser verschwand. Ihre Augen weiteten sich überrascht, und sie riss die Arme hoch, um das Gleichgewicht nicht zu verlieren. Aber Ben rührte sich nicht von der Stelle. Er könnte, wenn er wollte, er brauchte nur einen Schritt vorwärts zu tun und ihren Arm zu packen. Stattdessen blieb er wie angewurzelt stehen. Er sah, wie sie langsam hintenüberkippte und ihre Finger sich panisch in die Luft krallten. Er sah, wie sie die Grenze passierte, hinter der es kein Zurück mehr gab, wie ihre Knie einknickten und sie rückwärts in den See fiel. Sie gab kaum einen Laut von sich, was ihn überraschte. Nur ein angstvolles Luftschnappen und ein leises Klatschen, und dann schlug das Wasser über ihrem Gesicht zusammen, und ihr Haar breitete sich in goldenen Strähnen nach allen Seiten aus. Starr stand er da und sah zu, wie sie panisch mit den Armen um sich schlug und ihr Körper sich aufbäumte und gegen das Wasser kämpfte. Er sah zu, wie ihre Bewegungen langsamer wurden, wie eine kleine Kette von winzigen Bläschen zwischen dem Seegras an der Oberfläche zerplatzte.

Als Emily sich nicht mehr bewegte, erwachte Ben aus seiner Trance. Er sprang zum Rand des Wassers und fiel auf die Knie, und seine Hände wühlten im Schlamm. Er packte einen Fuß und zog daran, aber seine Hand hob nur einen Turnschuh aus dem Wasser, schlammverschmiert und verdorben. Die Lichter im Absatz blinkten deplatziert in Grün und Rot. Panik verzehrte ihn, als er die Hand immer wieder ins Wasser tauchte, bis er schließlich einen schlanken Fußknöchel zu fassen bekam. Diesmal hielt er fest und zog das Mädchen aus dem Wasser ans Ufer.

Er schaute ihr ins Gesicht, sah die kleinen Wellen, die noch an ihrer Wange leckten, und sein Herz trommelte einen Wirbel des Entsetzens an seinen Rippen, so laut, dass er den Widerhall zwischen den Bäumen hören konnte. Ein Grabläuten. Das hatte er nicht gewollt. Niemals, niemals hatte er ihr etwas antun wollen. Er sah die halbgeschlossenen Augen, Schlitze von blicklosem Weiß, und er fürchtete, sie sei tot.

Trotzdem versuchte er, sie aufrecht zu ziehen, und schüttelte ihre Schultern, als könnte er sie mit blanker Gewalt wieder ins Leben zurückholen. Fauliges Wasser tröpfelte in einem Rinnsal aus ihrem halb offenen Mund, und der

Kopf rollte auf der Brust hin und her, und Ben wusste, alles Wünschen würde sie nicht in die Welt zurückholen. Er ließ sie wieder in den Schlamm zurückfallen. Ihr Haar klebte verfilzt am Kopf, und er schluchzte, dass ihm fast das Herz zerriss. Sein Inneres zog sich zusammen, seine Gedärme spannten und lockerten sich, und einen angstvollen Augenblick lang glaubte er, er werde sich hier im Wald besudeln. Er war nicht mehr wütend, er war erfüllt von Angst und Scham. Er war böse, schlimmer noch als sein Vater, und einen wilden Augenblick lang dachte er daran, sich in den See zu stürzen und sich von diesem Wasser ebenfalls verschlingen zu lassen. Aber stattdessen blieb er, wo er war, schluchzend über dem schlaffen Körper des Mädchens, und drückte den schlammigen Turnschuh an seine Brust.

Noch immer raschelte der Wind in den oberen Zweigen, die Vögel sangen ihr Lied, und dort, am See im Wald, schauten stumm die Bäume zu. Der Wald war alt, und der Rhythmus von Leben und Tod klang ungehört in der blättrigen Stille.

Sally stürmte auf die Lichtung am See, ohne auf die Dornen zu achten, die an ihren Kleidern zerrten. Ihre Augen waren geschwollen von unvergossenen Tränen, und zwei rote Flecken brannten auf ihren Wangen. Sie hörte Mark hinter sich.

»Warte doch, Sal! Ich hab's nicht so gemeint, ehrlich nicht!«

Sie blieb nicht stehen, denn sie wusste, er hatte es sehr wohl so gemeint. Sie hatte gesehen, wie er Rebecca im Unterricht mit den Blicken verfolgte und wie er ihre Schulbluse angestarrt hatte, wo sie sich über den Brüsten spannte. Sie hätte nie so dumm sein sollen, sich von ihm küssen zu lassen – und noch mehr. Jetzt würde er wahrscheinlich mit seinen Kumpeln darüber lachen, und zwar auf ihre Kosten. In ihrer Aufregung und in ihrem Drang, ihm zu entkommen, bemerkte sie den Jungen am Wasser nicht, und das Dröhnen in ihren Ohren übertönte sein gedämpftes Klagen. Sie rannte weiter, den Pfad entlang bis zu dem Weg, der aus dem Wald hinausführte.

Mark sah ihr nach, bis sie verschwand, und hörte auf zu rennen. Nachlaufen würde er ihr nicht. Himmel noch mal! Er hatte nur gefragt, ob Becky Stephens am Samstag auf die Party kommen würde. Er hatte sich nichts weiter dabei gedacht, und deshalb hatte sie keinen Grund, gleich auszuflippen. Noch als der Gedanke Gestalt annahm, wusste er, dass es nicht stimmte. Becky war das Mädchen, das seine Tagträume ausfüllte und seine nächtlichen Fantasien befeuerte. Sally war nur williger.

Er blieb vollends stehen und stützte die Hände auf die Knie, um zu Atem zu kommen, und da hörte er ein Geräusch, das ihm so vertraut war wie seine eigene Stimme. Ein Geräusch, das in der Stille des Waldes nichts zu suchen hatte, ein Geräusch, das ihn manchmal im Schlaf verfolgte. Er drehte sich um und schaute zum See hinunter, wo das erstickte Schluchzen herkam, und da, am Rand des Wassers, sah er eine kleine Gestalt, die sich über etwas beugte, das am Ufer lag. Etwas Rotes blitzte dort auf, und sofort dachte er an ein Tier, das langsam im Wald verendete. Er dachte an den schrillen Schrei, den er vor einer Weile gehört hatte, den Schrei eines armen Geschöpfs, das von seinem Schicksal ereilt wurde. Ein liebevolles Lächeln erstrahlte auf seinem Gesicht und milderte seine scharfen Gesichtszüge für einen Moment: Sein kleiner Bruder konnte manchmal ein solcher Softie sein.

»Hey, Ben, was ist los, Alter? Was hast du diesmal gefunden?«

Als er näher kam, erstarben die Worte in seiner Kehle, und sein Verstand bemühte sich zu verstehen, was er da vor sich sah. Ein Kind lag reglos am Seeufer, und sein Bruder kniete schluchzend davor. Angst lief ihm kalt über den Rücken.

»Ben?« Seine Stimme klang fremd durch den stillen Wald und hallte von den Bäumen wider. »Ben …«

Ben wandte seinem Bruder ein schmutziges, tränenüberströmtes Gesicht zu. Zwischen Schluckauf und Schluchzen hörte Mark Worte, aber sie waren ohne Bedeutung.

»Sie ist tot, und ich hab's getan … Markie, ich habe sie ertränkt …«

Der ältere Junge schaute das Mädchen auf dem Boden an, die blau-weiße, bleiche Haut, und seine Seele schrumpfte zusammen. Ein Teil seiner selbst spürte instinktiv die Abwesenheit des Lebens, und als er seine Stimme wiederfand, klang sie schrill und rau.

»Verdammt, Ben, ist das Emily? Was ist mit ihr, was ist passiert?« Die Panik ließ sein Blut pochen, als er seinen verzweifelten Bruder ansah. »Antworte mir, Ben! Was redest du da, du hast sie ertränkt? Scheiße, Junge, so was darfst du nicht mal sagen!«

Ben starrte seinen Bruder stumm an.

»Ben, sprich mit mir! Verdammt, was ist passiert?«

»Ich war das, ich habe es getan, Markie, ich habe sie in den See gestoßen.« Angst und Schock ließen seine Zähne klappern, und ein Tremor schüttelte seinen Körper. »Ich habe das getan. Ich habe sie ermordet!«

Unglaube machte ihn dumm, und sein Verstand raste ihm voraus und versuchte zu verstehen, was er da hörte.

Er sah das Entsetzen im Blick seines Bruders, und Liebe, Angst und Wut verschmolzen miteinander. Er stapfte hin und her. Die Erregung machte es ihm unmöglich still zu stehen.

»Scheiße, Scheiße …« Er musste nachdenken.

Der Drang wegzulaufen war übermächtig, aber so gern er so getan hätte, als hätte er nichts davon gesehen, er wusste doch, er konnte seinen Bruder nicht im Stich lassen. Er musste versuchen, die Sache in Ordnung zu bringen. Schließlich blieb er stehen und drehte sich zu seinem Bruder um.

»Ben, was zum Teufel hast du getan?«

Noch als die Worte über seine Lippen kamen, wusste Mark, was immer Ben sagte, er konnte diese Tat nicht absichtlich begangen haben, und er würde nicht zulassen, dass man seinem Bruder die Schuld gab. Ben war unfähig, einen Vogel zu schießen, vom Mord an einem Kind ganz zu schweigen.

Er zwang sich, das Mädchen noch einmal anzusehen. Vielleicht, ganz vielleicht, war sie ja gar nicht tot. Seine Glieder waren gelähmt, aber er zwang sie, sich zu bewegen. Er kniete sich in den Schlamm und streckte eine Hand nach dem Mädchen aus. Alles in ihm schreckte davor zurück, aber mit seinen Fingerspitzen strich er über die leblose Haut ihres Gesichts. Er drückte auf ihre Wange und beobachtete dabei ihre Augen, aber ihre Lider flackerten nicht, und die weißen Streifen, die ihm Gänsehaut machten, veränderten sich nicht.

»Komm schon, Emily, wach auf!«

Er packte sie bei den Schultern und schüttelte sie. »Komm, Emily – bitte!«

Die Bewegung ließ ihren Kopf wieder ins Wasser rollen,

und ihr Gesicht tauchte unter. Keine Luftblasen kamen aus ihrer Nase oder ihrem halb offenen Mund, ihr Gesicht blieb ausdruckslos wie eine Maske, und Mark wusste, es gab für ihn nichts mehr zu tun. Er hatte den Tod auf dem Hof schon oft gesehen, und er kannte die Anzeichen. Trotzdem zerrte er sie aus dem Wasser, drückte die Hände auf ihre Brust und drehte sie auf die Seite, wie er es im Fernsehen gesehen hatte – es war hoffnungslos.

Er war sechzehn Jahre alt, und er hatte seit Jahren nicht mehr geweint, aber jetzt spürte er, dass die Tränen sich unter seinen Lidern hervordrängten. Visionen von Polizeiwagen und Männern in Uniform trieben vor seinen Augen vorbei, und sein Bruder wurde weggeschleppt, erst vors Jugendgericht, dann ins Gefängnis. Das durfte er nicht zulassen. Der arme kleine Scheißer hatte genug zu tragen, und so etwas würde er niemals überleben.

Mark sah sich im stillen Wald um. Niemand war hier, und er war sicher, dass Sally nichts gesehen hatte. Sie war zu wütend auf ihn, um irgendetwas anderes zu bemerken. Das Einzige, was ihm einfiel, war, einfach davonzuspazieren und den Mund zu halten. So zu tun, als wäre nichts passiert. Niemand brauchte je zu erfahren, dass sie hier gewesen waren. Er ließ das Mädchen auf den Rücken fallen, halb im Uferwasser – und die ganze Zeit schluchzte und heulte Ben, bis Mark befürchtete, sein Kopf könnte platzen.

»Hör auf zu weinen, und hör mir zu, Ben. Das hier hat nichts mit uns zu tun, und wir sagen zu niemandem ein Wort. Wir gehen jetzt weg, und wir werden nie wieder darüber sprechen, nie wieder. Verstanden? Emi …« Er scheute davor zurück, ihren Namen auszusprechen. »Sie ist in den See gefallen und ertrunken, okay? Egal, was du glaubst,

getan zu haben – so ist es passiert. Sie ist gestolpert und ertrunken, und das ist die Wahrheit, okay?«

Ben schluchzte immer noch, und Mark schob sein Gesicht dicht vor das seines kleinen Bruders. Er musste ihn dazu bringen aufzuhören, denn sonst würde sein Vater oder ihre Tante merken, dass etwas nicht stimmte.

»Hör auf zu schniefen, hörst du? Heul nicht – heulen macht alles nur noch schlimmer. Du musst so tun, als wäre nichts passiert.«

Die Angst machte ihn schroff, und er schüttelte den Jungen, um seinen Worten Nachdruck zu verleihen. Seine Finger gruben sich in die knochigen Schultern, und sein Atem wehte heiß und wütend über Bens Haut.

»Und du sagst kein Wort zu irgendjemandem. Niemals. Das macht es nicht besser, sondern sehr viel schlimmer für dich – und für mich auch. Niemand kann dir mehr helfen, also behalte es für dich, verstanden? Was glaubst du, was der Alte tun wird, wenn er das erfährt? Scheiße, er wird uns umbringen, und zwar wirklich. Also behalte es für dich, verstanden? Wenn du es nicht tust, kann ich dir nicht helfen.«

Ben nickte und kämpfte gegen das Schluchzen an, das ihn zu zerreißen drohte.

Als das Weinen nachließ, zog Mark ihn hoch. Hastig strich er den dicksten Schlamm und die Blätter von seinen Beinen und seinen Kleidern. Zum Glück war ihr Hof das erste Haus hinter dem Wald, und so hatten sie die Chance, nach Hause zu kommen, ohne dass jemand sah, in welchem Zustand Ben sich befand.

Seine Augen waren glasig geworden, und Mark sah, dass er kurz davor war abzuschalten.

»Hey, komm, Ben, du musst jetzt bei mir bleiben. Wenn

ich uns nach Hause gebracht habe, ist alles okay. Du musst nur genau tun, was ich sage. Immer.«

Ben antwortete nicht, und Mark zog an seinem Arm. »Komm, Alter, du musst dich bewegen, wir müssen hier weg.«

Er sah, dass sein Bruder immer noch den schlammgetränkten Turnschuh umklammert hielt, und wollte ihn wegnehmen, aber Ben hielt ihn nur noch fester, bis seine Fingerknöchel weiß wurden. Mark sah, dass er unter Schock stand, und er wollte nicht riskieren, ihn noch weiter aufzuwühlen. Um den Turnschuh konnte er sich später kümmern.

Langsam lockte er Ben weg vom See, und behutsam führte er ihn in den Schutz der Bäume. Sie schauten nicht zurück. Wenn Mark sich wirklich Mühe gab, konnte er sich beinahe vorstellen, dass hinter ihnen nichts war, kein namenloses Grauen, das am Rand des Wassers dümpelte.

Sie kämpften sich durch das Dornengestrüpp auf einen überwucherten Wildwechsel, wo der Wald sie umschloss. Das Laub raschelte in einem leichten Wind, und in Marks Ohren klang es wie ein vorwurfsvolles Flüstern. Sein Puls stolperte und fing an zu rasen, als er sich vorstellte, dass der Wald vor ihnen von Leuten wimmelte, die nach dem verschwundenen Mädchen suchten, aber er ging ruhig weiter und führte seinen Bruder sicher auf den Weg nach Hause.

Endlich stießen sie auf den Hauptweg. Mark schob vorsichtig das Unterholz auseinander und lauschte nach dem Klang von Stimmen. Der Nachmittag war schon fortgeschritten, und die Sonne stand tiefer am Himmel. Ihre Strahlen erreichten den Waldboden nicht mehr; sie spielten in den Wipfeln und badeten die obersten Zweige in goldenem Licht. Das vertiefte die Schatten in den unteren Bereichen des Waldes, und die Stechpalmenbüsche schwebten nur noch wie dunkle Gestalten zwischen den Bäumen. Mark lief eilig den Weg entlang und zog seinen Bruder hinter sich her. Er blieb erst stehen, als der Wald sich in Gebüsch verwandelte und das Gebüsch zur Wiese wurde. Der Weg bis zum Hof war von hier aus nicht zu sehen. Wenn sie den Wald erst hinter sich hatten, gab es kein Versteck mehr, aber das ging nicht anders. Es gab keinen anderen Weg nach Hause.

Die Jungen machten sich auf den Weg über die Felder. Das erste überquerten sie ohne Zwischenfall. Mark atmete allmählich leichter. Wenn sie es nach Hause schafften, ohne gesehen zu werden, wäre alles okay. Er konnte mit Ben reden, ihn beruhigen und ihm klarmachen, dass diese Sache, so schrecklich sie war, nicht seine Schuld war. Dann könnten sie alles hinter sich lassen und nie wieder ein Wort darüber verlieren.

Die Felder lagen im Spätnachmittagssonnenschein, und die Luft war schwer vom warmen Duft des Heus. Die Vögel hatten ihr Abendlied begonnen, und der Tag war von einer pastoralen Stille, die es leicht machte zu glauben, dass nichts Grausames passiert war.

Mark sah die kleine Gestalt, die ihnen entgegengelaufen kam, als Erster, und sofort wollte er kehrtmachen und auch laufen, aber es war ein weiter Weg bis zum schützenden Wald. Als die Gestalt näher kam, sah er, dass es Jay war, der kopflos über die Wiese rannte. Sein Gesicht war eine bleiche Scheibe unter dem dichten braunen Haar. Rutschend kam er vor ihnen zum Stehen. Seine Augen waren rot und voller Angst.

»Habt ihr sie gefunden? Habt ihr Em irgendwo gese-

hen?« Jay war den Tränen nahe und sah viel jünger aus als elf Jahre. »Ben, bitte sag mir, dass du sie gesehen hast …« Dann erst sah er Bens schmutziges Gesicht und seine nassen, lehmverschmierten Kleider. »Ben, Mann, was ist passiert? Warum bist du so …«

Die Frage erstarb auf seinen Lippen, und ein Ausdruck der Verwirrung legte sich auf sein Gesicht. »Ben, ist das … ist das Emilys?«

Mark drehte sich zu seinem Bruder um und sah, dass er immer noch den schlammverschmierten Turnschuh an die Brust gedrückt hielt. Seine Züge verhärteten sich, und er schob sich zwischen die beiden Jungen und zwang Jay zurückzuweichen.

»Verpiss dich, Jay. Keine Ahnung, warum du ihn verhörst, aber den hat er gefunden, okay? Du bist derjenige, der da draußen auf der Suche nach deiner Schwester sein sollte, nicht er. Aber du bist nach Hause abgehauen, also fang nicht an, ihn runterzuputzen, weil du ein schlechtes Gewissen hast. Hättest du ihn nicht allein gelassen, hättest du sie vielleicht inzwischen schon gefunden.«

Mark bemühte sich um einen gleichmütigen Ton. Jetzt, da Jay den Turnschuh gesehen hatte, war alles verpatzt. Jetzt konnte er ihn nicht mehr verbrennen, wie er es vorgehabt hatte – zumindest noch nicht, das würde zu verdächtig aussehen. Sie mussten ihn irgendwo verstecken und, wenn man sie danach fragte, sagen, sie hätten ihn im Wald gefunden, sich aber nicht getraut, darüber zu reden. Angst bohrte sich in seine Brust, als er an das Wasser dachte, das den Schuh durchtränkte. Wie sollte er das jemals erklären? Panik stieg in ihm auf, und sein Atem ging heiß und schnell. Er stellte sich schützend vor seinen Bruder und trat näher an Jay heran, streitlustig und aggressiv.

Jay sah Marks warnenden Blick und zögerte. Er hatte Angst vor dem älteren Jungen, aber er wusste, seine Eltern waren nicht weit hinter ihm, und er musste seine Schwester finden, bevor sie sie fanden. Es war sein Fehler, er war an all dem schuld, und er musste die Sache in Ordnung bringen.

Er atmete tief durch. »Ben, bitte …« Er streckte die Hand aus. »Ich will nur wissen, wo du ihn gefunden hast.« Er konnte sich den glasigen Blick seines Freundes nicht erklären. »Ben, bitte. Sprich mit mir. Ich muss sie finden …« Seine Stimme klang flehentlich. Die Verzweiflung ließ ihn winseln.

Mark stürzte sich auf ihn. Seine Angst machte ihn gemein. Er stieß Jay hart gegen die Brust, mit der flachen Hand, die sich eher anfühlte wie eine Faust.

»Verdammt, ich habe gesagt, du sollst ihn in Ruhe lassen! Kapierst du das nicht? Er weiß nichts über deine blöde Schwester, also halte dich fern von ihm.« Und damit drängte er sich vorbei und schleifte seinen Bruder hinter sich her.

Das Angstzentrum in Jays Gehirn leuchtete auf wie ein Leuchtfeuer, und irgendein primitiver Teil seiner selbst begann zu spüren, dass etwas sehr Schlimmes passiert war. Er wandte sich dem Wald zu und fing an zu rennen, schneller und immer schneller, auf die dunkle Lücke zwischen den Bäumen zu. Er rannte, so schnell seine Beine ihn tragen wollten, auf dieses Ding zu, das ihn für immer verändern würde.

Autorin

Julie Cameron lebt mit ihrer Familie auf dem Land, in einem kleinen Dorf im südenglischen Berkshire. Sie hat Biomedizin studiert, arbeitet im Gesundheitswesen und schreibt nebenher die Art von vielschichtigen Thrillern, die sie selbst am liebsten liest.

Julie Cameron im Goldmann Verlag:

Das Landhaus. Thriller
Der finstere See. Thriller

(Alle auch als E-Book erhältlich)